LEISA RAYVEN

Mr. Romance

LEISA RAYVEN

Mr. Romance

Tradução

Isadora Sinay

Alt

Editora responsável **Sarah Czapski Simoni**
Editora assistente **Veronica Armiliato Gonzalez**
Diagramação **Gisele Baptista de Oliveira e Douglas Kenji Watanabe**
Projeto gráfico original **Laboratório Secreto**
Revisão **Maria Marta Cursino e Monise Martinez**
Capa **Renata Zucchini**
Imagem de capa **g-stockstudio/Thinkstock**

Texto fixado conforme as regras do Acordo Ortográfico da Língua Portuguesa (Decreto Legislativo nº 54, de 1995).

CIP-BRASIL. CATALOGAÇÃO NA FONTE
SINDICATO NACIONAL DOS EDITORES DE LIVROS, RJ

Y11b

Rayven, Leisa
Mr. Romance / Leisa Rayven ; [tradução Isadora Sinay]. – 1. ed. – São Paulo : GloboAlt, 2017.
368 p. ; 23 cm.

Tradução de: Mister romance
ISBN 978-85-250-6468-4

1. Ficção infantojuvenil australiana. I. Sinay, Isadora. II. Título.

17-43450 CDD: 028.5
CDU: 087.5

1ª edição, 2017
1ª reimpressão, 2020

Direitos de edição em língua portuguesa para o Brasil adquiridos por Editora Globo S.A.
R. Marquês de Pombal, 25 – 20.230-240 – Rio de Janeiro – RJ – Brasil
www.globolivros.com.br

Este livro é para todos que já se sentiram ignorados e invisíveis.
Saibam que eu os vejo.
E que vocês são lindos e incríveis,
e mais preciosos *do que conseguem imaginar.*

capítulo um

O homem, a lenda

Quando ouço o termo "Mr. Romance" sair da boca da minha doce--mas-ingênua irmã mais nova, me convenço imediatamente de que ela caiu em mais uma lenda urbana. Asha está esperando para tomar o café da manhã, em nosso pequeno apartamento no Brooklyn, arrumada demais para as seis da manhã de uma segunda-feira.

Paro de encher a cafeteira e me viro para ela.

— Você está me dizendo que tem mulheres que contratam um homem pra realizar suas fantasias românticas? Qual é, Ash. De jeito nenhum isso é real.

— É verdade! — ela insiste. — A Joanna me contou todos os detalhes sórdidos outro dia, na sala de descanso do trabalho. Ele constrói uns cenários incríveis. Os clichês de sempre, você sabe: bilionário perturbado, bad boy sexy, melhor amigo dedicado, pedreiro gostosão. Ele tem toda uma variedade de personagens que geralmente não existem fora dos livros de romance, e dizem que ele mexe com a cabeça das clientes. A Joanna ouviu várias mulheres falando sobre ele no fim de semana passado, em um desses eventos de caridade que o ingresso custa mil dólares.

Faço um barulho de desdém e volto a fazer o café.

— E o que é que a Joanna, *a secretária*, estava fazendo em um evento desses?

— A prima dela é parente da família real da Letônia ou algo assim. A limusine do príncipe quebrou quando ele estava vindo do aeroporto, então a Joanna foi convidada de última hora pra aproveitar o ingresso dele.

Faço minha melhor cara de incredulidade para a minha irmã.

— Família real da Letônia. Lógico. Faz todo o sentido.

Asha trabalha como editora assistente em uma das editoras mais antigas de Nova York e, embora eu não conheça todos os seus colegas de trabalho, os que eu conheci estão definitivamente mais para o lado estranho de "interessante".

— Não é a Joanna que é mentirosa compulsiva? — pergunto.

— Bom, sim, ela conta umas histórias exageradas, mas isso não quer dizer que ela não saiba das coisas. Uma das mulheres que falou sobre o uber-gato disse que um encontro com ele curou a depressão dela. Outra disse que ele salvou seu casamento, porque até ele mostrar pra ela o quanto ela podia ser sensual, ela tinha esquecido o quanto gostava de sexo. Toda essa mulherada acha que ele é o salvador romântico delas. Um Jesus extremamente gostoso, ou algo do tipo.

Balanço a cabeça e fico assistindo ao café escorrer pelo filtro. Sempre a mais criativa de nós duas, Asha herdou todo o otimismo cego da minha mãe, mas nenhum bom senso.

— Então o que você está me dizendo — digo, enquanto sirvo duas xícaras de café fresquinho —, é que esse homem-fera mitológico de quem a *Joanna-Pinóquio* estava falando é... o quê? Um tipo de gigolô super-herói?

— Ele é um *acompanhante* — Asha esclarece.

— Isso não é só um nome chique pra garoto de programa?

— Não. Ele não faz sexo com as clientes.

Entrego uma xícara de café para ela.

— Você acabou de me falar que ele faz.

— Não — ela diz, profanando sua caneca de café colombiano artesanal com quatro colheres de açúcar —, eu disse que ele realiza fantasias *românticas*.

— E isso não inclui sexo?

— Não.

— Não me parece muito romântico. Um cara que não quer transar comigo? Isso eu consigo de graça.

Asha coloca creme em seu café e solta um suspiro exasperado. Ela faz bastante isso comigo. Meu cinismo implacável cansa a sua sensibilidade de romântica incorrigível. Sempre cansou.

Uma vez, quando eu tinha oito anos e ela seis, eu estava discutindo com a mamãe sobre a inexistência do Papai Noel. Asha ficou tão irritada que pegou meu livro de colorir do Peter Pan e desenhou chifres de diabo em todo mundo, até em Nana, a cachorra.

Monstrinho terrível.

Para me vingar, joguei um monte de glitter no chão do quarto dela enquanto ela dormia. Quando ela acordou e perguntou o que havia acontecido, eu disse que a Sininho tinha ficado tão brava por ela vandalizar o Peter Pan que tinha explodido de raiva. Asha chorou durante meia hora, até a mamãe conseguir convencê-la de que eu estava brincando.

Não preciso nem dizer que minha irmã nunca mais vandalizou nenhuma propriedade minha.

— Você pagaria por sexo, algum dia? — ela pergunta, com uma expressão contemplativa, enquanto eu coloco pão na torradeira.

Eu penso por um segundo.

— Teria que ser uma sarrada épica, pra fazer valer meu suado dinheirinho.

— De quão épica estamos falando?

— Três orgasmos garantidos. Talvez quatro.

Ela sorri.

— De jeito nenhum você consegue um resultado desses com alguém que não conhece.

O que ela realmente quer dizer é *com alguém que você não ame*. Ela acha que o melhor sexo acontece entre pessoas que realmente se importam uma com a outra. Esse é um dos motivos pelos quais ela evita transas casuais e desdenha de mim por ter tantas.

— Se você não conhece o cara — ela diz, com sua condescendência habitual —, de jeito nenhum você vai conseguir relaxar o suficiente pra gozar várias vezes.

Dou de ombros.

— Eu acho que você subestima a minha capacidade de permitir que estranhos me deem prazer.

— Ah, vá. Não vem me dizer que você *sempre* goza.

— Na maioria das vezes, sim.

Ela olha para mim sem acreditar, e eu não posso negar que estou enfeitando um pouco a verdade. Deus sabe que os últimos homens com quem transei nunca tinham ouvido falar na existência do clitóris. Ou de técnicas adequadas para chupar uma mulher. Todos eles tinham tanto refinamento oral quanto um cão de caça em uma fábrica de salsichas.

— Você nunca quer mais? — Asha pergunta melancolicamente.

Eu rio.

— Mais o quê? Orgasmos?

— Mais... tudo. — Ela suspira. — Um parceiro. Amante. Amigo. Protetor. Alguém que torça por você. Um homem *de verdade* na sua vida.

— Ao contrário de todos os homens imaginários que tenho no meu quarto?

— Eden, você sabe o que eu quero dizer.

— É claro que eu sei. Eu só não acho que eu precise de um homem pra me completar. Estou bem feliz do jeito que sou.

Ela revira os olhos e dá um gole no café. Não importa quantas vezes a gente tenha essa discussão, ela simplesmente não consegue entender que eu não quero estar em um relacionamento, nem me guardar até achar *o homem certo*. A pobre criança ainda não namorou o suficiente para descobrir que "o homem certo" não existe. O conceito todo é a maior fraude da história da humanidade.

Lembrando que ela não é virgem. No Ensino Médio, Asha teve um namorado sério, que ela acreditava ser o guardião do Santo Graal — até ele tropeçar e cair de pinto na então melhor amiga dela, bem na noite do baile de formatura. Isso atrapalhou completamente o plano que ela tinha para os cinco anos seguintes: casar com Jerry logo após a faculdade e se tornar a mais jovem editora sênior a trabalhar em uma editora de Nova York. Embora essa última parte ainda seja possível, não estou nem um pouco triste por ela ter dispensado Jeremy e estar vivendo a vida de solteira comigo. Asha é de longe a melhor *roommate* que eu já tive, mesmo que ela encha meu saco com frequência sobre a minha vida amorosa.

Espalho manteiga de amendoim na minha torrada quando ela coloca uma colherada de Sucrilhos na boca e aponta para mim com a colher.

— Um dia, você vai conhecer um cara que vai mudar tudo o que você pensa sobre homens, e, quando isso acontecer, eu vou rir, me vangloriar, e provavelmente fazer um vídeo rindo e me vangloriando pra publicar no YouTube e celebrar o acontecimento.

— Duvido.

— Pode ter certeza. — Quando ela diz isso, um pouco de leite e Sucrilhos espirra da sua boca, caindo direto na mesa.

— Para de falar e come. Além disso, você está gastando saliva à toa. Sou feliz fazendo as coisas do meu jeito.

Asha engole e limpa a boca.

— E qual é seu jeito? Fazer sexo medíocre com um estoque rotativo de babacas?

— Pelo menos eu estou transando.

— Transando mal. Meu quarto é do lado do seu. Você acha que eu não escuto nada? Pode me chamar de antiquada, mas deveria ser *pelo menos* sete minutos no paraíso. Não três.

— É, mas sexo é meio que nem pizza. Mesmo quando é ruim, é bom. — Mordo minha torrada e sorrio para ela.

Ela faz um barulho de desdém e tira um livro da bolsa, antes de abri-lo sobre a mesa e começar a ler. Previsivelmente, é um livro de romance. Eu balanço a cabeça. Como se ela precisasse de mais combustível para a sua fogueira de romance irreal.

Estou comendo o último pedaço de torrada e bebendo meu café quando a porta do meu quarto se abre e um homem sem camisa emerge de lá.

Falando em parceiros sexuais medíocres...

— Oi — O homem seminu passa a mão pelos cabelos e se aproxima devagar, com seu jeans de cintura baixa. Ele então se inclina e, constrangido, me dá um beijo na bochecha.

Deus, eu odeio a manhã seguinte.

— Hum, oi — digo —, quer café?

— Claro.

Ele se encosta na mesa enquanto eu encho mais uma xícara e a entrego para ele. Asha me encara, depois olha para ele, e então para mim de novo.

— Ah — eu digo —, desculpa. Esta é a minha irmã, Asha. Ash, este é o… — *Merda. Qual é mesmo o nome dele?* — Tim?

— Tony — ele corrige.

— Desculpa. Tony.

— Oi — Tim/Tony acena para Asha, lançando sobre ela um olhar de aprovação, assim como a maioria dos homens sempre faz. Se nós duas vamos juntas a um bar, é sempre com a Asha que falam primeiro. Com suas curvas de matar e seus lábios vermelhos, ela parece uma pinup. Já eu, pareço a assistente pessoal eficiente, mas comum, da pinup.

Tony me dá uma olhada rápida, e eu sei que ele está pensando que pegou a irmã errada. A babaquice dele não me surpreende. Aparentemente, esse é o meu tipo de homem.

O que ele não sabe é que minha irmã muito raramente fica com alguém, então sorte dele de ter conseguido pelo menos uma de nós duas.

Asha dá um sorriso frouxo.

— Oi.

Tony foi a decisão ruim que eu tomei ontem, depois que Asha me deixou sozinha em nosso bar de sempre, o Tar Bar, para ir ler em casa. Eu já avisei que não devo ser deixada sozinha após algumas tequilas. É como se eu fosse um iPhone e a tequila mudasse todas as minhas configurações para "PERMITIR".

— Então, Tony — Asha diz, com mais do que uma pitada de desaprovação —, você não deveria estar saindo para o trabalho?

Tony ri. Claro, porque ele parece ter um emprego.

— Meu ensaio só começa à uma.

Asha sorri com o que eu já aprendi a reconhecer como seu *sorriso julgador*. A consequência de ter crescido com uma mãe solo *workaholic* é que eu e minha irmã levamos o trabalho muito a sério. E se alguém tem o mais leve cheiro de vagabundagem que seja, ele é imediatamente julgado pelas irmãs Tate. Bom, não o suficiente para que eu deixe de ir para a cama com este alguém, mas ainda assim…

— Que bom ver que você tem objetivos na vida. — diz Asha, com uma expressão irritada. E, quando parece que Tony vai puxar assunto, ela o ignora diligentemente, enfiando a cara em seu livro.

Tony deve ter entendido a dica, porque ele deixa seu café na mesa e volta para o quarto. Alguns minutos depois ele reaparece, completamente vestido.

— Bom, a gente se vê, obrigado.

Eu abro a porta da frente para ele. Ele se vira para mim e diz:

— Então... hum... você quer me dar seu número? Ou...

Por que os homens sempre acham que precisam perguntar isso? É óbvio que esse cara tem zero intenções de me ligar e, ainda assim, ele solta uma dessa, como se, caso não o fizesse, eu fosse me agarrar às pernas dele até que ele aceitasse ter meu telefone tatuado na bunda.

— Não, tudo bem. — digo.

O alívio que perpassa seu rosto é quase cômico.

— O.k., então. Legal. A gente se vê por aí.

Fecho a porta e volto para a cozinha.

Asha me estuda enquanto tiro a mesa. Eu a ignoro.

— Eden...

— Eu não quero ouvir.

— Você pode conseguir coisa tão melhor.

— Asha, chega.

— Você *merece* coisa muito melhor.

— Mereço?

Ela bate com o livro na mesa.

— É claro que sim! Você poderia conseguir um homem *incrível* se se esforçasse pelo menos um pouco.

Eu reconheço a cutucada sutil sobre a minha falta de estilo. Todos os dias eu uso a mesma coisa: jeans, botas, camiseta e uma jaqueta de algum tipo, normalmente de couro. Ash, por outro lado, tem mais estilo que um grupo inteiro de estilistas. Ela tem um talento nato para transformar suas roupas de brechó em algo da última moda, fazendo-as parecer bem mais caras do que de fato são. Além disso, embora nós duas tenhamos herdado o cabelo vermelho-fogo da minha mãe, eu me satisfaço com deixar o meu livre e abraçar meus cachos naturais, enquanto Asha usa o dela curto, moderno e totalmente liso. Combina perfeitamente com seus óculos de aro grosso, que ela usa mais por uma questão de estilo do que para realmente corrigir sua visão.

Ela é a hipster perfeita, e eu sou o oposto de moderna. Asha me diz às vezes que eu sou tão quadrada que é um milagre que minha bunda seja redonda.

Ah, eu já mencionei também que ela é uma sabe-tudo insuportável?

— Edie, eu só estou dizendo que você não precisa dar para o "rei dos maconheiros" pra fazer sexo. Existem tipos melhores de homem por aí. Você só precisa ter alguns critérios além de "respira" e "tem um pênis".

— Ei, isso é não justo. Eu também faço questão que ele tenha todos os dentes e menos de cinco ocorrências na ficha criminal.

— Uau. Eu não tinha ideia de que você era tão exigente.

Eu sorrio enquanto levo sua xícara vazia até a pia para lavá-la. Por mais que eu ame Asha, homens são um tópico sobre o qual eu e minha querida irmã jamais concordaremos.

— Você deveria pelo menos escrever uma matéria sobre ele. — Asha diz, enfiando seu livro na bolsa e pegando uma fruta da travessa.

Eu olho para ela.

— Quem? O maconheiro-vagabundo-Tim?

— *Tony*. E, pelo amor de Deus, não. Estou falando do Mr. Romance. Daria uma ótima história, não?

Eu escrevo para a *Pulse,* um site de notícias e entretenimento com mais de cinco milhões de assinantes. No entanto, apesar de eu ter me formado em primeiro lugar em jornalismo na NYU, meu chefe me colocou para escrever artigos *click-bait* superficiais, que me fazem ter vergonha de possuir um cérebro. São manchetes como: *VOCÊ NÃO VAI ACREDITAR NO QUE KIM KARDASHIAN ESTÁ FAZENDO COM A BUNDA AGORA!* e *10 SINAIS DE QUE SEU GATO ESTÁ TENTANDO TE MATAR! O NÚMERO 3 VAI TE ARREPIAR!*

Estou esperando pelo dia em que finalmente vou poder colocar meus quatro anos de formação em jornalismo investigativo em prática, mas do jeito que meu chefe detesta dar novas oportunidades à equipe, eu não tenho ideia de quando isso vai acontecer.

Termino de lavar a louça e seco a pia.

— Ash, eu tenho quase cem por cento de certeza que a Joanna só estava zoando com a sua cara com essa história de Mr. Romance. Mas, mesmo que ele exista, nunca vão me dar reportagens de verdade se eu sugerir algo assim, fútil e sem sentido.

Ela coloca os pratos na lava-louças.

— Então faça ter sentido. O cara está deixando a elite de Nova York em êxtase, mesmo sem transar com ela. O que será que ele está proporcionando a todas essas donas de casa ricas que elas não conseguem ter com seus estilos de vida milionários ou maridos poderosos? Essa é a grande questão. E se você conseguir encontrar a resposta, vai ser uma puta história. — Ela fecha a lava-louças e me dá um beijo na bochecha. — Só pensa nisso, o.k.? Te vejo à noite.

Depois que Asha sai, penso no que ela disse. Não posso negar que a ideia me intriga. Tudo o que eu preciso é de uma matéria sólida que me puxe para fora do mar de banalidades em que me encontro agora. Uma grande chance que provará ao meu chefe teimoso que eu tenho mais a oferecer do que só essas baboseiras. Um golpista gato arrancando o dinheiro do botox dos bolsos da elite da Park Avenue pode ser exatamente o que eu preciso.

Com a energia renovada, eu pego meu laptop e digito "Mr. Romance" no Google. Além dos milhões de livros e sites com "romance" no nome, não há nada que se pareça nem um pouco que seja com o que Joanna descreveu. Vasculho página por página, procurando por qualquer indício da existência dele, mas uma hora depois ainda não encontrei nada.

Eu fecho o laptop e esfrego os olhos, me odiando por ter perdido tempo indo atrás de uma história da Joanna, a mentirosa compulsiva. Meu Deus, acho que estou pegando a inocência irreparável da minha irmã.

Que humilhação.

Com um grunhido de frustração, coloco meu computador de volta na sua capa, pego minha bolsa e me dirijo ao metrô. Parece que vou mesmo começar mais uma semana de criação imoral de memes destruidores de intelecto, afinal.

Quanta alegria.

capítulo dois

O que o babaca disse?

Estou batendo minha cabeça na mesa e gemendo baixinho quando um tufo bagunçado de cabelos castanho-claros aparece por cima do meu cubículo. Olhos cor de mel surgem em seguida, e o resto da cara do meu amigo Toby vem à tona.

— Tate, que merda é essa?

— Estou me punindo.

— Por quê?

— Porque depois desse monte de bosta que eu acabei de publicar, preciso pagar o preço.

Toby suspira e entra no ridículo espaço também conhecido como minha sala. Como sempre, ele parece Gulliver chegando em Lilliput.

Toby foi um dos primeiros amigos que fiz quando comecei a trabalhar na *Pulse*, em parte porque temos o mesmo senso de humor perturbado, e em parte porque nossos cubículos são vizinhos. Ele é um dos poucos motivos pelos quais este emprego ainda não me deixou louca. Geek assumido, ele escreve matérias sobre tecnologia. A melhor forma de descrevê-lo é: um cara que parece um jogador de futebol americano que entrou por engano em uma loja de cardigãs e saiu de lá parecendo o Salsicha do Scooby-Doo, se o Salsicha tivesse um metro e noventa de altura e tomasse anabolizantes.

Neste momento, ele para atrás de mim e, com suas mãos gigantes, afasta minha cabeça da mesa.

— O.k., já chega.

— Você não entende.

Ele se senta na outra cadeira.

— Eu entendo. Você infectou inocentes usuários da internet com o mais horrendo fungo genital que cresce no lado obscuro do seu cérebro. Qual a novidade? Não pode ser tão ruim.

— Pode sim. E é.

— Me mostra.

Eu me endireito na cadeira e rolo meu mouse distraidamente, até que meus últimos três posts aparecem na tela.

Toby se inclina para analisá-los. O primeiro título é: *As chocantes imagens secretas que o governo não quer que você veja!*

Ele olha para mim.

— Deixa eu adivinhar, uma autópsia falsa de E.T.?

— Aham.

— Sem graça. E batido.

— Aham.

Ele clica no segundo post. É um vídeo. *Pessoas que não gostam de comida apimentada provam comida apimentada! Veja os resultados hilários!*

Ele estreita os olhos.

— Você filmou isso?

— Aham.

— Me diga que não são aqueles três imbecis da contabilidade que têm zero personalidade e topam qualquer coisa se uma garota bonita pedir.

— Tudo bem, não vou te dizer que são eles.

— Mas são eles, né?

— Aham.

Ele suspira e se volta para a tela, onde o terceiro artigo grita *Estes são os piores serial killers da história do mundo! Faça o teste e descubra qual é você!*

Quando eu bato minha cabeça na mesa de novo, ele não me impede.

— Viu?

— O.k., não. Não é o seu melhor trabalho. Parece que você não está sequer tentando destruir a produtividade de pessoas inocentes convencendo-as a clicar em lixo.

— Não é minha paixão.

— Não precisa ser sua paixão. Você só precisa daquela sua partezinha gananciosa e egoísta que gosta de ter dinheiro pra poder pagar por comida e aluguel.

Eu me endireito novamente e afasto o cabelo do rosto.

— Pra você, é fácil falar. Você pode escrever sobre coisas tecnológicas e videogames, coisas que você ama.

— Sim, mas eu tive que escrever um monte de lixo *click-bait* antes do Derek me passar para a editoria de tecnologia.

— Tobes, eu fui editora do *Washington Square News*. Eu ganhei um prêmio Hearst, pelo amor de Deus.

— Eu sei. E você quase foi escolhida para uma vaga de repórter júnior depois do seu estágio no *New York Times* e blá, blá, blá. Mas isso não significa nada atualmente. A triste verdade é que você não pode jogar um donut pro alto em Nova York sem que ele caia na cabeça de um jornalista desempregado, e vários deles são tão qualificados quanto você. Você tem que entender que seu diploma de jornalismo é tão inútil quanto um assento ejetor em um helicóptero. O mercado está uma zona de guerra. E pelo menos aqui eles pagam acima da média.

— Então o que você sugere? Que eu continue fazendo um trabalho que eu odeio? Ou que eu peça demissão pra ir atrás do meu trabalho dos sonhos, com o risco de acabar desempregada e sem teto?

— Não sei, Tate. Você precisa de algo que faça o Derek te notar. Você está trabalhando em alguma matéria pra mostrar pra ele?

— Na verdade, sim. — me endireito de novo e pego meu caderno. — Multas de estacionamento falsas estão aparecendo por toda a cidade. Elas parecem de verdade, mas a conta indicada pra receber o pagamento não está listada como uma das contas da prefeitura. Algum golpista está ganhando uma grana.

Toby assente com a cabeça.

— Não é ruim, mas também não é um Watergate. O que mais você tem?

— Hum... — eu olho minha lista. — Tem um artista falido que picha pintos gigantescos em buracos nas ruas, assim a prefeitura é obrigada a consertá-los ou arrisca ofender os passantes.

Toby ri.

— Eu gosto desse cara, mas de novo: não é suficiente pra uma matéria de destaque.

— O.k.... — Passo os olhos pela minha pequena lista de ideias mais uma vez. Já sei que é uma perda de tempo. Se alguma coisa aqui fosse consistente o suficiente para impressionar o Derek, eu já teria levantado minha bunda da cadeira e ido até o escritório dele sugerir uma pauta. Isso tudo é ninharia, e eu preciso de uma mina de ouro.

Eu fecho o caderno e olho para Toby.

— Eu não tenho nada.

Ele me dá um tapinha condescendente no ombro.

— Bom, esse é seu problema, Tate. Você precisa de *alguma coisa* pra chegar a algum lugar.

Eu estou quase mostrando o dedo do meio quando "Bootylicious" começa a tocar no meu telefone. Toby imediatamente se endireita um pouco. Ele sabe que é o toque da Asha, e ele tem uma queda por ela desde que eles se conheceram. Sempre que ela está por perto, ele parece um labrador gigante que acaba de ouvir que é hora do passeio.

Eu lanço um olhar de "desculpa" para Toby, e ele volta para seu cubículo para que eu atenda.

— Oi, Ash, e aí?

— Ele é real.

— Quem?

— O *Mr. Romance*. A Joanna estava falando com a prima dela sobre ele hoje de manhã, e a prima ficou horrorizada por Joanna saber mais do que devia. Ela disse que tudo a respeito do acompanhante gostosão é supersecreto. O único jeito de chegar até ele é sendo apresentada por uma cliente. É tipo um sistema de empréstimo de cara gato.

— O.k., isso é interessante. A prima da Joanna é uma cliente?

— Não. Mas ela conhece alguém que é. Se segura... — ela faz uma pausa dramática. — ...é a Marla Massey.

Eu prendo minha respiração.

— Tipo a mulher do *senador* Massey? Aquele ex-televangelista que faz propaganda da sua Barbie-dona-de-casa como o grande exemplo da boa esposa? Você está falando sério?

— Totalmente. Parece que quando nosso bom senador está em Washington, sua mulher chama o amiguinho sexy pra brincar. Você consegue imaginar o que pode acontecer se isso for mesmo verdade?

Meus braços se arrepiam quando me dou conta de quão grande essa história pode ser. Se eu fizer isso direito, posso conseguir a carreira que eu sempre quis. Foda-se a *Pulse*. Eu poderia escolher um emprego entre uma série de veículos de ponta.

— Então, o que eu preciso fazer? — pergunto. — Me tornar íntima o suficiente da sra. Massey pra ela me apresentar seu namorado profissional? Parece meio impossível.

— É, a não ser que você de repente se transforme em uma dona de casa mega rica que frequenta galerias de arte e grupos de estudos bíblicos, vocês não andam exatamente nos mesmos círculos. Mas o que quer que você faça, tome cuidado. Ela não vai nem falar com você se souber que você é uma repórter.

Asha está certa. Eu preciso ser esperta, ou minha grande chance pode desaparecer em uma nuvem de perfume Chanel.

— Certo, então como essas mulheres entram em contato com esse acompanhante? Telefone? E-mail? Um bat-sinal em forma de rola gigante?

Asha começa a falar mais baixo.

— A Joanna disse que se uma pessoa é considerada discreta o bastante pra se tornar uma cliente, a mulher que a indicou repassa a ela um questionário especial. Depois de preenchido, ele deve ser colocado em um envelope lacrado, junto com mil dólares em espécie, e enviado a uma caixa postal em Williamsburg.

Quase caio da cadeira.

— *Mil* dólares?! O cara cobra isso por um encontro?

Toby aparece por cima da divisória e sussurra:

— De que merda vocês estão falando?

Eu aceno para ele não se meter e me agarro ao meu telefone.

— Não — Asha diz —, um encontro custa *cinco* mil. Os mil são só pra ele avaliar a possibilidade de te aceitar como cliente.

— Jesus! Não importa quão lindo ele seja, *nenhum* homem vale esse tanto de dinheiro.

— Bom, parece que essas mulheres acham que *ele* vale.

Eu me encosto na cadeira e agarro minha mesa.

— Você tem o endereço dessa caixa postal?

— Sim, vou te mandar por mensagem. Mas não vair servir pra nada se você não tiver o questionário. Nem a prima da Joanna tem um e, mesmo que ela tivesse, duvido que daria pra gente.

— Será que a Marla Massey tem um?

— Provavelmente. Mas como você vai conseguir colocar as mãos nele sem pedir pra ela?

Eu olho para Toby, que ainda está franzindo a testa e tentando entender do que eu estou falando.

— Vou dar um jeito. Valeu pela informação, Ash.

— Sem problemas, é pro meu próprio bem também. Deus sabe que se eu tiver que ouvir você reclamando do seu trabalho mais uma vez, vou cortar minhas orelhas fora.

Eu sorrio.

— Uma irmã tão solidária... O Toby está mandando um oi, aliás.

— Aham. Tchaaaaaaau.

Depois que desligamos, Toby logo pergunta:

— E então, como ela está?

— Acho que ainda não interessada.

Ele balança a cabeça.

— Ela não percebe quantas coisas incríveis está perdendo?

— Claramente não, mas prometo falar bem de você, se você me ajudar com uma história.

— Eu sabia que ia dar nisso. Fala mais.

Enquanto explico a ele todos os detalhes que sei sobre o Mr. Romance, Toby vai ficando cada vez mais animado.

— Eden, isso pode ser um escândalo. Especialmente se mais clientes forem do nível da Marla Massey.

— Exatamente.

— Então, o que você precisa que eu faça?

Dou um sorriso pidão.

— Preciso que você hackeie o e-mail da Marla Massey e encontre o questionário.

O rosto dele se fecha.

— Você está brincando.

— Nem um pouco.

Este é um ponto sensível para Toby. Eu só sei que ele é um ativista hacker nas horas livres porque ele me contou numa noite em que estávamos superbêbados. Até agora, eu nunca tinha demonstrado que lembrava disso, mas bom... medidas desesperadas e aquela coisa toda.

— Ela é *mulher de um senador* — ele diz.

— Eu sei, mas não vejo outra saída.

— Ela deve ter algum tipo de segurança cibernética muito foda protegendo as coisas dela. Quer dizer, qual é.

— Você está dizendo que não consegue?

Ele dá uma risadinha curta.

— Não seja ridícula. Eu só quero deixar registrado o quanto eu sou uma lenda antes de invadir o sistema dela.

— Anotado.

Ele assente com a cabeça.

— E é melhor também você falar pra sua irmã que eu sou um deus na cama, ou algo do tipo, pra fazer isso valer meu tempo.

— Feito. Relatos completamente ficcionais de sua excelência sexual saindo.

— TATE!

Olho em volta assim que meu nome é berrado da porta do escritório do meu chefe. Derek Fife, o editor geral da *Pulse* — e fodão em todas as áreas — poderia até ser considerado atraente se não tivesse uma personalidade equivalente a um tipo particularmente desagradável de gonorreia.

Ele me olha feio e aponta o dedão para a porta atrás dele.

— Minha sala. Agora. — Sem esperar pela minha resposta, ele volta para sua mesa.

— Foi bom te conhecer. — Toby diz e desaparece. Nós dois sabemos que o tom do Derek quer dizer que alguém vai ser massacrado, e parece que esse alguém sou eu.

Eu me levanto e respiro profundamente antes de arrumar minha postura e marchar em direção à sala dele.

Quando eu paro em frente à sua mesa, ele diz:

— Feche a porta e sente-se. — Ele sequer levanta os olhos do tablet.

Depois que eu fecho a porta e me sento na cadeira de frente para ele, Derek continua a deslizar o dedo pela tela, com as sobrancelhas contraídas.

— Tate, você sabe por que a *Pulse* tem setores tão diversificados?

— Pra atrair uma variedade maior de leitores?

— Exatamente. E por que você acha que todos os dias, além das notícias de verdade, nós postamos artigos *click-bait*?

— Porque você espera atrair os leitores com lixo e daí mostrar a eles as coisas boas?

— Não. É porque o *click-bait* gera quantidades enormes de dinheiro, que ajudam a pagar por todo o resto, incluindo o seu salário. — Ele me olha com uma expressão dura. — Você acha que merece seu salário com o conteúdo que vem produzindo ultimamente?

Eu torço minhas mãos no meu colo.

— É... bom...

Ele levanta o tablet para me mostrar um artigo que escrevi uns dias atrás: *ESTA MULHER SE ABAIXOU PARA PEGAR UMA MOEDA. VOCÊ NÃO VAI ACREDITAR NO QUE ACONTECE DEPOIS!*

Ele levanta as sobrancelhas.

Eu engulo em seco.

— Hum... então você não gostou desse?

— *Nada* aconteceu depois. Ela pegou a moeda e continuou seu caminho. Não tem nenhuma história.

— Sim, eu estava sendo irônica.

Ele desliza o dedo e me mostra outro. *A MAIOR COLEÇÃO DE PINTOS GIGANTES QUE VOCÊ JÁ VIU.*

Eu concordo com a cabeça.

— Sim, mas você vê…

— Do que eram as imagens, Tate?

Eu suspiro.

— Eram imagens de pintinhos.

— E nem mesmo eram pintinhos *gigantes*. Só pintinhos normais, *de tamanho médio*. A seção de comentários virou uma merda de Twister de ódio anônimo — ele se inclina para a frente e baixa a voz. — Veja, a *Grande Massa da Internet* considera cada clique precioso, e se você a faz desperdiçar seus valiosos segundos com imagens não pornográficas de seres vivos emplumados enquanto eles preferiam estar "rezando" por crianças doentes com um like no Facebook, ou assinando qualquer merda de petição inútil, pode ter certeza que eles não terão piedade ao expressar sua raiva.

— Eu sei.

Ele joga o tablet na mesa.

— E ainda assim você continua a postar conteúdo que poderia ter sido criado pelo meu sobrinho de dez anos batendo com a cabeça no teclado.

— Derek, é só que…

— Você é horrível no que faz?

— Não posso negar que talvez eu não tenha talento pra esse tipo de post…

— Um belo eufemismo.

— Mas se você me der uma chance de escrever algo mais substancial, eu prometo que não vou te decepcionar. Me deixa provar que eu sou boa.

Ele se encosta na cadeira e cruza os braços.

— Você conhece as regras, Tate. Você não ganha uma pauta até que você…

— … pague sua pena no calabouço. Sim, eu sei. Mas eu tenho algo que pode ser realmente grande.

Ele estreita os olhos.

— O quê?

— Existe um acompanhante aqui em Nova York chamado Mr. Romance.

— Jesus Cristo — ele esfrega os olhos. — Mr. Romance? Sério?

— Espera. Me escuta.

— Você tem dez segundos pra me convencer.

Eu sento na ponta da cadeira, me animando.

— As clientes dele são a nata da elite de Nova York. Até agora, eu sei de pelo menos uma esposa de político que paga pelos serviços dele, mas tenho certeza que, se eu cavar mais fundo, vou achar um monte de outras mulheres influentes na lista. Possivelmente celebridades. Atrizes, cantoras…

Derek me encara por alguns segundos, em silêncio e sem piscar.

— Ele come essas mulheres por dinheiro?

— Não. Ele sai com elas.

— E o que é que isso significa?

— Não tenho certeza, mas mesmo sem sexo, pense nas implicações. Por *cinco mil dólares* o encontro, esse cara está roubando quantias imensas de mulheres romanticamente entediadas. O escândalo seria épico.

Ele se inclina para a frente.

— Você tem fontes confiáveis sobre isso?

— Só de segunda mão, por enquanto, mas acabei de descobrir algumas informações que podem me levar a uma mina de ouro. E, como entramos nisso cedo, podemos garantir um furo exclusivo para a *Pulse*.

Isso chama a atenção de Derek. Ele bate com os dedos na frente da boca.

— Exclusivo é bom. Nossos anunciantes gostam de exclusivo.

Eu coloco minhas mãos na mesa dele.

— Então me deixa fazer isso. Se não der em nada, eu prometo me dedicar de corpo, alma, coração e mente a criar os *click-baits* mais irresistíveis que a humanidade já viu. Encontrarei retratos gloriosos dos maiores pintinhos do planeta. *Mas*, se eu conseguir essa história…

— Lá vamos nós.

— Quero uma vaga permanente no departamento de reportagens. E um aumento.

Derek dá uma risadinha, mas não de um jeito fofo. Mais como quem diz *você fez minha raiva broxar e eu te odeio por isso*.

— Você tem bolas, Tate. — ele diz. — Eu te chamo até aqui pra te demitir e você vira o jogo, me fazendo considerar seriamente te *promover*?

Eu visto minha expressão mais determinada.

— Eu sou uma repórter, Derek, e uma repórter muito boa. Me deixe fazer reportagens. Pelo menos me dá uma chance de mostrar do que sou capaz. Não vou te decepcionar.

Ele pensa por alguns segundos enquanto dá batidinhas no lábio com o dedo indicador. Então diz:

— O.k., uma chance. Entre nessa toca de coelho e veja até onde ela vai. Me mantenha atualizado sobre o seu progresso.

— Farei isso. — Me dou um *high-five* mental. — Ah, última coisa: preciso de mil dólares em espécie.

Ele pega o tablet outra vez.

— E eu preciso de um pau que se chupe sozinho. Acho que nós dois teremos que viver com essa frustração.

— Preciso do dinheiro pra comprar uma reunião com esse cara — explico. — Ele não vai falar comigo se eu contar que sou jornalista. Eu preciso me passar por uma cliente. Uma cliente *rica*. Se ele me aceitar, vou precisar de mais quatro mil dólares pra comprar um encontro.

A expressão de Derek se torna confusa.

— Que merda é essa? O que esse cara faz com essas mulheres que vale cinco paus?

— É isso que eu pretendo descobrir.

Com relutância, ele se vira para o computador e digita um e-mail.

— Só me diga que isso não é um esquema pra você dar umazinha usando o dinheiro da empresa.

Eu reviro os olhos.

— Derek, por favor. Como se eu precisasse pagar um homem pra sair comigo.

Ele faz um barulho de desdém antes de enviar o e-mail.

— Vá ver a Emily do financeiro. Ela está esperando com o dinheiro. Mas é melhor você me dar um retorno decente desse investimento.

— Eu vou dar.

— Ótimo. Agora dá o fora do meu escritório. — Ele coloca seus fones de ouvido sem fio e aumenta o volume de algo que só pode ser descrito como a música raivosa de um homem branco.

— Você é um merda — murmuro.

Ele me olha com dureza e desliza os fones para trás da cabeça.

— O que você disse?

Dou o meu sorriso mais doce.

— Eu disse que a história vai ser um sucesso. — Sem esperar por uma reação, me viro e vou embora, feliz por ter escapado da execução, pelo menos por enquanto.

Quando eu chego na minha mesa, Toby está sentado na minha cadeira, debruçado sobre meu computador e digitando furiosamente.

Estou prestes a perguntar sobre seu progresso quando ele diz:

— Nem pergunta. Não tem nenhum IP rastreável relativo à casa dos Massey, o que quer dizer que, ou eles não têm internet, o que é improvável, ou estão invisíveis. Mas não se preocupa. Eu estou conseguindo um acesso remoto ao celular dela e, assim que eu entrar na caixa de entrada do e-mail, vou poder... Ah.

— Ah?

— Ah.

Eu me debruço sobre o ombro dele para também ver o que ele está vendo, mas tudo o que vejo é um monte de códigos.

— Tobes, por favor traduz "ah" pra mim. São boas ou más notícias?

— Ambas. Ela está usando uma conta totalmente diferente da do seu e-mail público. Talvez seja assim que ela esconda suas atividades do marido. — Ele ri e olha por sobre o ombro. — O usuário é *Boaesposa69*. Irônico. — Ele volta a digitar. — Muito bem, segredos e possíveis putarias, venham pro papai.

Ele trabalha por mais alguns minutos e, então, uma barra azul de download aparece na tela. Ele levanta e faz um gesto para que eu me sente.

— Feito. Espera esse download acabar e você terá uma cópia do e-mail inteiro dela. Se o questionário existe, eu chuto que está aí.

Eu enlaço o braço dele.

— Você é o máximo, Tobes. De verdade.

Ele dá de ombros e começa a ficar vermelho.

— É o que todas as mulheres dizem. Só são se esqueça que, se o FBI vier bater aqui, você fez tudo isso sozinha e não me conhece. Agora, posso voltar pro meu trabalho?

— Se você precisa... Mas vou te levar pra almoçar mais tarde, como agradecimento.

— Fechado.

Depois que ele sai, eu me sento e fico mordendo uma pele solta da minha unha enquanto a barra de download é preenchida. Quando termina, eu me acomodo e assisto à caixa de entrada de Marla Massey se abrir na tela, gloriosamente colorida.

— O.k., sra. Massey, vamos ver o que conseguimos encontrar aqui.

Eu sei que o que estou fazendo é altamente ilegal, sem mencionar imoral, mas essa história é a minha porta de entrada para uma vida melhor, então engulo minha hesitação e mergulho de cabeça. Mesmo assim, eu lembro a mim mesma de só procurar por e-mails relacionados ao namorado pago dela. Se Marla tem outros segredos obscuros, eles não são problema meu.

Digito "Mr. Romance" no campo de busca. Como previsto, nada aparece. Com tudo o que ouvi até agora, sobre esse cara viver em uma espécie de universo fantasma, eu não esperava mesmo que fosse fácil assim, mas a esperança é a última que morre.

Em seguida, tento "gigolô", "garoto de programa" e "acompanhante". Encontro alguns e-mails promocionais de livros de romance, mas só. Na verdade, pelo que consigo ver, a maior parte da caixa de entrada é composta por recibos de compras on-line e assinaturas. Talvez Marla tenha aberto essa conta para esconder sua compulsão por compras. Ela não seria a primeira.

Depois de mais alguns minutos olhando a caixa de entrada, começo a pensar que Toby estava errado a respeito da comunicação clandestina, mas então vejo o título de uma mensagem: *Obrigada pela recomendação do garanhão*. Eu abro o e-mail e leio seu conteúdo:

Querida M.,

Muito obrigada por recomendar aquele magnífico garanhão dos estábulos Mason Richard. Criatura maravilhosa! Fazia muito tempo que eu não tinha o prazer de passar meu tempo com um animal tão monumental como aquele. Você tem minha gratidão, minha amiga. Eu me sinto dez anos mais jovem.

Beijos,
C.

Foi enviado por alguém chamado *CJ872*.

Eu leio de novo. Estábulos Mason Richard... M.R. Seria esse o nosso misterioso Mr. Romance? Talvez seja um pouco nada a ver, mas não acho que seja uma coincidência esses elogios servirem tanto para um cavalo quanto para um homem. Talvez as mulheres falem em código para preservar o anonimato dele.

Estou prestes a começar uma busca mais detalhada quando meu telefone toca "Only the good die young", do Billy Joel. Me encolho quando vejo *SUA QUERIDA VÓ!!!* escrito na tela. Eu nunca deveria tê-la deixado personalizar seu contato no meu celular.

Não estou no clima de falar com vovó, ou Nannabeth, como ela prefere ser chamada. Com toda a certeza, ela vai perguntar sobre minha vida amorosa e, quando eu disser que não estou saindo com um homem incrível que quer *mesmo* se comprometer, ela vai começar um discurso bem-intencionado sobre como eu deveria querer achar *alguém especial* o mais rápido possível, já que: "Vamos ser sinceras, meu bolinho, você não está ficando mais jovem".

Eu suspiro e rejeito a chamada. Me sinto mal por fazer isso, porque eu realmente amo Nannabeth, mas ter que me desviar constantemente da sua pressão para que eu tenha um relacionamento é exaustivo e, neste momento, eu não tenho a energia necessária.

Para aliviar minha culpa, eu mando uma mensagem de texto.

Oi, Nan! Desculpa, não posso falar agora. Muito trabalho. Mas eu vou te ver cedinho no sábado, o.k.? Te amo!

Alguns segundos depois, chega a resposta:

N trab mto!!! T amo!!!

Eu rio. A economia de letras que ela faz dispensando vogais e gramática correta se torna inútil por conta de seu amor excessivo por pontos de exclamação.

Dever cumprido, eu desligo meu telefone e volto aos e-mails. Agora que sei o que estou procurando, digito *garanhão* no campo de busca. Vários outros e-mails aparecem, todos sobre um maravilhoso animal cortesia de Mason Richards, e a linguagem usada em todos eles fundamenta minha suspeita de que o garanhão é mesmo o Mr. Romance. Depois de mais alguns minutos, encontro um e-mail com um anexo. Quando o abro, solto um gritinho de vitória ao perceber que é o famoso questionário.

A cabeça de Toby aparece:

— Sucesso? Ou você está com soluço?

— Sucesso! — digo, dando um sorriso. — Encontrei o questionário.

— Agora sim! Agora estamos a todo vapor.

Eu aperto "imprimir" e, enquanto as páginas se amontoam na bandeja de documentos da impressora, me sinto como Sherlock Holmes seguindo a pista de um caso novo e intrigante. O frio na minha barriga me diz que o jogo definitivamente começou.

capítulo três

Detetive particular

Eu olho pelo visor da minha câmera e ajusto o foco no homem que está entrando no serviço de entregas. As grandes janelas me permitem ter uma ótima visão do interior do prédio, e eu seguro a respiração enquanto espero para ver se ele recolhe a correspondência da caixa de correio 621.

Ele não o faz.

Droga.

Observei mais de cinquenta pessoas entrando e saindo do prédio durante os últimos quatro dias e, até agora, nenhum sinal de alguém para recolher a correspondência da caixa do Mr. Romance. É conveniente que haja um café bem ao lado e eu possa observar a área com relativo conforto, mas ainda assim... Eu esperava já ter descoberto algo a essa altura, algo sobre o homem em si. Deus sabe quanto tempo eu passei preenchendo aquele questionário; aquela desgraça tinha doze páginas. Parece que nosso astuto acompanhante procura saber tudo sobre suas clientes, de namorados do Ensino Médio e faculdade a livros, filmes e músicas favoritos. Tinha até um teste de personalidade. Por que ele precisa de tanta informação é algo que ainda não sei dizer. Certamente, tudo o que um namorado de mentira precisa saber é o que as mulheres esperam dele. E ainda assim, em momento algum ele perguntou sobre minhas fantasias românticas. Por que será? Será que ele só escolhe as fantasias para as quais já tem a roupa?

Apesar de ter usado um nome falso, fui sincera ao responder as perguntas. Eu cheguei à conclusão de que, quando tivermos um "encontro", vai ser mais fácil me lembrar de verdades do que de mentiras, e eu detestaria perder a confiança dele por conta de inconsistências factuais. Claro, eu tive que fingir ser bem mais financeiramente abençoada do que realmente sou. Ele não pode saber que eu cresci sem nada, com uma mãe que tinha dois empregos. Isso não se encaixaria exatamente no meu disfarce de dama da alta sociedade.

Observo mais um entregador inútil quando uma sombra recai sobre mim. Olho para cima e vejo o garçom.

— Ah, oi. Bem na hora. Pode me trazer mais um espresso? — Já é o meu sétimo do dia. Talvez eu esteja um pouco elétrica.

— Claro — ele diz, enquanto me entrega um envelope grosso. — E um cara me pediu pra te entregar isso.

Confusa, pego o envelope e vejo o que tem dentro. Lá estão meus mil dólares em espécie e um bilhete impresso em papel grosso:

> Cara sra. White,
>
> Obrigado por seu interesse, mas infelizmente não posso aceitá-la como cliente no momento.
>
> Por favor, aceite minhas desculpas mais sinceras.
>
> Calorosamente,
>
> M.R.

Olho ao meu redor e pergunto ao garçom:

— Quem te deu isto?

Ele dá de ombros.

— Um cara. Alto. Óculos escuros.

— Pra onde ele foi?

Ele aponta para a rua.

— Por ali. Mas você não vai alcançá-lo. Ele me deu vinte dólares pra esperar quinze minutos antes de te entregar esse envelope. Ele já foi faz um tempo.

Eu me recosto na cadeira e suspiro.

Droga! Não foi bem assim que eu imaginei o resultado do meu plano genial.

Como ele sabia que eu estava aqui? E, mais importante, o que eu faço agora?

— Você ainda quer o café? — o garçom pergunta.

— Não. Só a conta, por favor.

— É pra já.

Enquanto ele se afasta, eu esfrego meus olhos. Deve haver outra forma de fazer isso. Eu só preciso pensar.

Ligo para o Toby e conto a ele sobre os novos acontecimentos.

— Que droga — ele diz —, isso é uma merda.

— Exatamente.

— Qual o próximo passo?

— Você consegue descobrir em nome de quem a caixa postal dele está registrada? Talvez eu possa rastreá-lo assim.

Ele suspira.

— Mais um crime? Meu Deus, mulher, você é uma má influência. — Ouço o som de digitação rápida.

— Mas você vai fazer mesmo assim?

— Meh. É uma emoção no meu dia chato. Exercitar meu lado hacker é sempre um pouco empolgante.

— Vai demorar?

— Talvez. Algumas dessas empresas privadas têm mais segurança que outras. Eu te ligo quando conseguir.

— Legal. Valeu, Tobes.

Desligo e examino o bilhete mais uma vez. Ele assinou como M.R. Sério? Ele mesmo se chama de Mr. Romance? Gente, que brega.

Faço algumas anotações enquanto espero Toby me ligar de volta.

Por que M.R. é tão paranoico? Será que ele está apenas preocupado em proteger suas clientes? Ou a ele mesmo?

Por que ele me rejeitou? E como ele sabia que eu estava aqui hoje, procurando por ele? Acho que ele me pegou, mas como?

Meu telefone vibra com uma mensagem de Toby.

Isto vai levar mais ou menos uma hora. Firewall em vários níveis. Relaxa um pouco enquanto eu faço minha mágica.

O garçom traz minha conta e eu deixo dinheiro em cima da mesa antes de enfiar o computador na bolsa e olhar o relógio. São só três da tarde. Já que tenho que esperar, decido ir à academia.

Eu pego minhas coisas e vou para o metrô.

Preciso fazer alguma coisa para tirar toda essa cafeína do meu sistema, ou vou começar a me jogar contra as paredes.

Led Zeppelin grita em meus fones de ouvido enquanto meus pés batem na borracha da esteira. Embora tenha suor escorrendo pelo meu rosto e meus pulmões estejam queimando, esta é a parte favorita do meu treino. Minhas glândulas suprarrenais estão a toda, e o resultado está me dando um barato.

Ahhhh, sim, venham para mim, queridas endorfinas.

A esta hora da tarde, a academia está quase vazia. Ainda não foi inundada pela multidão que vem depois do trabalho — princesas obcecadas com sua imagem e posers musculosos —, e é assim que eu gosto. Eu normalmente uso a esteira ou a escada, mas odeio esperar por aparelhos e, principalmente, odeio navegar pelo mar de rituais de acasalamento embalados por lycra que ocorrem quando este lugar está lotado.

Além disso, eu não aprovo que a academia seja usada como lugar de paquera. Quando estou aqui, eu quero me sentir livre para ser minha pior versão. Assim, depois que tomo banho e passo maquiagem, eu posso fingir estar na minha melhor forma. Tentar impressionar alguém quando ainda estou em minha fase de lagarta não condiz muito com a minha ideia de diversão.

Dito isso, eu sou totalmente a favor de pensamentos pervertidos estimulados pelos pedaços de carne nobre de academia. Aliás, há um espécimen perfeito a alguns metros de mim. Na verdade, a única outra pessoa neste canto da academia é ele, o bonitão de cabelo escuro que está correndo a duas esteiras de mim. Eu já tinha reparado nele no começo da semana, e fiquei observando daquela vez também. Seus braços são lindos. Grossos e definidos. Pele levemente bronzeada. Pernas e peito musculosos. E o jeito como seu cabelo escuro cai no seu rosto enquanto ele corre é sexy demais.

Enquanto diminuo o ritmo, dou umas olhadelas na direção dele. A forma como ele se move é ao mesmo tempo graciosa e inacreditavelmente masculina, e eu acho essa combinação fascinante. Eu poderia passar o dia todo olhando para ele.

Exatamente enquanto penso nisso, ele olha para mim e me pega olhando para ele. Imediatamente, desvio o olhar. Ele não pode me notar agora. Não quando eu estou suando por todos os poros e cheirando a lixo tóxico.

Preso ao meu braço, meu telefone começa a tocar. Eu continuo correndo enquanto atendo.

— Tobes! Oi! — *O.k., falar e correr enquanto se tenta respirar é um desafio e tanto.* — O que você conseguiu?

Há uma pequena pausa até Toby dizer:

— Hum... você pode falar?

— Claro. Eu só estou na academia. Por quê?

— Ah. Tudo bem, é que, com a respiração pesada e os gemidos, eu pensei... Bom, deixa pra lá. Então, a caixa postal está registrada em nome de Reggie Baker, de Greenpoint, Brooklyn. Vou te mandar o endereço por mensagem.

— Esse Reggie pode ser nosso cara?

— Claro. Se o Mr. Romance for um professor aposentado de sessenta anos.

Eu balanço a cabeça.

— É, acho que não. Reggie tem família? Algum filho na casa dos vinte anos?

Posso ouvir o barulho do teclado ao fundo.

— Não. Reggie e a esposa têm duas filhas, Priscilla e Daisy, as duas com trinta e poucos anos.

Eu diminuo a velocidade da esteira até estar apenas andando rápido.

— Bom, isso não me dá muito pra ir atrás, meu amigo.

— Eu sei. Desculpa. Seria legal se a caixa postal levasse direto ao nosso homem.

— Mas é claro que não leva. Senão teria sido fácil demais. Obrigada de qualquer forma, Tobes.

— Sem problemas. Eu vou te mandar o endereço mesmo assim. Me avisa se precisar de mais alguma coisa.

Eu desligo e tiro o telefone da faixa no meu braço. Essa história está caminhando para lugar nenhum rápido demais, então, a não ser que eu queira perder minha única pista, acho que vou ter que finalizar as coisas por aqui e fazer uma visita ao sr. Reginald Baker. Talvez falar com ele me dê algum resultado.

Desligo a esteira e me viro para descer, mas, graças a um super-poder que domina as pernas humanas depois de terem corrido no mesmo lugar por um tempo, eu piso com força demais para me manter em pé. Com o gritinho mais estridente que já saiu de mim, me desequilibro e derrubo meu celular. Entretanto, no minuto em que me preparo para dar de cara com o chão de concreto, braços fortes me enlaçam, me apertando contra um corpo quente e firme.

— Opa. Tudo bem aí? — Voz masculina calorosa. Sotaque irlandês pesado. Pele suave contra a minha, enquanto mãos enormes me colocam em pé novamente.

Levanto o rosto para meu salvador e reconheço meu vizinho de esteira, moreno e gostosão, me olhando preocupado. É claro. Porque ele ter testemunhado minha falta de coordenação não foi suficiente, então ele também está condenado a experimentar meu odor pós-corrida e sentir minha transpiração nojenta em seu corpo belo e musculoso.

— Merda, desculpa — eu digo. Constrangida, me afasto de seus braços. — Obrigada pelo resgate.

Eu espero vê-lo limpando as mãos no short, porque, de verdade, estou meio pegajosa. Mas ele não o faz.

Em vez disso, ele pega meu celular do chão e dá uma rápida examinada nele para avaliar os danos.

— Sem problemas. Eu fiz a mesma coisa outro dia. Ainda bem que eu era a única pessoa aqui na hora, então ninguém testemunhou eu me espatifando no chão como uma girafa bebê.

— Lamento ter perdido isso.

— Com razão. Se você tivesse filmado e postado em alguma rede social, você poderia ter me tornado um sucesso da internet. Como você ousa me privar dos meus quinze minutos de humilhação pública? — Toda vez que ele diz "você" soa como "cê", e todos os seus "r" se enrolam um pouco, o que é muito sexy. Para piorar as coisas, assim que ele me devolve o telefone, eu me arrepio toda quando seus dedos roçam nos meus.

Ah, Deus, não. Querer um cara como ele não é uma boa ideia. Meus instintos estão me mandando bater logo em retirada, mas meus olhos se sobrepõem a eles, então eu fico onde estou e ainda abro um sorriso.

— Bom, agora eu realmente lamento muito.

Ele me dá um aceno de cabeça, satisfeito.

— Eu te perdoo. O lado bom é que eu pude causar uma primeira impressão que não fosse você morrendo de rir, olha só.

Afasto as grossas mechas de cabelo que escaparam do meu rabo de cavalo e estão grudando no meu rosto como algas.

— Bom, sim. Não tem nada pior do que passar vergonha na frente de estranhos, né? Pior coisa.

Ele dá uma risada baixa e, gente, se eu já achava ele sexy correndo com cabelo bagunçado, agora, com esse sorriso meio torto de aprovação que ele está me dando, a coisa saiu de controle.

— Na verdade, achei bem charmoso te ver caindo aos meus pés. Você não precisava se esforçar tanto pra chamar minha atenção, te garanto, mas não estou reclamando.

Jesus, o sotaque dele está me matando. Sem falar nos olhos verdes brilhantes. As maçãs do rosto. Os lábios cheios e sensuais.

Preciso sair daqui, rápido. E, ainda assim, continuo tagarelando.

— O que eu posso dizer? Algumas garotas gostam de atrair homens com sua beleza e uma personalidade interessante. Já eu prefiro exibir minha extrema falta de coordenação. Acho que é uma forma subestimada de atrair o sexo oposto.

Ele concorda com a cabeça, e eu não deixo de notar a forma como ele examina rápida, mas detalhadamente, meu rosto e corpo.

— Acho que você tem uma boa ideia aí. Eu de fato estou te achando incrivelmente atraente neste momento. Essa tática funciona pra homens também? Tipo, se eu tropeçar nas escadas agora, isso te convenceria a tomar algo comigo mais tarde?

Eu me encolho.

— Ah, não. Você não pode começar direto com a queda da escada. Esse é um erro de principiante. Você vai acabar se matando. Comece com algo pequeno, como tropeçar nos próprios pés. Ou dar de cara num poste. Eu faço parecer fácil, mas existe uma grande diferença entre ser adoravelmente desengonçada e repulsivamente distraída. Você precisa conhecer seus limites.

Ele faz uma cara séria.

— Entendi. É exatamente desse tipo de sabedoria que preciso. Você não apenas está me salvando de me machucar de forma humilhante, mas ainda conseguiu ignorar meu convite pra uma bebida sem me fazer parecer um babaca completo, o que é impressionante.

Pego minha toalha na esteira e seco meu rosto. Eu não quis ignorar o convite, ele só me pegou de surpresa. Normalmente, quando homens me abordam, estamos em um bar, depois de eles já terem bebido algumas. Ou, quando sou eu que já tomei algumas, deixo claro meu interesse enfiando minha língua em suas bocas.

Homens que se parecem com esse belo espécimen irlandês normalmente não me notam, principalmente na academia. De acordo com a minha experiência, caras supergatos não se interessam por mulheres sem graça, com formas angulares e sutiãs tamanho P, que correm vestindo camisetões e leggings sem marca. Eles preferem as coelhinhas siliconadas da Playboy que, de alguma forma misteriosa, saem da aula de *spinning* com o cabelo perfeito e a maquiagem intacta.

Não é que eu não me ache atraente; eu sei que posso ficar bonita. Mas, considerando que neste momento meu rosto se parece com uma hemorroida particularmente irritada, eu duvido que minha aparência pós-treino esteja me mostrando em meu melhor momento.

— Obrigada — digo —, mas eu tento não sair com homens que se encantam com minha falta de jeito. Não é justo com eles. Quer dizer, assim que eu colocar um salto alto e tentar andar até o outro lado da sala, você nunca mais vai olhar pra outras mulheres. Você é jovem, ainda tem toda uma vida romântica pela frente. Estou te dispensando porque me importo. — *E porque é muito estranho ser chamada para sair por alguém tão bonito quanto você.*

Ele olha para baixo.

— Uau, desastrada *e* altruísta? Você já me ganhou.

Ele então me olha com aqueles incríveis olhos verdes e, sem querer, eu me pego encarando de volta.

— Meu nome é Kieran, por sinal. E você é...?

Sem pensar, eu aperto a mão dele. Ela é quente, áspera e envolve a minha completamente.

— Eden. Tate.

— Prazer em te conhecer, Eden.

— Igualmente, Kieran.

Ele se aproxima um pouco enquanto aperta minha mão suavemente. O resultado disso é que todo o meu corpo é percorrido por arrepios.

A reação é tão forte e inesperada que eu preciso me afastar e respirar um pouco.

Meu Deus, qual é a desse homem? Eu não me sinto tão atraída por alguém desde... Na verdade, eu não me lembro de algum dia já ter sentido esse tipo de atração. Normalmente eu foco nos caras que são bonitos, mas não extraordinários. E esse cara é definitivamente extraordinário. Atraente de formas que eu nunca havia imaginado. É exatamente esse tipo de conexão que eu tento evitar.

Me sentindo desorientada e um pouco mais do que apenas fora do meu território, eu me viro para a esteira e pego minha garrafa d'água.

— Bom, prazer em te conhecer, Kieran. E obrigada por me salvar de um nariz quebrado.

— Você já vai?

— Sim. Alguém precisa trabalhar pra pagar as contas.

— Bom, talvez eu te veja por aí? Estou aqui quase todo dia. — Ele soa tão esperançoso que sinto uma onda de arrependimento.

— Sim, talvez. Tchau.

Ele sorri quando eu passo por ele e, mais uma vez, sinto um embrulho no estômago que me deixa alerta. Eu estou acostumada a me sentir vagamente atraída por homens, não a sentir essa coisa que ele está causando em mim. É inesperado, perturbador, e eu tento me livrar disso enquanto caminho para o chuveiro.

Eu não sou uma pessoa que costuma viver esses encontros de comédia romântica. Eles são para mulheres com estilo de protagonista, e essa não sou eu. Se minha vida fosse um filme, alguém como a minha irmã seria a personagem principal, e eu acabaria sendo a amiga inteligente que não tem problemas para conseguir sexo, mas está mais interessada em homens como um esporte radical, não como parceiros de vida.

Enquanto eu termino de tomar banho e me visto, tento tirar Kieran da cabeça.

A dura verdade é que, não importa quão bonito e sexy ele seja, se ele se interessou por mim, o palpite mais seguro é que ele seja algum tipo de babaca disfarçado. E, por mais que eu não me importe de ir para a cama com babacas, ir a encontros com eles não me parece divertido.

Babacas fazem você sentir coisas e depois desaparecem. Fazem você achar que é a coisa mais importante da vida deles e, um belo dia, decidem que não é mais. Neste momento eu deveria estar focada apenas em tirar minha carreira do esgoto, não em investir em uma provável decepção amorosa.

Eu pego minhas coisas, me dirijo para a porta de saída e, mesmo quando vejo Kieran com minha visão periférica e sinto seu olhar em mim, não olho de volta.

Hora de trabalhar.

Encaro o prédio imenso e imundo à minha frente e telefono para Toby.

— E aí?

— Você tem certeza que me deu o endereço certo?

— Sim, por quê?

— Não é uma casa. É um galpão, um galpão abandonado, ainda por cima, com janelas bloqueadas e pichação. — Um mendigo sentado em uma escada próxima inclina sua garrafa de uísque para mim e me dá um sorriso desdentado. — É um exemplo perfeito de luxo decadente.

— Hum. Bom, esse foi o único endereço que eu encontrei. Quer que eu dê uma checada em Reggie Baker?

— Claro. Mal não vai fazer. Você pode ver também o que consegue descobrir sobre esse prédio? Proprietários antigos... inquilinos. Daí você me manda por e-mail quando terminar?

— Tá na mão. Ah, e só pra você saber... — ele baixa a voz até um sussurro — o Derek anda bisbilhotando por aí, me perguntando no que você está metida.

— E o que você respondeu?

— Que você está quase desvendando a história toda. Ele não pareceu convencido. E quer que você venha amanhã de manhã pra fazer um relatório pessoalmente.

— Ótimo. Mal posso esperar pra dizer que não descobri nada além do que ele já sabe.

— Bom, nesse caso, você pode querer inventar alguma coisa, porque os números do mês passado chegaram ontem e ele entrou no modo Mega-Cretino desde então. Não dê uma desculpa pra ele te bombardear.

— Obrigada pelo aviso, Tobes. Vou fazer meu melhor.

Depois que desligamos, eu ando até o outro lado do prédio, procurando uma entrada, ou, melhor ainda, uma pista que me leve à minha presa. Tudo o que consigo descobrir, porém, é que o galpão é enorme e parece não ser usado há muito tempo. O único sinal de vida neste lugar é uma entrada traseira, em cima de um pequeno conjunto de degraus, onde um mural interessante estampa um enorme rosto em preto e branco. Na porta ao lado da imagem estão as palavras *Deixai, ó vós que entrais, toda a esperança!*.

Eu subo as escadas e tento abrir a porta. É lógico que está trancada, mas entre os tons de cinza do mural, avisto um teclado numérico brilhante e moderno.

Hummm... interessante.

A tecnologia de ponta parece fora de lugar aqui, considerando que o restante do prédio parece ter saído da época da Grande Depressão.

Eu tenho a sensação de estar sendo observada, mas, quando checo o beco, não vejo ninguém. Exceto, é claro, o enorme homem pintado no mural, que é mais do que apenas um pouco assustador.

Volto ao teclado. Por pura zoeira, digito minha data de nascimento. Sem nenhuma surpresa, a porta solta um zumbido aborrecido e se recusa a abrir.

Depois de tentar mais alguns botões, eu percebo que, se eu apertar os números em uma determinada sequência, consigo tocar "Uptown Funk".

Estou tentando descobrir que outras músicas consigo reproduzir ali quando meu celular toca tão alto que quase morro de susto.

Eu atendo sem nem mesmo olhar para a tela.

— Tobes?

Uma voz profunda e masculina, que definitivamente não é a de Toby, diz:

— Por favor, pare de apertar números aleatórios. Na próxima tentativa incorreta os cachorros serão soltos, e eu não quero ter que limpar a bagunça que vai ficar depois que eles te pegarem.

— Que merda é essa? — Uma olhada rápida na tela revela um número que não reconheço. — Quem é?

— Você sabe quem é. Você tem procurado por mim.

Meu Deus. Não pode ser.

— Hum... Mr. Romance?

Eu ouço uma bufada de frustração.

— Cristo, você pode não me chamar por esse nome estúpido? Me faz pensar em um mágico vagabundo de cartola e cravo na lapela. Ou pior, eu mesmo na capa de um livro, com o peito nu e os cabelos ao vento.

A imagem de um desses caras de capa de romance de banca de jornal me faz sorrir. Eu presumo que meu interlocutor misterioso se pareça mais com esse tipo do que com Danny DeVito. Porque eu, pelo menos, duvido que as mulheres gastariam seu dinheiro com um tipo como DeVito, mas nunca se sabe. Cada um com seus fetiches.

— Não é engraçado — diz a voz. Mesmo se ele for feio como o cão, ele poderia ganhar uma fortuna só falando sacanagem com mulheres pelo telefone. A voz dele é sensual pra caramba.

Eu pigarreio.

— Então, como devo te chamar?

— Se as coisas forem do meu jeito, de forma nenhuma. Mas, considerando que você se recusou a entender meu recado pra me deixar em paz, apesar de eu ter devolvido seu dinheiro, pode me chamar de Max. E eu devo te chamar de Bianca White? Ou de Eden Tate? Qual você prefere?

No questionário, eu declarei ser Bianca White. Como ele conseguiu descobrir meu nome verdadeiro?

Como tenho uma tendência a mexer nas coisas quando fico nervosa, eu levanto meu dedo para tocar no teclado de novo.

— Eu te falei pra não encostar nisso — ele diz, com a voz cheia de frustração.

Eu olho para cima, mas não vejo nenhuma câmera. Então me viro para examinar o amplo beco. Sombras passam quando as pessoas caminham apressadas pela rua em frente, em seus caminhos para casa, mas nenhuma delas para.

— Onde você está? — pergunto, mais nervosa a cada segundo. O sol está baixando, e as sombras alongadas não me ajudam a me sentir segura.

— Boa pergunta. Onde você acha que estou?

Eu me viro para o outro lado. Há uma figura escura a alguns metros de distância, me encarando. O homem está contra a luz, então não consigo enxergar suas feições, mas, mesmo assim, eu imediatamente enfio a mão na bolsa e tiro de lá meu spray de pimenta.

— O.k., isso é bem assustador. — Eu agarro meu celular com mais força. — Essa é a sua imitação de Bruce Wayne? Porque, sinceramente, já vi melhores.

— Se você não quer ser confrontada por homens estranhos em becos escuros, senhorita Tate, eu recomendo que fique longe deles.

— Sábias palavras. Se eu tentar ir embora, você vai deixar?

— Você acha que eu te machucaria? Estou ofendido. Você acha que eu sou algum tipo de marginal?

— Claro que não. Tenho certeza que você é um psicopata muito simpático. Mas, para a sua informação, se você der mais um passo na minha direção, eu vou gritar tão alto que vão conseguir me ouvir lá em Manhattan.

Uma risada abafada sai do telefone.

— Por mais interessado que eu esteja em testemunhar todo o seu alcance vocal, pode ficar tranquila. Não tem por que ter medo. — A figura nas sombras se vira e um estrondo ecoa pelas paredes do beco. — Esse é Charlie, o bêbado local. Ele é inofensivo. Quer dizer, talvez ele fale sobre como a ex-mulher dele é uma vaca até suas orelhas caírem, mas fora isso, ele não machucaria uma mosca.

Eu olho ao meu redor novamente, procurando por algum outro homem, talvez agachado atrás das caçambas.

— Como você está vendo isso? Você está aqui?

— Olhe para a sua direita, no alto. — Eu olho para cima. Grudada no muro, camuflada pelo mural, está uma pequenina câmera de segurança. — Sorria, senhorita Tate. Você ativou meu sistema de segurança ao brincar com o teclado. Estou te assistindo ao vivo pelo meu celular.

— Então você não está aqui?

— Não.

— Que pena. Eu realmente gostaria de te dar um tapa por ter me assustado assim.

— Na verdade, quem te assustou foi o Charlie. Mas, por favor, fique à vontade pra dar um tapa nele. Acho que ele gosta dessas coisas.

Meu coração ainda está acelerado, e eu me recosto na porta.

— Você se excita perturbando mulheres inocentes? Ou foi só comigo mesmo?

— Inocente, senhorita Tate? É assim que você se descreveria? Por sua causa, seu amigo Toby se envolveu em todo tipo de atividades ilegais na última semana. E agora aqui está você, invadindo propriedade privada. Se eu não fosse um cavalheiro, já teria chamado a polícia, mas estou te dando mais uma chance de fazer a coisa certa e ir embora.

— Como você descobriu quem eu sou?

— Seu amigo não é o único que entende de computadores. Você realmente acha que eu não pesquiso todas as minhas potenciais clientes? Estou desapontado por você ter facilitado tanto. Eu esperava que a mulher que se infiltrou com sucesso em uma sociedade secreta ainda na faculdade fosse construir um disfarce melhor. É como se você não estivesse nem se esforçando.

Isso dói. Eu estava realmente me esforçando. Eu escolhi o nome de uma garota que estudou comigo no Ensino Médio e que agora é casada com um grande nome de Wall Street. Nós nem éramos amigas, mas nos parecíamos o bastante para sermos sempre confundidas com irmãs — diferente de mim e da minha irmã de verdade. Qualquer um que procurasse no Google por Bianca White encontraria uma socialite rica com o rosto parecido com o meu e muito dinheiro para esbanjar. Como ele foi dela para mim?

—Tudo bem — digo —, meu disfarce já era. E agora?

— Agora nada. Você se manda da minha propriedade e esquece que já ouviu falar de mim.

Eu rio.

— É, isso não vai acontecer. Você pode ter atrasado a minha busca, mas eu acredito firmemente na teoria de que uma gota d'água persistente pode destruir uma montanha.

— E, nesse cenário, você é a água e a minha identidade é a montanha?

— Bingo.

— Isso ainda não te dá uma história. Mesmo que você me encontre e exponha todas as minhas clientes, não é uma matéria de verdade sem os relatos delas ou uma entrevista comigo. E eu estou aqui pra te avisar que as mulheres que usam meus serviços nunca vão falar com você. Nem eu. Pra que continuar com isso?

— O que posso dizer? Eu odeio mistérios. Sempre odiei. E você, Max, é um mistério gigantesco embrulhado em um enigma. No mínimo, eu preciso descobrir as celebridades da sua lista de clientes.

Ele fica em silêncio por um momento e então pergunta:

— Por quê?

Isso me pega de surpresa.

— Como assim por quê?

— Por que você precisa descobrir? Eu estou oferecendo às mulheres algo que as deixa feliz. Somos todos adultos, com capacidade de consentir. Ninguém está se machucando, então por que estragar isso? Se você expuser minhas clientes, tudo o que vai conseguir é apenas causar dor e sofrimento a pessoas que não merecem, além de tirar minha única fonte de renda.

— Você espera que eu fique com pena de você e das suas clientes super-ricas? Que eu desista da história por empatia?

— Seria legal.

— Não vai acontecer.

Ele solta um suspiro exasperado.

— Você sabe que é irritante, né?

— Sim. E também sei que, quando coloco meu foco em algo, eu costumo conseguir, então você pode me dar uma entrevista logo e nos poupar tempo e esforço.

— De verdade, senhorita Tate, eu não sou tão interessante. Seus leitores ficariam entediados.

— Um homem que dá vida a fantasias de mulheres? Sei que pelo menos metade da população mundial acharia isso fascinante. Incluindo eu.

Eu quase consigo ouvi-lo trincando os dentes. Estou um pouco surpresa com o quanto estou gostando de irritá-lo. Ele pode achar que conhece as mulheres, mas ele não me conhece, e vou derrubá-lo, possivelmente ganhando um Pulitzer no caminho.

— Senhorita Tate, você está pedindo o impossível. A única forma de eu continuar meu trabalho é mantendo sigilo absoluto sobre as minhas clientes. Eu não vou arriscar nada disso falando com você.

— E se eu prometer proteger a identidade de todas elas?

— Você espera que eu confie numa jornalista? Eu não sou burro.

Isso já ficou claro. Qualquer outro entrevistado já teria sido achado dias atrás.

— Olha, Max, do meu ponto de vista, você tem duas opções: a primeira é você concordar em me dar uma entrevista reveladora e eu assinar um rígido acordo que garanta o sigilo sobre as informações que você precisa esconder, criando nomes falsos pra todas as suas clientes e protegendo a identidade delas, assim como a sua; a segunda é você tentar me afastar e, quando eu finalmente conseguir te encontrar — e você sabe perfeitamente bem que uma hora eu vou conseguir — nada será segredo. Eu vou jogar a merda toda no ventilador, pra todo mundo ver. Dane-se o sigilo.

Silêncio do outro lado da linha. Eu prendo a respiração. Nunca fui uma boa jogadora de cartas, porque sou incapaz de blefar, mas preciso admitir que isso soou bem intimidador, até para mim.

O silêncio dura tanto tempo que começo a achar que a ligação caiu.

— Max? — Ele não responde. — Você ainda está aí? — Ainda nada. — O.k., então é melhor eu ir nessa e continuar com a minha pesquisa...

— Pare.

— Ah, então você ainda está aí.

— Eu estava pensando. Não gosto de receber ultimatos, principalmente quando eles podem afetar outras pessoas além de mim.

Posso sentir ele cedendo.

— Max, eu entendo que você gostaria que eu não tivesse descoberto sobre você, mas eu descobri, e agora não posso simplesmente abandonar a matéria. Ela tem potencial pra fazer minha carreira acontecer. Mas isso não quer dizer que precisa ser o fim da sua. Se você concordar com as minhas condições, vou tomar cuidado. Vou te proteger.

— E se eu não concordar, você vai me destruir?

— Bom, eu não usaria essa linguagem de vilão do James Bond, mas, sim, é tipo isso.

Ele suspira.

— Vou pensar, senhorita Tate. Não é uma decisão fácil. Eu preciso de um tempo.

— Tudo bem. Você tem quarenta e oito horas. Depois disso, não pode me culpar pelas minhas ações.

— Isso parece bastante com um vilão de James Bond pra mim.

— Bom, você que começou. Preciso da sua resposta até sexta-feira.

— Você terá. Nesse meio-tempo, posso confiar que você vai suspender as investigações?

— Claro. — Não consigo dizer se ele sabe que estou mentindo, mas ele não diz nada.

— Tudo bem. Boa noite, senhorita Tate.

— Boa noite, Ma... — eu digo, mas ele já desligou.

Eu observo a porta, com seu mural assustador e seu teclado tecnológico, e tiro algumas fotos para meu arquivo de pesquisa.

Mal termino as fotos e meu telefone vibra com uma mensagem.

Se você não sair da minha propriedade em trinta segundos, vai descobrir que eu não estava brincando quando falei dos cachorros.

Eu rio, mas, quando ouço latidos, meu sangue gela. Recebo outra mensagem.

Vinte segundos, senhorita Tate. Eles ainda não comeram hoje. Se eu fosse você, começaria a correr.

Eu meio que caminho, meio que corro até o fim do beco, atravessando a rua o mais rápido que posso. Apenas dez minutos mais tarde, quando eu entro em um vagão no metrô e as portas se fecham, é que paro de achar que vou ser destroçada por uma matilha de cães famintos.

capítulo quatro
As coisas que se faz por amor

Eu o sinto antes mesmo de vê-lo. Uma presença oleosa e arrogante encostando no meu cotovelo, enquanto estou sentada no fim do bar trabalhando em um bom e forte gim-tônica.

— Olá.

— Não estou interessada.

O choque dele é palpável.

— Como?

Eu me viro para olhá-lo. Aham. Como esperado. Terno caro, cabelo arrumado, não tão gato, mas charmoso o suficiente para não ser rejeitado com frequência. Um bom sete.

Dou a ele o meu sorriso mais paciente.

— Obrigada pelo que quer que você estivesse prestes a dizer, mas não estou interessada.

Em qualquer outro dia, eu estaria a fim de um pouco de terapia sexual, mas hoje estou preocupada pensando em Max e em nossa conversa. Tendo como base a voz dele, eu imagino sua aparência, alto e louro. Provavelmente sem camisa.

Apesar da minha indiferença, o sr. Sete à minha frente não lê meus sinais, porque ele se debruça sobre o bar e me lança o que ele certamente pensa ser seu sorriso de abrir pernas.

— Bom, eu ainda não te disse o que estou oferecendo, então como você sabe que não quer? — Ele sorri mais uma vez e, embora seja um babaca, tem a quantidade exata de arrogância necessária para deixar meu corpo interessado em saber mais. Especificamente, em saber como ele é sem roupa.

O que esses imbecis engomadinhos têm que eu acho tão irresistível? Será que, como já dormi com tantos deles, quando um chega perto meu corpo já espera por sexo? Tipo um tesão pavloviano? Além disso, eles vêm para cima de mim como se eu tivesse um enorme letreiro neon sobre a cabeça dizendo *Mulher forte e independente buscando uma noite de sexo medíocre. Sem compromisso. Orgasmos opcionais. Informações abaixo.*

Eu dou uma boa e longa examinada no cara, do brilho dos sapatos a sua cuidadosamente cultivada barba por fazer.

— O.k. — digo. — Vamos jogar um jogo. Eu vou dizer três coisas sobre você. Se eu estiver errada, você pode me pagar uma bebida e vemos o que acontece. Se eu acertar, você vai pra outro lugar. Feito?

Ele ri.

— Parece bom. Embora, não vou mentir, eu realmente espero que você erre.

Parte de mim está com ele. Eu com certeza apreciaria aliviar o estresse, apesar de não estar a fim da distração.

— O.k. — digo —, que tal isso? Você vai a um bar diferente a cada sexta à noite e normalmente volta pra casa com alguém, mesmo que você já tenha três garotas pra quem pode ligar de madrugada quando quer transar. Seus pais são divorciados e parte de você culpa sua mãe por ela não ter se esforçado o suficiente pra manter o interesse do seu pai. No Ensino Médio, você tinha uma namorada que amava, mas ela te largou, e agora você evita qualquer coisa séria em favor do clássico "gozar e dispensar". — Eu inclino a cabeça. — Como fui?

Ele me encara estupefato por um momento e então ajusta a gravata.

— Hum… como você fez isso? Você lê mentes?

— Não, eu só conheço bem os homens. — Especialmente homens como ele. — Então, agradeço a oferta, mas, como eu disse, não, obrigada.

Ele me lança mais um olhar incrédulo antes de voltar para seus amigos, todos idênticos, do outro lado do bar.

Assim que ele se afasta, Asha desliza para o banco ao meu lado.

— Eu estou imaginando coisas, ou você acabou de dispensar um cara?

— Você não está imaginando coisas.

Ela acena para que Joe, o barman, traga o de sempre. Ele compreende e separa um copo alto antes de pegar algumas garrafas.

— Uau. Quero me lembrar deste momento pra sempre. Ele vai entrar para a história como o dia em que minha irmã mais velha enfim aprendeu a dizer não.

— Não banca a espertinha. Eu digo não o tempo todo.

— Não pra caras com aquela aparência. Babacas engomadinhos do mercado financeiro são sua criptonita. Mais até do que músicos maconheiros desempregados. É possível que você esteja finalmente aprendendo a pensar com a cabeça em vez da vagina?

— Ei, a Regina não acha que toma decisões ruins.

Asha abafa uma gargalhada.

— Você sabe muito bem que a Regina Vagina comanda sua vida tanto quanto a rainha malvada de Alice comanda o País das Maravilhas. "Cortem-lhe as calças!". Aquela coisa toda.

— É, bom, se você ouvisse o seu tesourinho com mais frequência, talvez fosse menos carola.

Minha irmã fica tão vermelha, tão rápido, que eu não consigo não rir.

— Você disse que não ia me zoar por causa desse nome!

— Pffff. Isso foi anos atrás. Acho que qualquer acordo a respeito do apelido que seu namorado do Ensino Médio deu pra sua xoxota já prescreveu há tempos.

— Não era pra você ter visto aquelas mensagens do Jeremy.

— Então você não devia ter deixado seu celular onde eu pudesse vê-las. Você esperava mesmo que eu ignorasse quando ele começou a te mandar aquelas mensagens pornográficas?

— Sim, é exatamente isso que eu esperava.

Eu balanço a cabeça.

— Às vezes, Ash, parece que você não me conhece.

Joe traz a bebida de Asha e ela dá um gole. Acho irônico o fato de que, apesar da inexistência da vida sexual da minha irmã, seu drinque preferido seja um de vodca chamado "Apenas uma noite". Se ela tivesse mais dessas noites, talvez parasse de me encher pelo meu histórico.

— Então — diz ela, enquanto remexe os cubos de gelo com o canudo —, o que aconteceu com você hoje? Você parece estar de mau humor.

Dou um gole no meu drinque.

— Não sei. Acho que tenho coisas demais na cabeça.

— Tipo...?

Eu engulo o resto da minha bebida e aceno para Joe nos trazer mais uma rodada.

— Bom, pra começar — digo —, eu falei com o Mr. Romance hoje.

Asha quase cai da cadeira.

— Você está brincando. Você o encontrou? Como? Qual a cara dele? Ele é maravilhoso? O que ele estava vestindo? O que ele disse?

— O.k., segura as perguntas, Lois Lane. Eu não o *vi*. Nós nos falamos por telefone.

Eu conto da minha tocaia em frente à caixa postal e da experiência no galpão. Ela ouve fascinada.

— Meu Deus, ele é tão misterioso! Tipo um agente secreto gato. — Ela fica com uma expressão sonhadora no rosto, e eu sei que ela o está imaginando como o personagem de um de seus romances. Eu só espero que a protagonista seja ela, e não eu.

— E se ele negar a entrevista? — ela pergunta.

— Então eu continuo a investigação.

— Mas você realmente exporia ele e as clientes dele?

Dou um aceno de cabeça para Joe quando ele coloca os drinques na nossa frente.

— Pensando em mim, seria melhor fazer isso. Dar nome aos bois seria um escândalo nacional. Eu ganharia na loteria se conseguisse descobrir quem elas são.

Asha bebe seu drinque.

— Hum, isso é verdade. Mas o karma não seria bom.

Como na maior parte das minhas conversas com Asha, eu acabo revirando os olhos por causa do idealismo dela.

— Ash, ninguém vira um jornalista respeitado se tiver medo de expor nomes. Se eu quiser fazer uma omelete nessa carreira, vou ter que quebrar alguns ovos.

— Sim, mas, nesse caso, os ovos são vidas de pessoas. Você realmente quer ter esse peso na sua consciência?

— Só pra te lembrar, quem foi que me mandou investigar essa história, pra começo de conversa?

Ela suspira.

— Como se você me ouvisse. — Ela se levanta e coloca a bolsa no banco. — Só toma cuidado, o.k.? Se você decidir pôr fogo nesse pavio, esteja preparada para a bomba estourar na sua cara. Agora, eu preciso ir ao banheiro. Tente não mandar mensagens pornográficas do meu celular enquanto isso.

Eu bato uma continência enquanto ela se afasta, e não deixo de notar que os homens no bar se viram para vê-la passar. Não há como negar que minha irmã é maravilhosa. Parte disso é por conta do estilo dela, claro, mas ela é uma pessoa bonita por dentro e por fora. Muitas mulheres com essa aparência se tornariam narcisistas, mas a Ash não. Na verdade, eu preciso lembrá-la constantemente do quanto ela é atraente.

A única coisa mais frustrante que a beleza absurda da minha irmã é o fato de ela não aproveitá-la. Tipo, eu entendo que ela não queira perder tempo com caras errados, mas o cara precisa cumprir todos os requisitos da lista antes mesmo de ela conhecê-lo, e isso não é realista. Do jeito que a coisa vai, vou acabar me casando antes dela, e eu sequer acredito em casamento.

Quando Asha volta, ela está com uma expressão entre animação e vergonha.

— Tudo bem? — pergunto.

— Mais ou menos. Eu acabei de trombar com o cara mais maravilhoso do mundo ao voltar do banheiro. Cara, ele era realmente sexy.

—Trombou com ele? Como assim...?

— Dei de cara com o peito dele quando saí do banheiro. — Não é nenhuma surpresa que ser desastrada seja uma característica da família. — O cheiro dele era tão bom que eu quis até lamber seu pescoço. Acho que nunca conheci um homem que cheirasse tão bem.

— Perguntou o nome dele?

— Claro que não. Eu balbuciei uma desculpa e fugi de lá. Mas, de verdade, Eden, ele era *divino*.

— Espera. Você se sentiu atraída por um cara *antes* de fazer uma investigação minuciosa sobre a história de vida dele? Ele deve ser especial. — Quando ela me mostra o dedo do meio, apenas rio. — Onde ele está agora?

— Não tenho certeza. Acho que ele foi lá pro fundo, pra sala de jogos.

— Então por que nós ainda estamos aqui? Vamos.

Ela me dispensa com um gesto da mão.

— Nah, deixa pra lá. Ele provavelmente nem é solteiro.

— Bom, você nunca vai descobrir se não falar com ele, né?

Ela começa a se sentar, mas eu agarro a bolsa e a bebida dela e envolvo seu braço no meu.

— Vamos. Pelo menos diga um oi. Ele pode ser seu legendário príncipe encantado.

Relutantemente, ela me deixa arrastá-la até o fundo do bar, onde há três mesas de sinuca perto de uma jukebox e uma pequena pista de dança. Desde que nos mudamos para um apartamento na esquina daqui, há dois anos, passamos uma quantidade considerável de tempo neste lugar, que já foi o cenário de algumas batalhas épicas de sinuca.

Enquanto nos instalamos em uma das mesas laterais, eu escaneio a área em busca do homem misterioso. Bem no fundo da sala, há um pequeno grupo de homens, mas nenhum deles me parece o tipo da Asha. Barbudos demais.

— Você está vendo ele em algum lugar? — pergunto.

Ash olha em volta e, então, aponta para um cara alto e louro que está arrumando as bolas na mesa mais próxima.

— Ele estava com aquele cara, mas só Deus sabe onde estará agora. — Ela olha em volta de novo. — Espera só pra ver, Edie. Você vai pirar.

Ele deve ser mesmo incrível para ter deixado minha irmã empolgada. Eu posso contar nos dedos de uma mão as vezes em que a vi boba desse jeito.

Depois de alguns minutos, ela cutuca meu pé embaixo da mesa.

— Lá está ele! Seja discreta.

Eu olho para onde um cara gato de cabelo escuro se aproxima, vindo do corredor do fundo.

A luz não é ótima nesta parte do bar, mas mesmo na penumbra eu reconheço aquele maxilar forte e a boca sensual. E é impossível confundir aqueles braços deliciosos também.

Enquanto estou surtando por dentro, Asha se debruça e sussurra:

— Se a aparência dele não for o suficiente pra você, já aviso que ele tem sotaque irlandês.

— Oh, oh. — Eu conheço até bem demais o efeito desse sotaque, e não tenho nenhuma dúvida de que neste ambiente a coisa vai ser ainda mais intensa, porque, por mais delicioso que Kieran estivesse de regata e short na academia, ele é ainda mais apetitoso em uma camiseta justa do Led Zeppelin e jeans surrados.

Asha se vira para ver minha reação, e eu rapidamente paro de encará-lo de boca aberta.

— O que você acha? — ela pergunta. — Maravilhoso, né?

Eu dou um sorriso encorajador.

— Eu acho que ele é perfeito pra você. Vai dar um oi. — Meu estômago se contrai estranhamente. Não é nada agradável.

Ela está passando a mão no cabelo quando Kieran se vira e me vê. Ele olha melhor, então sorri e vem em nossa direção.

— Ai, meu Deus — Asha sussurra —, ele está vindo falar comigo. O que eu faço?

— Só fica calma.

Enquanto ele se aproxima, eu sacudo a cabeça devagar, tentando sinalizar para ele fingir que não nos conhecemos. Ele contrai as sobrancelhas e, por um minuto, seu sorriso vacila, mas quando ele para em frente à nossa mesa, parece relaxado e amigável.

— Senhoritas — ele diz, enquanto Asha dá um sorriso radiante —, vocês estariam interessadas em se juntar ao nosso jogo de sinuca? Alguns dos nossos amigos não vieram, então estamos precisando de gente.

Asha praticamente se lança para fora da cadeira.

— Adoraríamos! Né, Eden?

— Ah, claro.

Eu me levanto, e Asha olha para ele, estendendo a sua mão.

— Meu nome é Asha, por sinal.

Ele aperta a mão dela.

— É um prazer, Asha. Eu sou o Kieran.

Parece que Ash quer espalhá-lo numa torrada e comê-lo no jantar. É só quando pigarreio que ela volta à realidade, fazendo um gesto na minha direção.

— Ah, e esta é a minha irmã, Eden.

Kieran aperta minha mão e, droga, percebo que seu efeito em mim não diminuiu nem um pouco desde a última vez que o vi, algumas horas atrás. Parte de mim espera que ele diga que já nos conhecemos, mas ele não o faz. Em vez disso, acaricia a minha mão com o polegar e murmura:

— Muito prazer em conhecê-la, Eden.

Eu puxo minha mão e dou um sorriso fraco.

— Oi.

Jesus, parece que encheram meus braços com aqueles sais de banho efervescentes. Eu passo para o outro lado da Asha, para ela ficar entre mim e Kieran. Deixe que ela lide com o impacto do ridículo magnetismo sexual desse homem.

Parecendo ainda mais confuso, ele nos leva até a mesa de sinuca na qual seu amigo troncudo está esperando.

— Senhoritas, este é o Patrick. Mas vocês podem chamá-lo de Pat. Ou Paddy.

O grandalhão faz uma careta.

— Por favor, não me chamem de Paddy. É como minha mãe me chama, e faz eu me sentir com seis anos de idade. — Ele estende sua mão enorme para nós. — Prazer em conhecer as duas.

Por mais que Kieran seja grande, Pat é ainda maior. A camisa de rugby que ele usa mal consegue conter seus ombros. Ele tira seu cabelo bagunçado e loiro arruivado do rosto, e Asha e eu apertamos a mão dele, enquanto ele sussurra:

— Graças ao Senhor vocês duas se juntaram a nós. Teria sido uma noite muito chata jogar só com o Kieran. Eu já ganhei dele tantas vezes que perdeu a graça.

Kieran tosse, descrente.

— Isso é uma grande mentira. Ele só está cansado de perder tanto pra mim.

— Claro, claro. Vai sonhando, Flanagan.

Deus, estou tendo uma overdose de doces sons irlandeses em meio ao sotaque dos dois. O de Pat é um pouco mais forte que o de Kieran, mas a voz de Kieran é mais profunda... escura e aveludada, como um bom uísque irlandês.

— Agora — Kieran diz, virando-se para mim e Ash —, quem quer se juntar a mim no time vencedor?

Ele olha diretamente para mim quando fala isso, mas de jeito nenhum eu tiraria esse gostinho da minha irmã. Até porque ela parece ser bem mais o tipo dele do que eu.

— Bom, eu gostaria de ficar no time do Pat — digo —, se a Asha não se importar de jogar com você. — Minhas palavras fazem minha irmã ficar vermelho vivo. Kieran ergue as sobrancelhas, mas não protesta. Esconder que nos conhecemos parece um segredo clandestino e excitante, o que não está me ajudando a me sentir menos atraída por ele. A forma como ele me encara também não está colaborando. Eu desvio o olhar dele e me dirijo à minha irmã:

— Tudo bem por você, Ash?

Ela faz que sim com a cabeça, colocando uma mecha de cabelo atrás da orelha, e olha para Kieran.

— Claro, funciona pra mim.

Deus, ela está tão a fim dele. Será Kieran o cara que quebrará sua regra de ouro de nunca dormir com alguém no primeiro encontro? A julgar pela forma como ela está olhando para ele, parece provável que ela o jogue na mesa de sinuca e monte nele na frente de todo mundo.

É bizarro nós duas estarmos atraídas pelo mesmo homem. Acho que isso nunca aconteceu antes. Normalmente, nosso gosto é completamente diferente, o que é bom, porque irmãs nunca deveriam competir pelo mesmo cara. Mas acho que finalmente encontramos a criatura rara capaz de unir em uma só pessoa os homens com quem quero transar e os príncipes com quem ela quer namorar. Não acho que isso seja algo bom.

Eu sei que não tenho motivos para ter ciúmes da quedinha dela, já que Kieran e eu só conversamos uma vez, e rapidamente, mas não consigo não ficar desapontada com isso. Algo baixo e amargo está contaminando meu sangue, e uma vozinha infantil sussurra na minha cabeça que eu o vi primeiro. Asha não tinha nem ideia da existência dele e ele já estava me chamando para sair.

Eu balanço minha cabeça para afastar esse pensamento. Quão mesquinha eu sou? Eu já decidi que ele não faz meu tipo e, mesmo que fizesse, isso não faria diferença agora. Tenho certeza de que, no minuto em que pôs os olhos na minha irmã, ele se arrependeu de ter conversado comigo. Depois que ele passar meia hora em sua presença incandescente, eu terei desaparecido quase totalmente.

— Bom, o.k. então — Pat diz, distribuindo os tacos —, como a Asha está jogando com este perdedor em forma de Kieran, ela pode começar. Não que isso vá fazer diferença quando eu e a Eden acabarmos com vocês.

Asha dá um sorriso sedutor para Kieran enquanto ela caminha até o fim da mesa e espera Pat terminar de arrumar as bolas. Quando ele remove o triângulo de plástico, Asha dá de ombros e diz:

— Aqui vai nada!

Ela então se inclina e dá uma tacada ruim. Eu reviro os olhos. Minha irmã sabe muito bem se virar em uma mesa de sinuca. Nós duas sabemos. E, mesmo assim, toda vez que jogamos com algum cara, ela encarna a garota sem noção nenhuma do que está fazendo. É meio ridículo.

Pat joga em seguida e encaçapa uma bola.

— Parece que vocês terão problemas — ele diz para Kieran, ajeitando-se para outra tacada. — Que o massacre comece.

Durante a próxima meia hora, nós nos revezamos tentando encaçapar as bolas. Bom, três de nós. Asha apenas flerta com Kieran e faz seu melhor para não parecer ameaçadora, errando a maioria das tacadas. A uma certa altura, ela até usa o velho clichê "eu estou pelo menos segurando isto direito?".

Se Kieran percebeu essa trama descarada, ele não demonstra nada. Ele tenta ajustar a pegada de Ash da melhor forma possível, sem se debruçar em cima dela, mas ainda assim eu fervo de ciúmes. Só me acalmo um pouco quando ele se move para trás bem no momento em que ela tenta se encostar nele.

Eu compenso a incompetência da minha irmã e encaçapo a maioria das bolas e, embora Pat e Kieran sejam bons, sou eu que domino a mesa.

— Estou começando a achar que temos uma golpista nas nossas mãos — diz Kieran quando eu acerto mais uma, e eu não deixo de notar a maneira como ele me olha ao dizer isso.

— De jeito nenhum — digo, sorrindo para ele —, uma golpista começa fingindo ser ruim, pra que você caia em uma falsa sensação de segurança. Eu mostrei que sou foda desde o começo.

Seu olhar fica mais intenso, e o calor que emana dele emite fagulhas que eu sinto dos pés à cabeça.

— Acho que você mostrou mesmo.

Não é surpresa para ninguém quando eu encaçapo a bola vencedora. Pat faz uma dancinha da vitória ridícula que faz todos nós rirmos. Ele até que dança bem para um cara grandão.

— Os vencedores pagam a rodada? — eu sugiro para Kieran e Ash. — O que vocês querem?

Kieran vem até mim e diz:

— Eu sei o que o Pat quer, eu te ajudo. Já voltamos.

Ele me guia até o bar e, embora o lugar esteja começando a encher, nós encontramos um espaço vazio e esperamos que o barman nos veja.

Kieran fica em pé atrás de mim, com uma mão no balcão. O calor do seu peito passa para as minhas costas, acendendo minha pele, e eu preciso admitir que a Ash estava certa. Ele tem um cheiro divino.

— Então — ele diz, a boca tão perto do meu ouvido que eu sinto um arrepio. — Que surpresa inesperada te encontrar aqui hoje. Não entenda isso como uma cantada batida, que é o que vai parecer, mas: você vem sempre aqui?

Eu rio.

— Na verdade, sim. Este é nosso bar de sempre. Ash e eu costumamos vir aqui algumas vezes na semana.

— Ah, então você mora aqui perto?

— Na esquina. E você? Nunca tinha te visto pela região.

Com minha visão periférica, percebo que ele está me encarando.

— Faz só uma semana que estou nos Estados Unidos. O Pat já está aqui há uns seis meses e mora por perto. Estou dormindo no sofá dele até arranjar um lugar pra mim. Foi ele que me recomendou a academia.

— Hum.

Neste momento, Joe vem até nós e fazemos nossos pedidos. Enquanto o barman prepara os drinques, Kieran desliza para o meu lado, apoia o cotovelo no balcão e me encara. Ele é uma cabeça mais alto que eu, então tenho que olhar para cima para poder ver seu rosto.

— Você acha que é destino a gente ter se encontrado aqui, depois de eu ter te chamado pra sair? — ele pergunta.

Eu foco no queixo dele, porque sei muito bem que, se fizer contato visual, ele vai sacar exatamente o quanto estou na dele.

— Acho que está mais pra uma coincidência. Ou isso, ou você está me perseguindo.

Ele chega mais perto quando alguém o empurra por trás, e eu fecho meus olhos ao sentir como é bom ter o corpo dele contra o meu.

— Eu não sou do tipo perseguidor, Eden, mas, se eu fosse, te perseguiria com prazer.

A voz dele é hipnotizante e, quando eu cedo e olho nos olhos dele, fico completamente encantada.

— Você está linda, aliás — ele diz com uma voz baixa e intensa —, e a forma como você acabou comigo na sinuca... sexy pra caramba.

A maneira como ele está me olhando torna pensar uma tarefa difícil. Vários caras já disseram que me queriam, mas poucos o fizeram sem usar palavras. Neste instante, os olhos de Kieran dizem tudo o que é preciso.

Ele me olha por mais alguns segundos e então diz:

— Saia comigo. Amanhã à noite. Eu prometo que você vai se divertir.

Isso me pega de surpresa.

— Kieran...

— Não diga não.

— Eu preciso...

— Errado. Cem por cento errado.

— Caso você não tenha notado, minha irmã está a fim de você.

— E?

— E você deveria chamá-la pra sair.

— Por quê?

— Porque ela está *a fim* de você.

Ele franze a testa.

— Caso você não tenha notado, eu estou a fim de *você*. Achei que tivesse deixado isso claro. Não deixei?

— Asha é uma pessoa maravilhosa.

— Eu tenho certeza que sim.

— E ela é linda.

— Acho que sim...

— Ela fala francês fluente e completa as palavras cruzadas do *New York Times* em tempo recorde.

— Uau. Isso é impressionante.

— É mesmo. Então por que você não a chama pra sair?

— Porque eu prefiro sair com a irmã dela.

Eu só fico ali, parada, genuinamente sem palavras. Isso nunca aconteceu antes. Homens já vieram até mim quando perceberam que a Asha não estava interessada? Claro. Mas nunca tinha acontecido o contrário.

Kieran estreita os olhos.

— Você consegue me entender bem, né? Ou o sotaque está te atrapalhando? Você parece confusa.

— Não, é só que...

— Só que o quê? Eu gosto de você. Estou atraído por você. Eu gostaria de sair com você. Se você não está interessada, então, por favor me fale agora, porque eu estou começando a sentir que esta é uma batalha perdida. — Ele me encara, esperando uma resposta.

— É só que...

É difícil explicar minha lógica para ele. Em vez disso, eu só me perco mais em seu rosto a cada segundo que passa. Eu nem percebi que tinha me aproximado até que Joe pigarreia para anunciar que nossas bebidas estão prontas.

Eu pisco e me afasto. Posso ter bebido pouco, mas essa atração estúpida por ele faz com que eu me sinta bêbada. Preciso tomar cuidado para evitar fazer algo que magoe minha irmã.

Eu pego duas das bebidas e respiro fundo.

— A gente deveria voltar.

— Espera — Sua mão quente em meu braço me freia. — Só me diz uma coisa: se não fosse sua irmã, você sairia comigo?

— Sendo sincera... provavelmente não.

— Por quê?

— Eu não saio com pessoas.

Ele levanta as sobrancelhas.

— Espera aí, você é casada?

— Não.

— Noiva?

— Não.

— Mora com alguém?

— Bom, sim, mas com a minha irmã.

— E ainda assim você não *sai com pessoas*? — Ele se aproxima. — É uma coisa religiosa? Você está se guardando pra Jesus? Porque eu consigo uma barba decente em apenas alguns dias, se isso ajudar em algo.

Eu rio e balanço a cabeça.

— Já passou pela sua cabeça que talvez eu só não tenha gostado de você?

Ele dá um passo à frente, e eu estou quase me apertando contra ele. Minha cabeça bate no seu pescoço, e eu encaro os músculos dali, para não ter que olhar para o rosto dele.

— Eden?

Eu engulo em seco. No momento em que nossos olhos se cruzam, eu sei que nós dois sentimos a eletricidade. O sorriso dele desaparece e eu me impeço de agarrar o zepelim estampado em sua camiseta.

— Só pra deixar uma coisa clara, eu não tenho problema algum em ser rejeitado. Acontece o tempo todo. Mas se é assim que você reage quando não gosta de alguém, eu estou muito curioso pra saber o que acontece quando você gosta.

Parece que o mundo está desacelerando enquanto o calor dos músculos dele é transferido para o meu corpo.

— Eu não nego que você é atraente.

— Mesmo? Fala mais.

— Você é o.k.

— Aham.

— E acho que seu sotaque não é *horrível*.

— Entendo.

Nossas cabeças estão ficando próximas demais.

— E você não é... chato, nem nada assim.

— Que gentil da sua parte. Não ser chato é algo a que sempre aspirei.

— Mas...

Ele faz um sinal para que eu pare.

— Você não precisa acrescentar o *mas*. O *mas* é algo superestimado. Como bundas. Exceto a minha, que é gloriosa.

Eu rio disso e quase não consigo reconhecer o som da minha risada. Eu fico tão horrorizada com o quanto ela é estridente que até consigo me libertar do controle magnético dele.

Respiro fundo.

— Mesmo com a sua bunda gloriosa, e mesmo que a minha irmã não estivesse praticamente babando por você, eu não tenho tempo pra encontros ou relacionamentos. Eu fico muito feliz em me divertir no quarto, mas é só disso que dou conta.

Ele me dá um meio sorriso.

— Sem ofensas, mas eu não tenho problema nenhum em arranjar mulheres pra transar. Não é isso que eu quero de você.

— Então o que você quer?

— Eu não sei. Mas com certeza é mais que só uma transa casual.

Todos os alarmes possíveis soam dentro do meu cérebro. Isso não impede que eu continue atraída por ele, mas é o suficiente para me fazer perceber que esse cara é perigoso.

— Neste momento, eu só tenho tempo pra uma noite. Você deveria chamar a minha irmã pra sair. Ela é tipo eu, mas mais legal. E ela você pode encher com quantos jantares e vinhos seu coração mandar.

— Essa é sua resposta final?

— Sim.

Ele concorda com a cabeça, se afasta, e fica óbvio que nós dois estamos respirando de forma mais rápida e profunda que alguns minutos atrás.

— Tá bom, então — ele diz, dando de ombros, com uma expressão de derrota. — Pelo menos posso dizer que fiz tudo que podia. — Ele se debruça sobre o bar, pega uma caneta e começa a escrever em um guardanapo. — Porém, se você acabar mudando de ideia enquanto eu ainda estiver no seu simpático país, fique à vontade pra me ligar, o.k.?

Ele estende o guardanapo para mim, e eu o pego.

— Com certeza.

Respiramos fundo algumas vezes para nos recompormos e ele pega os outros dois copos, se movendo para o lado para que eu possa passar.

— Depois de você.

Quando voltamos à mesa, Pat e Asha estão envolvidos em uma calorosa discussão sobre James Joyce, mas assim que Kieran coloca a bebida de Asha na frente dela e se senta no banco ao lado, toda a atenção dela se volta para ele. Eu tomo a minha com emoções conflitantes.

Engato uma conversa com Pat enquanto Asha e Kieran falam e riem e, apesar do meu ciúme, ver a Asha tão feliz me faz sorrir. Eu faria qualquer coisa para ajudar minha irmã a achar o cara dos seus sonhos. Se esse homem for o Kieran, farei tudo o que puder para me manter fora do caminho.

Depois de tomar meu drinque em tempo recorde, esfrego minhas têmporas e me levanto.

— Desculpa estragar a festa, pessoal, mas estou ficando com dor de cabeça. Acho que vou pra casa.

— Ah — diz Asha, colocando seu drinque na mesa —, claro, vamos. Eu pego um Advil pra você.

Quando ela se levanta, eu faço um gesto para pará-la.

— Não, você fica. Eu vou ficar bem. Ainda é cedo, e vocês estão se divertindo. — Eu sorrio para Pat. — Prazer em te conhecer. Tenho certeza que vamos nos ver por aí. — Quando olho para Kieran, não posso deixar de notar a decepção em seu rosto. — Tchau, Kieran.

Ele pausa e então diz:

— Tchau, Eden.

Saio do bar e desço a rua, tentando não pensar no que acabei de deixar para trás.

capítulo cinco
Agendando

Na manhã seguinte, fico deitada na cama enquanto ouço Asha se mover pra lá e pra cá, preparando seu café da manhã. O fato de ela estar cantarolando me diz que as coisas com o Kieran devem ter ido bem.

Coloco meu travesseiro sobre o rosto e suspiro. Deus, eu realmente não quero ouvir os detalhes sórdidos. Pela primeira vez na vida, eu lamento que eu e minha irmã sejamos próximas a ponto de compartilhar cada detalhe íntimo de nossa existência. Talvez, se eu me esconder aqui por tempo o suficiente, ela saia para o trabalho e eu seja poupada por algumas horas, pelo menos.

Esse plano cai por terra quando um delicioso cheiro de bacon entra por baixo da minha porta. Ela está tentando me atrair para fora e, droga, está funcionando. Se eu fosse um cachorro de desenho animado, sairia flutuando atrás de uma nuvem de bacon, passando por baixo da porta e indo direto para a cozinha.

— *Eden! Traz essa sua bunda até aqui! Eu fiz café da manhã pra você! Não ouse deixar esfriar!* — Deus do céu, ela é igualzinha à mamãe quando grita assim.

Eu me sento na cama e prendo meu desastroso cabelo matinal em um rabo de cavalo.

— Não, valeu! Estou bem. Não estou com fome.

Em três segundos, a porta do meu quarto se abre, e minha irmã entra com uma expressão preocupada.

— Tá tudo bem? Você está doente? Você nunca está sem fome. Um dos motivos pelos quais te odeio é que você come igual um cavalo, mas continua parecendo uma modelo que deveria estar nas passarelas de Milão. É injusto e irritante.

— Eu já te disse que só não peso 150 quilos porque me mato na academia. O meu corpo processa calorias do mesmo jeito que o seu.

— Besteira. Minhas coxas e quadris juraram vingança e prometeram que eu jamais vou encontrar um jeans que me vista bem.

Desde a adolescência, eu sempre desejei as curvas da Asha, e ela, a minha falta delas. Todos queremos o que não podemos ter, acho.

— Eden — ela diz, e eu sei que está falando realmente sério porque suas mãos de donzela estão apoiadas em seus quadris de Shakira —, a não ser que você esteja morrendo, pode sair desse quarto agora e vir comer. Eu fiz o bacon com *maple syrup*, do jeito que você gosta. Fiz até suco de laranja fresco. Não posso ter um glorioso momento Martha Stewart sem que você venha até aqui e me elogie.

Jogo minhas mãos para o alto, reconhecendo a derrota.

— Tá bom, certo. Acho que eu deveria estar grata por você ter feito todo o trabalho uma vez na vida. Se isso é o que eu devo esperar toda vez que você transar, espero que aconteça com mais frequência.

Ela olha para o chão.

— Só vem comer, por favor. A gente precisa conversar.

Assim que ela sai, eu despenco de novo na cama e esfrego meus olhos.

O.k., não seja uma idiota. Vá lá fora e ouça sua irmã se vangloriar por ter feito sexo com o único cara com quem você já considerou ficar de conchinha depois de transar. Você consegue fazer isso. Ela merece.

Deslizo para fora da cama e me arrasto até a cozinha. Como é de praxe sempre que a Asha resolve cozinhar, parece que ela usou todos os pratos e panelas da casa, e eles agora estão empilhados na pia, rumo ao céu. Ainda assim, a comida parece deliciosa.

Me sento e começo a mastigar uma crocante fatia de bacon com *maple*.

Ah, sim. Venha para mim, sua delícia defumada.

— Então — eu digo e tomo um gole de suco —, você parece de bom humor. Quer me contar das safadezas que aprontou com seu irlandês dos sonhos?

Ela coloca uma garfada de ovos mexidos na boca e me dá um sorriso de lábios fechados. Depois, balança a cabeça.

— O quê? — eu questiono. — Você não vai me contar? Isso dói, Ash. A gente conta tudo uma pra outra. — Na verdade, estou aliviada, mas seria estranho se eu não fingisse o contrário.

Ela engole e balança a cabeça de novo.

— Não, desculpa. Eu quis dizer que ele não é meu irlandês dos sonhos. Não aconteceu nada.

Um pedaço de bacon cai do meu garfo enquanto eu tento processar essa informação. Ela não transou com ele? Eu odeio o quanto isso me deixa feliz.

— Sério? Vocês dois pareciam bem próximos quando eu saí. O que aconteceu?

Ela dá de ombros.

— Nada, eu só não estava no clima.

— Asha — eu fixo um olhar sério nela —, você está brincando? Eu nunca vi você flertar com alguém em um nível onze antes. — Eu abaixo meu garfo e me inclino para a frente. — Espera. Ele fez algo com você? Ele te machucou? Te agarrou quando estava bêbado? Porque, se ele fez alguma coisa com você, não me importa o quanto ele seja lindo, eu quebro a cara dele e...

— Edie, para — ela ri e pega uma torrada. — Kieran foi um perfeito cavalheiro. O Pat também. Eles são caras legais, mas no fim da noite eu percebi que o Kieran e eu não temos química nenhuma. Não é o fim do mundo, acontece o tempo todo.

— Sério? É isso? Vocês pelo menos se beijaram antes de você chegar a essa conclusão? — Eu aposto que o beijo dele é incrível. Aqueles lábios foram feitos para isso.

— Não, sem beijos. Quanto mais a gente conversava, mais eu percebi que ele não é pra mim. Fim da história.

— Entendi. — Eu olho para a zona de guerra que é a nossa cozinha. — Então por que toda essa comida e cantoria? Você parece feliz demais pra alguém que teve zero orgasmos na noite passada.

— Só porque eu não trouxe um cara pra casa, não quer dizer que eu não tenha me divertido sozinha.

Eu rio, então me levanto e começo a fazer um novo bule de café.

— Bom pra você, eu acho. Mas sinto muito que não tenha dado certo. Vocês fariam um casal bonitinho. — Seria difícil vê-los juntos, mas eu não estava mentindo quanto ao elogio.

— Bom, então… — diz Asha, enquanto tenta encaixar seu prato no tetris de imundice que é nossa pia. — A gente devia sair hoje à noite. Só eu e você.

— O.k. Onde? E, aliás, por quê?

— Porque eu sinto que nós não estamos tendo muito tempo uma para a outra ultimamente. Você anda preocupada com toda essa coisa do Mr. Romance, e eu também quero reclamar das várias coisas editoriais chatas do trabalho. Vamos ao Verdi's, às oito. A gente pode comer, tomar uma garrafa de vinho… vai ser gostoso.

— O Verdi's é meio chique. A gente não pode ter nosso momento de irmãs comendo hambúrguer?

— Não, então nem pense em aparecer de jeans e jaqueta de couro. Eu deixei aquele vestido azul que você gosta em cima da minha cama. Use ele, por favor.

Eu faço um barulho de protesto.

— E se esse resmungo é porque você acha que vai ter que arrumar o cabelo e se maquiar, você está certíssima. Eu só estou pedindo um mínimo de esforço. Promete?

Eu reviro os olhos.

— Meu Deus, como você é exigente. Eu tenho certeza que a gente poderia fazer a mesma coisa de pijama no sofá, com um pote de sorvete, mas tanto faz. Vamos fazer do seu jeito hoje, mas eu escolho na próxima.

— Fechado. — Ela me dá um beijo no rosto. — Eu vou direto do trabalho, então te encontro lá. Tenha um bom dia.

Eu aponto para a bagunça toda na cozinha.

— Você vai simplesmente me largar com tudo isso?

— Claro que vou. Ah, a Nannabeth ligou mais cedo. Ela disse que, se você não começar a atender as ligações dela, ela vai começar a deixar recados vergonhosos no seu trabalho. Tchaaaaaau!

E assim, ela pega a bolsa e sai pela porta me deixando sozinha com um fogão coberto de gordura de bacon e *maple syrup*.

Ótimo. Uma cozinha que mais parece um desastre natural para limpar e uma ligação de Nannabeth para retornar. Graças a Deus é sexta-feira.

Eu engulo o resto do meu café da manhã e começo a limpar tudo. Nannabeth vai ter que esperar.

Esfregar o fogão leva mais tempo do que eu esperava e, quando termino, já estou atrasada para a minha reunião com Derek.

Para a minha sorte, meu chefe é do tipo paciente e compreensivo, que não vai me matar por chegar atrasada.

Aham, claro.

Estou tentando equilibrar três cafés enquanto caminho. Mal termino de passar pela porta quando Derek, que está tendo uma conversa "animada" com a equipe comercial, olha para mim.

— Caralho, Tate! Onde você estava?

Eu levanto a bandeja de papelão da Starbucks e sorrio.

— Parei no caminho pra comprar seu café favorito, chefe, mas a fila estava enorme.

Ele olha desconfiado para os copos e aponta para a sua sala.

— Entra lá. Eu termino aqui em um minuto.

Ele volta a indicar algo numa tela e a assustar os pobres estagiários com cara de neném, então eu faço uma parada rápida na mesa de Toby.

— Delivery de Mocaccino! — digo, colocando o copo na mesa. — Considere isso parte do pagamento pelas atividades ilegais que você praticou pra mim até agora, e pelas que você provavelmente vai praticar hoje.

Ele pega o copo e toma um gole.

— Eu me vendo por pouco, mas não permito que me chamem de fácil. A não ser que a sua irmã pergunte. Daí você pode dizer que eu sou uma putinha.

— Tate!

Eu dou um pulo quando Derek grita para mim do seu escritório.

Sorrio para Toby.

— Preciso ir. Se eu não voltar, quero ser cremada e colocada naquelas caixinhas que você planta e dá uma árvore.

— Sem problemas. Tudo bem se eu plantar você em uma pracinha pra cachorros, né?

Eu discretamente mostro o dedo do meio a ele pelas costas, enquanto vou para a sala de Derek, fechando a porta atrás de mim.

— Bom dia, chefe. — Sorrio e coloco um *latte* grande na frente dele. — Seis saquinhos de açúcar, do jeito que você gosta.

Ele estreita os olhos para mim.

— Por que você está puxando meu saco? Já conseguiu cagar com a coisa do Mr. Romance?

— De jeito nenhum, só achei que você fosse gostar de um café.

— Você não me engana, Tate. Você não é boazinha assim.

— Claro que sou. Eu comprei um pro Toby também.

— O Toby é seu amigo, eu não. Então, para de besteira e me conta em que pé estamos. Você já conseguiu a lista de clientes?

— Bom, não, mas…

— E a identidade dele? De onde ele vem?

— Na verdade, tem sido meio difícil rastreá-lo…

— Você pelo menos tem uma descrição física? Ele deve ser um cara bonitão, pra ter toda essa mulherada abrindo a bolsa pra ele.

— Ehhhh, eu ainda não o vi, mas acho que ele é loiro.

Ele bate o café com tanta força na mesa que uma gota de espuma catapulta para fora.

— Cristo, Tate, você fez *algum* progresso nos últimos quatro dias? Que merda você anda fazendo?

Eu cerro os dentes e digo a mim mesma para me acalmar.

— Derek, não é exatamente fácil chegar nesse cara. Ele é tipo um fantasma. Mas a boa notícia é que, depois de dias de vigilância e de vários becos sem saída, eu consegui falar com ele pelo telefone ontem.

— Pra marcar uma entrevista? Ainda bem. Eu já estava começando a achar que você é totalmente incompetente. Pra quando? Eu vou providenciar um fotógrafo.

— Bom, ele ainda não concordou com a entrevista, mas tenho certeza que vai concordar. Eu só preciso convencê-lo.

Derek me encara por alguns minutos, e sua expressão me diz que ele está a três segundos de esquecer a coisa toda e me jogar de um canhão direto no Rio Hudson.

Eu opto por uma manobra evasiva.

— Derek, me escuta. A situação toda é delicada e precisa ser levada com jeitinho. Ele tem muitas clientes importantes e está tentando protegê-las. Ele está nervoso. Se eu já chegar atirando, ele desaparece e nós perdemos a história. Eu só preciso de um tempo. Isso não é algo que eu vá conseguir entregar da noite pro dia.

— É algo que você vai poder me entregar em algum momento?

— É claro.

Ele abre uma gaveta, puxa um pacote de chicletes de nicotina, enfia alguns na boca e começa a mastigar ruidosamente enquanto me analisa.

— Você tem vinte e quatro horas pra conseguir uma entrevista, ou eu digo ao departamento de Recursos Humanos que você não trabalha mais aqui. Entendeu?

— Com certeza. Eu terei algo no fim do dia e te aviso assim que estiver tudo certo.

— Faça isso. Agora, vaza. — Ele puxa seu tablet e me enxota com a mão.

Eu saio dali me sentindo um condenado à morte cuja data de execução foi adiada por alguns dias.

Pego meu celular e envio uma mensagem para o número do qual Max me ligou ontem.

Você já decidiu se vai me deixar te entrevistar? Podemos nos encontrar?

Eu sento e fico olhando para a tela, meio que esperando uma mensagem de "Erro ao enviar". Para a minha surpresa, ele responde rápido.

Não.

O.k., então pelo menos eu consigo me comunicar com ele. Já é um começo.

Essa é sua resposta quanto à entrevista? Ou você quer dizer que ainda não se decidiu?

Quando aperto enviar, os pontinhos na parte debaixo da tela piscam por tanto tempo que começo a desconfiar que ele está escrevendo um artigo sobre por que não pode falar comigo. Mas, quando a resposta chega, é simplesmente:

Sim.

Eu solto um grunhido de frustração.

Sim, sua resposta é não? Ou sim, você já decidiu?

Mais pontinhos piscando, e então:

Senhorita Tate, para uma mulher cuja profissão é se comunicar pela palavra escrita, você constrói um número impressionante de ambiguidades.

Eu rujo, ainda mais frustrada, e ligo para ele. Ele não atende. Em vez disso, outra mensagem de texto chega:

O que você está fazendo?

Te ligando. Precisamos conversar.

Não, não precisamos. Eu estou ocupado. Além disso, eu ainda tenho um dia antes do meu prazo acabar.

As coisas mudaram. Por favor, me ligue pra eu poder te explicar.

Não.

Eu tento ligar de novo. Caixa postal.

Por favor, Max. Não vai demorar. Só atende o telefone.

Eu ligo de novo. Depois de três toques, ele atende com um claro tom de irritação na voz.

— Senhorita Tate, eu gostaria de dizer que é um prazer falar com você de novo, mas isso seria mentira. Eu estou ocupado. Qual a urgência?

— Meu chefe está me pressionando pra mostrar alguma coisa. Por favor, podemos nos encontrar e conversar? Eu prefiro ouvir as coisas de você do que ter que perseguir suas clientes. Eu já sei da Marla Massey. É só uma questão de tempo até descobrir o resto.

Ele fica em silêncio por alguns momentos e então diz:

— E você acha que começar essa conversa com uma ameaça vai te ajudar em algo?

— Não era uma ameaça. Era um fato.

— Sim, um fato por meio do qual você ameaça me expor, com ou sem a minha cooperação.

— Se você diz.

Ele xinga baixinho.

— Se essa vai ser sua atitude, por que eu te ajudaria? Eu acho que esse seu papo de querer a verdade é mentira.

— Por que você diz isso?

— Porque você não está interessada na história em si. Você só quer um escândalo e vai fazer tudo o que puder pra conseguir um, quer eu fale com você ou não.

— Isso é um tanto injusto, considerando que você nem me conhece.

— Eu sei que você provavelmente vendeu essa história para o seu chefe como um furo apetitoso que pode causar comoção suficiente pra atrair novos leitores e deixar os anunciantes felizes. Sem dúvidas você disse a ele que iria me expor, assim como o lado sujo da elite de Nova York. Não é *essa* a verdade?

Me incomoda que ele esteja, na maior parte, certo.

— Essa é uma visão horrível de mim, Max. Tudo o que eu quero é chegar ao fundo disso. Eu sou uma jornalista, afinal.

— É mesmo? Jornalistas têm padrões. Eles deveriam ser observadores imparciais que apenas reportam os fatos e deixam o público decidir o que pensa deles. Você está entrando nisso cheia de ideias preconcebidas sobre quem eu sou e o que faço, e eu duvido que qualquer coisa que eu diga vá te fazer mudar de ideia.

Isso me incomoda.

— Ah, é mesmo? Então, por favor, me conte o que eu penso sobre você.

— Resumindo, você acha que eu sou um golpista. Você acha que sou nojento e imoral. Mesmo que o que eu esteja fazendo não seja ilegal, você gostaria de me ver na cadeia por explorar mulheres ricas e solitárias.

— Não é isso…

— Por favor, senhorita Tate, não me insulte com suas mentiras. Se você quer ter alguma chance de me convencer a fazer isso, precisa no mínimo ser honesta.

Eu respiro fundo e resisto bravamente ao meu impulso de mandá-lo ir se foder.

— O.k., certo. Sim, eu acho que você está enganando essas mulheres pra tirar dinheiro delas. Que você está se aproveitando de suas inseguranças e enchendo o bolso ao mesmo tempo. E eu sinto pena delas por serem tão crédulas a ponto de cair nesse seu teatro de merda. Que tal isso?

Há um silêncio, e então ouço uma risada.

— Bom, é um começo, eu acho. Então você não consegue acreditar que eu possa ter boas intenções? Que pode ser que eu até as ajude?

— Com o quê? Romance falso? Fantasias bregas? Por favor. Eu acho que essas mulheres vivem em um mundo de fantasia, onde podem comprar tudo o que querem, e você é só mais um item de luxo que usam pra se gabar na frente das amigas.

— Hummm, eu não tenho certeza, mas acho que você acabou de me comparar a uma bolsa de marca.

— Bom, não é isso o que você é? A única diferença é que, quando elas gastam milhares de dólares numa bolsa dessas, elas podem guardá-la pra sempre. Você, elas só alugam por hora.

— Você me faz parecer um garoto de programa.

— De jeito nenhum. Isso seria insultar a profissão mais antiga do mundo. Quando pagam uma prostituta, pelo menos *sabem* que vão se foder. As suas clientes não têm ideia.

Eu devo estar finalmente começando a irritá-lo, porque quando ele volta a falar, sua voz é dura.

— Senhorita Tate, você não entende nada sobre o que essas mulheres sabem, ou precisam, ou querem. Você formou essa sua opinião equivocada a partir de pressupostos falsos e uma ignorância absurda dos fatos.

— Então aceite conversar comigo e me prove que estou errada.

Ele fica em silêncio, e suspeito que tenha percebido que caiu na armadilha.

Quando ele fala de novo, já está mais calmo.

— Se eu me encontrar com você e provar que está errada, você vai mudar o viés da sua matéria?

— Claro.

— Você me dá sua palavra?

— Com certeza. — Estou *quase* conseguindo. Neste momento, eu juraria até sobre uma pilha de bíblias se precisasse. — Eu quero contar a *sua* história, Max, seja ela qual for. Só me diz o que preciso fazer.

Ele faz uma pausa e diz:

— Tudo bem então, senhorita Tate, concordo em te dar uma entrevista, mas, pra deixar as coisas justas, eu tenho algumas condições.

— Tipo quais?

— Eu preciso desligar agora, tenho um encontro.

— Um encontro? Ou um horário marcado com uma cliente?

— Pra mim, os dois são a mesma coisa.

— Bom, não são, já que encontros de verdade geralmente não custam cinco mil dólares.

— E aí está o preconceito de novo. Você tem certeza que estava acordada na aula em que seus professores da faculdade falaram sobre imparcialidade?

Eu mordo minha língua para me impedir de fazer mais um comentário afiado.

— Por favor, só me diga quais são as condições pra que a gente possa marcar a entrevista.

— Eu te ligo mais tarde. Tenha uma boa tarde, senhorita Tate.

— Max, espera... — A linha fica muda.

Merda.

Taco o telefone na mesa e empurro minha cadeira para longe. Quando eu me viro, vejo Derek parado na porta da sala dele, olhando para mim.

Sorrio e faço um sinal de joia, mas ele me devolve apenas uma expressão de desdém, entrando de novo em seguida.

Pelo menos o Max concordou em me dar uma entrevista, mesmo que ainda não esteja marcada. Contanto que eu consiga encurralá-lo antes de amanhã de manhã, pode ser que mantenha meu emprego.

capítulo seis

Isca e anzol

Quando tropeço no chão perfeitamente plano do Verdi's, amaldiçoo minha irmã por me fazer usar esses sapatos impossíveis com este vestido. Eu tenho certeza de que salto alto é algo que foi inventado na antiguidade como um instrumento de tortura, e as mulheres foram convencidas de que se tratavam de acessórios da moda via lavagem cerebral. Só faz vinte minutos que estou usando estas monstruosidades de tiras douradas e meus pés já estão gritando.

A *hostess* do restaurante sorri para mim quando me aproximo, e eu não tenho certeza se ela está sendo simpática de verdade, ou rindo por eu estar parecendo um pônei recém-nascido de tão desengonçada.

— Boa noite e bem-vinda ao Verdi's. Como posso ajudar?

Eu me agarro ao balcão à frente dela quando um dos meus tornozelos decide improvisar.

— Ah, oi. Eu tenho uma reserva no nome Tate.

Ela checa a lista e sorri outra vez.

— Excelente, senhorita Tate. Eu tenho uma mesa pra dois já pronta. Venha comigo, por favor.

Ela se move pelo restaurante com a elegância de um cisne, e eu a sigo, tentando imitá-la. Infelizmente, meus tornozelos não parecem ser tão flexíveis quanto os dela, e eu acabo parecendo um cavalo tentando remover a lama das ferraduras.

— Aqui estamos — diz ela, ao chegarmos em uma mesa reservada no fundo do restaurante. Ela puxa a cadeira para mim bem a tempo de eu desmontar desajeitadamente. — Quer uma bebida pra começar?

Eu sopro uma mecha do meu cabelo recém-arrumado para fora do olho.

— Sim, por favor. Gim-tônica. Pode caprichar no gim. E com bastante limão.

— É claro. Eu já trago.

Enquanto ela se afasta, arrumo o decote do vestido e olho em volta. O Verdi's é um restaurante lindo, mas não tenho ideia de por que Asha quis vir aqui. Nosso tempo juntas geralmente envolve bebidas, conversas em voz alta e risadas. Este lugar é mais tipo sussurros no ouvido de um amante.

Checo a hora no celular. 20h12. É estranho a Asha não ter chegado ainda. Ela é que é a irmã pontual.

Estou a ponto de ligar para saber se está tudo bem com ela quando noto um rosto familiar na entrada do restaurante.

Ah, qual é. Qual a chance?

Esperando pacientemente enquanto a recepcionista acomoda um casal de meia idade — e parecendo o sonho erótico de qualquer mulher, ao vestir um terno cinza bem-cortado que o abraça nos lugares certos —, está Kieran.

Quando ele olha na minha direção, me viro para que ele não veja meu rosto.

— Merda. Merda. *Merda.* — Saio sorrateiramente da mesa e me escondo atrás de uma escultura de cristal. Então telefono para Asha.

Ela atende praticamente na hora.

— Oi.

— Oi. Cadê você?

— Ah, então, eu acho que não vou conseguir chegar.

— O quê? Eu já estou aqui, Ash. Arrumada e tudo o mais. Eu até ajeitei meu cabelo e passei maquiagem, como você mandou. Por que você não me avisou mais cedo, pra eu poder ficar em casa de pijama vendo TV?

— Porque você precisava sair, pra variar.

— Eu saio o tempo todo.

— Não pra fazer algo além de ir ao Tar pegar homens suspeitos.

— Então você fez eu me arrumar pra jantar *sozinha*? Isso não é muito sociável. E, pra piorar as coisas, advinha quem acabou de aparecer?

— Kieran.

— Não, *Kie*... — congelo. — Espera, como você sabia disso? — Antes que ela possa responder, eu percebo o que ela fez, como se aranhas geladas estivessem subindo pela minha espinha. — Asha, não...

— Edie, não fica brava. Ele realmente gosta de você, e Deus sabe que você precisa parar de dormir com babacas e vagabundos e se esforçar com um homem legal, pelo menos uma vez.

— Eu não me esforço com homens. Eu faço sexo com eles. Fim da história. Você armou um encontro pra mim? Que merda é essa? Eu não quero nem preciso de um namorado.

— Você só pensa assim porque nunca teve um. Você deveria considerar esse cara para o posto. Ele é simpático, bonito e tem um cheiro incrííííível.

— Asha!

— Só um encontro. Por mim. Se você realmente não sentir nada e decidir que não quer mais vê-lo, que mal tem, né? Mas se você gostar dele... Ah, Edie. Seria legal te ver com alguém à sua altura, uma vez na vida.

Não posso negar que uma parte de mim está curiosa para saber o que vai acontecer com o irlandês sexy, porque sinto que ele deve ser um estouro na cama, mas uma parte ainda maior me diz que ele vai se tornar uma distração de que eu não preciso e para a qual não tenho tempo. Eu passei vinte e cinco anos sem sucumbir a uma relação de codependência. Apesar da minha atração por Kieran, eu não vou cair sem lutar. Não tenho interesse algum em rolos emocionais bagunçados.

Eu olho por trás da escultura e o vejo de novo, com seu terno perfeito. Um rolo *físico* bagunçado, por outro lado, poderia ser divertido.

Fecho meus olhos e respiro. *Não, não é uma boa ideia.*

— O que aconteceu com o *seu* interesse por ele? — resmungo para minha irmã.

— Depois que você foi embora ontem, ele me bombardeou com perguntas sobre você. Ficou bem claro de qual Tate ele estava a fim, e não era de mim.

— O quê? Como isso pode ser possível? Você estava linda na noite passada.

— Acredite ou não, irmãzinha, nem todos os homens caem aos meus pés. Na verdade, os caras de quem gosto são os que mais tendem a me esnobar. É irônico que eu, que realmente quero um namorado, não consiga arranjar um.

Na frente do restaurante, Kieran começa a falar com a recepcionista. Depois de conversarem por alguns segundos, ela dá a ele um sorriso sedutor e começa a guiá-lo em minha direção. Eu tento me esconder da melhor forma possível.

— Droga, Ash, eu não acredito que você armou assim pra cima de mim. Ele está vindo, o que eu faço?

— Sente-se e jante com ele. Eu deixei tudo pago, então se você for embora antes de comer alguma coisa, eu te mato.

— Não se eu te matar primeiro. Você sabe que isso vai ter volta, né?

— Se as coisas acontecerem como eu acho que vão, você vai querer me agradecer, não me matar.

— Pouco provável.

— Por favor, desligue agora. Tem um homem maravilhoso esperando por você.

— Você é horrível e eu te odeio.

— Nenhuma dessas coisas está perto de ser verdade.

Quando eu desligo, uma voz profunda diz ao meu lado:

— Eden?

Eu me viro e dou meu melhor sorriso falso:

— Eeeeei, Kieran. Oi.

— Oi — ele retribui o sorriso de forma nem um pouco falsa. Na verdade, ele parece tão feliz em me ver que eu quase me sinto mal por ter tentado me esconder. — Que bom que você veio. Quando a Asha disse que conseguiria te convencer a sair comigo, eu não acreditei muito, mas aqui está você.

— Sim. — Eu aceno com a cabeça e mordo minha língua. — Aqui estou eu. A Asha faz milagres.

O sorriso dele vacila.

— Espera... Por favor, me diga que você sabia que eu ia estar aqui. Que você reconsiderou toda aquela coisa de "não vou em encontros" por causa da sua irresistível atração por mim?

Eu paro de fingir.

— Desculpa. A Asha disse que seria um encontro de irmãs e aí sumiu na última hora. Se eu não a amasse tanto, estaria quebrando o pescoço dela neste momento.

A expressão dele se fecha ainda mais.

— Sim, entendo.

A decepção no rosto dele faz meu estômago apertar.

— Não, espera — digo —, isso não quer dizer que eu não esteja feliz de te ver, porque eu estou. É só a situação... a armação toda, sabe? Ela é tão irritante por ter me enganado!

Ele assume uma expressão corajosa, o que me deixa ainda pior por ter falado um monte de coisas grosseiras e sem sentido.

— Eden, tudo bem. Eu meio que esperava chegar aqui e encontrar uma mesa vazia, então mesmo que agora cada um vá pro seu lado, eu já me dei bem. Sinto muito por sua irmã ter feito isso com você, de verdade. Deixa eu pedir um táxi pra você.

Antes que ele possa se virar, eu o seguro pelo braço. O contato surpreende nós dois. Ele respira fundo enquanto olha para minha mão, e eu tenho vergonha de dizer que fico vermelha. Como pode um toque tão banal causar tanto calor no meu corpo?

— Nós já estamos aqui — digo, enquanto solto o braço dele e agarro minha bolsa com dedos tensos. — Vamos pelo menos comer. Eu estou com muita fome. E você?

Ele me olha demoradamente.

— Faminto.

A onda de calor volta e não diminui nada quando ele coloca a mão no meio das minhas costas e me conduz até a mesa. Quando ele puxa minha cadeira, eu me choco ao perceber que nenhum homem nunca havia feito isso para mim. É um pouco perturbador perceber que até puxar um móvel se torna sexy quando Kieran o faz.

Quando se assegura de que estou confortável, ele desabotoa o paletó e se senta à minha frente. Eu brinco com a ponta da toalha enquanto admiro a vista. O homem sabe vestir um terno.

— Então — ele diz, parecendo um pouco desconfortável no ambiente formal —, você vem sempre *aqui*?

Eu rio.

— É assim que você quebra o gelo?

Ele faz que sim.

— Quando fico diante da beleza extrema, perco toda a capacidade cognitiva, então prefiro usar palavras simples e frases curtas. É menos provável que eu estrague tudo desse jeito.

Não consigo acreditar que um cara tão bonito quanto ele fique nervoso perto de mulher alguma, muito menos de mim. Ainda assim, a sinceridade na fala dele faz minha barriga se contrair. Eu baixo os olhos para a mesa.

Merda. Isso que eu estou sentindo? É assim que se sentem as tontas. Toda corada e felizinha porque um homem disse sem ironia que sou bonita. Droga.

Eu respiro fundo e tento conter a euforia que está borbulhando dentro de mim. É esquisita e indesejada. Eu não fico eufórica. Sou melhor que isso.

— Então — digo me recompondo —, o que te traz aos Estados Unidos? Férias?

Ele faz que sim.

— Sim. Eu vim pra passar oito semanas com o Pat, mas, agora que estou aqui, vejo cada vez menos motivos pra ir embora.

Aquele olhar outra vez. Aquele que me faz querer esquecer de todos os motivos para querer continuar solteira.

Uma interrupção bem-vinda, a garçonete aparece com meu gim-tônica e algum tipo de cerveja exótica para Kieran. Nós erguemos os copos, brindamos e damos grandes goles. Não sei se ele está se sentindo tão fora de controle quanto eu, mas nós dois parecemos precisar de álcool neste momento. Eu faço um sinal para que a garçonete já traga mais duas bebidas antes de dar outro gole gigante.

Depois de engolir quantidades consideráveis de nossas bebidas, nós caímos em um silêncio desconfortável e começamos a examinar um ao outro. Eu me remexo um pouco na cadeira quando Kieran demonstra claramente que aprova minha aparência.

— Eu já te disse que você está linda hoje?

Arrepios mais uma vez. Malditos arrepios.

—Ah... na verdade, sim. E obrigada. Você também está lin… hum, o.k.

Ele levanta uma sobrancelha.

—Assim espero. Eu me barbeei *e* lavei o cabelo pra este encontro. Pra um homem, isso equivale a um dia inteiro no salão.

Eu rio e tomo mais um gole de álcool.

— Eu não quis dizer que você está *só* o.k. Eu ia dizer que você também está lindo, mas pareceu estranho dizer isso a um homem, então eu fiz um desvio de emergência pra "o.k".

Ele inclina a cabeça.

— Você acha que estou… lindo?

— Sim, mas de uma forma máscula. Tipo, lindamente bonitão? Acho que eu devia ter só dito bonito ou charmoso, mas não disse e, bom… tarde demais agora. Haha.

Jesus. Tem como ser mais esquisita?

Do jeito que a boca dele treme, fica claro que ele está segurando uma risada.

— Eu aprecio seu esforço pra não rir da minha cara abertamente — digo.

— É uma luta. Você parece desconfortável ao fazer elogios. Não é algo que você costuma fazer?

— Não. Lembra de toda aquela conversa sobre eu não ter encontros? Toda esta situação é algo que eu não faço normalmente.

O sorriso dele desbota.

— Mas você já saiu com caras, né? Ou isso também é uma experiência nova pra você?

Eu giro os cubos de gelo no meu copo.

— Tecnicamente, sim. Mas nada tão romântico quanto isto. Realmente não é a minha praia.

— Você não gosta de romance? Achei que a maioria das garotas gostasse dessas coisas.

— Eu não sou a maioria das garotas.

Ele dá um gole na cerveja e molha os lábios.

— Não, você definitivamente não é. — Seus olhos brilham na meia luz e, embora eu sinta que deveria desviar o olhar, não o faço. Nem ele. As coisas estão ficando tensas da forma mais excitante possível quando meu telefone começa a tocar dentro da bolsa. Nós dois olhamos para ela.

— Você precisa atender? — ele pergunta.

Eu balanço a cabeça e puxo a bolsa para o meu colo.

— Não. Provavelmente é só a Asha querendo saber como estamos. Mas ela pode sofrer até eu chegar em casa.

Ele concorda com a cabeça.

Quando a garçonete aparece para nos informar os pratos do dia, me sinto grata pela interrupção. Meu rosto *precisa* esfriar, e ter o cardápio para me proteger de Kieran e sua gostosice fora de controle ajuda um pouco.

Depois que nós dois fazemos nossos pedidos e recebemos novas bebidas, Kieran volta a focar em mim.

— Então me conta, por que a recusa em namorar? Você teve uma experiência ruim que te fez desistir de tentar?

Dou de ombros.

— Eu percebi ainda nova que não era como as outras garotas, que ficam obcecadas com contos de fadas românticos. Eu nunca comprei esse sonho que a sociedade vende.

— Que é...?

Eu mexo meu drinque e sorrio.

— Tem certeza que quer falar disso? Talvez a gente devesse falar de assuntos neutros, tipo política ou religião, ou nossos *serial killers* favoritos. Se eu começar a falar disso, pode ser que você se arrependa de ter perguntado. Ou de ter vindo até aqui. Ou de ter me conhecido.

— Impossível. E é obviamente um assunto importante pra você. Manda.

— O.k. — respiro fundo. — Eu acho que as pessoas sofreram uma lavagem cerebral que as faz acreditar que merecem a perfeição. Sendo mulher, foi injetada em mim desde pequena a crença de que eu deveria buscar meu final feliz com um "marido-príncipe", que vai me ajudar a criar duas crianças geniais, e então nós seremos tão delirantemente felizes que vamos deixar nossa família e amigos com vontade de vomitar.

Ele concorda.

— Soa familiar. Minha mãe sempre pergunta quando vou arranjar alguém. Acho que é mais ou menos isso que ela tem em mente.

— Exatamente. É esse o sonho que vendem pra nós nos filmes, nas séries de televisão e nos malditos livros de romance. O final feliz, lindo e brilhante, em que cavalgamos unicórnios e sempre temos orgasmos e vivemos com aquele cara que simplesmente *nos entende* e nos satisfaz sexualmente como se tivesse sido criado só pra isso.

Ele se recosta em sua cadeira, um risinho divertido no rosto.

— Você não acredita que isso possa acontecer?

— Não que não possa, mas é muito improvável. Com exceção da minha atual companhia, a maioria dos homens é babaca.

Kieran ri.

— Uau. Estou feliz por ser a exceção, mas, ainda assim, é uma bela generalização, não?

Eu olho para baixo enquanto minha bolsa vibra. *Pelo amor de Deus, Ash, desiste.*

Eu ignoro a ligação e bebo meu drinque.

—Tenho certeza que existem homens incríveis no mundo. Eu só nunca saí com nenhum deles. Na verdade, meu maior argumento é que, em uma cidade de quarenta milhões de pessoas, eu sempre sou capaz de encontrar um babaca em um raio de dez quilômetros.

Kieran ri e inclina sua cerveja para mim antes de tomar outro gole.

— Impressionante. Se você conseguisse capitalizar isso, estaria rica.

Eu sorrio e olho fascinada para seus dedos agarrando o copo.

— Não é? Se alguém precisar de um detector de babacas ambulante, é só me chamar.

Nós sorrimos um para o outro, e rapidamente este se torna mais um momento quente. Eu pisco e tento ignorar a necessidade de tocá-lo. Se ele faz eu me sentir assim só de me olhar, Deus me ajude se ele colocar as mãos — ou a boca — em mim.

Sem autorização, eu fantasio com ele caminhando para o meu lado da mesa, se ajoelhando na minha frente e levantando meu vestido, ao mesmo tempo em que abre minhas pernas. Não sei se ele consegue adivinhar o que estou pensando, mas sua expressão muda enquanto ele me encara, e a tensão entre nós aumenta ainda mais.

Minha fantasia está chegando ao ponto em que ele coloca a boca em mim quando o encanto se quebra pelo meu celular vibrando mais uma vez.

Jesus Cristo, eu vou assassinar a minha irmã. Qual a maldita emergência?

Eu coloco meu copo na mesa e pego minha bolsa para tentar abafar o som. Ter um celular vibrando no meu colo enquanto tento parecer indiferente a esse homão na minha frente não é uma ideia muito boa, mas o barulho melhora ao ser abafado pelas minhas coxas.

— Então — Kieran diz antes de pigarrear —, considerando suas habilidades de detecção de babacas, como você explica sua atração por mim? Eu também sou um idiota?

Eu o examino, os olhos estreitando.

— Eu não sei. Tem algo que você queira me contar? Algum segredo obscuro? Ficha criminal? Vício em drogas? Multa por atravessar fora da faixa de pedestres?

Ele balança a cabeça.

— Normalmente eu evito revelar que tenho alguns CDs do Justin Bieber logo no primeiro encontro, mas é basicamente isso.

— Claro. Essa é totalmente uma confissão pra um quarto ou quinto encontro.

— Exatamente.

Quando o telefone toca de novo, minha irritação se transforma em preocupação. Se Asha está insistindo tanto assim, é porque algo deve ter acontecido.

Eu abro um pouco a bolsa e tento sutilmente espiar a tela.

Ah, merda! Eu tenho três ligações perdidas do Max. É lógico que ele ia me ligar bem quando eu não pudesse atender.

Eu dou um sorriso para Kieran.

— Você me dá licença um minuto? Eu preciso ir ao toalete.

— Claro.

Quando me levanto, ele também fica de pé, e eu me pergunto como um cara moderno sequer sabe fazer isso. Enquanto ando pelo corredor, olho por cima do ombro e vejo que ele ainda está me encarando. Isso me faz sorrir.

Argh. Estou agindo totalmente como uma adolescente. Gosto tanto desse cara que tenho certeza de que há algo errado com ele.

Assim que estou segura dentro de uma cabine, pego meu telefone e ligo para o Max. Espero não ter perdido a chance de marcar uma entrevista.

— Senhorita Tate. Eu estava começando a achar que você estava me ignorando.

— De jeito nenhum. Eu só estava... ocupada. Desculpa.

— Você tem um minuto pra falar sobre as minhas condições para a entrevista?

— Claro.

— Só quero deixar claro que, se você quer sinceridade total da minha parte, esses termos não são negociáveis.

— Estou ouvindo.

— Hoje mais cedo você disse que achava que eu era um babaca que engana minhas clientes pra tirar dinheiro delas, mas você jurou que, se eu provar que está errada, vai mudar o viés da sua matéria.

— É tipo isso.

— Só que eu preciso de mais garantias. Se eu provar que o que estou fazendo está ajudando, e não prejudicando essas mulheres, você tem que me prometer que vai abandonar a história e esquecer que já ouviu falar de mim.

Isso me deixa sem saída.

— O quê? — Abandonar a matéria não é uma opção. Como ele não sabe disso?

— Essa é a minha condição. É pegar ou largar.

Merda. Eu preciso contornar essa situação.

— Tá, supondo que eu esteja aberta a isso, como você pretende provar que eu estou errada?

— Fácil. Você se torna minha cliente. Se você aceitar ter três encontros comigo, mantendo a mente aberta, eu te dou a entrevista que você quiser.

Uma risada borbulha para fora de mim.

— Ah, hum… eu não acho que isso seja uma boa ideia...

— Senhorita Tate, você afirma que é capaz de ser imparcial. E é assim que vai poder provar isso. Agora, pelo que eu sei de você, eu estou em desvantagem nesse acordo. Você deixou claro seu desdém por mim e minhas clientes, sem mencionar seu desprezo pelo romance em geral, além de parecer ser teimosa o suficiente pra se agarrar às suas convicções apesar de qualquer evidência do contrário. Então, o que você tem a perder? Se não se convencer das minhas boas intenções, você pode publicar sua matéria do jeito que quiser, incluindo nomes.

— Sério? Você concorda em me dar sua lista de clientes?

— Sim. Se você me expuser, eu não vou ter como continuar trabalhando, de qualquer forma. Eu vou estar arruinado. Vou deixar sua consciência decidir quais detalhes revelar e esperar que você seja gentil o suficiente pra não destruir vidas inocentes.

— Bom, toda essa questão de inocência ainda precisa ser analisada.

— Meu Deus, o Derek vai amar isso. A torta inteira de bandeja para mim, e tudo o que tenho que fazer é ter alguns encontros de mentira com Mr. Romance. Fácil. De jeito nenhum ele vai conseguir provar que é um anjo altruísta, e, se ele acha que esse teatrinho cafona vai me fazer suspirar e cair aos seus pés, ele com certeza não sabe com quem está lidando.

— O.k., Max. Temos um acordo. Eu aceito a sua condição e, em troca, você me revela toda a verdade, sim?

— Sim, mas dentro do bom senso. Todas as respostas que darei serão verdadeiras, mas pode ser que eu me recuse a responder algumas questões.

— Parece justo. Você quer que eu prepare um contrato?

— Isso depende. Posso confiar em você?

— Sim — digo. — Mas saiba que, se eu fosse te trair, eu responderia a mesma coisa.

Ele faz uma pausa.

— Verdade. Acho que terei que confiar nos meus instintos e acreditar na sua palavra. — Eu soco o ar silenciosamente em vitória. — Até logo, senhorita Tate.

Eu me endireito.

— Espera! Quando a gente se fala de novo?

— Entrarei em contato em breve. Atenda seu telefone na próxima.

A linha fica muda e eu desabo contra a parede, aliviada. Peguei ele! Eu realmente peguei ele.

Estou tão animada que é como se eu tivesse conseguido uma entrevista com o lendário Pé-Grande.

Eu mando uma mensagem para Derek, contando que consegui a entrevista, então lavo minhas mãos e dou uma olhada no meu rosto. Estou aqui há tanto tempo que Kieran deve estar achando que eu tive algum incidente intestinal. Ótimo. Exatamente o que toda garota quer que seu irlandês gostosão pense no primeiro encontro.

Vacilo um pouco enquanto arrumo meu cabelo. Eu não deveria ter bebido tão rápido, especialmente de estômago vazio. E, claro, estes sapatos idiotas não ajudam.

Quando eu abro a porta para voltar para o corredor, dou de cara com Kieran.

— Merda!

Depois de bater contra o peito dele, meus tornozelos travam e, quando estou a caminho de uma queda espetacular, ele coloca os braços em volta de mim e me aperta contra ele.

Enquanto ele me puxa para cima e se apoia em uma parede, nós dois congelamos. Adrenalina corre solta pelo meu sangue, em parte por causa do choque, mas mais porque estamos apertados um contra o outro, o que faz a épica tensão sexual que eu estava sentindo na mesa parecer fraca.

Ele olha para mim, e seus braços me apertam tão forte que mal consigo respirar.

— Como você não voltava logo, eu achei que você pudesse estar passando mal, então vim checar se estava tudo bem. — Ele investiga meu rosto, sua boca meio aberta e seus olhos mais escuros que nunca. — Você está? Bem?

— Sim… tudo bem. — Meu coração está martelando no meu peito, e eu posso ver no pescoço dele que seu pulso está igualmente acelerado. — Desculpa. Parece que eu me jogo no chão toda vez que você aparece. Mas eu te avisei que minha falta de jeito era particularmente sexy quando eu uso salto. — Minha voz está ofegante, e ele me olha como se não tivesse nenhuma intenção de me soltar.

— Você disse — ele sussurra enquanto vira o rosto para mim. — Mas, se a consequência disso é eu te segurar assim, então, por favor, se jogue no chão em todas as oportunidades.

Por um momento, eu quero rir, porque imagino que de jeito nenhum o Max vai conseguir chegar perto de quão gato o Kieran é. Seu calor, seu cheiro, seus sussurros ressonantes me incitam a fazer algo que nunca pensei que faria. Eu derreto. Acho que nem sabia o que essa palavra realmente significava até agora, mas eu tenho certeza de que o que estou fazendo neste momento é exatamente derreter.

— Sua voz é incrível — digo. — Seu sotaque também.

— Obrigado. Seus lábios são incríveis.

— Você faria algo se eu te pedisse?

— Qualquer coisa.

— Diga *top o' the mornin'** pra mim.

Ele ri, um ruído em seu peito.

— Você sabe que os irlandeses não falam mais isso, né?

— Não ligo. Diga mesmo assim. — Eu me aperto contra ele e sorrio quando ele tensiona o maxilar.

— *Top o' the mornin'*, Eden.

Eu fecho meus olhos e gemo.

* *De "Top of the morning" (Ótima manhã), expressão de língua inglesa que é um estereótipo linguístico do povo irlandês.*

— Deus, tão sexy...

Sem pensar muito, eu espalmo minha mão no peito dele e sinto a superfície dura dos seus músculos sob a camisa.

— Sabe — digo —, a gente poderia esquecer o jantar e ir pro meu apartamento. Minha irmã vai trabalhar até tarde. Teríamos o lugar só pra nós.

Ele baixa a cabeça de novo.

— Não acho que seja uma boa ideia.

— Por que não?

Ele afasta algumas mechas de cabelo do meu rosto.

— Porque eu te disse ontem que estou tentando *sair* com você, não só ir pra cama com você.

— Você não pode fazer os dois?

— Não, a não ser que eu quebre várias regras pessoais e profissionais.

Eu me encosto nele.

— Quebre. Eu vou fazer valer a pena.

Inesperadamente, ele me coloca em pé de novo e se afasta.

— Eden, não podemos.

— Podemos sim. Falando sério, eu sou muito boa nisso.

Quando eu tento tocá-lo outra vez, ele segura meu pulso e me vira, de forma que minhas costas ficam contra a parede.

— Senhorita Tate, por favor, pare. Talvez agora seja um bom momento pra eu explicar as regras das nossas interações futuras.

Por uns cinco segundos, eu fico ali, piscando confusamente. O sotaque sexy de Kieran desapareceu, e sua voz ficou ainda mais profunda e vibrante, como se isso fosse possível.

— Espera, o quê?

Ele me solta e então passa uma mão pelos cabelos, para colocá-los de volta no lugar.

— Sinto muito pela armação, mas eu precisava te conhecer, saber com quem estava lidando. — Ele arruma a gravata. — Temos muito pra conversar. Vamos voltar para a mesa? E, por favor, me chame de Max.

capítulo sete

Max, o *Máx-imo*

Poucas vezes na minha vida eu senti tanta raiva quanto agora.

O artista até então conhecido como Kieran está sentado à minha frente, com a mesmíssima aparência de cinco minutos atrás, mas soando e agindo de uma forma completamente diferente. Não consigo acreditar que ele tenha me enganado desse jeito.

Nojento.

— Então — digo —, parece que meu radar de babacas continua funcionando cem por cento bem. Bom saber.

Ele dá um gole na cerveja e sorri.

— Por que está tão brava, senhorita Tate? Por que eu menti pra você? Ou por que você estava gostando?

— Para a sua informação, eu não gosto que mintam pra mim. Nenhuma mulher gosta.

— Não, mas você bem que gostou do Kieran. Bastante. Na verdade, se eu não tivesse regras rígidas sobre interação física nos encontros, não tenho dúvidas de que você teria gostado dele a noite toda. Estou errado?

Ele sabe muito bem que está certo. Apesar de ainda não termos jantado, já tinha escolhido Kieran como sobremesa. Agora, porém, vendo esse babaca perfeitamente calmo na minha frente, eu não sei onde estava com a cabeça.

— Fico feliz que esteja se divertindo — digo. — Talvez eu estivesse errada. Não é o dinheiro que te motiva. É a sua necessidade patológica de manipular pessoas e rir da cara delas. — Seguro meu copo com tanta força que os nós dos meus dedos ficam brancos. — Então Kieran era só um plano pra fazer eu me sentir idiota?

— De forma alguma. Ele foi uma maneira de te conhecer sem o seu escudo de cinismo. Eu precisava me convencer de que posso confiar em você.

— Você traiu minha confiança pra provar que eu sou confiável. Uau. Sua lógica é impressionante. Por quanto tempo você planejou "dar de cara comigo" na academia?

— Tecnicamente, foi você quem deu de cara comigo. Mas, respondendo a sua pergunta, eu tenho te seguido desde que recebi seu questionário.

— Seguido? Você quis dizer perseguido.

— Me diga você, senhorita Tate. Foi você quem ficou vigiando minha caixa postal com lentes telescópicas. Isso é aceitável apenas quando você é a predadora, e não a presa?

Meu Deus, eu preciso de mais um drinque. Eu engulo de uma vez o que sobrou do meu e olho para Max. Ele é frio como gelo. Claro, não foi ele quem acabou de fazer papel de idiota.

— Então Pat, o grande jogador de sinuca irlandês — digo —, não é seu melhor amigo, imagino.

— Ele é um amigo, mas também um ator. Eu tenho uma lista de pessoas cujos serviços uso de tempos em tempos.

— E as ligações durante o jantar? Você tem alguém pra isso também?

Ele tira o celular do bolso da calça.

— Só coloquei a mão no bolso. Não é muito sofisticado, mas funcionou.

Eu balanço a cabeça e dou uma risada amarga.

— Eu devia ter escutado meus instintos. Eu sabia que tinha algo errado quando você disse que estava interessado em mim e não na minha irmã.

Isso faz algo passar por seus olhos.

— Para a sua informação, o Kieran estava bem a fim de você. Ele não estava nem um pouco interessado na sua irmã.

— *Você* é o Kieran.

— Não realmente. Ele é uma versão de mim e, francamente, eu preferia a forma como você olhava pra ele. Tinha bem menos hostilidade.

Meu Deus, eu quero bater nele. E o que me dá mais raiva é que eu acho que ele sabe e está se divertindo com isso. Como ele ousa ficar tão calmo frente à minha raiva?

Eu o fuzilo com o olhar.

— Me dê um bom motivo pra eu não sair daqui agora e escrever a pior matéria que posso sobre você e o seu pequeno harém.

Ele passa os dedos pelas gotículas de água do lado de fora do copo de cerveja.

— Vou te dar três bons motivos. Primeiro, apesar de você ter uma tendência a julgar tudo prematuramente, eu acredito que você seja uma jornalista de verdade, e largar tudo só porque você está irritada e quer se vingar não faz seu estilo. Segundo, você está realmente curiosa a meu respeito e quer ouvir minha história, mesmo que pra isso você tenha que resistir à vontade de me bater. E terceiro, você sabe que tem um furo nas mãos e não tem nada que você queira mais na vida do que provar pro seu chefe que seu talento está sendo desperdiçado com aqueles *click-baits* idiotas. — Ele se encosta na cadeira. — Que tal?

Eu odeio o quão certo ele está. Nos meus melhores dias, eu já não gosto de gente esnobe, mas ele está levando a coisa a um outro nível.

— Você sabe que existe uma linha muito tênue entre ser confiante e ser simplesmente insuportável, né?

Ele dá de ombros.

— Só se é insuportável quando a confiança está fora de lugar. E a minha raramente está.

— Confiança na sua capacidade de me irritar? Nisso você está realmente certo. Certinho.

Ele sorri lentamente.

— Você não parecia tão irritada dez minutos atrás, quando praticamente me implorou por sexo. Eu estou *confiante* de que poderia ter te agarrado ali no corredor mesmo, se eu assim quisesse. Isso é uma constatação insuportável? Ou a verdade nua e crua?

Fecho meus olhos e respiro fundo. Estou tão desorientada que não consigo encontrar meu equilíbrio. Eu gostava do Kieran, bastante. E, sim, eu estava atraída por ele de uma forma profunda e adoraria ter transado com ele. Mas *Kieran* não existe, e agora Max é quem está sentado ali, usando seu rosto e corpo, como se fosse um maldito gêmeo do mal, e meus hormônios estão achando difícil distinguir um do outro.

Eu não me vejo como alguém controlada por emoções, mas a noite de hoje me deixou brava, incomodada e confusa. Suspeito que isso é exatamente o que Max queria. Toda a sua rotina gira em torno de arrancar certas reações das mulheres, mas eu me recuso a ser uma boa ovelhinha e cair no jogo. Ficarei mais do que feliz me opondo à sua merda romântica em todos os momentos.

Respiro mais algumas vezes e tento deixar a tensão de lado. Quando abro os olhos, vejo Max pacientemente sentado, me olhando. Ele está claramente gostando de me ver assim.

— Melhor? — ele pergunta.

— Muito. Obrigada. — Pego meu telefone e abro o aplicativo de gravador de voz. — Imagino que você não se importe que eu grave a conversa, pra poder ser mais precisa depois.

— À vontade.

— Bom — Eu aperto o botão de gravar. — Entrevista com Mr. Romance, 20h57. Sexta-feira, 5 de maio.

— Eu prefiro que você me chame de Max. Ou de sr. Riley, se quiser ser formal.

Eu coloco o telefone entre nós e olho duramente para ele.

— Então, *Mr. Romance*... — Eu pauso. — Espera, Max Riley? Tipo M.R.? — Penso no bilhete que ele me enviou e nos e-mails falando sobre os estábulos Mason Richards. — Pensei que M.R. fosse “Mr. Romance”.

— Não. Minhas clientes que inventaram esse nome. Eu nunca me referi a mim mesmo assim. E peço pra você não fazer isso também.

— Muito bem. Então, sr. Riley, quando você começou o negócio de foder com mulheres por dinheiro? — Ele abre a boca para protestar, mas eu levanto minha mão. — Desculpa, vou reformular: foder mulheres *com* dinheiro?

Dou um sorriso inocente. Ele me devolve um igual.

— Eu não entrei nisso com um plano de negócios, se é o que você acha. Aconteceu devagar, com o tempo. Eu percebi que tinha um talento pra fazer as mulheres se sentirem bem com elas mesmas, e...

— E decidiu se aproveitar disso pra sugar o dinheiro delas?

De repente, Max se inclina para a frente e desliga o gravador.

— O.k., terminamos por aqui.

Assim que ele faz um sinal para a garçonete trazer a conta, começo a entrar em pânico.

Ele vai embora? Droga, Eden, você tinha *que irritá-lo? Você e seu orgulho ferido idiota.*

— Max, espera...

Ele faz um gesto para eu ficar quieta quando a garçonete chega, então pega um bolo de notas, tira quatrocentos dólares dele e entrega a ela.

— Desculpe, aconteceu um imprevisto e nós precisamos ir. Você poderia, por favor, embrulhar nossa comida e enviá-la ao abrigo da rua 41?

Ele está cancelando a comida também? Eu estou morrendo de fome!

— Max, por favor. Eu...

Mais uma vez, ele gesticula para eu ficar quieta, enquanto a garçonete se debruça e sussura:

— Senhor, eu não posso aceitar seu dinheiro. Seu jantar já foi pago pela irmã da senhorita Tate.

Ele empurra o dinheiro para a mão dela.

— Este dinheiro é pra você pegar um táxi de ida e volta até o abrigo, bem como pelo seu tempo e pela inconveniência causada ao seu chefe. Por favor, assegure-se de que a comida chegue lá ainda quente. Obrigado.

Enquanto a garota pega o dinheiro com uma expressão confusa e começa a se afastar, Max se levanta e vem para o meu lado da mesa.

— Levante, senhorita Tate.

— Max, por favor, senta. Nós não terminamos a entrevista.

— E nem vamos. — Ele puxa minha cadeira e insiste para que eu levante. — Pelo menos não aqui. Vamos.

— Aonde?

— Onde a gente vai poder relaxar. Eu conheço um lugar.

Ele coloca as mãos no meio das minhas costas para me afastar da mesa, mas eu resisto.

— E se eu não quiser ir pra outro lugar com você?

Ele se vira para mim e, embora seu rosto esteja tenso, sua voz sai baixa e suave.

— Escuta, senhorita Tate, desculpa por ter te enganado e desculpa por ter armado pra cima de você. Eu não devia ter sido tão idiota. Foi mesquinho e desnecessário e te deixou com um mal humor do qual você não está conseguindo se livrar. Essa nunca foi a minha intenção. Eu gostaria de começar do zero.

— Não podemos fazer isso aqui?

— Nenhum de nós dois está confortável neste ambiente. Deixa eu te levar a um lugar onde você vai poder tirar esses sapatos e nós vamos poder simplesmente parar de fingir e conversar. — Quando eu continuo a hesitar, ele se aproxima. — Por favor, você precisa dessa entrevista, e eu preciso te convencer de que não sou o enorme babaca que você acha que eu sou.

Ele me olha com expectativa enquanto eu considero a proposta. A verdade é que eu me ajoelharia agora e chuparia Satã se eu achasse que isso faria a dor nos meus pés passar, e também não estou orgulhosa de como me comportei esta noite. Eu nunca achei que deixaria minhas emoções atrapalharem meu trabalho, mas aqui estamos. Talvez uma mudança de cenário me ajude a lidar com isso mais como um trabalho e menos como um encontro arruinado.

— Esse lugar de que você está falando tem comida?

Ele coloca os braços em volta de mim de novo e, desta vez, eu o deixo me guiar até a saída.

— Sim. Ótima comida. E, diferente daqui, você não vai precisar leiloar seus órgãos pra pagar por ela.

Eu não acreditei quando Max disse que iríamos a um lugar onde eu poderia tirar os sapatos. Afinal, poder andar descalça em um restaurante não é algo comum. No entanto, enquanto um grego baixinho nos guia por um longo corredor com piso de carpete macio, ladeado por cortinas claras de chiffon, eu de fato estou carregando meus sapatos nas mãos, assim como Max. Eu rio quando noto que a estampa das meias dele é composta de pequenas balas de goma multicoloridas. Não combina com sua imagem sexy e sofisticada.

No meio do corredor, nosso guia para e puxa uma cortina, revelando uma área espaçosa com uma mesa baixa de madeira no centro, cercada de almofadas de cores vibrantes. Me parece algo saído de um filme e, embora eu possa ouvir o barulho vago dos outros clientes por detrás da música suave, o espaço dá a sensação de ser isolado e íntimo.

E eu que pensei que o Verdi's fosse romântico... este lugar o faz parecer uma praça de alimentação cafona.

— Aqui está, sr. Riley — diz o homem, com uma mesura, quando entramos. — Espero que gostem.

— Obrigado, Georgios. — Eles apertam as mãos e eu ouço um leve ruído de dinheiro passando entre elas. — Agradeço por você ter conseguido nos encaixar tão em cima da hora. Você poderia, por favor, trazer um prato com todos os aperitivos do cardápio o mais rápido possível? E, em seguida, o prato de cordeiro? Ah, e também uma garrafa do merlot Breakwater. Obrigado.

Depois que Georgios faz outra mesura profunda e sai, Max pega meus sapatos e os coloca em um canto, junto aos seus, então acena para que eu me sente em uma das almofadas.

— Finja que a casa é sua.

Eu agradeço mentalmente pelo vestido que Asha me emprestou ter uma saia rodada e eu conseguir sentar com as pernas cruzadas sem mostrar a calcinha.

— Confortável? — pergunta Max, olhando para mim enquanto tira a gravata e a coloca no bolso do paletó.

— Sim.

Ele tira o paletó e o coloca em cima dos sapatos. Então abre o primeiro botão da camisa e logo depois o segundo.

Eu ergo uma sobrancelha.

— Nós precisávamos ficar assim isolados pra você fazer um striptease completo, ou...?

Ele sorri devagar.

— De forma alguma, mas é interessante que seja nisso que você tenha pensado. Você gostaria que eu tirasse a roupa pra você? — ele desabotoa os punhos da camisa e começa a arregaçar as mangas.

A verdade é que só vê-lo revelar seus deliciosos antebraços já é o suficiente para me dar calores em lugares específicos. Com a quantidade de álcool que ainda está fervendo pelo meu corpo, pode ser que eu o ataque se ele mostrar mais um pouco de pele.

— Duvido que eu possa pagar pelos seus serviços de stripper — digo, dando de ombros enquanto me sirvo de um pouco da água gelada que está em uma garrafa sobre a mesa. — Eu ainda não tenho certeza de que não vou receber uma cobrança por toda aquela coisa com o Kieran.

Dou um gole na água e tento não encarar os braços dele.

— Nenhum dinheiro será trocado entre nós, senhorita Tate — ele diz. — E, mesmo que isso acontecesse, eu te garanto que meu preço pra um striptease é bem razoável. Pra *lap dance*, por outro lado...

Eu quase cuspo minha água, em parte porque eu não esperava que ele admitisse isso assim tão facilmente, em parte porque tenho uma imagem mental de mulheres jogando dinheiro em cima dele para dar uma boa olhada em seu belo corpo. Eu vi algumas partes dele na academia. Sei muito bem que valeria o preço.

Quando vê minha cara, ele ri e termina de arregaçar as mangas.

— Estou brincando. Eu nunca tiro a roupa pra clientes. E desculpa se tirar o paletó te deixou animada, estou só tentando ficar mais à vontade. Ternos não são bem a minha praia, sempre me sinto um impostor quando visto um.

— Mas, até aí, você não ganha a vida sendo um impostor? — Ele me olha com ameaça, mas eu levanto as mãos, me defendendo. — Não estou sendo sacana agora. É uma pergunta legítima.

Pego o celular e começo a gravar de novo.

Max dá uma olhada para o aparelho enquanto caminha de volta para a mesa.

— Quanto você sabe sobre o que eu faço?

Fico surpresa quando ele se senta ao meu lado e não na minha frente. Ele está me torturando de propósito, com todos esses feromônios estúpidos?

Por mais que eu odeie admitir, ter ele tão perto me distrai, então ajusto minha posição e deixo um pouco mais de espaço entre nós.

— Bom — digo —, ouvi dizer que você encena situações de livros de romance. Interpreta diferentes personagens e coisa assim.

Ele contrai os lábios.

— Acho que se você colocar a coisa em termos simples, é isso, mas na prática não é tão fácil quanto vestir uma fantasia barata e declamar falas decoradas. Cada encontro requer muita pesquisa e planejamento.

— É por isso que clientes potenciais precisam responder um questionário do tamanho de um livro?

Ele faz que sim.

— Essa é uma parte importante. Conhecer a história de vida de uma cliente e suas paixões me ajuda a prever seu comportamento. E, algumas vezes, descobrir o que ela *não* está me contando é o mais importante.

— Então elas não dizem simplesmente que querem que você seja um caubói sexy ou um motoqueiro, ou qualquer coisa do tipo?

— Elas até podem dizer, mas não significa que é isso que vão receber. Seus livros e filmes preferidos me dizem muito sobre o que elas buscam em termos de escapismo.

— Uhum. E o que a minha lista disse sobre mim?

Ele ri.

— Muita coisa. Na verdade, foi o que me indicou que você não era quem dizia ser. Você não acredita muito em finais felizes, não é mesmo, senhorita Tate?

— Não, porque sou adulta e sei muito bem que os únicos finais felizes que existem são os que acontecem em certas casas de massagem.

— Não estou discordando, mas a maior parte de nós gosta de usar o entretenimento pra fugir da realidade amarga da nossa existência. Mas não você. Aliás, acho que nunca vi tantos livros sobre um futuro distópico e sem esperanças em uma lista só. Eu me pergunto o que você faz pra se divertir.

— Você acha que eu não me divirto? — Ele dá de ombros de forma desinteressada, o que imediatamente me deixa na defensiva. — Ah, eu me divirto, sr. Riley, acredite em mim. Você se surpreenderia com o quanto eu me divirto.

— Quando foi a última vez que se divertiu?

Eu começo a dizer que foi na noite em que jogamos sinuca, mas é mais fácil garçonetes do Hooters passarem a usar gola rolê do que eu admitir que gostei de estar com ele.

Então ignoro a pergunta e sigo em frente.

— Me fale sobre o seu preço. É um tanto absurdo, você não acha?

Ele bebe um pouco de água.

— Todos nós precisamos de dinheiro pra sobreviver. Eu não engano ninguém em relação ao preço dos meus serviços.

— Então você acha que vale *cinco mil dólares* por encontro?

Algo transparece nos olhos dele, algo que parece muito com vergonha. Ele baixa o olhar em direção à mesa.

— Eu gostaria de te dizer que dinheiro não é importante pra mim, mas é. Não vou pedir desculpas por isso.

Max fica quieto e permanece em silêncio enquanto Georgios e quatro garçons servem uma seleção de pratos e entradas, além do nosso vinho.

Depois que todos saem, Max empurra um prato lotado de carne grelhada e vegetais para mim.

— Vá em frente. Dá pra sentir sua fome daqui.

Ele não está errado. Eu estou com tanta água na boca que preciso engolir algumas vezes antes de poder falar.

— Quer pausar a entrevista enquanto comemos?

Ele dá de ombros.

— Não faz diferença pra mim. Eu não acho que você vai publicar artigo algum no fim das contas, então estou tranquilo com qualquer coisa. Normalmente, só leva um encontro pra uma mulher se apaixonar por mim, mas no seu caso estipulei três porque percebi que você está completamente fechada à ideia de que o romance pode enriquecer sua vida. Três me dá um pouco mais de tempo pra quebrar sua casca. — Ao terminar, ele enfia um pedaço de pão na boca.

— Espera — digo, ultrajada —, você acha que eu vou me *apaixonar* por você?

Ele ri.

— Não. — Ele dá um gole no vinho e sorri — Eu *sei* que vai.

Eu fico sem palavras diante do quão ridículo ele é, o que só o faz sorrir ainda mais.

— Se você está achando que vou cair facilmente no seu charme — digo, colocando mais comida no meu prato —, vai ficar desapontado.

Ele coloca a mão em torno da minha, e eu respiro tensa enquanto ele acaricia minha pele.

— Você está se esquecendo de como reagiu ao Kieran? Se você acha que é imune aos meus encantos, você está se enganando.

Eu puxo minha mão para longe dele, ignorando o formigamento que estou sentindo ao colocá-la no colo.

— Então você acha que nenhuma mulher pode resistir a você?

— Tenho certeza que muitas mulheres podem. Mas você? Não. Você está tão carente de romance que é quase um esqueleto emocional. Eu pretendo te preencher com um pouco de carne. Te fazer acreditar em algo mais que apenas um apocalipse cinzento.

Eu me encho de uma determinação repentina e raivosa de provar que ele está errado. Como ele ousa? Por acaso ele acha que é o primeiro homem a me afetar? Ele não tem ideia de quantos egos inflados eu já furei nesta vida. Ele vai ser só mais um.

— Bom, acho que vamos descobrir em breve — digo.

— Acho que sim.

Comemos em silêncio por um tempo e, embora eu ainda esteja fervendo de raiva por causa de suas suposições ultrajantes, não posso negar que ele escolheu bem o restaurante. A comida é deliciosa, e eu consigo destruir um prato em menos de três minutos.

Quando levanto o rosto, vejo Max me encarando.

— Que foi? — pergunto, com a boca ainda meio cheia.

— Você não se importa com o que os outros pensam de você, né?

Envergonhada, percebo que estou debruçada sobre o prato como uma bárbara, enfiando comida na boca o mais rápido que posso, numa tentativa de aplacar meus roncos de fome. Eu então me endireito e delicadamente limpo a boca com um guardanapo, mas tenho certeza de que minha imagem de dama já foi arruinada.

— Desculpa. Eu estava com fome.

— Não fique com vergonha. Foi um elogio, não uma crítica. — Ele coloca um pouco mais de comida em seu prato e depois no meu. — Além disso, esse gemido de prazer que vem do fundo da sua garganta de vez em quando é... estimulante. Fique à vontade pra fazê-lo quando quiser.

A forma como ele diz isso me causa uma onda de arrepios, mas mantenho meu rosto impassível.

— Se esse é um exemplo das cantadas bregas que você vai usar nos nossos "encontros", já vou me adiantar e te dizer que você não tem chance alguma de me ganhar.

Ele para o que está fazendo.

— Senhorita Tate, você vai em breve descobrir que eu não tenho "cantadas". Normalmente, eu só digo o que penso, quer eu esteja interpretando ou não. Eu raramente minto.

— Me desculpa se eu continuo cética quanto a isso.

— Claro. Eu tenho a impressão de que seu cinismo é só um modo de você se sentir segura em situações ameaçadoras, então vá em frente.

Essa afirmação me pega de surpresa e, embora me incomode o suficiente para eu querer saber o que exatamente ele quis dizer com isso, parte de mim prefere ficar na ignorância.

Eu limpo as mãos no guardanapo e pego minha taça de vinho.

— Mas me conta, como esses encontros funcionam?

Max engole sua comida e toma um gole de vinho.

— Bom, quando tenho uma cliente nova, depois de eu já ter uma ideia da sua personalidade, tento pensar em algumas situações diferentes, então escolho a que acredito ser a mais eficiente e planejo encontrar com ela "acidentalmente" em algum lugar.

— Todos esses encontros "acidentais" são como aquele dia em que te conheci na academia?

Ele dá um meio sorriso.

— Eu sabia que você não responderia bem a clichês românticos tradicionais, então com o Kieran eu optei por uma... abordagem mais realista. A maioria dos meus encontros envolve um elemento de fantasia. Personagens extraordinários.

Eu pego uma tigela de arroz e coloco um pouco no meu prato antes de oferecê-la a Max.

— Então... fantasias?

Ele pega a tigela e se serve.

— Sim, e situações mais extremas do que elas normalmente viveriam.

— Você vai fazer isso nos meus encontros?

Ele coloca a tigela do outro lado da mesa e dá de ombros.

— Talvez. Eu ainda não planejei nossos encontros. Por quê? Está ansiosa pra começar?

— Não muito — digo, sem demonstrar que estou curiosa a respeito do que ele vai escolher para mim. — Só estou tentando imaginar o que devo esperar. Acho melhor te avisar que, se você vier com uma situação doida e pouco realista, eu provavelmente só vou morrer de rir.

Ele me dá um olhar de quem sabe do que está falando.

— Senhorita Tate, quando estiver comigo, você só vai rir se eu contar uma piada.

Eu me inclino para ele.

— Você realmente não sabe com quem está mexendo, sr. Riley. Eu não sou tão fácil de agradar.

Ele me passa um pouco de pão.

— Isso me parece bastante com um desafio.

— Entenda como quiser.

Max serve mais comida para nós dois e me pego observando ele comer. A forma como os músculos do maxilar dele se movem é fascinante.

— Então — digo, tentando mudar meu foco e parar de encará-lo —, até onde as coisas vão nesses encontros?

Ele limpa a boca com o guardanapo e pega a taça de vinho.

— Conversas, alguns toques, nada muito explícito. Se o encontro for bem, a progressão natural leva a beijos e a um leve contato íntimo.

— O que você define como “leve contato íntimo”?

Fico chocada quando ele estica os braços e segura meu rosto entre as mãos, passando o polegar pela minha bochecha e indo até minha boca.

— Algo assim — ele diz em voz baixa. Eu paro de respirar enquanto ele continua a acariciar minha pele. A sensação é intoxicante.

Quando ele continua virado para mim, seu olhar parece se perder por alguns segundos, então ele pisca e pigarreia.

— Depende da situação — ele acrescenta, afastando-se e desviando os olhos.

Eu tento parecer indiferente, mas não consigo controlar o quão vermelho meu rosto fica.

— Ahm... as mulheres... podem te tocar de volta?

— Sim, com limites. — Ele se acomoda melhor. — Áreas não cobertas por roupa de baixo são permitidas.

— E se elas forem pra essas áreas?

Ele me olha nos olhos e um músculo em seu pescoço pula.

— O encontro é terminado imediatamente e a cliente é banida da minha lista de contatos.

— Uau. Rígido.

Ele serve mais vinho para nós dois.

— Eu não sou um garoto de programa, senhorita Tate. É importante deixar isso claro.

— Então você nunca fez sexo com uma cliente?

— Nunca.

— Já quis fazer?

Ele para por um momento e então diz:

— Próxima pergunta.

Eu arquivo essa informação para investigá-la melhor depois.

— Bom — digo —, “leve contato íntimo” é tudo o que você oferece? Ou elas podem te subornar pra conseguir mais?

— Só pra deixar claro... — Ele pega meu celular e o segura perto da boca. — *Eu não faço sexo em troca de dinheiro.* — Ele coloca o telefone de volta na mesa. — Contudo, se as clientes quiserem algo mais intenso, elas podem pagar uma taxa extra pra ter uma experiência mais imersiva.

— Ah, então você as leva pra mergulhar? — Ele me olha com uma cara de quem não achou graça. Paro de sorrir e remexo a comida com o garfo. — Por favor, continue.

— O segundo nível exige que a cliente também assuma um personagem. É bem popular entre as mulheres que querem escapar da rotina.

— Você vai fazer isso comigo?

— Eu gostaria, sim. Acho que você tem muito a ganhar saindo um pouco de você mesma.

Me incomoda que ele pareça ter tanta certeza sobre o que eu preciso.

— Você mal me conhece e ainda assim acha que sabe o que é bom pra mim?

Ele passa o indicador pela toalha da mesa, perto da minha mão.

— Todos nós temos questões que estamos tentando superar, senhorita Tate. Todo mundo quer se sentir especial, a gente admitindo ou não. E amar sem limites, nos permitindo ser amados de volta, é o que dá sentido à vida. Ou, pelo menos, é o que deveria dar. Todo o resto só atrapalha.

Eu até quero discordar, mas eu nunca me apaixonei, de modo que não tenho ideia se o que ele está falando é verdade. O que eu sei é que desprezo mulheres que se despedaçam por homens. Com certeza elas não são burras. Elas ouviram as músicas e leram os livros. Se você compra uma passagem para o Expresso do Amor, ele tem paradas obrigatórias na Vila do Sofrimento, na Ilha da Codependência e na Central da Traição, então por que embarcar, para começo de conversa?

Acho que o Max está esperando que eu o contradiga e, quando não o faço, ele me dá mais um daqueles seus malditos sorrisos enigmáticos.

A confiança dele é desconcertante. Quer dizer, estou acostumada com homens bonitos assim serem cretinos egoístas, mas este aqui é outra história. Ele possui uma segurança que não tem nada a ver com a sua aparência, mas com quem ele é. Ou pelo menos com quem ele acredita ser. Ele tem essa calma zen que é, de alguma forma, muito excitante.

Como se ele pudesse ler meus pensamentos, os cantos da sua boca se viram para cima. Sou tomada por uma imagem mental aterrorizante de eu mesma tentando descobrir se esses lábios são tão gostosos quanto parecem, mas a afasto rapidamente.

Quando tento voltar ao assunto, elaboro o que acredito ser uma expressão de tédio mal disfarçado e pigarreio.

— O.k., então a grande questão é: por que nada de sexo nos encontros?

— Sexo é para o corpo. Romance é para a alma.

— Bom slogan, você deveria vender camisetas. O que isso quer dizer?

— O sexo complica coisas que deveriam ser simples — ele diz. — Eu posso fazer minhas clientes se sentirem ainda mais especiais se a atração mútua não levar ao quarto.

— E como você faz isso?

Ele me dá um sorriso sabido.

— Nunca subestime o poder de um bom beijo.

Eu tento disfarçar meu intenso ceticismo.

— Um beijo? Você está brincando, né?

— De jeito nenhum. Você nunca deu um beijo que mudou sua vida?

— Não um que pudesse competir com uma boa trepada. Não mesmo.

Ele se inclina e me estuda, e eu acho difícil manter a compostura sob esse exame minucioso.

— Muitos homens pensam como você — ele diz em voz baixa. — E é por isso que muitos deles não dão valor às mulheres. Homens veem beijos apenas como o primeiro degrau da escada que leva ao sexo. — Ele desenha um arco no ar. — *Beijos... Amassos... Tirar a roupa... Penetração...* É uma linha reta pra eles. Mas um beijo se torna mais poderoso quando é um círculo. Uma jornada longa e sinuosa repleta de sensações.

Deus, a voz dele. Essa voz ridiculamente profunda, sexy pra caramba mesmo sem o sotaque irlandês, é devastadora.

Ele se inclina para a frente e fica perto demais para que eu consiga ignorar como o corpo dele deixa o meu em estado de alerta. Eu me afasto para compensar, mas a expressão dele me diz que ele sabe exatamente o que estou tentando fazer.

— Senhorita Tate, você deve achar que um beijo não é nada de especial, não é? Mas beijar uma mulher sem a menor intenção de que isso evolua... É assim que você descobre o que é a sensualidade. Eu posso encontrar um oceano de prazer em cada respiração acelerada e em cada gemido, em cada movimento macio da língua dela. O gosto dos seus lábios. A forma do seu rosto sob as minhas mãos. A maneira como seu corpo se encaixa no meu quando ela finalmente para de pensar e se entrega às sensações. — A voz dele é pouco mais que um sussurro, mas cada palavra passa vibrando pela minha pele, penetrando nos meus ossos.

Ele passa longos segundos olhando para a minha boca com um fascínio explícito antes de voltar a olhar nos meus olhos.

— Você pode morrer e renascer durante um beijo decente. Acredite em mim.

Ele parece estar esperando alguma reação minha, mas eu estou tão fascinada que tudo o que consigo dizer é "aham".

— Você tem que entender que a maior parte das mulheres que contrata meus serviços não é beijada direito há anos. Seus parceiros só o fazem pra iniciar o sexo, e eles parecem ter esquecido como fazer uma mulher se sentir amada, em vez de apenas desejada.

Eu fico inquieta sob a intensidade dele, quente e excitada de um jeito incômodo.

— Eu não vejo a diferença.

Ele volta a olhar para a minha boca, e todos os traços do seu sorriso desaparecem.

— Talvez uma noite eu te beije direito, pra te ajudar a entender.

Eu me esforço para manter minha respiração regular enquanto ele continua a me encarar. De jeito nenhum vou deixar ele perceber o quanto estou ridiculamente atraída por ele neste momento.

— Eu não concordei em ser beijada quando fizemos nosso acordo.

— Você concordou com os encontros. O beijo faz parte do pacote.

— Então eu quero a versão sem beijos. Os encontros eu posso dizer que foram para pesquisa, mas eu não poderia olhar na cara do meu editor se ele descobrisse que eu fiquei me agarrando com o protagonista da minha matéria.

Eu acho que vejo uma ponta de decepção na expressão dele, mas é mais provável que seja apenas uma projeção do meu próprio arrependimento pelo que acabei de dizer.

— Tem certeza que é assim que quer fazer as coisas? — pergunta.

— Tenho.

Ele faz um gesto de indiferença.

— O.k., não vou te beijar. Mas, só pra constar: se você me beijar, as apostas caem.

— Isso não vai acontecer.

Ele sorri e volta a focar na comida:

— Se é o que você diz, senhorita Tate.

Depois de comida suficiente para alimentar alguns times de futebol americano, Max e eu assistimos em silêncio a Georgios comandar uma brigada de garçons na limpeza da mesa. Quando ele coloca a conta entre nós, em uma refinada carteira de couro, eu rapidamente a apanho antes de Max.

Ele não acha graça.

— Passa pra cá, senhorita Tate.

— Não — digo —, você pagou o Verdi's. Eu pago desta vez. Isto não é um encontro, é uma reunião de negócios.

Ele recolhe as mãos e dá de ombros.

— Como você quiser.

Eu pego dinheiro na bolsa e coloco dentro da carteira.

— Além disso, aqueles mil dólares que você me devolveu são da empresa, então na verdade quem está pagando é meu chefe, não eu.

— Pelo que descobri do seu chefe, não deve ser muito fácil trabalhar com ele.

Eu fecho minha bolsa.

— *Não é a pessoa mais fácil* é provavelmente a coisa mais gentil que alguém já disse sobre o Derek. Pra alguém que não parece ter um grande volume dentro das calças, ele é o maior escroto que eu já conheci. Não ajuda muito o fato de que ele me odeia.

Max se levanta e estende uma mão para me ajudar a levantar.

— Então vá trabalhar em outro lugar.

Eu aceito e ele me puxa para cima.

— É o meu plano, mas eu não posso antes de já ter conseguido algumas manchetes. Essa matéria vai me ajudar a conseguir isso.

Antes que eu possa me afastar, ele coloca a mão sobre a minha e diz:

— Senhorita Tate, até que você escreva sua versão final da matéria sobre mim, eu te peço que não dê muitos detalhes sobre o que conversamos ao Derek. Na verdade, quanto menos gente souber de mim, melhor, pelo menos até o artigo ser publicado. Posso confiar na sua discrição?

— Posso tentar manter tudo embaixo dos panos o máximo possível, mas, se o Derek me pressionar, vai ser difícil não contar nada a ele. Vou fazer meu melhor, no entanto.

Nós ficamos em silêncio, calçamos os sapatos e vamos para a rua. Max joga o paletó sobre um braço e coloca as mãos nos bolsos enquanto perambulamos na direção do rio. A noite está fresca, mas andar um pouco para digerir a tonelada de comida na minha barriga parece uma boa ideia.

Aparentemente sem nenhum motivo específico, Max passa por trás de mim, ficando mais perto da rua quando continuamos a andar.

— Supersticioso? — pergunto, achando graça.

Ele aponta para a água correndo na sarjeta.

— Tentando te proteger da conta da lavanderia se alguém passar dirigindo muito perto da calçada.

— Você aprendeu essas coisas em uma edição do século 18 do *Guia do Cavalheiro* ou algo assim?

Ele me olha, sua expressão se fechando.

— Se você soubesse quão pouco cavalheiresco eu já fui na vida, não diria isso.

— Parece algo que eu deveria investigar. Quer explicar você mesmo?

— Não hoje. — Seu tom me diz que esse assunto chegou ao fim.

Enquanto continuamos o caminho, andar ao lado dele parece estranho. Ir jantar com um homem por quem estou atraída e depois ir para algum lugar que não seja meu quarto não é algo que eu costumo fazer. A estranheza me dá um arrepio.

— Você está com frio? — Balanço a cabeça, mas Max já desdobrou o paletó e está pendurando-o nos meus ombros.

— Não precisa — digo —, estou bem.

— Não tem problema. — Ele para na minha frente e puxa as lapelas até que o paletó esteja firmemente enrolado em volta de mim. — Além do que, ele fica melhor em você do que em mim.

Ele me olha de um jeito quase afetuoso, então parece lembrar que não está com uma de suas ardorosas fãs e pigarreia antes de voltar a se posicionar do meu lado.

Quando eu olho meu celular, fico surpresa ao ver que já é quase uma da manhã. As horas voaram. Eu deveria pensar em voltar para casa, mas ainda tenho tantas perguntas rodando na minha cabeça que não quero perder a chance de fazê-las, caso o Max repense a decisão de me dar uma entrevista e resolva desaparecer.

— Então — digo —, sei que esta é provavelmente uma pergunta boba, mas você tem namorada?

Max me olha e ri.

— Sim. Várias. Não é justamente por causa disso que estamos aqui?

— Tirando as clientes.

— Bom, nesse caso não.

— Você já teve alguma? Desde que começou com isso?

Ele coloca a mão na parte de baixo das minhas costas quando atravessamos a rua.

— Uma vez. Não durou muito. Parece que dividir um homem com outras mulheres pode realmente acabar com um relacionamento.

— Você a amava?

— Honestamente? Não. Ela foi mais um experimento que qualquer outra coisa.

— Experimento...?

— Pra testar minha capacidade de viver o que prego.

— E não deu certo? — Meu salto se prende em um pedaço irregular da calçada e eu tropeço. Max me segura e me coloca de pé. Quando retomo o equilíbrio, espero que ele me solte, mas ele não o faz.

— Às vezes nós confundimos hormônios com felicidade — ele diz. — Eu fiz isso. Além de química, nós não tínhamos nada em comum.

Os braços dele me seguram com força, e olhar para o seu rosto me faz achar que vou cair novamente.

— Ela te amava?

Ele faz uma pausa.

— Isso você teria que perguntar pra ela.

— O.k. Você pode me passar o nome e telefone dela?

Ele ri e se assegura de que estou realmente firme antes de me soltar.

— Você é determinada, senhorita Tate. Isso eu tenho que admitir.

— Sim, eu sou. E acho que deveria ser recompensada por isso. Que tal algumas informações sobre o seu passado? Escola, pais, amigos... — Ele se afasta de mim e eu tenho que correr um pouco para alcançá-lo. — Não? Nem uma amostrinha?

— Você já acabou com o meu estoque de amostrinhas.

— Você sabe que eventualmente vai ter que me contar algo sobre sua identidade, certo?

— Talvez. Mas não hoje.

Quando chegamos ao rio, andamos na direção sul. Eu inclino minha cabeça para olhar o céu. Por mais que a vista do rio seja espetacular, aproveito para ver as estrelas, porque é difícil conseguir vê-las na cidade. Muita luz. Sempre que eu encho o saco da Asha sobre sua busca pelo "homem perfeito", ela me diz que seu príncipe é como a constelação de Orion: só porque não conseguimos vê-la, não quer dizer que não esteja lá. Só minha irmã para fazer seu desejo por amor verdadeiro soar como algo saído de algum tipo de religião esquisita.

Max segue meu olhar.

— No que você está pensando?

— Ah, você sabe. Na "Seita do Amor".

— Seita?

— Sim. As pessoas que fazem parte dela nunca conseguem calar a boca sobre o quão maravilhoso e satisfatório aquilo é, mas, depois de um tempo, percebem que tudo não passa de loucura e que a felicidade eterna é uma grande mentira. A vida já é difícil o suficiente sem o fardo de carregar alguém com você.

Max dá uma risada suave e balança a cabeça.

— Toda vez que eu acho que você não pode ser mais cínica, você mostra que estou errado. Imagino que você também não acredite em casamento, não é?

— Não.

— Quer explicar?

— Eu preciso? Olha pro mundo. O amor acaba. Casais se separam. Faz parte de crescer e se desenvolver como pessoa. É ridículo pensar que você deveria se sentir atraído pela mesma pessoa por décadas, então qual o ponto de ficar na frente de família e amigos e prometer amar e cuidar de alguém *pra sempre*? Por que não jurar ficar juntos por alguns anos e, quando o tédio e a amargura chegarem, cada um seguir seu caminho? Isso seria mais realista.

Ele para na minha frente.

— E manter uma família unida?

— O que tem isso? Algumas famílias são melhores separadas.

Ele olha para a água.

— Não posso discordar disso.

Ele parece se perder em seus pensamentos por um momento, mas, quando um ciclista buzina, ele me puxa para ele, garantindo que nós dois estejamos fora do caminho. Com a mão ainda no meu braço, ele olha para mim, e eu vejo algo em seu rosto. Alguma carência que eu já tinha visto antes, quando ele estava fingindo ser o Kieran. Isso faz meu estômago se contrair e meu coração acelerar, e eu então me lembro de que passei a vida toda evitando esse tipo de conexão por um bom motivo.

Me afasto e finjo bocejar.

— Uau, está ficando tarde, né?

Ele concorda.

— Sim. Muito tarde. Eu vou chamar um táxi pra você.

Eu tenho mais perguntas, mas acho que elas terão que ficar para a próxima. Eu tiro o paletó dele das costas assim que ele faz sinal para um táxi. Quando o carro encosta, ele pega o paletó antes de abrir a porta e me estender a mão.

Eu a aperto com firmeza.

— Bom, boa noite, sr. Riley. Obrigada pelo seu tempo.

Ele me dá um sorriso perplexo e tensiona o braço para me fazer parar de balançar sua mão.

— Eu quis segurar sua mão pra te ajudar a entrar no carro, senhorita Tate. Porém, já que estou aqui… — ele a leva até a boca e pressiona seus lábios contra minha pele. Eu me seguro antes que comece a tremer, por conta da onda de sensações que sobe pelo meu braço.

— Boa noite. Nos vemos em breve.

— Quando? Pra nossa próxima entrevista? Ou pro nosso primeiro encontro?

— Qualquer um dos dois. Os dois. — Jesus, eu pareço tão elétrica quanto me sinto? — Eu estou falando rápido demais, não estou?

Ele ri e me ajuda a entrar no carro, inclinando-se para dentro.

— Eu te ligo. E tenha certeza, senhorita Tate, que quando eu terminar, você terá abandonado sua casca cínica e se tornado uma viciada em romance como todos nós. Tenha um bom fim de semana.

Bem quando vou começar a discorrer sobre o quanto ele está errado, ele fecha a porta. Eu solto um suspiro de frustração e dou meu endereço ao motorista. Quando ele mergulha no trânsito e começa a dirigir para o leste, eu recosto a cabeça no banco do carro e penso nos acontecimentos da noite.

Por um lado, eu sei que esta matéria ficará quente como o inferno quando eu tiver mais detalhes. Por outro, minha certeza de que os encantos de Max não vão funcionar comigo não é tão sólida quanto eu pensava. Ele é, sem sombra de dúvida, lindo, e ele com certeza sabe flertar quando está a fim, mas será que aquele é ele mesmo? Ou só o Max que ele quer que eu acredite ser real?

Qualquer que seja a resposta, eu sei que vou ter que desenvolver uma tolerância para como ele me faz sentir, ou vou acabar sendo só mais uma cliente tonta na sua lista. Para isso, eu evoco pensamentos ruins sobre ele durante todo o caminho para casa.

capítulo oito

Prove antes de comprar

No dia seguinte, Asha e eu caminhamos pelo agitado e barulhento mercado de pulgas do Brooklyn, enquanto eu a presenteio com a revelação de que Mr. Romance e Kieran, o Irlandês, são a mesma pessoa.

— Puta merda, Edie, você está falando sério?

— Infelizmente, sim.

Ela para e, com um gesto dramático, levanta seus óculos estilo Jackie O.

— Então toda essa armação com o Kieran era só pra te investigar?

— Parece que sim.

— E você fez todo aquele seu discurso anti-amor-fodam-se-os-relacionamentos e ele *ainda* acha que vai te conquistar? Ele estava bêbado?

— Na verdade, ele disse que vai fazer eu *me apaixonar* por ele. Como se fosse tudo um grande jogo em que o meus sentimentos são o prêmio.

Ela me olha, incrédula.

— Eu espero que ele perceba que vai falhar. De todas as mulheres do mundo que poderiam se derreter por ele, você é a menos provável. Eu gastei duzentos dólares com aquele encontro, pensando que era um investimento em um potencial namorado pra você. No fim das contas, eu estava comprando um louco iludido. Deus! — Ela sai pisando firme, sugando com raiva seu *smoothie* de gérmen de trigo orgânico.

— Pra ser sincera — digo —, você fez um ótimo negócio. Tipo, ainda foi quatro mil e oitocentos dólares mais barato que o preço normal de um encontro com ele.

— E ele nem é irlandês?

— Não.

— Cara! Eu fiquei toda animada com o sotaque dele pra nada! Que babaca. — Ela para em uma das barraquinhas e cheira uma barra de sabonete artesanal. — E eu tinha tanta certeza de que ele estava a fim de você... Edie, o que eu não faria pra um cara falar de mim com aquela expressão sonhadora no rosto. Claro que eu gostaria que fosse um homem de verdade, com emoções de verdade, não um fingidor fingido que finge, mas ainda assim... — ela vai cheirando amostras enquanto fala — ... uma coisa eu tenho que admitir sobre o Max: o cara é um ator dedicado. Eu estava comprando totalmente o que ele estava falando. — Ela me estende um sabonete. — Hum, cheira isso!

Eu me inclino, aspiro, e fico surpresa quando o aroma familiar me dá arrepios.

— Capim-limão. — Asha diz. — É o cheiro exato do Kieran... merda, quero dizer, do Max. — Ela tira alguns dólares da bolsa e os entrega ao vendedor.

— Por que você está comprando se te lembra o Max? — pergunto.

Ela joga o sabonete dentro da bolsa.

— Ele pode ser um babaca, mas tem um cheiro delicioso.

Seguimos pelo corredor de barraquinhas, olhando a variedade louca de coisas. Ainda é cedo, então algumas barracas não estão prontas, mas se você algum dia duvidou de que o Brooklyn é a capital hipster do mundo, apenas venha a uma feira destas e tire a prova. Tudo é artesanal, de criação livre, e orgânico, até os móveis. Tem até um cara vendendo echarpes feitas com pelo de gato. Ele não esfola os gatos, claro — isso seria errado de muitas maneiras. Ele só transforma o excesso de pelo dos seus cinco persas em lã, daí tricota adoráveis cachecóis, provavelmente enquanto ouve vinis dos anos 1960 e toma chá orgânico, reciclado e de criação livre.

Só de imaginar a cena sinto calafrios.

O "homem-gato" me pega olhando para ele e dá um sorriso. Ou pelo menos eu acho que é um sorriso. A barba dele é tão cheia que fica difícil dizer.

— Aquecedor peludo de gatinha? — ele pergunta, apontando para a sua coleção.

Eu suspeito que ele só tenha começado esse negócio para poder fazer essa pergunta às mulheres.

— Não, obrigada — digo, tentando não parecer tão enojada quanto me sinto. — Eu estou bem no departamento de pelo de xana.

Do meu lado, Asha ri.

— Sem sombra de dúvida. — Quando nos afastamos, ela sussurra: — E esse foi um gentil lembrete fraternal de que você precisa se depilar. Já faz um tempo, né?

— Como é que você sabe meu cronograma de depilação?

— Você sempre anda de um jeito esquisito no dia seguinte. E faz mais de um mês que isso não acontece.

Droga, ela está certa. Eu faço uma nota mental para marcar uma hora com a Francesca assim que possível.

Estamos quase chegando ao fim do corredor quando nossos dois telefones apitam. Nós paramos e olhamos os celulares.

100 pressa, mas c vcs pudessem vir ants do natal seria otm!!!

Asha e eu nos viramos uma para a outra e dizemos ao mesmo tempo: "Nannabeth". E então começamos a andar mais rápido.

— Por que ela sempre escreve como uma garota de treze anos? — Asha pergunta.

— Você sabe que ela se veste como uma adolescente. Faz sentido que escreva como uma.

Ao virarmos a esquina, seguimos na direção de uma grande tenda amarela, embaixo da qual está Nannabeth, ocupada, arrumando suas coisas antes que a multidão chegue. Hoje ela está usando uma de suas roupas mais discretas: um *cropped* rosa choque, um macacão florido e um All Star vermelho. Desta distância, de costas, ela até parece ser realmente uma adolescente. É só quando você se aproxima e enxerga a pele enrugada da cintura dela, assim como as mechas grisalhas na sua massa de cachos ruivos, que consegue perceber que ela é uma velha senhora disfarçada.

— Oi, Nannabeth!

Ela se vira e, quando nos vê, seu rosto se ilumina por trás dos óculos roxos da última moda.

— Minhas meninas! Minhas lindas, mas dorminhocas meninas. Pensei que vocês não iam chegar nunca, já é quase hora do almoço!

Ela puxa nós duas para um abraço e, como sempre, damos um gemido de dor. A mulher pode ter um metro e sessenta de altura e parecer que vai voar quando bate uma brisa mais intensa, mas ela é forte como um touro.

— Nan — digo com minha voz falhando embaixo de seu abraço de jiboia — são sete e meia da manhã, mal é hora do café. E, justiça seja feita, nós duas estávamos de pé antes das seis hoje, mesmo sendo sábado.

Ela nos solta e leva as mãos aos quadris.

— Bom, eu acordo todos os dias às quatro. Já falei pra vocês duas que a vida é curta demais pra passá-la dormindo. Mesmo assim, estou grata que vocês tenham vindo ajudar. Eu não daria conta sozinha.

Nan normalmente tem alguns vizinhos que a ajudam, mas às vezes eles não podem, e ela nos convoca para substituí-los. Nós não nos importamos. Trabalhar com ela nunca é chato.

— O.k., queridas — ela diz enquanto arma uma mesa com cavaletes como pés. — Me ajudem a montar estes, que eu já estou atrasada. O Moby não estava bem hoje de manhã, então eu só consegui sair de casa quando ele ficou todo aconchegado na cama. O pobrezinho parecia tão pequeno e pálido quando saí que acho que vou ter que passar em casa na hora do almoço pra ter certeza que ele está bem.

Asha e eu trocamos um sorriso ao armarmos as mesas.

É hilário ver Nan toda preocupada, principalmente porque Moby é um pato. Sério. Ela o chama de *Moby Duck*.

No início, Asha aprovou a homenagem a Herman Melville, mas Nan insistiu que era por causa de Moby, o músico. Eu achei que ela estivesse brincando, mas descobri que ela de fato tem todos os discos dele. Ainda rio disso.

Outro fato engraçado é que Moby é uma menina. O pato, não o músico. Quando Nan levou seu novo patinho para casa, ela simplesmente presumiu que ele fosse um menino, e quando "ele" botou seu primeiro ovo, ela já estava acostumada demais com as coisas para se dar ao trabalho de uma mudança de gênero. Então, sim. Moby é um falso transgênero, o melhor amigo e *roommate* de Nan desde que o vovô morreu. Nan não o trocaria por nada.

Eu tiro uma caixa de ovos de pato de uma cesta e a coloco com cuidado sobre a mesa.

— Uau, Moby andou ocupado esta semana.

Nan concorda com a cabeça, orgulhosa.

— Ele está fazendo uma maratona de *Game of Thrones*. O estresse de ver tantos personagens morrendo às vezes faz ele botar dois por dia. É fantástico por conta dos ovos, mas não tão bom pra pressão dele.

Também é hilário que, embora Nan possa contar nos dedos as vezes que ficou doente em seus setenta e cinco anos de vida, Moby sofre de três ou quatro doenças crônicas ao mesmo tempo.

— E então, Eden — diz Nan, enquanto empilha caixas de madeira para exibir suas frutas e verduras —, como vai sua vida amorosa? Já encontrou um bom garoto?

Eu suspiro.

— Nan, por que você sempre faz essa pergunta pra mim e nunca pra Asha?

— Porque eu sei que a sua irmã está procurando, pelo menos. Você não.

— E? *Você* consegue ter uma vida plena e feliz sem um homem há mais de uma década.

— Não é a mesma coisa. Você nem ao menos tem um pato.

— Eu arranjo um pato hoje mesmo se isso fizer você parar de me encher o saco sobre homens.

— Na verdade, Nan — diz Asha, lançando um olhar para mim —, Eden teve um encontro ontem.

Nan para, chocada, e me encara.

— Eden Marigold Tate! Por que você não me contou? Quero saber tudo.

Asha coloca seus óculos de sol no topo da cabeça e passa a arrumar a caixa registradora de Nanna.

— E Nan, o cara é *gato*. Tipo, sério, *estupidamente* bonito. — Ela pega a bolsa e pesca lá dentro o sabonete que acabou de comprar. — A melhor parte é que ele cheira assim.

Nan dá uma fungada e solta um assovio.

— Uaaaaau. Parece um sonho. — Ela se volta para mim e ergue as sobrancelhas. — Quando vai ser o casamento? Preciso de um terninho novo.

Eu atiro o pano que estava usando para limpar a mesa na Asha, que desvia dele e dá um risinho.

— Ash está exagerando. Ele não é tudo isso. E resulta que ele era um babaca completo, então não vamos nos ver de novo.

— Vão sim — Ash diz —, vocês têm pelo menos mais três encontros.

— Ela está falando de outro cara — explico para Nan.

— Ele cheira tão bem quanto o primeiro? — ela pergunta.

Asha sorri.

— Sim. Talvez até melhor.

— Então qual o problema?

— Ela *gosta* do primeiro cara. E não está tão animada com o segundo.

— Na verdade — digo —, o segundo cara é só um contato de negócios. Não tenho nenhum interesse além de uma relação profissional.

— Mas esse cara dos negócios, ele também é gato? — Nan pergunta.

— Muito gato! — Ash diz.

Nan olha para ela, parecendo confusa.

— Então por que ela não está saindo com ele?

Deus, esta conversa está indo para lugar nenhum rápido demais.

— Nan, deixa eu explicar isso da forma mais simples possível. Eu não estou saindo com ninguém. Eu não *quero* sair com ninguém. Eu estou solteira e feliz, e isso não vai mudar tão cedo. Não dê ouvidos a Asha, ela só está sendo pentelha.

Nan levanta as mãos para o alto.

— Vocês duas me dão esperanças e depois as quebram como vidro. Vocês sabem que eu não vou durar pra sempre, né? Eu gostaria de pegar no colo pelo menos um bisneto gordinho antes de morrer. Parem de evitar meus bebês e coloquem esses úteros bons e jovens pra funcionar!

Por mais frustrante que seja a obsessão dela com o meu calendário de encontros, eu não consigo não rir, e ela continua a tagarelar sobre minha fábrica de bebês que está envelhecendo, enquanto nós terminamos de montar as coisas.

Vinte minutos mais tarde, assim que acabamos de colocar tudo no lugar, os clientes começam a chegar, e colocamos as mãos à obra.

Já faz anos que a barraca de Nannabeth é uma das mais populares da feira. Além de sua seleção incrível de frutas, vegetais e ervas frescas, ela ainda produz o próprio mel. Acredite se quiser, mas ela cria abelhas bem no meio do Brooklyn. É impressionante o que pode ser conquistado quando alguém mora no mesmo prédio há sessenta anos e se apossa do terraço inteiro para montar sua pequena fazenda particular.

Do outro lado da tenda estão várias caixas de discos velhos, e uma coleção de móveis antigos e bugigangas dos anos 1960 a 1980. Todos os itens de segunda mão vendem muito bem, até mesmo os feios. Nada nunca sai de moda no Brooklyn.

Conforme a multidão matinal circula, as horas passam voando, e lá pelo meio da manhã as coisas já se acalmaram. Em meio à primeira grande calmaria, uma conhecida loira platinada, de Chanel dos pés à cabeça, aborda Asha. No meio desse nirvana de reúso, reciclagem e itens anteriormente amados, ela parece fora de lugar.

— Joanna! — diz Asha, e eu reconheço a expressão que ela faz quando está meio que contente de encontrar alguém, mas também meio que não. — Oi, não esperava te ver aqui. — Eu vou até lá e Asha agarra meu braço. — Você se lembra da minha irmã, Eden? Vocês se conheceram na festa de Natal do ano passado, lembra?

Eu sorrio e aceno, enquanto Joanna quase grita:

— Claro! Oooooi, Eden!

Lembro bem da Joanna. Quando nos conhecemos, ela fez um relato perturbadoramente detalhado sobre como seu ex-namorado havia lhe passado gonorreia e, até que o tratamento tivesse terminado, ela teve que manter uma calcinha extra na gaveta do trabalho, só por precaução. Como eu mesma nunca tive gonorreia, não fazia ideia do que ela estava falando. Ela então passou uns bons dez minutos me interrogando sobre a minha vida sexual, incluindo um histórico completo de DSTs. Não foi divertido. Ela é uma daquelas pessoas que conta coisas demais em qualquer oportunidade e espera que você faça o mesmo. Ela também é daquelas que sorri constantemente e, ainda assim, não parece feliz.

— O que você está fazendo aqui? — Asha pergunta. — Achei que Midtown fosse o mais longe que você chegasse do Upper East Side. O Brooklyn não é um pouco fora da sua zona de conforto?

Joanna faz que sim com a cabeça e olha em volta como se estivesse estudando um planeta alienígena.

— Sim, mas você me falou sobre como a barraca da sua vó era fofa, então eu pensei em vir dar uma olhada. — Ela olha para o lugar em que Nan está atendendo um jovem casal em busca de móveis. — Meu Deus, as coisas estão tão ruins a ponto de ela precisar vender os próprios móveis? Isso é tão triste.

Asha ri.

— Não. Ela só tem muitos amigos idosos e, quando eles se vão, ela ajuda as famílias a vender as coisas deles pelo maior preço que consegue. — Asha aponta para um suporte de plantas feito de mogno, pequeno e um tanto arranhado. — Ela acabou de vender esse por duzentos dólares.

Joanna torce o nariz.

— Uau, mas isso é, tipo, bem velho.

— Sim — digo —, alguns até chamariam de *antiguidade*.

— Vocês sabem quem tem antiguidades legais? — O rosto de Joanna se ilumina — Pottery Barn. As coisas parecem velhas, mas têm cheiro de novas. Sua avó deveria dar uma olhada.

— Sim, Ash — digo, cutucando-a com o cotovelo —, você deveria falar para a vovó sobre a Pottery Barn. Você sabe o quanto ela adora quando as pessoas substituem coisas em vez de reciclar.

Joanna nota os potes de mel e pega dois.

— Aaah! Máscara de mel, aí vou eu!

— Fique à vontade pra dar uma olhada — digo à Joanna, enquanto pego no braço de Asha. — Estaremos bem aqui, se você precisar.

Puxo minha irmã para a área de vegetais, mantendo o olho em Joanna, e então sussurro:

— Vocês duas são amigas fora do trabalho agora? Essa é nova.

Minha irmã faz a cara que ela sempre faz quando sabe que fez algo errado e não quer admitir.

— Hum, pode ser que eu a tenha convidado até aqui pra ela pensar que somos amigas.

— E por que você faria isso?

— Porque ela tem ingressos para o Kingdom of Stone amanhã à noite, e eu achei que ela talvez fosse querer me levar.

— O que é Kingdom of Stone?

— Uma banda. Muito boa.

Joanna olha para nós e acena. Quando Asha e eu sorrimos e acenamos em resposta, ela volta sua atenção para a coleção de bijuterias artesanais dos anos 1980.

— Que incrível! — ela dá um gritinho. — É tipo um feio chique!

Eu me viro para Asha.

— Então você se prostituiu para ver uma banda?

— Não é *uma* banda, Edie. É *a* banda. Eles são a maior coisa a sair do East Village em anos, e por acaso eu amo a música deles.

— E...? — conhecendo minha irmã, sei que tem mais coisa aí do que só algumas músicas grudentas.

Asha desmonta.

— E eu acho que estou apaixonada pelo baixista. Ele é lindo e, depois de ler alguns artigos sobre a banda, eu acho que ele tem a alma de um poeta. Foi ele que escreveu várias das músicas.

— Então você está indo atrás dele? O.k., posso aceitar isso. Ele tem namorada?

Ela cruza os braços.

— Eu não estou querendo namorar com ele. Não sou uma dessas mulheres loucas que acha que ele vai me puxar pra cima do palco e se apaixonar por mim. É só uma fantasia inofensiva com um astro do rock. Todo mundo tem uma. Eu me lembro de quando você tinha pôsteres do Justin Timberlake espalhados pelo quarto.

— É diferente. O JT sabe dançar. Não tem nada mais sexy do que um homem que sabe dançar.

Não muito longe dali, Joanna segura um horroroso colar de flor.

— Meninas! Vocês não amam isto?

— Muito amor — digo, levantando os polegares em sinal de aprovação.

— Ela não é tão ruim — Asha sussurra. — Além do mais, foi ela que contou sobre o Mr. Romance, então eu acho que a gente meio que deve uma pra ela.

Joanna volta com uma coleção de itens e os despeja na nossa frente.

— Quanto por tudo isso?

Ash examina a pilha e faz as contas.

— Trinta e cinco.

Joanna mexe em sua bolsa e pega dinheiro.

— Acho que vou com este de flor amanhã à noite. O que você acha?

— Totalmente — diz Asha. — Você deveria combinar com aquele vestido vermelho lindo que você usou no trabalho outro dia.

— Sim! Uma graça, né? — Joanna se vira para mim. — Ash te contou que vamos ver os Stoners amanhã à noite? — Quando hesito, ela diz: — É assim que os fãs chamam os caras do Kingdom of Stone. Imagino que eles não sejam maconheiros. Ou talvez sejam. Mas quem sou eu pra julgar, né? De qualquer forma, eu sou amiga do empresário deles, então, se você quiser um ingresso, eu superconsigo um pra você.

— Hum... valeu. Mas eu não conheço as músicas deles.

Ela faz um gesto despreocupado.

— Quem liga? São caras gatos tocando rock. Não tem como não gostar, né?

Sorrio enquanto embrulho as compras dela. Quando as entrego, Joanna agarra minha mão e fala, em um tom conspiratório:

— Então, Eden, a Asha te contou sobre toda a... — ela olha em volta — ... *lenda do Mr. Romance*?

Eu dou uma olhadela para Asha, que confirma com a cabeça.

— Ah... sim. — digo. — Obrigada pela dica, eu acho que vai dar uma ótima história.

— Sem problemas. E, só pra você saber, caso você precise fazer, tipo, alguma pesquisa ou algo assim, minha prima e as amigas dela vão fazer um grande evento de caridade na semana que vem, e eu super posso conseguir um convite pra você.

Agora minha gratidão é real. Eu sei que disse ao Max que pararia de investigar a identidade das clientes dele, mas se acontecesse de eu estar numa festa e algumas delas também... bom, isso seria só a boa e velha coincidência, não?

— Uau, Joanna, essa é uma ótima oferta. Posso te confirmar depois?

— Claro. Eu vou dizer que vou levar uma acompanhante, só pra garantir. Se você decidir não ir, a Asha pode ir no seu lugar. Solteiros ricos estarão lá. Talvez até a realeza. Nunca se sabe o que pode acontecer.

Ela solta meu braço e enfia as compras em sua bolsa enorme, e eu percebo que a Asha está certa, ela não é tão ruim. Na verdade, ela pode ser útil para que eu consiga descobrir alguns fatos que o Max prefere não me contar.

— Ei, Joanna — digo —, por que você não vai se arrumar na nossa casa amanhã? A Ash pode fazer seu cabelo, e a gente pode tomar uns drinques antes de vocês irem pro show.

Por um segundo, ela parece chocada. Mas então seu rosto se abre em um enorme sorriso, um de verdade desta vez.

— Sério? Isso seria incrííííível! Eu adoraria! A gente vai se divertir tanto!

— Ótimo! A gente te vê por volta das seis?

— Sim! Perfeito! Vejo vocês amanhã!

Ela ainda está vibrando de animação quando acena um até logo. Quando ela vai embora, Ash me cutuca com o ombro.

— Awn, isso foi legal. Sua idade avançada está te deixando mole?

Eu olho para ela.

— Você cale essa boca suja, Asha Rose, ou vai estragar minha reputação.

Desviando da multidão da tarde, que agora já está diminuindo, carrego cafés para mim, Nan e Asha quando recebo uma mensagem de Nannabeth.

Encontrei 1 homem p/ vc. LINDO! Advogado!!! Solteiro!!! Corre ants q ele vá embora!!!!!

Eu grunho e deixo minha cabeça cair para a frente. Me pergunto quanto tempo eu gastaria se desse a volta pelos fundos da feira. O único problema é que aí o café ficaria frio, e eu precisaria buscar novos. Ainda assim, se me ajudasse a me livrar da vovó casamenteira...

Chego a um meio-termo e ando bem devagar pelos arredores do lugar. Quando chego, fico aliviada por ver que Nan está sozinha.

— Ahhhh — digo —, ele já foi? Que chato.

Entrego o café a Nan e ela dá um tapinha no meu braço.

— A esta altura eu já estou imune ao seu sarcasmo, querida, você deveria saber disso. Além do que, ele vai voltar. Eu vou vender uns móveis pra ele na semana que vem. Ele só foi achar alguém pra levá-los e já volta.

Eu olho em volta.

— Cadê a Ash?

— Banheiro. Mas ela saiu antes de você. Com certeza deve ter achado uma boa barraca de roupas em algum lugar e está revirando tudo atrás de Valentino vintage.

— Bom, pior pra ela. — Coloco o café da Asha na mesa e começo a beber o meu. *Ahhhh, doce cafeína.* Normalmente, eu já teria tomado quatro ou cinco cafés a essa altura, mas este é apenas o meu segundo do dia. Meu cérebro dá um suspiro de alívio.

Quando levanto os olhos, vejo Nan sorrindo para mim.

— Que foi?

Ela pisca, e eu noto que seus olhos estão um pouco embaçados.

— Nada. Eu só fico sempre surpresa com o tanto que você parece com a sua mãe quando ela tinha sua idade. Asha se parece mais com o pai de vocês, mas você... você é a cara da Liz. — Ela toca meu rosto. — Eu gostaria que ela tivesse vivido pra ver vocês se tornarem duas lindas jovens mulheres.

Dou um tapinha na mão dela e sorrio de volta da melhor forma que posso. Pensar na mamãe sempre me dá um aperto na garganta.

— É. Eu também.

Mamãe era nova demais para morrer, e eu e Ash, novas demais para perdê-la. Tudo deveria ter sido diferente. Ela não deveria ter precisado se matar em dois empregos só para pôr comida na mesa, e o papai não deveria ter sido um marido Houdini, fazendo seu truque de desaparecimento sempre que conveniente.

Ash acredita que o problema foi eles terem se casado cedo demais, mas eu culpo o idiota volúvel que quebrava o coração da mamãe um pouco mais cada vez que partia.

— Você terminou seu café? — pergunta Nan.

Dou um último gole e faço que sim.

— Ótimo. Então vá tirar essa cara de espertinha do rosto e passe um pouco de batom. Quero que você esteja na sua melhor aparência quando o Sean voltar.

— Sim, chefe — digo em meu melhor sotaque caipira. — vou me embonecar, assim o caubói gato pra quem você quer me vender pode olhar meus dentes antes de me montar. — Eu estou no meio de uma horrorosa risada de caipira quando percebo os olhos de Nan se arregalarem, focando em um ponto atrás do meu ombro.

Eu me endireito e paro com a peça.

— Ele está bem atrás de mim, não está?

Nan contrai o rosto e faz que sim.

Uma voz profunda diz:

— Então, sou eu o caubói? Devo usar esporas e chapéu? Porque, por sorte, eu tenho os dois.

O som familiar me causa um arrepio na espinha, e é claro que quando eu me viro, vejo Max parado bem ali, com um sorrisinho irônico e divertido em seu rosto.

Que merda ele está fazendo aqui? Ele realmente se deu ao trabalho de descobrir quem é a minha avó e recrutá-la em sua missão de me fazer perceber quão errada estou na minha vida sem romance?

Uma onda de raiva me domina. Envolver minha avó desse jeito me parece uma violação. Como ele teve a coragem de fazer discursos sobre comportamento profissional e aí me dar uma dessas? Não é legal.

— Ah, Sean — diz Nan enquanto desliza para o lado dele. — Aí está o senso de humor! Mulheres adoram homens engraçados. Aliás, esta é minha linda neta Eden. — ela sorri e diz por entre os dentes: — Diga oi, Eden. — Depois se inclina para mim e sussurra: — Ele não é bonito?

Max estende a mão e age inocentemente.

— Prazer em te conhecer, senhorita... hum... Eden. — É ridículo o quanto ele parece desconfortável ao me chamar pelo primeiro nome.

Ignoro a mão estendida e opto por um olhar de fuzilamento nível dez.

— Ah, por favor... *Sean*? É isso? Fique à vontade pra me chamar de senhorita Tate.

— Ou pra chamá-la pra sair! — diz Nan, dando um sorrisinho. — Ela está solteira. — Quando nem eu, nem Max rimos, ela olha de um para o outro. — Espera, vocês já se conhecem?

— Não — digo —, nunca fui apresentada a *Sean*. Uau, você é advogado? Impressionante. Talvez você possa me ajudar... O que posso fazer se um cara está me perseguindo?

— Bom, primeiro — ele diz em sua voz mais calma —, você precisa avaliar se a presença dele é sempre proposital ou se é apenas uma coincidência.

— Pouco provável.

— Não necessariamente. Se duas pessoas moram na mesma região, é possível que elas se esbarrem de vez em quando.

— Sem terem se esbarrado nunca antes disso? Estranho.

— Talvez ele tenha mudado para o bairro recentemente.

— Ou talvez ele esteja com um papo que cheira à merda de cavalo.

Ele inclina a cabeça.

— De cavalo?

— Achei que seria apropriado, considerando todo o papo de caubói.

Nan continua nos assistindo como se estivesse em uma partida de tênis, até que algumas garotas com flores no cabelo pegam um maço de ervas e acenam para ela.

— Bom, se vocês me dão licença — ela diz, lançando mais um olhar para nós dois —, tenho clientes pra atender. Eden, não se esqueça de pegar o contato de Sean antes de ele ir. Te vejo semana que vem! Vamos conseguir um dinheiro pra você.

Quando ela está fora de alcance, Max começa a dizer algo, mas eu o corto.

— Como você ousa usar minha avó pra me atingir?

— Senhorita Tate...

— Sério! Ela é uma velha senhora cujo único desejo é me ver casada e parindo pequenos bebês ruivos. Ela não precisa que *Sean, o advogado*, venha até aqui, todo alto e solteiro.

— Eu não...

— Eu sei que você deve estar nervoso sobre me convencer de que toda a sua baboseira de romance não é uma armação, mas nós claramente precisamos estabelecer alguns limites profissionais sobre como e quando vamos entrar em contato, porque isso foi *totalmente* inaceitável. Me ligue. Mas não venha aqui e encante a minha avó.

— Não era a minha...

— Eu não acredito que você... — caio em um silêncio chocado quando Max invade meu espaço pessoal e sussurra:

— Senhorita Tate, se você não parar de falar e me ouvir por cinco segundos, eu vou te agarrar aqui mesmo, na frente da sua avó, me ajoelhar e te pedir em casamento. Se você acha que ela está obcecada com te arranjar um marido agora, imagina depois disso.

Ele está tão perto de mim que eu preciso de um segundo para me acostumar com o calor da sua presença.

— Você não faria isso.

— Continue falando e você vai descobrir.

— Você concordou em não me beijar.

— Em um encontro. Mas não estamos em um encontro agora...

— Parece que você só está procurando uma desculpa pra me beijar, sr. Riley.

— Não estou, mas se é isso que preciso fazer pra você me deixar falar, estou disposto a arriscar.

Ter que olhar para cima para falar com ele começa a incomodar meu pescoço, mas nunca serei eu a primeira a me afastar.

— Uau, que sedutor. Acho que entendi o que todas as mulheres veem em você. Estou me derretendo agora mesmo.

— Posso presumir que o fato de você não ficar quieta significa que quer descobrir como é meu beijo? Talvez seja você quem está procurando por uma desculpa.

Digo para mim mesma que ameaçar calar a boca de alguém com um beijo não deveria ser nada sexy, mas, infelizmente, meu corpo não me ouve. Max me encara, esperando para ver o que vou fazer, e eu aperto meus lábios para indicar que terminei meu falatório. Mas eu ainda não vou me afastar. Que seja ele a recuar.

Eu seguro a respiração pelos três segundos que ele leva para registrar que eu cedi, então expiro quando ele finalmente se afasta.

— Agora — ele diz —, se você quiser saber a verdade, eu vim até aqui hoje porque um amigo recomendou Nannabeth como alguém que vende móveis usados rápido e por um preço decente. Eu não tinha ideia de que ela é sua avó até voltar do meu telefonema e te encontrar fazendo sua melhor imitação de Jerry Lewis.

— Era Lucille Ball, com um toque de Holly Hunter, na verdade, mas tudo bem.

— Eu sei que pode ser difícil de acreditar, senhorita Tate, mas minha vida não gira em torno de encontrar desculpas pra te ver. Eu tenho uma vida fora do meu trabalho, à parte da sua história, então, se você já terminou de gritar comigo, eu tenho mais o que fazer do que ficar aqui discutindo.

Ele está prestes a ir embora quando eu pergunto:

— Por que você está vendendo seus móveis?

Ele me olha de novo e hesita antes de responder:

— Por motivos pessoais.

— Só me parece estranho que alguém que ganha tanto dinheiro quanto você precise vender móveis.

— Eu herdei algumas peças. Prefiro vendê-las com Nannabeth do que ter que registrá-las em um antiquário ou em uma casa de leilões.

— Porque assim você não precisa dar seu nome verdadeiro?

— Em parte, sim. — Ele dá um passo para trás. — Ah, e só pra ficar claro sobre como e quando eu vou entrar em contato num futuro próximo: amanhã você vai receber um e-mail meu a respeito da etiqueta dos nossos encontros. Por favor, leia as orientações com cuidado e memorize tudo. À noite eu telefonarei pra discutir e esclarecer qualquer dúvida que você possa ter.

Eu não sei por que fico incomodada que ele presuma que não tenho nada melhor para fazer num domingo à noite do que falar com ele, mas eu fico. Sem pensar, digo:

— Não estou disponível amanhã à noite. Eu vou a um show.

Ele coloca as mãos no bolso.

— Deixa eu adivinhar... Kingdom of Stone.

— Como você sabe?

Ele olha para a linha de nuvens se formando no horizonte.

— Acho que metade das mulheres de Manhattan vai nesse show. Eu estava pensando em levar uma cliente, mas se você vai estar lá...

— Você não acha que consigo manter uma distância profissional?

— Acho que seria um desafio pra você.

— Você preferiria que eu não fosse?

Ele levanta um ombro.

— Eu não tenho a pretensão de te dizer o que fazer, senhorita Tate. Farei outros planos.

— Não — digo. A chance de vê-lo em ação é boa demais para deixar passar. — Eu nem ligo para a banda, então não mude seus planos por minha causa. Tenho bastante trabalho pra fazer em casa.

Uma expressão de alívio toma conta do rosto dele.

— O.k., isso seria ótimo. Obrigado.

— De nada.

— Você estará disponível segunda de manhã?

— Claro.

Ele anda até o fim da tenda e pega uma sacola de papel lotada de flores frescas.

— Nannabeth arrumou essas flores pra mim mais cedo.

— Elas são lindas — digo. — São pra um encontro?

Ele me dá um sorriso sereno.

— Tchau, senhorita Tate. Aproveite o resto do seu fim de semana.

Ele segue pelo corredor e me envergonha admitir que fiquei olhando até ele desaparecer.

Ainda estou encarando o nada quando Asha aparece.

— O que eu perdi? — ela pergunta, carregando duas sacolas cheias de roupas. Parece que Nan estava certa sobre o paradeiro dela.

— Você pode ligar pra Joanna? — pergunto. — Vou precisar de um ingresso para o show de amanhã, no fim das contas.

capítulo nove

Rock Shop

— Eden, você quer outra bebida? — Asha enfia a cabeça pela porta do meu quarto e franze a testa quando me vê no computador trabalhando. — Ei, é domingo à noite. Hora de parar um pouco e soltar esse cabelo.

Eu aponto para o penteado estiloso que ela e Joanna cismaram de fazer em mim meia hora atrás: com uma chapinha, meu frizz de sempre foi moldado em cachos suaves e sensuais.

— Está solto. Embora eu preferisse ter feito só um rabo de cavalo e pronto.

— Não seja ranzinza. Nós vamos pra balada, então você precisa estar tipo "gata da balada".

— Isso é diferente de "gata normal"?

— Claro que sim. Como você não sabe disso?

— Porque eu não vou pra balada.

— O.k., só acredita em mim. Você quer outro drinque? Temos tempo pra mais um antes de sair.

Eu olho de volta para a tela do computador e balanço a cabeça.

— Não, tudo bem.

— Tá, esteja pronta pra sair em vinte minutos.

— Estarei.

Quando ela sai, eu continuo peneirando as informações que Toby me mandou sobre o galpão que achamos em Greenpoint. Tem tanta coisa que nem sei por onde começar. Tem a escritura do prédio, contratos de aluguel, inquilinos anteriores... Mas tentar achar algo que me leve à identidade verdadeira de Max é como procurar uma agulha num palheiro. Ele deve ter alguma ligação com Reggie Baker, se não por que o nome dele estaria registrado naquela caixa postal?

Estou procurando mais informações sobre Reggie quando uma notificação de e-mail aparece. Eu abro a mensagem.

De: Maxwell Riley ‹mr@email.com›
Para: Eden Tate ‹etate@email.com›
Assunto: Orientações de comportamento
Data: Domingo, 7 de maio.

Cara senhorita Tate,

Conforme a nossa conversa ontem, segue uma lista de orientações para nossos próximos encontros. Por favor, faça o possível para cumprir rigidamente todas elas.

1. Quando você me encontrar nos próximos dias, eu posso parecer/soar/agir de forma diferente do que você espera. Por favor, respeite a integridade do meu personagem e não rejeite ou questione o que eu disser. Para qualquer interpretação ser bem-sucedida, os participantes precisam suspender sua descrença. Eu sei que você é naturalmente cética, então aceitar um personagem diferente pode ser difícil, mas eu peço que faça o possível para mergulhar na experiência.

2. Qualquer personagem que eu escolha para nosso encontro estará atraído por você. Por favor, deixe de lado sua desconfiança em relação a mim e aceite esse cenário. O único jeito de escrever uma matéria equilibrada sobre mim e minha popularidade é entendendo completamente minhas clientes e a mentalidade delas — e isso significa abrir sua mente para um mundo de romance animador e vivaz. Fingir e enganar são duas coisas completamente diferentes e, para que você entenda por que eu não acredito que meu trabalho seja imoral, é importante aprender a diferença.

3. Tentar atrapalhar minha concentração ou me tirar do personagem escolhido não vai funcionar. Aconselho você a fazer uma lista mental de perguntas sobre o meu método, e eu as responderei em uma entrevista separada, depois do encontro. Me chamar de Max ou quebrar a ilusão, por qualquer motivo que seja, implicará o fim do encontro e do nosso acordo.

4. Até que tenhamos chegado ao fim deste experimento, é estritamente proibido descrever meus métodos para terceiros. Entendo que sua irmã está

a par de informações sensíveis que dizem respeito a mim e à minha identidade — e isso em parte tem a ver com minha escolha de envolvê-la na situação com Kieran — mas, por favor, ninguém além dela deve saber. Fique à vontade para fazer anotações do que descobrir para a sua pesquisa, mas assegure-se de que elas permaneçam sob sigilo.

5. Nossos encontros podem envolver contato físico. Quero te garantir que não te forçarei a fazer nada que você não queira. Eu não pratico nem aceito assédio sexual. Ontem eu posso até ter ameaçado te beijar sem consentimento, mas eu não tinha intenção de seguir em frente. Sendo assim, se em qualquer momento você achar que estou passando dos limites, simplesmente use a palavra "veto" e eu pararei. Essas experiências devem te empoderar, não te fazer sentir ameaçada ou com medo. Se você estiver extremamente incomodada, diga "veto" três vezes seguidas, e a interpretação terminará. Como você deixou claro que não quer ser beijada durante nossas interações, essa decisão só poderá ser revertida com uma ordem verbal sua.

6. Como mencionei anteriormente, as clientes têm liberdade para tocar a maior parte do meu corpo. Isso inclui, mas não está limitado a, meu rosto, cabelo, braços, peito e costas. Você não pode me tocar abaixo da cintura sem permissão verbal explícita. Qualquer violação dessa regra resultará no fim imediato do encontro. Eu também limitarei meu contato físico com você às áreas acima citadas. Naturalmente, eu não tocarei seu peito em momento algum, a não ser que você explicitamente me convide a fazê-lo. Contato sexual explícito não é parte dos meus serviços. Você pode me pedir para tocá-la de forma mais íntima, mas é uma decisão minha fazê-lo ou não. Minha decisão quanto a esses assuntos é final. Coerção prolongada ou contínua da sua parte acarretará o fim imediato do encontro.

Se você tem problemas específicos ou objeções em relação a qualquer coisa contida nesta mensagem, por favor, responda este e-mail o quanto antes. A ausência de resposta será interpretada como um acordo verbal tácito de agir conforme este documento.

Ansioso para vê-la em breve,
Saudações,
Max

Quando termino de ler, balanço a cabeça. Como as mulheres podem achar isso romântico? Tem tantas regras sobre como se comportar e o que pensar que toda a alegria de ser espontânea deve ser sugada. Eu sei que devo manter a mente aberta para conseguir a matéria, mas ainda estou cética de que ir a esses encontros vai causar algo além de reforçar minha ideia de que o que Max faz é brega e inescrupuloso. Eu não ligo para o quanto ele é atraente. De jeito nenhum ele consegue estabelecer uma conexão real e significativa com alguém ao estar restrito por toda essa baboseira. Eu admito que as mulheres podem desejá-lo, mas duvido que o amem.

Levanto a cabeça quando Joanna bate na minha porta.

— Oi! Pode trocar de roupa, vamos sair daqui a pouco.

Eu olho para meu jeans skinny e minha camiseta cinza de gola V:

— Já estou vestida.

Joanna ergue as sobrancelhas e me dá um daqueles sorrisos com uma ponta de *Meu Deus, sério?*

Ela sorri para mim e eu sorrio de volta, até que ela finalmente diz:

— O.k., então. Vamos curtir!

Asha diz que nosso carro vai chegar em dez minutos, então guardo meu computador e coloco minhas botas.

Sabendo que Asha e Joanna parecem protagonistas de uma série chamada *Jovem, bonita e descolada em Manhattan*, dou uma esfumada no olho e passo um gloss antes de elas me arrastarem escada abaixo e depois para dentro do carro. Meia hora mais tarde, paramos na frente do Rock Shop, um dos lugares de música ao vivo mais badalados da cidade. Apesar de estarmos uma hora adiantadas para o show principal, o lugar já está lotado.

— Eu estou tãããããão animada — Joanna diz, ignorando a fila de pessoas que esperam para entrar. Ela nos leva direto até dois seguranças enormes. — Esta noite vai ser incrível.

Os seguranças mal olham para ela e levantam a corda de veludo vermelho, nos deixando entrar. Asha e eu nos entreolhamos.

— Como? — sussurro.

Ash dá de ombros.

— Não tenho ideia, mas quanto mais tempo passo com ela, mais eu percebo que ela conhece *todo mundo*. Talvez todas aquelas histórias mirabolantes sejam verdade no fim das contas.

Empurramos a pesada porta da entrada e somos imediatamente atingidas por uma muralha de som. Cinco minutos depois de ter entrado no lugar, me lembro do porquê raramente vejo bandas ao vivo. Como se o barulho ensurdecedor, o chão grudento e a multidão não fossem o suficiente para me irritar, ainda tem os apertões anônimos na minha bunda enquanto abrimos caminho até o bar.

— Vamos virar uns *shots*! — Joanna grita por cima da música. — Eu pago!

Nós três já bebemos dois drinques cada uma, mas eu ainda me sinto completamente sóbria. Sorrio quando Joanna faz o barman alinhar três doses de tequila.

Eu me recosto nela.

— Agora sim! — Se nada mais der certo, posso pelo menos confiar na tequila para me divertir.

Todas nós viramos uma dose, e tremo um pouco quando ela queima em todos os lugares certos.

— Uau, esses caras são muito bons! — Asha diz no meu ouvido, apontando para as pessoas que estão tocando no palco. — Eles são só uma das bandas de abertura, mas realmente animaram a plateia.

Eu olho para o mar de corpos em frente ao palco. Eles realmente parecem estar se divertindo.

Depois que viro minha segunda dose, paro de sofrer. Joanna sugere que a gente vá mais para perto do palco, então nos damos as mãos e abrimos caminho pela multidão dançante.

Tenho que admitir que a música está me ganhando. Com um pouco de álcool no meu sangue, eu consigo entender porque a energia deste tipo de evento anima as pessoas. As luzes, o som, a massa de pessoas empolgadas. Está funcionando para mim.

Dou uma rápida olhada em busca de Max, mas não o vejo em lugar algum. Na verdade, há pouquíssimos homens aqui hoje, e todos parecem ter armado acampamento no bar. Muitas das mulheres em volta, porém, parecem sofisticadas o bastante para serem clientes do Max. Eu me aproximo de uma que está usando diamantes demais para alguém que curte este tipo de música.

— Eles são ótimos! — digo a ela, que sorri e confirma. — Você veio com alguém?

Ela me dá um sorriso de pena.

— Ah, querida, você é uma graça, mas eu estou esperando meu namorado. Ele vai chegar em dez minutos.

Eu dou um falso suspiro de decepção.

— Ah, bom. Azar o meu. Aproveite a noite.

O.k., ela tem potencial.

Eu me afasto, mas continuo mantendo uma boa visão dela, só por garantia.

Asha me cutuca.

— O que você está fazendo?

— Nada.

— Então para de assediar estranhas e vem dançar com a gente.

Eu continuo vigiando a área enquanto danço com as garotas, tentando me divertir. Quando conseguimos chegar na frente do palco, nos juntamos a todo mundo, jogando os braços para o alto no ritmo da música. Acho que nunca fiz isso antes e, neste momento, não consigo imaginar por que demorei tanto. Talvez Max estivesse certo quando disse que eu não me divirto o suficiente.

Eu grito e bato palmas com todas as outras pessoas quando a banda termina. Alguém sobe no palco para falar com a plateia e anunciar a próxima banda, e nós silenciosamente concordamos em fazer uma merecida pausa.

— Vocês querem água? — Asha pergunta.

Joanna e eu assentimos vigorosamente.

— Eu vou com você — Joanna diz.

Elas se viram para ver se eu quero ir junto, mas prefiro ficar à espreita do sr. Riley.

— Valeu — digo —, vou esperar aqui.

Mantenho os olhos na minha presa, que agora está falando com outras mulheres igualmente luxuosas. Talvez todas elas façam parte do exclusivo fã-clube de M.R.

Enquanto elas conversam, levanto meu cabelo com as mãos e me recosto na enorme torre de caixas de som para recuperar o fôlego. Há uma onda de movimento no palco por causa da troca de equipamentos.

Depois de alguns minutos, o produtor volta ao palco e anuncia:

— E, agora, um dos nossos cantores/compositores mais populares vai nos entreter até a hora do show. Por favor, deem boas-vindas a Caleb Skyes!

As mulheres em volta de mim gritam sem parar, o que me faz desejar ter trazido tampões de ouvido, como tinha planejado.

Eu olho para o palco no momento em que uma batida começa, acompanhada de uma voz tão sedutora que ganha imediatamente toda a minha atenção. Quando eu me movo para ter uma visão melhor, sou atingida por uma onda de choque e descrença. O cantor alto e musculoso com essa voz de sonho, cabelo bagunçado e barba por fazer é... Max.

— Puta merda do cacete.

Minha cabeça está girando. Que merda está acontecendo? Talvez seja só alguém parecido com o Max, e eu esteja tão obcecada com ele e essa história toda que esteja vendo coisas.

Estudo o cara na minha frente. Jeans escuro e meio caído, com um cinto grosso. Camiseta preta justa que deixa à mostra uma coleção impressionante de tatuagens. Braços musculosos tocam uma Gibson, enquanto lábios sensuais roçam o microfone. É impossível negar: é o Max. Só que em uma versão totalmente diferente daquela que conheço.

Olho em volta, desesperada para que Asha confirme o que estou vendo, mas não consigo encontrá-la em lugar nenhum. Não ajuda em nada o fato de as mulheres em volta de mim terem decidido cercar o palco e, mesmo quando eu tento me mover na direção do bar para encontrar minha irmã, sou carregada para a frente, até ficar a apenas alguns metros das pernas de Max.

Fico parada ali, de boca aberta, enquanto a primeira música termina e a próxima começa. Então este é o encontro que ele planejou para sua cliente? Uma clássica fantasia de rockstar? Cara, a Asha estava certa. Todo mundo mesmo tem uma dessas. E, a julgar pelo jeito como meu corpo está reagindo a tudo isso, isso me inclui.

As mulheres chiques ainda estão reunidas em um grupinho, olhando para ele com uma adoração feroz. Max parece completamente alheio a tudo, menos à música. Gosto disso, porque tenho uma forte suspeita de que, se ele olhar para baixo e me vir, sua reação não vai ser muito boa. Eu disse a ele com todas as letras que eu não viria para que ele pudesse trabalhar sem ser observado, e ele não me parece o tipo de homem que aprecia mentiras deslavadas como essa.

Por precaução, tento me esconder atrás da garota na minha frente. Ela é mais baixa que eu, então não funciona muito bem, mas eu faço o que posso. Tentando parecer o menos suspeita possível, eu me viro para a loura ao meu lado, que está olhando para Max como se ele fosse um Messias roqueiro sexy.

— Você conhece esse cara? — pergunto.

Ela confirma.

— Já vi ele tocando aqui algumas vezes. Lindo, né? E essa voz...

— Sim, ele é ótimo. Você já o viu tocar em outro lugar? Ele tem algum álbum? — Quero saber exatamente quão elaborada é essa coisa toda.

Ela faz que sim.

— Ele vende CDs depois do show. Autografa e tudo. Na minha opinião, vale gastar os vinte dólares só pra conversar um pouco com ele. — Então além de vender móveis ele também vende CDs? Quantas fontes de renda esse cara tem?

A mulher olha por cima do meu ombro.

— Não conta pro meu namorado, mas eu comprei o CD dele três vezes nos últimos meses. — Ela pisca para mim, e isso não ajuda em nada a me convencer de que não caí em algum tipo de buraco negro e fui parar em um universo paralelo.

Eu olho de volta para Max, o deus do Rock. Ele parece tão confortável lá em cima, cantando e tocando como se tivesse nascido para isso... Nada parece nem remotamente falso. Eu achava que a voz dele era sexy ao falar, mas não tenho palavras para descrevê-la cantando. É áspera e suave ao mesmo tempo. Como veludo negro envolvendo uma lixa.

Não tenho ideia se foi ele mesmo quem compôs as músicas que está cantando, mas ele com certeza é convincente. Max é uma dessas pessoas que faz cada palavra parecer vir de um lugar profundo em seu interior. Ele não está apenas cantando letras, mas expressando emoções.

Enquanto continuo maravilhada com o tamanho dessa ilusão, e com o talento dele, ele e a banda tocam mais quatro músicas. No fim, eu já nem ligo mais se é tudo fingimento. Sou fã de Caleb Skyes e sua música comovente e sensual.

Quando termina a quinta música, Max tira o cabelo dos olhos e sorri. As mulheres à minha volta gritam e aplaudem.

— A gente só tem tempo pra mais uma. Algum pedido?

Sem hesitar, pelo menos uma dúzia de vozes grita:

— "Deep"!

Max ergue as sobrancelhas.

— Vocês querem "Deep"? — Todas elas gritam que sim. — Mesmo? — Elas gritam de novo. — Têm certeza? Quer dizer, a gente sempre toca "Deep". Vocês não querem algo diferente hoje? — Elas gritam que não, então Max dá de ombros, derrotado. — Bom, o.k., mas vocês sabem o que isso significa, certo? — Todas gritam de novo. Deus, eu vou mesmo ficar surda aqui. — Significa que preciso chamar uma adorável moça pra subir no palco. — Mais gritos, ainda mais altos desta vez, e elas todas pulam e jogam as mãos para o alto, tentando ser escolhidas.

Oooook. Agora eu vou descobrir quem ele trouxe para o encontro. Já fico preparada, com o celular na mão. Se eu conseguir uma foto, talvez possa descobrir a identidade dela. Duvido que alguém muito importante permitisse algo tão público, mas nunca se sabe. Algumas dessas mulheres da alta sociedade têm contatos influentes. Pode ser alguém famoso por associação.

Max escaneia a plateia, fingindo considerar suas opções.

É, bela atuação, amigo.

Eu fico de olho nas garotas ricas. Como todas as outras mulheres, elas estão com os braços levantados e pulando, desesperadas para serem escolhidas.

Quando a plateia chega ao auge da excitação, Max me olha bem nos olhos e aponta para mim.

— Você, ruiva bonita. Sobe aqui.

Meu queixo cai no chão.

— Ah... eu... hum...

— Agora, linda, por favor. Não me faça esperar.

A plateia grita e assobia em aprovação e eu sinto mãos me empurrando para a frente, enquanto vozes gritam quanta sorte eu tenho e como estão com inveja.

Deus. Isto definitivamente não é o que eu esperava desta noite.

Max anda até a beirada do palco e estende a mão.

— Não fique nervosa — ele me dá um sorriso sedutor —, eu vou cuidar bem de você.

Merda maldito cretino bosta. Então *eu* sou a cliente dele? Pelo amor...

Ele fez toda aquela cena na feira só para jogar uma psicologia reversa em cima de mim? Me disse para não vir porque tinha certeza de que eu viria?

Cara, eu me sinto tão estúpida. E agora, uma casa noturna lotada está vibrando ao me ver dar a mão para Max e subir os degraus até o palco.

Isso é loucura.

Estou à beira de um ataque histérico de riso quando Max me coloca atrás de um microfone. Ser o centro das atenções nunca foi algo de que eu gostasse.

— Então, qual é o seu nome? — ele pergunta, inclinando o microfone para mim. Eu o olho com raiva, mas ele não reage.

— Ah, oi... eu sou... hum... Eden. — Todos gritam. Meu Deus do céu, *nenhuma* dessas mulheres vai ter voz amanhã.

— Prazer em te conhecer, Eden. — Max lança um olhar lânguido que me faz pensar que ele está me imaginando nua, mas não de um jeito nojento. De um jeito meio *eu quero saber se você é tão gostosa quanto parece.*

Reforçando minhas suspeitas, ele lambe os lábios antes de dizer:

— Então, você toca guitarra, Eden?

Quando engulo em seco e balanço a cabeça, ele me dá um sorriso malandro.

— Agora toca.

Ele me coloca na frente dele e passa a guitarra pelo meu ombro.

— Vamos te arrumar aqui.

Fico arrepiada quando ele tira meu cabelo de debaixo da faixa de couro. Ele está logo atrás de mim, e o calor dos holofotes não é nada comparado ao que emana dele. Fico tensa quando ele coloca uma palheta na minha mão e começa a guiá-la pelas cordas.

— Bem assim — ele murmura, envolvendo minha mão com a sua e me fazendo tocar as cordas em um ritmo constante. — Muito bem, você nasceu pra isso. — A cabeça dele está quase no meu ombro, e as mulheres na plateia assobiam para nós. Eu fecho os olhos e tento respirar regularmente.

O.k., é agora que eu preciso me lembrar de que é tudo fingimento. Eu sei que Max me disse para suspender minha descrença, mas isso foi antes de eu entender direito no que estava me metendo. Eu achei que Kieran fosse um dos homens mais sexys que eu já tinha visto, mas esse Caleb o faz parecer um coroinha de igreja. Ele até cheira diferente. Kieran cheirava a capim-limão, e Caleb tem um cheiro amadeirado. Como um pinheiro fresco, sexy e fálico.

— Perfeito — Max sussurra quando eu continuo a tocar depois de ele ter tirado sua mão. — Se você continuar tocando assim, eu serei um homem muito feliz.

Minha Nossa Senhora do tesão.

Ele pega a minha mão esquerda e a coloca em seu pulso esquerdo.

— Agora segura firme, Eden. Nós vamos nos divertir juntos.

Ele coloca os dedos em volta do braço da guitarra e vai trocando os acordes enquanto eu continuo a batida nas cordas. O baixo e a bateria entram, lentos e sedutores. Eu mal tive tempo de processar a euforia de estar tocando uma música, quando Max pressiona seu corpo contra minhas costas e se inclina para o microfone.

Eu posso te sentir por dentro. Eu perco meus dedos no seu cabelo. Seu corpo é minha religião. Seu nome, minha oração.

Meu Deus, a sensação do seu peito e garganta vibrando contra mim, sem falar no timbre da sua voz... essa voz perversamente obscura e sensual.

As mulheres na plateia não estão mais gritando. Agora estão todas assistindo fascinadas, hipnotizadas por "Caleb" e seu *sex appeal* insano. A letra e a música vibram em mim de um jeito tão poderoso que meu corpo sente.

No fundo é como te quero.
No fundo é onde você vive.
Me envolva em suas pernas,
Me afogue no seu beijo.
Me guarde dentro de você.
Me deixe ver sua alma.
Eu sou um monstro sem você.
Quando estou no fundo, você me torna inteiro.

A música continua a crescer e, quando termina, logo após o clímax, eu preciso de um cigarro mais do que nunca na minha vida. Conforme o último acorde desaparece, há um silêncio de três segundos antes de a plateia explodir. Minhas mãos tremem por conta da adrenalina fervendo no meu sangue. Eu nunca senti nada parecido com isso antes. É por isso que os músicos são tão intensos? Porque tocar ao vivo faz com que eles sintam como se tivessem tomado uma caixa de drogas das boas?

Max ainda está perto e, com a boca na minha orelha, diz:

— Você foi incrível, Eden, obrigado. — Então ele tira a guitarra de mim e se afasta, mas eu ainda posso sentir o eco do seu corpo na minha pele.

— Batam palmas para a Eden. Ela não foi ótima?

Todos gritam de novo, e eu olho em volta como se estivesse em um devaneio. Quando Max me acompanha de volta à plateia, me sinto tonta e um pouco grogue, como se tivesse acabado de acordar de um sonho muito real.

O que foi que acabou de acontecer?

Abro caminho até o bar, enquanto o produtor sobe ao palco: *mais uma salva de palmas para Caleb Skyes! Se vocês quiserem comprar o álbum de Caleb, em alguns minutos ele estará na entrada para autografá-*

-los. Nós faremos uma breve pausa enquanto arrumamos o palco para o grande evento da noite, Kingdom of Stoooooone! Então, bebam um pouco mais e nos vemos de novo em trinta minutos.

As luzes se acendem e música gravada invade o ambiente. Pessoas conversam e riem enquanto deixam a pista de dança.

Eu procuro por todo o bar, mas nem sinal de Asha e Joanna. Com as pernas ainda bambas, faço sinal para o barman me trazer uma cerveja.

— Qual?

— Qualquer uma, não me importa.

Ele coloca uma garrafa de cerveja artesanal na minha frente e eu bebo metade dela de uma vez. Não me ajuda em nada a voltar para a realidade.

Quinze minutos mais tarde, estou finalmente descendo da nuvem bizarra em que minha experiência de estrela do rock me colocou, quando começo a me sentir normal de novo. Algumas mulheres vêm até mim e me dizem o quanto estão com inveja por eu ter chegado tão perto de Caleb, e eu tento ser educada, embora esteja começando a entrar em pânico por não conseguir encontrar Asha e Joanna. Eu mandei três mensagens para Ash nos últimos cinco minutos e ainda não recebi uma resposta, o que é preocupante, porque eu sei muito bem que ela não desgruda do celular nem dormindo. Ela não responder é definitivamente um sinal de alerta.

Eu deixo o bar para trás, vou para a entrada e procuro em cada canto. Nada da Asha.

— Merda.

Estou quase saindo quando vejo “Caleb” cercado de mulheres, autografando CDs e camisetas do Rock Shop. Tenho que admitir que a produção é muito bem-feita. Ele com certeza faz um esforço extra para tornar esses cenários críveis.

Ele olha para mim.

— Eden, oi. Obrigado por me esperar, amor.

Um grande "que merda é essa?" está pronto para sair da minha boca enquanto ele entrega um CD a uma morena peituda. Ela olha para ele do mesmo jeito que a Asha olha para os cupcakes da Sprinkles: com um desejo profundo e devastador. Todas as mulheres fazem um barulho de lamento quando ele se separa delas e vem na minha direção.

— Desculpem, senhoritas. Eu adoraria ficar e conversar, mas prometi à minha bela namorada que iríamos jantar depois do show.

Parece que a participação no show não era tudo, afinal. Acho que faz sentido. Não que eu queira diminuir a experiência extremamente quente do Max enrolado em mim enquanto cantava sobre ser profundo, mas como cliente eu ficaria puta de pagar cinco mil por só quatro minutos.

— Ah, ela é sua namorada? — a morena pergunta, sem nem tentar disfarçar a inveja. — Bem que eu achei que vocês pareciam íntimos demais pra não se conhecerem.

— O que posso dizer? — Max diz, passando o braço pela minha cintura. — Não consigo escónder meus sentimentos quando ela está por perto, mesmo que tente.

Ele se abaixa e me dá um beijo na bochecha. Isso faz um formigamento tão forte correr pelo meu corpo que preciso me segurar para não tremer.

A amiga da morena faz um barulho de desprezo.

— Ah, aposto como é duro quando ela está por perto. — Todas olham para a calça dele e soltam risinhos.

Viu? É exatamente isso que não quero ser. Eu tenho certeza de que todas essas mulheres são fortes, bem-sucedidas e inteligentes à maneira delas. E mesmo assim, nesse momento, parecem garotinhas de escola.

Meu rosto deve estar expressando exatamente os meus pensamentos, porque Max sussurra:

— Só sorria e concorde. E não demonstre medo. Elas conseguem farejá-lo.

Ele então se volta para suas admiradoras.

— Bom, tenho que ir, senhoritas. Ótimo ver todas vocês. Tenham uma boa noite.

Há um ruído geral de decepção quando ele pega minha mão e me guia pelos dois enormes seguranças que guardam a porta dos bastidores.

— Obrigado pela cobertura — ele diz enquanto andamos por um longo corredor. — Escapar delas pode ser difícil.

A mão dele é quente em volta da minha.

— Pra onde você está me levando? — pergunto.

Ele para com uma expressão confusa.

— Pra trepar no meu camarim, é claro. Desculpa, você não leu o guia da *groupie*? Essa é uma das primeiras lições.

Eu puxo minha mão.

— O quê?!

Ele mantém a expressão séria por meio segundo antes de sorrir.

— Jesus, eu estou brincando. Eu ia te levar pro salão verde, pra tomar algo. Não se preocupa. É estritamente proibido trepar lá.

Ele tenta pegar minha mão de novo, mas eu a puxo para trás.

— Não posso. Desculpa. Preciso encontrar a Asha.

— E a Asha é...?

Ah, certo. Embora o Max conheça a Ash, o Caleb não sabe quem ela é. Eu ainda preciso me ajustar a essa nova realidade.

— Ela é minha irmã. Eu vim com ela e uma amiga, e agora elas desapareceram.

— Como ela é? Talvez eu possa ajudar.

— Um metro e setenta. Cabelos vermelhos. Lábios vermelhos. Linda.

— Você acabou de se descrever. Vocês são gêmeas?

Eu reviro os olhos. Ele é rápido no gatilho de elogios bregas. Assim que penso nisso, ele me acerta com um sorriso autodepreciativo e de alguma forma, "brega" se transforma instantaneamente em "encantador". Que coisa estranha.

— Espera — ele diz, estalando os dedos —, ela estava com uma garota loira usando um colar dos anos 1980 muito feio?

Eu confirmo.

— Você as viu?

Ele faz um gesto para eu acompanhá-lo.

— Imagino que sua irmã seja fã dos Stoners?

— Sim, ela tem uma queda pelo baixista.

— É, eu já tinha adivinhado isso.

Ele me leva até uma sala cheia de sofás, cercada por mesas com comida e bebida. Ele então aponta para um canto, onde Asha está engolindo a cara de alguém que nunca vi antes.

— Aquela é ela?

— Puta merda, sim.

Minha primeira reação é ficar surpresa por ela estar agindo, pra variar, como uma garota de vinte três anos normal e com tesão, mas logo quero matá-la por não ter me avisado onde estava. Porém, antes que eu possa abrir a boca para gritar com ela, Max toca meu braço.

— Eu não conheço sua irmã, mas ela parece estar se divertindo. Talvez agora não seja o melhor momento pra bancar a irmã mais velha.

— Então, aquele é o baixista?

— Bingo. — Ele aponta para outro canto, onde posso ver a parte de trás da cabeça da Joanna, que está sentada em um sofá gigante ao lado de outro membro da banda. — E aquele é o baterista. — Ele anda até a impressionante mesa de bebidas e pega algumas cervejas. — Eles vão tocar daqui a pouco, então sua irmã e sua amiga estarão livres, mas até lá... Por que você não vem até o meu camarim pra uma bebida?

Eu olho de novo para elas.

— Você tem certeza que nada estranho acontece aqui?

— Positivo. Tem câmeras de segurança em todo lugar, e eu já vi eles partirem pra cima de um cara por ele arrumar a calça o tempo todo. Elas estão a salvo.

— E o seu camarim? Ele é seguro?

Ele levanta um ombro.

— Não tem câmeras lá, mas também nada de sexo. Só bebidas. Talvez um pouco de arrumação na calça, se eu quiser.

Os olhos dele brilham ao dizer isso e, mesmo sabendo que não devo, eu sorrio. Suponho que "Caleb" seja uma parte necessária da minha pesquisa, e eu consigo pensar em maneiras bem piores de passar o tempo do que tomando uma cerveja com ele.

— Claro. Por que não?

Max faz que sim com a cabeça e me leva para fora do salão verde, me guiando para dentro de um camarim. Ele abre a porta e a segura para eu passar.

— Bonito — digo ao examinar a decoração surpreendentemente limpa e estilosa. — Mas desculpa dizer, não parece muito rock'n'roll.

Ele abre duas cervejas e me entrega uma.

— Mesmo? Por que não?

Eu dou um gole na cerveja gelada enquanto ando pelo lugar.

— Onde está o harém de *groupies*? As montanhas de cocaína? Não tem sequer móveis quebrados.

Ele apoia a cerveja sobre uma mesa e guarda no estojo a guitarra antes jogada no sofá.

— Bom, a mobília é mais dura do que parece, então quebrá-la dá trabalho demais; eu não uso cocaína há quatro anos já, de modo que isso está fora de questão; quanto às *groupies*... — Ele fecha o estojo da guitarra e se levanta. — Nunca estiveram na minha lista de objetivos de vida. Seria difícil manter alguma integridade artística se eu virasse um adolescente excitado toda vez que ganho alguma atenção feminina.

— Então... você está me dizendo que realmente está nessa pela *música*? Que tipo de psicopata é você?

Ele ri e guarda o restante de seus pertences em uma grande bolsa.

— Meus colegas de banda se perguntam a mesma coisa. É por isso que não dividimos um camarim. Eu gosto de ter meu próprio espaço, e toda aquela cocaína, móveis quebrados e *groupies* atrapalham meu estilo.

Eu rio e me sento no sofá de couro branco, enquanto Max termina de arrumar as coisas. É impressionante o quanto ele é diferente como Caleb. Não tenho experiência alguma com interpretação ou *role-playing*, mas nunca achei que pudesse ser tão crível. Para ser sincera, eu realmente gosto de Caleb. Ele tem algumas arestas e um bom senso de humor, e essa barba por fazer é muito sexy. Ele também é mais aberto do que o Max tradicional, o que não é ruim.

Quando está tudo arrumado, o Max roqueiro se junta a mim no sofá. Assim de perto, eu consigo ver melhor as tatuagens no braço dele. Não tenho ideia de como elas surgiram de repente, mas são bem convincentes.

Eu contorno um dragão que sobe do seu pulso até o bíceps.

— Isso é incrível. O que é?

Eu levanto os olhos e vejo Max me encarando, sua expressão intensa.

— Eu nasci no ano do dragão, então…

— Não — digo, incapaz de desviar meus olhos do dele —, a… hum… tinta. Como isso tudo foi parar na sua pele? — Ele só pode ter feito isso em algum momento entre ontem de manhã e hoje à noite.

— Um troglodita chamado Brian me amarrou numa cadeira e me atacou com uma agulha por horas sem fim.

Ah, sim. As orientações diziam que se eu perguntasse coisas que o fizessem ter que sair do personagem, ele não responderia. Muito bem.

— Doeu? — eu pergunto, erguendo as sobrancelhas com uma cara de entendida, esperando que esse novo golpe cause nele um flash de irritação, mas, de novo, nada.

Ele continua me encarando.

— Eu não me importo de sofrer de vez em quando. A dor nos faz lembrar que estamos vivos.

— E isso é algo que você costuma esquecer?

Ele baixa os olhos para a cerveja e fica mexendo na borda do rótulo.

— Eu acho que, quando somos crianças, nós começamos a vida sentindo tudo. O mundo todo é mágico e incrível. Mas, quando crescemos, somos condicionados a acreditar que tudo é ordinário e que magia só existe em contos de fadas. É uma mentira completa, é claro, mas é assim que as coisas são.

Eu me recosto e o examino.

— Você acredita em mágica?

Ele faz que sim.

— Claro. Não mágica tipo Harry Potter, mas mágica mesmo assim. Quer dizer, olha pra isso… — ele estende um dedo e então, lenta e suavemente, percorre o trajeto do meu cotovelo até meu pulso. O toque é tão leve que mal percebo, mas ainda assim consigo sentir o pulsar da sua energia no meu corpo inteiro. Todos os meus pelos se arrepiam, e eu noto arrepios se formando na pele dele também.

— Eu mal estou te tocando. E mesmo assim estamos gerando eletricidade. Está acendendo cada centímetro de pele. — Ele desce o dedo mais uma vez, observando durante todo o caminho. — Edison e Tesla passaram anos tentando produzir algo assim, e nós conseguimos sem fazer quase nada. — Sua voz fica mais suave, e ele me olha com uma ponta de espanto. — Se isso não é magia, eu não sei o que é.

Ele se afasta um pouco, mas ainda continua perto demais. Se ele fosse qualquer outro homem, sentado tão perto e com esses olhos cheios de desejo, eu já teria rastejado para o colo dele e arrancado sua camiseta. Mas ele não é outro homem. Ele é o único cara de quem preciso manter distância, por motivos pessoais e profissionais.

Ele mantém contato visual enquanto bebe um gole da cerveja, e então dá uma olhada no meu corpo.

— Desculpa. Eu meio que sequestrei a conversa. A gente estava falando sobre tatuagens. E você? Tem alguma que gostaria de me mostrar?

Eu me recosto e digo:

— Você está vendo alguma?

— Não, mas você me parece o tipo de mulher que pode ter alguma escondida. — A voz dele fica baixa. — Você não sentiria a necessidade de exibi-la. Seria algo só seu.

Ele não está errado e, por alguns segundos, eu considero o que fazer.

— Você não precisa me mostrar — ele diz. — A gente mal se conhece e já estou basicamente pedindo pra você tirar a roupa, mas... eu adoraria vê-la.

Ele está me olhando com tanta sinceridade que me desarma. Eu nunca mostrei minha tatuagem para alguém antes. Ela já foi vista, claro, afinal eu já fiquei nua diante de uma boa quantidade de homens. Mas nenhum deles me conhecia.

É por isso que estou hesitando? Porque, em algum grau, eu acho que esse homem, que está aqui sentado fingindo ser outro homem, consegue ver através da pessoa que eu finjo ser?

Deixando toda a cautela de lado, eu coloco minha cerveja na mesa e me ajoelho no sofá. Então respiro fundo e levanto minha camiseta.

Max se inclina para examinar as duas linhas escritas em letra cursiva que se estendem pela lateral da minha costela, desde o meu quadril até a linha do sutiã.

Ele me olha.

— Posso?

Quando eu faço um sim tenso com a cabeça, ele passa os dedos pela caligrafia elegante. Péssima ideia, deixá-lo me tocar. Minhas reações físicas são absurdas. De jeito nenhum um homem deveria conseguir me afetar assim. Nenhum homem. Mas principalmente não um homem a respeito de quem estou tentando me manter objetiva.

Ele passeia pelas letras de novo, e eu fecho meus olhos e cerro os dentes.

— *Foda-se você e todos os jeitos que você não me amou.* — Quando abro os olhos, eu o vejo me encarando.

— Relacionamento ruim?

— Pode-se dizer que sim. — Eu não aguento mais o toque, então baixo minha camiseta, me sento e dou um grande gole na cerveja, tentando acalmar meu coração acelerado.

— Ele te machucou? — Há algo em sua voz e, quando olho para ele, fico surpresa de ver que ele está com uma expressão dura.

Eu pisco enquanto velhas memórias se agitam, ameaçando acordar.

— Já faz muito tempo.

Ele segura a garrafa com mais força.

— Você ainda pensa nele?

— Faço o melhor pra evitar. — Quanto menos penso nele, mais fácil é ignorar a raiva que sinto o tempo todo.

Quando o rumor de música ao vivo começa, Max termina sua cerveja e suspira.

— Parece que os Stoners finalmente subiram ao palco.

Quase ao mesmo tempo, meu telefone vibra com uma mensagem.

Edie, cadê você?! A banda entrou. Estamos esperando na porta.

Eu me levanto e coloco o celular no bolso de trás da calça.

— Bom, obrigada pela cerveja.

Max também se levanta.

— Aonde você vai?

— Minha irmã está esperando.

Quando toco a maçaneta, ele cobre minha mão com a sua e, pela segunda vez esta noite, minhas costas formigam onde o peito dele encosta.

— Não vá. — ele diz, em voz baixa — Vem comigo.

Eu olho para baixo, para seus dedos que preguiçosamente acariciam os meus.

— Pra onde?

— Minha casa.

— Eu pensei que você não gostasse dessa coisa de *groupies*.

— E não gosto. Você acha que todos os músicos só querem saber de mulheres pra sexo fácil?

— Parece ser um dos benefícios do emprego.

— Você acha que é isso que eu quero de você?

— Eu não sei o que você quer de mim.

Ele olha para as nossas mãos.

— Nem eu. É por isso que você deveria vir comigo. Eu realmente gostaria de descobrir.

Ele tira meu celular do meu bolso.

— Manda uma mensagem pra sua irmã. Ela vai sobreviver a uma noite sem você.

Eu pego o telefone e me surpreendo com o quanto minha respiração fica tensa com ele me observando digitar a mensagem.

Você e a Joanna se divirtam. Eu encontrei com um amigo. Te vejo em casa.

Eu aperto "enviar".

Sem dúvida, a Asha vai deduzir que eu peguei alguém e não vou voltar antes de amanhã de manhã para casa. Deixa ela pensar isso.

Eu prefiro que ela ache que vou transar com um estranho do que saiba que vou ficar completamente vestida com o Max, e não tenho ideia do porquê.

Max se afasta e pega sua bolsa e o estojo da guitarra.

— Vamos, bela Eden. Vamos sair daqui.

capítulo dez

Interlúdio

Quarenta minutos no banco de trás de um táxi com Max parecem uma eternidade, e eu fico aliviada quando saímos para o ar fresco da noite, descendo em frente a um impressionante prédio industrial.

— A antiga Fábrica de Lápis do Brooklyn? — pergunto, olhando para a fachada icônica.

— Você conhece?

— Sim. Minha avó mora a alguns quarteirões daqui, então já vi esse prédio milhares de vezes. Só nunca entrei.

— Bom, então esta é a sua chance. — Ele segura a porta aberta para mim. — Depois de você.

Nós subimos até o último andar, onde Max desliza uma enorme porta de metal, revelando seu apartamento. Bom, *um* apartamento. Sabe lá Deus de quem é, mas é exatamente igual e, ao mesmo tempo, completamente diferente do que eu esperaria de um músico. É um amplo espaço industrial, mas mesmo com chão de concreto e tijolos expostos, a forma como foi decorado o faz parecer aconchegante e elegante. Há várias áreas diferentes separadas pelos móveis, uma grande cozinha e, no fundo, o que parece ser uma suíte.

— Você mora aqui sozinho?

Ele faz que sim, depois joga a bolsa no chão e abre a geladeira.

— Era de um amigo meu. Quando ele se mudou para L.A., ele passou pra mim.

Em um dos cantos, há uma impressionante estrutura de estúdio, completa com um conjunto de instrumentos, que inclui um violino, um saxofone, uma clarineta, um trompete, uma bateria completa, uma tuba e um antigo piano de cauda pequeno.

— Você toca tudo isso? — pergunto, apontando para a coleção musical.

Ele faz que sim.

— Nem todos tão bem, mas sim. É consequência de ter tido TDAH musical na infância. Eu nunca conseguia decidir qual instrumento preferia, então tentei todos.

— Há muita procura por tubas no rock ultimamente?

Ele ri.

— Não tanto quanto eu gostaria. Nada melhor do que soprar um metal.

— Verdade.

Ele caminha até um bar impressionante montado em outro canto e eu o sigo. Não sei se deveria beber mais. No táxi, o tempo todo eu me senti... estranha. Tonta e febril. Não é como eu costumo reagir ao álcool, que normalmente só me deixa mais mole. Talvez eu esteja ficando doente.

Mesmo agora, ao ver Max passar para a parte de trás do bar, eu me pego olhando para ele sem piscar. Estou ligada, e tudo parece intenso demais.

— O que você quer tomar? — ele pergunta.

Olho as garrafas alinhadas sobre a madeira. Dane-se. Vou beber mais um. Talvez ajude com essa tensão nos meus músculos. Eu me sinto com tanta energia acumulada que poderia correr uma maratona.

— Você pode fazer um gim-tônica?

Ele levanta uma sobrancelha.

— Eu tenho até gelo.

Enquanto prepara os drinques, ele me olha de relance.

— Você não pareceu muito decepcionada por perder os Stoners.

— A fã é a minha irmã. Eu só fui junto. Shows ao vivo não são muito a minha praia.

Ele traz minha bebida e fica mais perto de mim do que eu esperava. Ele então se encosta no bar, e eu não deixo de notar o quanto seus braços são extraordinários. Mais uma vez, minha atenção vai para suas tattoos. Nunca achei que tivesse uma coisa por homens tatuados, mas pode ser que ele me faça mudar de ideia. Como se não bastasse, o peito dele fica espetacular com essa camiseta. E, por mais que eu nunca tenha tido uma opinião sobre cintos, o que ele está usando, que atrai meu olhar para sua calça como se fosse um ímã, é perturbadoramente sexy.

Viu? Isso é outro sintoma de que há algo de errado comigo: notar tudo nele, querer tocar tudo. Eu estou louca para passar meus dedos pela sua pele... amassar o tecido da sua camiseta no meu punho... pressionar minha testa contra o frio metal do seu cinto.

— Bom — ele diz, sem perceber que estou olhando fixamente para ele, ou decidindo ignorar —, estou feliz que você tenha ido junto. E estou feliz que escolhi você. — Ele dá um passo para a frente, o que torna o ar entre nós difícil de respirar. — E, mais que tudo, estou *muito* feliz que você está aqui.

Eu agarro a borda do bar, para evitar que minha mão se comporte mal.

— Eu tenho a impressão de que não te faltaria companhia.

— Talvez não, mas entre todos os bilhetes de loteria do mundo, muito poucos são premiados.

— Você acha que sou um bilhete premiado?

— Acho que você é todos os prêmios.

Um calor toma conta mim e, o.k., eu admito. Agora entendo por que ele é tão popular. Eu duvidei que ele pudesse pegar uma situação clichê, como um rockstar dando em cima de uma fã, e torná-la convincente, mas o comprometimento dele é extraordinário. Ele está me fazendo acreditar em cada palavra que está dizendo, e eu realmente não quero acreditar. Eu só posso imaginar como ele afeta as mulheres que curtem toda essa merda romântica. Acho que consigo entender que é legal se sentir menos insignificante de vez em quando.

— Como é ter todas essas mulheres te desejando? — eu pergunto, estudando o rosto dele. Eu estou falando das clientes, mas também funciona no contexto do Caleb. — Não cansa? Ver as fantasias delas projetadas em você o tempo todo?

Ele mantém os olhos em mim, mas tensiona o maxilar.

— Todos nós precisamos de um pouco de fantasia. Em alguns momentos, acreditar que tudo pode ser diferente é a única coisa que nos mantém de pé.

— E quais fantasias te mantêm de pé?

Por um segundo, ele só me encara e, pela primeira vez desde que conheci Max, eu vejo sua compostura vacilar.

— Falar das minhas fantasias agora não é uma boa ideia. Eu estou me esforçando pra ser um cavalheiro hoje, e te dizer o que estou pensando arruinaria tudo. — Ele dá um gole na cerveja. — E você? Quer confessar suas fantasias?

Ele espera que eu dê uma resposta coerente quando mal consigo focar em alguma coisa que não seja ele? Eu vasculho minha cabeça em busca de algo vagamente inteligente para dizer.

— Eu fantasio sobre... ser uma jornalista de sucesso.

— Não, você não fantasia sobre isso.

— Como é que é?

Ele se aproxima.

— Você *gostaria* de ser uma jornalista de sucesso, claro, mas não é com isso que você fantasia. Fantasias são o que desejamos, conscientemente ou não.

Ele apoia a bebida no bar e tampa meus olhos com as mãos. Eu fico tensa e meu corpo inteiro esquenta.

— Agora me fala, o que você vê?

Eu respiro fundo e minha mente é bombardeada por imagens.

Ele, tirando minha camiseta e beijando a linha que vai do meu queixo aos meus peitos. Ele me enrolando em seus braços grossos e tatuados, gemendo de tesão enquanto arranca minha calcinha.

— Me fala — ele sussurra.

Ele, empurrando as garrafas para fora do bar, me deitando ali e montando em mim. Eu, gritando de prazer quando gozo e gozo e gozo...

Eu retiro a mão dele e vou para o outro lado da sala. Essa atração está ficando fora de controle. Exceto pelo Justin Timberlake, eu nunca fantasiei com um homem na minha vida. Sexualmente ou não. E agora essas fantasias são tão poderosas que eu sinto um eco das mãos dele em partes minhas que ele nunca sequer tocou. O que está acontecendo comigo?

— Você está bem?

Eu faço que sim e coloco meu copo gelado contra o rosto.

— Só um pouco tonta por causa do álcool. Vou ficar bem.

— Vem sentar no sofá até que passe.

— Não, obrigada. Estou bem. — Da última vez que estive em um sofá com ele, eu levantei minha camiseta e mostrei meu sutiã. No meu estado atual, posso imaginar o que aconteceria.

Ele vai até a cozinha e abre a geladeira, então troca o drinque na minha mão por uma garrafa de água gelada.

— Você deve estar desidratada. Beba isso até sua cabeça clarear.

Argh. Toda essa fofura de novo. Será que ele não consegue entender que, enquanto continuar com isso, minha cabeça nunca vai clarear?

Tomo um gole de água e aumento a distância entre nós, indo até o piano. Ainda estou instável, mas é mais fácil pensar quando ele não está tão perto.

— É uma beleza.

— Sente-se — Max diz —, ele faz mais do que só ser bonito.

Eu coloco a água no chão e seco as mãos no jeans antes de passar meus dedos pelas teclas.

— Eu sempre amei piano. Te invejo por você saber tocar.

— Uau — ele diz, inexpressivo —, nunca conheci uma mulher com inveja de pianistas.

Quando eu dou um grunhido, ele ri.

— O.k., tá bom — digo. — Eu realmente te invejo. Eu quis muito aprender quando era criança, mas sempre parecia haver coisas mais importantes.

Max vem até mim e se senta ao meu lado na banqueta, sua coxa contra a minha.

— Mais importantes que música? Isso não existe.

Ele toca um pouco de jazz, e eu percebo por que este encontro está sendo tão difícil. Bom, além do fato de eu estar tão excitada que nem consigo enxergar direito. Minha questão é a seguinte: não tem nada no jeito ou na fala de Max que soe insincero. Ele canta e toca guitarra como um profissional. Neste momento, ele está tocando piano como se tivesse feito isso a vida toda. E eu não duvido nada que, se eu pedisse para ele tocar violino, ou rock numa tuba, ele o faria também. Com certeza ele não aprendeu tudo isso só pelo trabalho. É natural demais. Na verdade, se alguém me dissesse que Caleb é a personalidade real dele e que Max é apenas fingimento, eu acreditaria. A atuação dele é impecável.

Por qual motivo ele está perdendo tempo sendo um acompanhante em Nova York, em vez de pegar o primeiro voo para Los Angeles e atuar em filmes, eu nunca entenderei.

Ele para de tocar e olha para mim.

— O.k., você está com uma expressão misteriosa. Você só odeia jazz ou...?

— O jazz está ótimo. Eu só estava pensando que, com todos os seu talentos, você deveria estar em Hollywood.

— É, bom, eu não vou negar que conseguir um contrato é meu sonho. Talvez aconteça algum dia.

Mais uma vez, não tenho certeza se quem está falando é o Max ou o Caleb. Faço uma nota mental para que eu não esqueça de perguntar depois, em nossa entrevista, sobre suas ambições musicais verdadeiras.

— Você pode tocar algo pra mim?

Ele sorri.

— Eu tenho uma ideia melhor. Você toca.

— Eu duvido que seu ego resista à minha épica interpretação de Dó Ré Mi. Dura doze minutos e eu toco parte dela com o nariz. Você se sentiria humilhado e nunca mais conseguiria tocar de novo.

Ele ri.

— Talvez você devesse tocar algo menos impressionante.

— Desculpa. Ser impressionante não é uma escolha pra mim, eu nasci assim.

— Isso fica mais claro a cada minuto que passo com você. — Ele me olha por alguns momentos e então pigarreia. — Mas, mesmo assim... talvez eu possa ajudar você com suas ambições de pianista. Levanta.

Assim que eu me levanto, ele escorrega para o centro da banqueta e me puxa para sentar em seu colo. Quando eu hesito, ele sussurra:

— Confia em mim. Eu prometo que não vou te assediar. Bom, a não ser que você me peça.

Cerrando meus dentes para conter a enchente de desejo que estou sentindo, eu sento sobre suas coxas. Ele então estica os braços e coloca os dedos sobre as teclas.

— Coloca as suas mãos sobre as minhas.

Eu faço o que ele pede, alinhando meus dedos com os dele. Sua pele contra a minha faz meu coração disparar e minha respiração acelerar, e uma lufada de seu hálito quente desliza por meu pescoço quando ele se inclina para a frente.

— Você está bem? — ele pergunta.

— Sim, só não estou acostumada com isso.

— Com o quê? O piano?

— Não, sentar em um homem estando completamente vestida.

Um segundo se passa antes que ele ria.

— Bom, eu te convidaria a tirar suas roupas, se isso te deixa mais confortável, mas isso acabaria com a minha concentração, então... — Ele move os dedos pelas teclas e meus dedos acompanham. — O que você quer tocar? Um rock antigo? — Ele toca um pouco de Jerry Lee Lewis. — Ou pop — Eu rio quando reconheço Britney Spears. — ... ou talvez você seja uma garota clássica. Mozart? — Ele se lança em algo complicado e belo, e eu fico impressionada com o quão incrível ele é.

Mozart se transforma em acordes lentos e contemporâneos.

— Então, qual o seu pedido?

— Você que compôs as músicas que tocou hoje?

— Sim. Algumas foram em colaboração, mas a maioria é minha. Por quê?

Nota mental: perguntar sobre suas capacidades de composição amanhã.

— Como você faz isso? Criar algo do nada?

— Sempre começa com alguma coisa. Uma emoção. Uma imagem. Algo que você viu pintado na pele de alguém. — Ele toca mais alguns acordes e então canta suavemente:

Dane-se você e todas as suas razões para não me amar
Dane-se você e todas as formas como não se importou
Foi você que matou meu coração aos poucos...
Todas as vezes que percebi que você não estava lá.

A letra provoca arrepios pela minha espinha. Como ele consegue fazer isso? Elencar frases com a dimensão exata da minha dor?

Ele continua tocando enquanto sussurra:

— Agora é sua vez.

— Não consigo.

Eu não tenho o talento dele para letras, nem sua consciência emocional.

— Tenta. Não precisa ficar perfeito, é só expressar o que você sente.

Ele toca a sequência de acordes mais uma vez enquanto eu fecho os olhos e penso. São tantas memórias que eu normalmente reprimo... parece estranho deixá-las vir à superfície.

Não consigo nem abrir a boca. O único lugar em que costumo cantar é o chuveiro e, mesmo assim, nunca alto demais para que meus vizinhos possam ouvir.

— Eu não me importo se você não sabe cantar — Max diz. — Se joga. Vai ser bom, prometo.

Eu respiro e tento seguir a melodia com minha voz falha e medíocre:

Você me ensinou que o amor é como uma arma.
Você me fez desconfiar desde o início.
Agora tudo o que tenho são fotos desbotadas
e este coração encouraçado.

Max canta o refrão mais uma vez e eu o acompanho, minha voz mais forte quando combinada com a dele. Ele termina a música com um lento subir das notas e, quando ele para, nenhum de nós dois se move. Por três batidas, nós ficamos em silêncio, até que ele abre os dedos para que os meus escorreguem entre os dele.

— Não sei quanto a você, mas eu acho que isso acabou com Dó Ré Mi.

Fecho os olhos enquanto tento reprimir minhas emoções.

— Com quantas mulheres você já fez isso?

— Uma. Você.

— Não minta pra mim.

— Não estou mentindo. A coisa no palco? Sim, já fiz com outras. Mas isso? Nunca. Só com você.

As palavras e a convicção dele causam algo estranho em mim. Eu me sinto... especial. Uma bola se forma na minha garganta, e eu empurro para baixo uma necessidade urgente e perturbadora de chorar.

Eu sei que ele está só interpretando um papel, mas, ainda assim, é bom ouvir isso. Bom demais.

Eu me levanto e ele impele a banqueta para trás quando faz o mesmo. Antes que eu possa me afastar, ele apoia os braços no piano, um de cada lado meu.

— Ei, o que foi? — ele pergunta.

— Nada.

— Fui eu? A música?

— Não, eu amei a música. — E é verdade. É como se ela tivesse amaciado parte da raiva que eu venho carregando a vida toda, mas eu não acho que isso seja algo bom. — A música foi incrível.

— Então, o que foi?

Eu balanço a cabeça e tento me reequilibrar.

— Desculpa, eu não sou assim.

— Está tudo bem, não se preocupa. — Ele me abraça e, estupidamente, eu deixo. — Sem julgamentos.

Eu aperto meu rosto contra seu peito, e ele aperta os braços ao meu redor. Por que isso é tão bom? Por que me sinto tão segura com ele?

Quando ele acaricia minhas costas, a sensação me faz gemer. Isso não é normal. Eu quero rasgar a camiseta dele ao meio e afundar meu rosto em seu peito nu. Quero enterrar meu nariz em seu pescoço e ter uma overdose do seu cheiro. Quero montá-lo, quero atacá-lo e quero que ele me ataque de volta, e eu quero tudo isso agora.

Afundo meus dedos nas costas dele enquanto meu bom senso luta contra meu instinto animal. Nada do que quero fazer com ele é apropriado, e mesmo assim parte de mim acha que é a ideia mais genial que eu já tive. Eu estou tonta e confusa e...

Ah, Meu Deus.

A ficha cai como um raio cortando o céu azul.

Eu só me senti assim uma vez, e não foi nada normal. Asha me arrastou uma vez para a festa do elenco de uma peça off-Broadway, e, sem querer, nós duas viramos tubos de ensaio com doses de "Molly", também conhecido como ecstasy líquido. Eu me senti exatamente assim. Cheia de sensações e desesperada por mais. Fiquei tão excitada que agarrei um nerd de óculos que fazia parte da equipe de produção. Eu quase quebrei ele. Naquela noite eu estava insaciável, e é exatamente assim que me sinto com Max. Como se pudéssemos dar dez voltas no Sexcatlon e eu ainda fosse querer mais.

Eu me afasto e olho para ele.

— Meu Deus, você...?

Ele se afasta também, e eu juro que vejo uma fagulha de medo em seus olhos.

— Eu o quê?

A desorientação toma conta de mim enquanto olho para ele. Como ele pode ficar mais atraente a cada segundo?

— O que tinha na bebida que você me deu?

— Gim, tônica e lima. Por quê?

Meu Deus, ele se faz de inocente tão bem, mas eu sei que o que estou sentindo não é normal. O que quer que ele tenha colocado na minha bebida é forte. Forte demais para eu combater. Então é essa a sua arma secreta? Bem que ele estava confiante demais de que faria eu me apaixonar por ele. É porque ele tinha uma ajudinha química?

Agora que estou pensando bem, tudo isso deve ter começado lá no show. Ele deve ter colocado algo na cerveja que eu tomei no camarim. Cretino sorrateiro.

— Ei, você está bem?

Só pode ser droga. É a única coisa que faz sentido. Pelo menos, assim, há uma explicação plausível para minhas emoções à flor da pele e minha overdose de desejo.

— Ah, você é bom — digo enquanto espalmo minhas mãos em seu peito e o empurro para longe. Ainda tonta pela presença dele, procuro minha bolsa. Então me lembro que não trouxe uma bolsa. — Mas não bom o suficiente pra me enganar.

— Eden? — ele me chama. Eu caminho em direção à porta, mas com três passos ele já está na minha frente. — Ei, espera. Onde você está indo?

— Pra casa.

— Por quê?

— Você sabe por quê. Você acha que eu sou idiota? Que eu não iria perceber? — Eu assisto ao rosto dele passar da confusão para a compreensão e, finalmente, chegar na vergonha.

— Não foi de propósito. — Eu o contorno, mas ele agarra meu pulso. — Eden, me deixa explicar...

Eu olho para a mão dele e, em seguida, para o seu rosto.

— Eu estou vetando este encontro *e* você. Agora me deixa ir.

Com relutância, ele me solta e abre a porta, e eu o olho com raiva uma última vez antes de escapar.

capítulo onze

Segunda-feira insana

— Babaca maldita!

Eu dou um tapa na impressora enquanto tento soltar meu papel amassado de suas estúpidas garras eletrônicas.

— Solta… esta… merda! Cretina!

Grandes mãos seguram meus ombros.

— A pobre e inocente impressora foi espancada tão cruelmente por sua senhora humana que nunca se recuperou e nem conseguiu perdoá-la. E assim, teve início a guerra com as máquinas.

Eu desmonto de frustração.

— Tobes…

— Tudo bem, Eden. Só se afaste do aparelho, o.k.? Você não está em condições de lidar com ele. — Ele me afasta gentilmente e se abaixa para dar uma olhada melhor no entupimento de papel. — Então, essa é só uma raiva normal de segunda-feira? Ou tem algo acontecendo?

— Não sei do que você está falando. Eu estou bem.

— Claro. É por isso que você está com a aparência de quem dormiu no escritório, além de ter gritado com praticamente todas as coisas que cruzaram seu caminho, incluindo seu celular, a máquina de bebidas e agora a impressora.

— Eu não gritei!

Quando ele se volta para mim e levanta as sobrancelhas, eu respiro fundo e digo, em uma voz bem mais baixa:

— O.k., talvez eu tenha gritado um pouco.

— Devo ir buscar brownies terapêuticos? Ou isso tem algo a ver com a sua matéria?

Ele dá um ultimo puxão no papel, e as sobras aleijadas do meu documento se libertam. Ele as examina.

— Espera, não era nesta pauta que você estava trabalhando. Isto é sobre aquele artista de rua de quem você estava me falando. O que desenha pênis em buracos.

Eu pego o papel da mão dele, faço uma bola e depois a atiro na lata de lixo.

— É. Eu achei que poderia provar meu valor pro Derek com outra coisa que não o Mr. Romance.

— E você quer fazer isso porque...

Eu dou de ombros e coloco mais papel na impressora.

— Ele é... bom, é impossível lidar com ele.

— Aham. Impossível em que sentido?

— Em todos.

Eu não digo a ele que suspeito que Max tenha me drogado na noite passada, ou sobre minha visita nesta manhã a um amigo que trabalha em um laboratório para que ele me fizesse um exame de sangue. Dizer em voz alta tornaria tudo real demais, e eu não quero acreditar que seja. Acho que parte de mim estava torcendo para que o Max me fizesse mudar de ideia sobre ele, mas já perdi todas as esperanças. Repassei mentalmente todos os eventos de ontem várias vezes, me perguntando se seria possível que minha reação extrema fosse coisa da minha cabeça, mas não acho que tenha sido. Sentir tantas coisas por alguém que mal conheço não pode ser natural. Não acho que Max seja um estuprador, ou que ele abuse sexualmente de alguém. Deus sabe que ele tem mais regras sobre contato físico que um cuidador de crianças. Mas, mesmo que ele esteja dando algo às suas clientes só para relaxá-las e fazê-las se sentir bem, ainda é errado. E ilegal.

De repente, toda a lealdade que elas demonstram parece compreensível. Elas gostam da droga. Literalmente.

Enquanto coloco a bandeja de papel de volta na máquina, meu telefone vibra no meu bolso. É a quarta mensagem que o Max me manda hoje de manhã.

Precisamos conversar. Me encontre para almoçar.

— Não — digo, enfiando o celular de volta no bolso.

— Uau — Toby diz —, quem está na sua lista de vítimas?

— Ninguém. Não se preocupe com isso.

— Se você diz... — Ele se inclina sobre o meu notebook e envia o documento para impressão outra vez. — Mas se fosse comigo, eu ficaria longe de você por um tempo, por apreço às minhas bolas.

Ele volta para o seu cubículo enquanto eu desabo na minha cadeira, observando a impressora cuspir minhas páginas. Ele não está errado sobre a minha aparência. Eu não queria encontrar a Ash ontem, então vim para cá e gastei meu excesso de energia escrevendo.

Estimulada por minha experiência com Max, eu consegui seiscentas palavras sobre o golpe das multas de estacionamento do Brooklyn e mil sobre os buracos com pênis. Cheguei à conclusão de que, se eu conseguir usar essas matérias para convencer Derek do meu valor como jornalista, eu poderei abandonar Max e toda essa rotina de romance, e nunca mais terei que vê-lo. Dependendo do resultado do exame de sangue, eu também precisarei decidir se quero ir à polícia. Todas as mensagens dele nesta manhã me dizem que ele sabe que foi pego, mas eu não quero confrontá-lo até ter provas. Além do que, estou vulnerável demais agora para conseguir sequer vê-lo.

Quando a impressora termina, grampeio as páginas e marcho rumo à sala do Derek.

Ele nem levanta os olhos ao murmurar:

— Dá o fora.

— Derek, eu tenho algo que quero...

— Não.

— Mas eu...

Ele levanta os olhos, e sua expressão não é nada boa. Ele aponta para as as folhas na minha mão.

— Essa é a sua matéria completa sobre o Mr. Romance?

— Não, mas...

— Então vaza, não estou interessado.

Eu tensiono o maxilar para impedir que a deusa furiosa dentro de mim pegue esta bela cadeira cromada e dê com ela na cara dele. Em vez disso, eu bato os artigos na mesa com tanta força que ele dá um pulo.

— Eu escrevi isto noite passada — digo. — Leia. Eles estão bons. — Ele faz uma cara de desdém antes de pegá-los e dar uma olhada nas páginas. — Se você terminar e achar que não mereço ir para a seção de matérias, então...

Ele os atira de volta para mim.

— Estão uma merda. Isso não apenas já saiu em pelo menos três outros veículos importantes, como também de uma forma melhor e mais eloquente. Que merda você está armando, Tate? Cadê a matéria sobre o Mr. Romance?

— Está mais difícil do que eu pensei.

— E então o quê? Você vai desistir? Como você pode dizer que é jornalista?

— Derek, você não entende.

Ele dá um tapa na mesa.

— Não, merda, não mesmo! Você me implorou por essa história. Você me garantiu que conseguiria e que seria um escândalo exclusivo, que faria as cuecas dos meus anunciantes irem pro chão. Então você enfiou mil dólares no sutiã, pra "despesas", e agora o quê? Não vai entregar nada? Não aqui, Tate. Sua merda não cola comigo. Ou você sai daqui e vai terminar essa matéria, ou você sai daqui direto pro seguro-desemprego. Qual vai ser?

Eu fico muito tentada a mandá-lo enfiar esta droga de emprego na bunda, sair daqui e recomeçar, mas eu não tenho dinheiro suficiente para ficar desempregada nem por uma semana. Então eu engulo meu orgulho, meus medos em relação a Max, e aceito meu destino. Ainda assim, eu prometo a mim mesma que, um dia, de algum jeito, eu farei o Derek pagar por ser um babaca tão monumental.

— Eu vou conseguir — murmuro, recolhendo meus artigos.

— É, é bom que consiga. — Derek pega o tablet e começa a mexer na tela. — Esta empresa já tem problemas o bastante sem você ameaçar estragar nosso melhor furo em anos. E não ouse pensar que não vai citar nomes. Você não foi idiota o suficiente pra fazer um acordo dizendo que vai proteger as clientes dele, né?

Ah, merda.

— Ele está relutante em citar nomes, a não ser que eu proteja a identidade delas.

— Então você faz o mesmo que eu quando preciso lidar com a minha ex-mulher: diga o que é necessário e depois faça o que quiser.

Ele é divorciado? Que surpresa.

— E se eu não me sentir confortável fazendo isso?

— Então você não tem uma história. Nem um emprego.

— Derek, o que aconteceu com a integridade jornalística? Com o direito a proteger suas fontes?

Ele atira o tablet na mesa e se recosta na cadeira.

— Pelo amor de Deus, Tate, nós vivemos em uma sociedade onde o jornalismo ético está indo pelo mesmo caminho dos dinossauros. Hoje, qualquer idiota com uma conexão à internet e uma opinião pode ser "jornalista". As pessoas cagam pra integridade. Todas as grandes empresas de mídia deste país estão indo mal porque as pessoas ou querem ler coisas que não questionem suas crenças, ou coisas que as façam se sentir superiores aos outros. Você acha que vamos ganhar leitores pisando em ovos com as preciosas celebridades envolvidas? Merda nenhuma. E, mesmo que você banque a Madre Teresa e mantenha a coisa toda anônima, algum cretino da concorrência vai acabar cavando tudo de qualquer forma, e aí são *eles* que terão um furo. Se você vai fazer isso, é tudo ou nada. Estou sendo claro o bastante?

Eu cerro os dentes e concordo com a cabeça.

— Sim. Claríssimo.

— Ótimo. Então me conta alguma coisa pra me convencer que não foi um erro confiar em você. Você tem alguma novidade pra mim?

Eu realmente não estou a fim de ter esta conversa, mas que escolha tenho?

— Saí com ele noite passada — digo, agarrando o encosto da cadeira na minha frente. — Um encontro falso, é claro. Uma fantasia de rockstar.

Ele se endireita.

— E?

— E... — eu engulo em seco. — Eu suspeito que ele esteja drogando as clientes.

Derek congela.

— Você está brincando comigo?

Quando eu balanço a cabeça, ele diz:

— Ele as estupra?

— Acho que não. Acho que é mais pra deixá-las relaxadas. Fazê-las se sentir... hum... bom... — eu pigarreio. — Excitadas.

Ele morde a boca.

— O que ainda é um crime, se ele o faz sem permissão. Você tem provas?

— Não, vou pegar os resultados do meu exame de sangue hoje à noite.

Derek me encara, e posso sentir que ele está ficando animado.

— É melhor você torcer pra esse teste dar positivo, porque isso seria uma verdadeira *bomba*, Tate. Poderia desmontar essa coisa toda. O super-amante não é apenas um golpistazinho, mas também um criminoso? Nada me faria mais feliz.

Às vezes eu realmente odeio essa natureza vampiresca da mídia.

— Posso ir?

Ele faz que sim.

— Sim, sim. Claro. Me avisa quando o laboratório ligar.

Respirar profundamente me ajuda a sair do escritório dele sem enfiar no fundo da sua garganta os papéis que estou segurando. Quando chego na minha mesa, embolo meus artigos, os atiro no lixo e desmonto na minha cadeira, segurando minha cabeça entre as mãos.

Mandou bem, segunda-feira. Mandou muito bem.

Pego o celular e mando uma mensagem para Asha.

Eu espero que você não esteja cansada por ter ficado tocando baixo, porque vamos sair hoje à noite. Sem desculpas.

Depois de tudo o que aconteceu, preciso me desligar e começar de novo, o que significa fazer um detox com a ajuda de algum homem que retire o gosto de golpista do meu corpo e da minha mente. Amanhã de manhã eu quero ter transado tanto com alguém que não seja Max Riley a ponto de nem conseguir andar direito.

A música sai gritando da jukebox enquanto eu rebolo a bunda que Deus me deu. Há vários candidatos fazendo o teste para o papel de "homem que montarei mais tarde", mas estou favorecendo o babaca de Wall Street com o terno risca-de-giz que já perguntou sobre a cor da minha calcinha. Claro, ele é mais loiro do que qualquer homem deveria ser e claramente faz as sobrancelhas, mas o motivo principal dele ser o escolhido é porque, em uma escala de beleza, se Max estivesse de um lado, esse cara seria seu perfeito oposto. Não atraente demais. Não talentoso demais. Não sexy demais. Em outras palavras, perfeitamente medíocre. Exatamente como eu costumo gostar dos meus homens.

Asha diz que a maior parte dos homens com quem transo são tipo os filmes da franquia *Velozes e furiosos*: divertidos por algumas horas, mas difíceis de se lembrar no dia seguinte.

Meu futuro sócio se chama Brick, e ele é esperto como um tijolo.

— Você dança tão bem — ele diz, se sacudindo no ritmo da música como se tivesse algum tipo de paralisia. — Você é tipo... gata. Muito gata. Você é ruiva natural? O tapete combina com as cortinas? — Ele sobe e desce as sobrancelhas, e eu engulo um grunhido.

Ah, cara, fica quieto. Há o burro divertido e o simplesmente burro que é burro. Ele está rapidamente se aproximando da segunda categoria.

— É difícil te ouvir com essa música — digo, apontando para o meu ouvido. — Melhor não conversar.

Ele concorda efusivamente com a cabeça e se aproxima, dançando daquele jeito esquisito, com a pélvis para a frente, que vários homens acham que é sexy. Talvez seja alguma memória ancestral de antigos rituais de acasalamento ou algo assim, mas duvido que alguma fêmea algum dia tenha achado isso atraente. Acho que está bem no topo da lista, junto com as fotos de pinto não solicitadas, de coisas que fazem uma mulher broxar. Conhecendo o adorável Brick por menos de meia hora, eu já posso apostar que ele tem uma pasta cheia de fotos do seu pau no celular, todas editadas para fazê-lo parecer enorme e prontinhas para atacar os olhos de alguma pobre e inocente garota. Eu rezo para que não sejam os meus.

Nós dançamos mais um pouco e, bem quando já desisti de esperar pela Asha, ela surge na beira da pista de dança, parecendo o gato que comeu o canarinho da gaiola. Mais cedo, quando liguei, ela estava entrando em uma reunião e achava que não sairia a tempo. Estou feliz que ela tenha errado.

Ela faz um gesto indicando bebidas e depois aponta para o bar, e eu respondo que sim com a cabeça. Eu não quero conversar sobre toda a coisa do Max, mas estar com ela já faz com que eu me sinta melhor.

Eu me encosto em Brick e ponho uma mão no seu peito.

— Vamos fazer uma pausa. Preciso falar com a minha irmã.

— Legal — ele diz —, preciso passar um tempo com meus *bróders*, de qualquer jeito. — Argh, ele chama os amigos de *bróders*? Ele fica menos atraente a cada segundo que passa.

Antes que eu possa escapar, ele chega tão perto que consigo sentir o cheiro sutil de Budweiser em seu hálito.

— Estarei no fundo do bar quando você precisar de mim, gata.

Eu sorrio, mas, assim que ele vira de costas, eu paro de fingir e vou até Asha.

Deus, por que eu estou tão intolerante hoje? Brick não é mais horrível do que a maioria dos homens com quem já transei e, mesmo assim, eu estou revirando tanto meus olhos que está até me dando dor de cabeça. Esfrego as têmporas enquanto caminho para chegar até Asha, que acena para Joe e pede nossas bebidas de sempre.

— E aí? — digo, abraçando minha irmã rapidamente. — A reunião terminou cedo.

— Na verdade, só estou em uma pausa, mas eu precisava vir aqui pra te contar uma notícia *incrível* pessoalmente.

Eu abro a boca, fingindo surpresa.

— Meu Deus! Você e o baixista dos Stoners vão se casar e você quer que eu seja sua madrinha? Ah, Ash! Sim, mil vezes sim!

Ela revira os olhos.

— Até parece. Ele era gato, mas burro como uma porta. Depois do show, eu comecei a conversar com ele sobre as composições, porque, como você sabe, foram as letras, em primeiro lugar, que fizeram minha calcinha derreter. Bom, acontece que ele paga *outro cara* pra escrever, mas é *ele* quem leva o crédito por elas.

— Quê? — Joe traz as bebidas e eu dou um gole na minha. — Por que ele admitiria algo assim?

— Porque — ela diz, mexendo em sua bebida — ele é burro, estava bêbado e mais do que só levemente chapado. Aparentemente, eu deveria ter me esfregado com um cara chamando Caleb Skyes.

Eu engasgo com a bebida e Ash me dá um tapinha nas costas.

— Tudo bem?

— Sim — eu recupero o fôlego. — Mesmo? Caleb, hein? Uau. — Eu pego alguns guardanapos e limpo a meleca que fiz no meu queixo.

— Ele não tocou ontem no Rock Shop? Eu ouvi o nome dele ser anunciado, mas estava ocupada demais correndo atrás de um impostor pra ver o show.

Parece que correr atrás de impostores é algo que temos em comum.

— Pelo que imagino — Ash continua —, ele deve ser parecido um dos primos menos bonitos de *Deliverance*. Quer dizer, você sabe que alguém que se chama *Caleb* só pode ser um caipira total, né?

Eu tusso mais uma vez e concordo.

— Ah, sim, com certeza. Ele é provavelmente... você sabe... nojento. — Meu corpo inteiro se acende só de pensar no quanto Max/ Caleb não era nem um pouco nojento.

Merda! Até agora eu estava indo tão bem. Eu sei que deveria contar a ela sobre quem é Caleb, mas eu sinceramente só quero esquecer a noite passada. Se eu contar a Ash sobre como o Max fez eu me sentir e como tudo foi provavelmente induzido quimicamente, esse assunto não acaba antes do ano que vem.

— Então — Ash diz, se virando para me encarar —, e você? Pegou alguém que eu conheço?

Eu balanço a cabeça.

— Não, só um músico aleatório. Foi bem esquecível. — Pelo menos é isso o que digo para mim mesma.

— Na verdade — Ash diz —, minha notícia incrível não tem nada a ver com homens, mas tudo a ver com o meu trabalho. Adivinha qual editora júnior foi escolhida pra acompanhar a editora chefe e o coordenador de direitos autorais à *Feira do Livro Europeu*, em *Paris*, na semana que vem?

Minha boca se abre, em choque.

— Não!

— *Sim*! Eu viajo na sexta. Nós temos um monte de reuniões em Londres na semana antes da feira, então vou ficar fora um pouco mais de duas semanas!

— Meu Deus, Ash, isso é realmente incrível!

— É, não é?

Eu a puxo para um abraço, e depois que ela quase me espreme até a morte, levanto meu copo para um brinde.

— À minha irmãzinha. Que ela tenha uma ótima viagem e encontre um lindo francês pra virar a cabeça dela!

— Por favor, sim!

Nós batemos nossos copos e, após Ash dar um gole do dela, ela coloca a mão na minha perna.

— Você vai ficar bem lidando com a Nannabeth sozinha por um tempo?

— Não se preocupa com isso. Contanto que ela fique fora da minha vida amorosa, vamos ficar bem.

Ash ri.

— É, como se isso fosse acontecer.

Durante alguns minutos, nós conversamos sobre tudo o que ela quer fazer em Paris, e eu quase consigo esquecer completamente sobre o Max, até que ela olha para o nada e pergunta:

— E toda a coisa do Mr. Romance? Quando você vai sair com o Max?

Mais uma vez, fico tentada a contar sobre toda a farsa do rockstar, mas eu não tenho a energia necessária neste momento. Minha pressão sanguínea finalmente voltou a níveis saudáveis. Não há motivo para fazê-la se alterar de novo.

— Não sei, Ash. O Derek está no meu pé por causa disso, mas eu não sei se quero continuar.

— Bom, eu acho que o Max quer que você continue.

— Por que você diz isso?

Ela aponta por cima do meu ombro.

— Porque ele está vindo na sua direção.

Eu me viro e, sim, lá está Max, parecendo muito com Caleb, de jeans e uma camiseta justa do The Clash, vindo até mim. Eu fico tensa imediatamente, e cada passo que ele dá faz meu corpo se contrair um pouco mais. Quando ele enfim para na minha frente, minha cabeça está girando, e eu, cheia de sentimentos conflitantes.

Ele coloca as mãos nos bolsos e olha para minha irmã:

— Asha, bom te ver de novo.

— Hum, oi — a expressão de Asha me diz que ela está pensando no melhor jeito de sair deste ménage esquisito. — Como você está, Max?

— Estou ótimo, obrigado. — Ele dá um brevíssimo aceno de cabeça, então se vira para mim. — Posso falar com você, senhorita Tate?

Eu odeio como ele faz um cumprimento formal parecer intensamente íntimo.

— Eu não acho que seja necessário, sr. Riley.

— Eu acho. — Ele se vira para a minha irmã: — Asha, você pode nos dar licença por um minuto, por favor?

Aproveitando a oportunidade de se mandar, Asha engole o resto da sua bebida e pega sua bolsa de cima do balcão do bar.

— Claro. Na verdade, eu preciso mesmo voltar pro trabalho. Sem descanso. Eu vou chegar tarde, Edie, então te vejo de manhã. — Ela sorri para Max enquanto se dirige à saída, e eu a amaldiçoo mentalmente por ficar tão feliz por me largar sozinha com ele.

Dou um gole da minha bebida, tentando não olhar para ele.

— O que você quer, Max?

— Precisamos falar sobre ontem à noite.

— Pra quê? Pra você vir com alguma desculpa? Eu confiei em você.

— Eu sei e sinto muito. Não é como eu normalmente trabalho.

Eu solto uma risadinha curta.

— É mesmo? Aquilo foi só pra mim? Estou honrada.

— Não foi intencional, eu te garanto, eu só...

— Não foi intencional? — eu apoio meu copo no bar. — Como é que você coloca droga na bebida de alguém por engano? Você está me dizendo que isso normalmente não faz parte da sua interpretação? Por favor. É fácil fazer as mulheres se apaixonarem por você quando se tem uma poção do amor ajudando, não? Sucesso garantido.

Ele congela, me encarando.

— Do que você está falando? Você acha que eu *coloquei drogas* na sua bebida?

Agora que já comecei, é fácil me deixar levar pela raiva.

— Claro que colocou. Eu só não sei quando. Mas só pode ter sido no Rock Shop, naquela primeira cerveja.

Ele agora me olha como se eu estivesse falando outra língua.

— E o que, *exatamente*, você acha que coloquei na sua garrafa de cerveja fechada que abri na sua frente?

— Não tenho certeza. Algo tipo GHB ou Molly. Alguma coisa forte. Me deu barato por horas. Se eu não estivesse com tanta raiva, até pediria o contato do seu traficante.

Ele me encara ainda mais intensamente. Eu tento manter contato visual, mas é difícil demais.

— *Por que é* que você acha que eu te droguei?

Eu vacilo sob o olhar escrutinador dele.

— Porque eu já usei essas coisas antes, então eu conheço a sensação. — Eu levanto um dedo conforme menciono cada sintoma. — Superestimulação; sentidos aguçados; tontura; pele sensível. Tive de tudo.

— Eu também. Você está insinuando que eu coloquei drogas na minha bebida também?

Isso me faz parar.

— Hum... você também?

— Sim, eu também. — Agora ele parece estar um nível acima de furioso por causa da minha acusação.

— Então você está dizendo que não...?

— Cometi um maldito *crime*? Claro que não! — Os olhos dele brilham de raiva, e o Max zen e sereno que conheço desapareceu por completo.

— Mas... — digo, sentindo necessidade de recuar. — Quando eu fui embora ontem, eu mencionei isso e você pareceu se sentir culpado. E você acabou de se desculpar por...

— Eu estava falando de outra coisa, Jesus Cristo. — Ele se aproxima e baixa a voz. — Você realmente acha que eu sou o tipo de homem que usaria um "boa noite, Cinderela" em você, senhorita Tate?

— Bom... pra ser sincera, eu não te conheço muito bem.

— Sim, você conhece. — A certeza na voz dele me surpreende. — Você me conhece melhor do que gostaria. E é esse o problema, não é? Você está procurando um motivo pra *não gostar* de mim. Pra continuar acreditando que meus métodos são imorais, porque sempre que você está comigo, você fica morrendo de medo de como eu faço você se sentir. Eu notei isso todas as vezes que te toquei ontem à noite, e posso ver agora também.

— Não... Você está...

Ele se aproxima mais, e estamos quase nos tocando. Em um instante, todos os pelos do meu corpo se arrepiam, e ele olha para o meu braço antes de se inclinar e dizer no meu ouvido:

— É *isso* o que você estava sentindo ontem à noite, não era? A onda de hormônios. A tontura. O desejo das minhas mãos e da minha boca em cada centímetro da sua pele. A forma como seu sangue corre tão rápido e com tanta força que você acha que vai desmaiar. — Consigo ver que o pulso no pescoço dele está acelerado. — Eu odeio te dizer, senhorita Tate, mas a tal *droga* que te afetou tanto fui *eu*.

Ele se afasta apenas o suficiente para olhar nos meus olhos.

— Vá em frente. Me diga que estou errado.

Minha cabeça está girando, e eu pisco vezes demais enquanto tento evitar empurrá-lo para longe, para conseguir pensar.

— Você está...

Quando eu não continuo, ele diz:

— Termina a frase. Eu estou... o quê?

Enfurecedor. Excitante. Diferente do tipo de encosto masculino com o qual estou acostumada e confortável.

— Você está errado.

Ele continua me encarando.

— Estou?

Agora não tenho outra escolha a não ser colocar minhas mãos no peito dele e empurrá-lo. Eu tenho certeza de que esse fluxo histérico de sangue que estou sentindo não é saudável e não vai melhorar com ele tão perto. Ele se afasta, mas continua me encarando.

Eu tento imitá-lo.

— Você sabia que esse contato visual constante é bem desconfortável?

A expressão dele suaviza, mas ele continua focado em meus olhos.

— Na minha opinião, as pessoas não se olham o bastante. Os olhos mostram verdades que a boca se recusa a dizer, e mentirosos sempre têm motivo pra desviar o olhar. — Ele acompanha o movimento do meu olhar. — Então, me fala: por que te incomoda tanto estar tão atraída por mim?

Antes que eu consiga formular qualquer tipo de resposta aceitável, percebo uma outra presença ao meu lado.

— Esse cara está te incomodando, gata? — Ao me virar, vejo Brick, de terno, estufado como um lagarto, olhando com raiva para Max. — Só me diga e eu te salvo.

Eu me irrito com o machismo arrogante, mas não posso levar Brick tão a mal. Afinal, ele me salvou de ter que responder à mina terrestre em forma de pergunta que Max acabou de me fazer.

Quando eu volto meus olhos para Max, eu o vejo medindo Brick dos pés à cabeça, com uma cara explícita de desdém, mas ele não diz nada.

— Hum, Brick, oi. Este é o meu, hum... — respiro. — Este é o Max. Max, Brick.

Para minha supresa, Max estende a mão para um cumprimento. Ele não chega a sorrir, mas é amigável o suficiente.

— Oi, prazer.

Brick não é tão evoluído e agarra a mão de Max com força demais, não conseguindo parecer qualquer coisa além de um babaca.

— É. Camiseta legal, *bro*. — Ele pinga sarcasmo, e eu fico irritada pelo Max. A camiseta é muito legal.

Por longos momentos, Max e Brick apenas se medem, e eu não tenho dúvidas de que estão fazendo aquela coisa idiota de machão, em que se apertam as mãos e esperam para ver quem amarela primeiro. Eu não fico surpresa de ver que é Brick. De uma coisa eu tenho certeza: Max não conseguiu bíceps desse tamanho acariciando gatinhos.

Brick sutilmente massageia a mão, então se volta para mim, com um ar confuso.

— Então, gata, vamos dançar ou o quê?

Eu trinco os dentes. Uma das coisas que menos gosto na vida é ser chamada de "gata" por um cara que mal conheço.

— Ahn, na verdade, Brick, Max e eu estávamos conversando, então...

Max se endireita para alcançar sua altura máxima, de uns quinze centímetros a mais que Brick.

— Não, nós já terminamos aqui, senhorita Tate. Por favor, não me deixe atrapalhar sua dança com... Brick.

— Hum... bom, eu...

Brick estica as mãos para mim.

— Ei, o The Clash aí disse que tudo bem, então vamos.

Eu olho feio para Max enquanto Brick me leva para a pista de dança. Não quero mais dançar, mas vou fazer o quê? Admitir para

Max que prefiro ficar conversando com ele? Só pensar nisso me faz suar frio.

Tento me livrar do peso em meus membros e dançar. Elvis está tocando na jukebox e Brick deve ser fã, porque ele sabe todas as coreografias.

Enquanto dançamos, posso ver Max me observando do bar. Sua expressão é indecifrável, o que quer dizer que estou apaixonadamente interessada em descobrir no que ele está pensando. Meu Deus, por que até as expressões faciais dele são fascinantes?

Eu espero que, quando souber melhor quem ele é, eu comece a achá-lo muito menos atraente. Eu sei que agora parte do seu apelo se deve ao o ar de mistério. Se eu encontrar um jeito de conseguir ver por trás da cortina, com certeza vou descobrir que o poderoso Oz é só um homem comum, afinal.

Sinceramente, estou ansiosa por esse dia.

Sou uma dessas pessoas que odeia ilusionistas, porque não suporta o sentimento de ignorância maravilhada. Max pode acreditar em magia, mas eu não. Eu acredito em gente esperta que usa fumaça e espelhos para enganar as massas. Max até pode ser esperto, mas ele ainda é só uma fraude embrulhada em enganação — e vou provar isso em breve.

Quando "Viva Las Vegas" termina, eu já estou exausta. Brick está suando em bicas, mas ainda insiste em me abraçar e, nesse processo, a mão dele fica bem mais íntima da minha bunda do que eu gostaria. Então eu sinto os pelos da minha nuca se arrepiarem. Logo depois que nos separamos, vejo Max parado bem atrás de mim.

— Senhorita Tate? Uma palavrinha.

Brick não parece feliz com isso, mas acho que a mão dele ainda está doendo, de modo que ele sabe que é melhor não abusar da sorte.

— Vai lá, gata — ele me diz. — Eu preciso reabastecer o tanque de tequila, de qualquer forma. Já volto.

Quando Brick sai da pista de dança, Max se aproxima. O calor do olhar dele me queima e, quando começa uma música lenta e sexy, ele me olha por alguns segundos, antes de dizer:

— Gostaria de te acompanhar até em casa. Tem algo que eu preciso te dizer.

— Você não dança? — eu pergunto, enquanto os outros casais na pista se aconchegam e se movimentam de acordo com a batida sensual. Não que eu esteja tentando fazê-lo encostar seu corpo forte no meu ou coisa assim. É só que a música já está aí. É meio falta de educação não aproveitá-la.

A postura dele é rígida, como um soldado batendo continência.

— Hoje não.

Não gosto do quão decepcionada eu fico com essa resposta.

— Sabe — digo —, se nós estivéssemos em um dos seus encontros de filme, você teria acabado com o Brick por ele ousar tocar na minha bunda.

Ele enfia as mãos nos bolsos.

— Eu considerei. Você teria gostado disso?

— Não sei. Acho que tem algo sexy em um macho alfa disposto a brigar pra afastar a atenção dos outros machos.

— Aham. Também tem algo insano em um homem que recorre à violência diante de uma provocação mínima. Além disso, Brick é peso-pena. Brigar com ele seria como matar uma mosca com uma bazuca.

Meu celular vibra e eu dou uma olhada.

É meu amigo do laboratório. Meu exame de sangue deu negativo.

Merda.

É oficial: nenhuma droga no meu sangue, exceto por esta atração louca por Max.

Eu abaixo a cabeça e suspiro. Saber disso deveria fazer eu me sentir melhor, mas o efeito é o oposto. O ar fica gelado sem o abrigo conveniente e quentinho da minha negação para me proteger.

Quando olho para cima, Max está me encarando. Acho que ele viu um pedaço da mensagem, porque ele cruza os braços e faz uma cara de quem está esperando algo.

— Então — digo, com um risinho fraco —, boas notícias! Você não me drogou ontem à noite.

Ele continua me encarando, nada impressionado.

— Eu já sabia disso. Tem algo que você gostaria de me dizer?

Eu não sou muito experiente em pedir desculpas, mas não posso negar que estava errada. Engolindo meu constrangimento, enfio meu telefone de volta no bolso e balbucio:

— Desculpa por ter te acusado de algo que você não fez.

Ele faz uma concha com a mão e a leva até o ouvido.

— O que foi? Está muito barulhento aqui. Você vai ter que falar mais alto.

Respiro fundo e falo mais alto.

— Eu disse que estava errada sobre você, desculpa.

Ele ainda tem uma expressão de decepção no rosto, mas pelo menos não está mais me fuzilando com o olhar.

— Você está perdoada. Por enquanto. — Ele aponta com a cabeça para a saída. — Eu ainda preciso pedir desculpas, mas não aqui. Vamos pra um lugar mais quieto.

Eu cruzo os braços. Meu objetivo vindo aqui hoje era tentar me desintoxicar de Max e, a julgar por como ainda estou lutando para manter minhas mãos longe dele, isso ainda não foi alcançado.

— Eu não quero ir pra casa. E definitivamente não quero ir pra casa sozinha.

— Você não iria, eu iria com você.

— Sim, mas a não ser que você planeje me dar orgasmos, não era bem na sua companhia que eu estava pensando. — Eu levanto as sobrancelhas. — Você está planejando me dar orgasmos, Max?

Por favor, faça com que ele diga não. Se ele disser sim, eu estou realmente fodida — e não do jeito bom.

Ele tensiona o maxilar.

— Eles não fazem parte dos meus serviços, não. — Ele olha por cima do ombro, para onde Brick e os amigos estão virando doses como se fosse um esporte olímpico. — Você vai mesmo deixar aquele bicho do pântano te tocar? Se o cérebro dele fosse uma dinamite, não ia conseguir explodir sequer o cabelo.

A imagem mental dessa cena me faz sorrir.

— Eu não estou procurando por um parceiro de vida, Max. Só por sexo. — *Com um homem que não domine meus pensamentos nem sequestre todas as minhas fantasias.*

Ele aponta um dedo na direção de Brick.

— Eu apostaria um milhão de dólares que *aquele* homem nunca fez uma mulher gozar na vida dele. Mas, se você quer confirmar pessoalmente que ele é péssimo de cama, fique à vontade. Estarei no bar quando você terminar com ele.

Ele torna a se sentar em um banco, e Brick volta para mim, cheirando como se tivesse acabado de passar uma semana em Tijuana.

— Pronta pra mostrar como se faz, gata?

Eu finjo um sorriso e admito para mim mesma que, se Max não estivesse aqui, eu já teria dado um perdido nesse babaca uma hora atrás. Mas algo mesquinho e maldoso em mim fica feliz em fazer Max acreditar que eu estou considerando levar Brick para casa.

Apesar do meu humor azedo, Brick me mantém ocupada por mais algumas músicas e, quando "Hound Dog" começa, ele me força a entrar na coreografia mais embaraçosa do mundo. Ele dança como um bêbado tentando parecer sóbrio, e a sua técnica horrorosa me faz rir quando ele me gira para fora e me puxa de volta. É um milagre que eu me mantenha de pé, levando em conta que já estou um pouco alta.

— Pula — ele diz para mim, segurando minha cintura.

— Ah, não, eu não acho que isso vai...

— Vamos, gata! A música já está terminando. Pula!

Ele me tira do chão e não me deixa muita escolha a não ser colocar minhas pernas em torno do seu quadril, então ele me abaixa e me puxa de volta para cima. Eu sinto algo sumir das minhas costas e faço um barulho.

— Merda — eu agarro os ombros dele quando começo a cair. — Brick, não...

— Te peguei, gata. Relaxa! — Ele mal termina de pronunciar essas palavras quando perde o equilíbrio e, antes que eu perceba o que está acontecendo, a pista de dança está correndo ao meu encontro.

— *Senhorita Tate!*

Eu estou vagamente consciente da voz preocupada de Max quando caio de costas com tudo e uma dor aguda me faz gritar várias palavras que fariam minha avó corar.

— Ah, merda, gata. Você está bem? — eu faço uma careta e rolo para o lado, enquanto Brick se inclina sobre mim, o cheiro de tequila tornando o ar difícil de respirar.

— Sai daí, babaca! — Brick é puxado para trás, e Max aparece. As mãos fortes que acabaram de atirar o Brick para o outro lado da pista tocam suavemente o meu ombro. — Onde dói?

— Minhas costas. Não é da queda, acho que distendi um músculo quando ele me puxou.

— Você consegue se mexer?

— Sim.

— Acho que é melhor eu chamar uma ambulância.

— Não, sério, eu estou bem. — Eu solto a respiração e olho para ele.

Uau.

Nunca na minha vida eu vi um homem olhar para mim desse jeito. Como se a minha dor estivesse doendo em dobro nele.

— Senhorita Tate, você não deveria se mexer.

Eu o dispenso com um gesto e me sento.

— Não estou paralisada, Max. Só fiz um machucado. Preciso apenas de aspirina e uma compressa de gelo.

Ele me ajuda a levantar e passa um braço pela minha cintura, me dando apoio enquanto saímos da pista de dança.

— Eu te levo pra casa.

— Opa, opa, opa — Brick para na nossa frente. — Esse é o meu trabalho, amigo. Eu não passei a noite toda com essa ruiva gostosa pra perdê-la no último minuto. Se alguém vai levá-la pra casa, esse alguém sou eu.

O corpo de Max se tensiona como arame farpado e, embora ele não levante a voz, a intensidade do seu olhar faz Brick dar um passo para trás.

— Ela não é um brinquedo que você pode comprar com seu tempo, *amigo*. Tenha um pouco de respeito. Você a machucou e, se você não sair da porra da minha frente neste segundo, eu vou machucar *você*. Entendeu?

Eu não sei se já ouvi Max dizendo um palavrão antes, mas, mesmo com a dor nas costas, meu corpo reage positivamente.

A essa altura, Brick já bebeu o suficiente para esquecer como Max amassou sua mão mais cedo. No instante em que ele agarra meu braço desafiadoramente, Max o olha de um jeito realmente assustador, agarra o pulso dele e aperta. Brick cai no chão com um grito estrangulado.

— Brick, eu sei que você não é um homem inteligente, então vou usar palavras curtas. Se eu vir você colocar as mãos na senhorita Tate, ou em qualquer outra mulher, sem permissão de novo, eu vou quebrar seu braço em três lugares diferentes.

Como também já recebi a sinceridade brutal de Max, eu sei que Brick acreditou em cada palavra. Isso explica por que parece que ele vai mijar nas calças enquanto Max o encara. Quando ele o solta, Brick volta correndo para sua gangue de coxinhas, com o rosto vermelho e sem conseguir olhar na minha cara.

Max não gasta mais nem um olhar com ele, apenas me pega nos braços e caminha para a saída.

— O que você estava dizendo mesmo sobre partir pra violência diante de qualquer provocação? — digo, sofrendo para lidar ao mesmo tempo com a dor nas minhas costas e com a excitação de estar nos braços dele.

O rosto dele ainda parece um trovão.

— Aquilo não foi violência. Foi contenção. E definitivamente houve provocação. Brick é um babaca que precisava aprender que mulheres não são máquinas de refrigerante que trocam atenção por sexo. Espero que aquele merdinha fique roxo fácil.

Eu noto como todo mundo olha e sorri para o homem me carregando pela rua até meu apartamento.

— Sinto como se você devesse estar usando um uniforme branco da Marinha agora.

— Eu tenho um. Se você se comportar direitinho, talvez eu te mostre um dia desses. — Ele me olha sério, mas eu vejo o canto de sua boca tremer, e ele começa a cantarolar "Up Where We Belong".

capítulo doze

Meu criado sem camisa

Vinte minutos e dois relaxantes musculares depois, eu não estou sentindo dor *nenhuuuuuuuma*. Max me acomodou no meu sofá com uma compressa de gelo aninhada na minha lombar e agora ele está na minha cozinha, fazendo chá. Eu disse a ele que não bebo chá, mas ele não me ouviu. Enquanto abre e fecha armários, procurando por coisas, eu finjo que ele é meu criado sexy. Sempre quis ter um desses. Seria muito útil ter um por aí, para quando eu precisasse… bom... você sabe, pegar coisas em prateleiras altas. Ou… não sei… abrir potes. O único trabalho real dele seria andar sem camisa pela casa e fazer umas flexões de vez em quando. Ah, e proporcionar orgasmos quando solicitado.

— Max?

— Sim?

— Às vezes você tira a camisa e flexiona os músculos em frente ao espelho? Você sabe, só pra admirar o quão gostoso você é?

— Não. Às vezes você tira a blusa e acaricia os peitos só porque sim?

Dou de ombros.

— Às vezes. Quando eu fico estressada, gosto de pegar nos meus peitos e dar uma apertada reconfortante.

— Bom saber. Da próxima vez que você estiver estressada, vou tentar isso.

Eu me jogo de volta nas almofadas. Agora meus peitos estão formigando. Ótimo.

Mais portas se abrem e fecham na cozinha, e ouço ele resmungar:

— Jesus.

— Tudo bem aí?

— A organização dos seus armários não tem lógica alguma. Eu já achei chá em três lugares diferentes.

— É, se ao menos eu tivesse um bom *criado sem camisa* pra cuidar de mim e arrumar tudo...

Ele anda até mim e fica parado, todo alto e com seus ombros largos. Além das pernas longas e da bunda, onde eu queria enfiar meus dentes.

— Você está sugerindo que eu tire a camisa?

Eu pisco.

— Não sei. Talvez. Está quente aqui. Você pode, se quiser. O.k., tudo bem, para de me implorar. Eu não vou te impedir.

Ele me olha enquanto agarra a ponta da camiseta.

— Você quer isso?

Ele levanta a camiseta e revela um tanquinho muito impressionante, mas quando eu tento sentar direito para ver melhor, minha careta de dor faz ele parar tudo e se ajoelhar diante de mim, preocupado.

— Relaxa — ele diz, me empurrando para baixo de novo, ajeitando minha compressa. — Se você se comportar e ficar quieta, eu tiro minha camiseta depois.

— Mesmo?

— Não. Mas fica quieta, de qualquer jeito. Como você está se sentindo?

— Ótima. Os remédios fizeram efeito e eu estou *beeeeeem*. — Eu toco o rosto dele porque, bom, por que não? Ele está aqui e é bonito e uau... a boca dele é *tão* bonita. E tão irritante. É irritante o quão simétrico ele é. E como os olhos dele são penetrantes. E eu nem mencionei as sobrancelhas, os cílios e as maçãs do rosto. Sem falar da boca.

— Você é bonito.

Os lábios dele se curvam.

— E você está chapada. Suas costas ainda estão latejando?

— Não, está tudo soltinho e molinho. — Eu dou um risinho e desço minha mão pelo pescoço, dele parando no peito. Ele é tão incrivelmente atraente que chega a ser hilário.

Max não ri, no entanto. Ele pressiona os lábios enquanto eu examino os músculos do seu peitoral. Ele não deveria parecer tão perturbado. Afinal, eu sou uma *repórter investigativa*. Isto é um desdobramento natural da minha arte.

Ele não deve estar apreciando minha técnica, no entanto, porque cada parte dele que eu toco logo fica tensa.

— O que você está fazendo? — a voz dele está daquele jeito misterioso e sexy.

— Pesquisa.

— Senhorita Tate...

— Para de me chamar assim. Meu nome é Eden.

— Eu te chamo de senhorita Tate porque me ajuda a tentar manter a situação mais formal entre a gente.

— Aham. — Ele pisca quando eu aperto seu mamilo por cima da camiseta. — Está funcionando pra você?

Ele põe a mão sobre a minha para acabar com a minha exploração.

— Bom, não tem sentido algum se você fica me tocando desse jeito. Você já percebeu que é uma bêbada tarada?

— Já. Isso é um problema?

Ele se levanta e murmura:

— Só quando eu estou tentando ignorar o quanto estou a fim de você. — Ele volta para a cozinha e eu desabo novamente no sofá, encarando o teto.

Sinceramente, é estranho ter ele no meu apartamento. Ele não é um amigo. Ele não é um amante. Ele é uma grande zona erógena ambulante que me fascina e me enfurece na mesma medida. Ele é como um animal selvagem que poderia arrancar meus órgãos sem nenhum esforço. Agora que invadiu meu santuário, fico horrorizada ao perceber que gosto de tê-lo aqui. É bizarro e perturbador.

— Posso te perguntar uma coisa? — eu questiono enquanto pisco, tentando focar minha visão embaçada.

— Se for necessário.

— Se Brick não tivesse tirado as mãos de mim, você teria mesmo quebrado o braço dele?

Algo faz barulho na pia.

— Você não precisa bater em alguém pra causar dano.

— Você parece saber do que está falando.

Ele não responde. Eu queria ter um caderno neste momento, porque, embora eu normalmente consiga catalogar essas coisas mentalmente, agora meu cérebro está nublado demais, e eu quero voltar a esse assunto sóbria.

— Você já entrou em alguma briga por causa de uma mulher? — eu pergunto.

— Várias vezes.

— E? Você ganhou todas?

Mais silêncio. Então ele diz:

— Não. Mas isso não quer dizer que eu não faria de novo. Ou que não faria melhor.

Eu ouço o bip da chaleira elétrica e o som de coisas sendo servidas e remexidas.

Alguns minutos depois, ele coloca uma caneca fumegante na mesinha de centro, puxando-a mais para perto para eu poder alcançá-la. Segurando sua própria xícara, ele se senta na poltrona perto de mim.

Eu dou um gole no chá e fico surpresa por gostar.

— Obrigada.

— De nada. E, só pra ficar registrado, não tem drogas nele. Caso você esteja se perguntando.

Ele me assiste a beber, e eu não sei se algum dia vou me acostumar com a forma como ele me olha. É como se ele estivesse tentando me mostrar seu eu mais profundo via telepatia, ao mesmo tempo em que esconde todo o resto.

— Desculpa por ter ficado nervoso mais cedo — ele diz em voz baixa. — Quando eu fui ao bar, não estava esperando ser acusado de um crime. Me pegou de surpresa.

— Por que você foi até lá?

Ele segura a caneca com as duas mãos e olha para ela como se procurasse por respostas.

— Eu queria pedir desculpas. Achei que você tivesse fugido por causa do que aconteceu quando eu te abracei.

— Que foi...?

Ele levanta o rosto para mim, surpreso.

— Você não sabe?

Eu balanço a cabeça.

— Eu estava ocupada demais sendo paranóica e achando que estava drogada. Você por acaso roubou o meu cartão de fidelidade da Starbucks da minha bolsa ou algo assim? Porque eu ficaria muito puta. Só falta uma estrela pra eu ganhar uma bebida grátis.

Ele coloca a xícara na mesa e apoia os cotovelos nos joelhos.

— Senhorita Tate, eu normalmente consigo manter uma camada de profissionalismo entre mim e as minhas clientes, mas, na noite passada, com você, eu... falhei.

— Falhou como?

Ele dá um longo suspiro.

— Você realmente precisa que eu diga?

— Max, eu estou extremamente medicada agora, de modo que nem todas as engrenagens do meu cérebro estão funcionando, então sim. Por favor, me diga, pra que eu possa parar de me sentir burra.

Suas feições são tomadas por vergonha.

— Quando você estava chateada depois daquela música e eu te abracei, eu estava... excitado. Eu não queria estar, mas ter você no meu colo, te abraçar, eu... — ele olha para o chão e balança a cabeça. — Eu achei que você tivesse sentido quando eu me apertei contra você. Ou ouvido quando eu gemi. Por isso eu estava com vergonha de mim mesmo quando você foi embora.

Sendo sincera, eu mal ouço o que ele diz depois de "excitado". Essa palavra, dita por essa voz sexy dele, pôs fogo no meu rosto e no meu corpo. Pela primeira vez em muito tempo, eu estou sem palavras.

Faço minha melhor imitação de astronauta no mundo da lua enquanto tento achar algo inteligente para dizer.

Ele levanta os olhos para mim.

— Senhorita Tate? Você ouviu o que eu disse?

— Sim, eu só... hum... desculpas aceitas, acho. Não precisa se bater por causa disso. — Quando percebo meu trocadilho, eu fecho os olhos, envergonhada. — Desculpa. Foi sem querer. Além do que, eu não tenho ideia se você bateu uma depois que eu fui embora. Se bateu, ótimo. Bom pra você.

Um silêncio pesado cai entre nós, meu cérebro ainda fixado no que ele acabou de me dizer.

— Então — digo, tentando ligar os pontos —, *você* estava atraído por mim? Ou era o *Caleb?*

Ele faz uma pausa tão longa que eu me pergunto se ele vai mesmo responder. Então ele diz:

— Ambos. E isso é algo que nunca tinha acontecido antes.

Eu o encaro, e ele se remexe na poltrona.

— Por que você parece tão surpresa?

— Eu só não achei que eu fizesse seu tipo.

Ele faz um som de desdém.

— Você faz o tipo de qualquer um.

Eu me irrito.

— Você está me julgando por eu ter uma vida sexual saudável? Porque pode ainda não ter entrado na sua cabeça de cavalheiro do século 18, mas hoje em dia as mulheres são livres pra transar com quem quiserem, sempre que quiserem e na posição que mais quiserem. E eu não acho justo que você...

— Senhorita Tate... — ele me lança um olhar paciente. — Eu não estava fazendo um julgamento moral. Só estava tentando dizer que você é uma mulher incrível e que seria bem difícil achar um homem que não se sentisse atraído por você.

Droga. Isso é ainda pior.

— Você não precisa dizer isso. Não estamos em um encontro.

— Eu sei disso.

Eu abaixo o olhar para o peito dele.

— Os homens falam coisas assim o tempo todo sem que sejam verdade.

— Eu estou falando porque é verdade.

Ele me encara, com sua convicção inabalável. Eu o encaro de volta, mais afetada por ele e suas palavras doces do que eu gostaria. Apesar da comoção que acontece no meu corpo toda vez que estamos juntos, eu não quero ter esse sentimento e não quero *ele*. Max pode até ser diferente de todos os caras que já conheci, mas isso não faz dele um bom homem. Tem que haver algo de errado com alguém que ganha o pão transformando mulheres em criaturas excitadas.

— Por que você não está com uma cliente hoje?

— Eu não estou saindo com clientes atualmente.

— Por quê?

Ele bebe o chá.

— Porque estou saindo com você.

— Você não pode fazer os dois?

— Eu prefiro não fazer. — Ele olha para as mãos. — De todas as mulheres que conheço, você é a mais... interessante.

— Eu não sou nada interessante. Eu sou só uma pessoa simples, com necessidades simples.

— Eu discordo. Você é uma das mulheres mais complicadas que eu já conheci. — Ele se inclina para a frente e afasta meu cabelo do rosto, e eu culpo os remédios por fazer eu me sentir tão hipnotizada por ele.

— Senhorita Tate, posso te fazer uma pergunta pessoal?

— Hummmm?

— Você já fez sexo com alguém que amasse?

Por um segundo, eu penso que ele está criticando minha vida sexual de novo, mas, quando checo sua expressão, vejo apenas sinceridade.

— Não — digo, não muito certa se deveria estar confessando isso.
— Você já?

— Em off?

— Sim.

Ele balança a cabeça.

— Se tem uma coisa que eu aprendi nesse trabalho é que, por mais que eu goste de interpretar fantasias românticas, ainda é só fingimento, e cada vez mais eu sinto falta de algo real.

Ele estuda meu rosto por alguns segundos, aparentemente perdido em seus próprios pensamentos. Então, ele se senta ao meu lado no sofá e me manda ficar de costas para ele.

— Levanta sua blusa, eu quero checar os danos. — Eu o ajudo a levantar minha camiseta, para que ele possa ver minha lombar. — Ainda dói?

— Um pouco.

Ele coloca uma mão sobre a área dolorida e pressiona gentilmente. O calor da pele dele faz um bom contraste com o gelo. Ele abaixa minha camiseta e, por cima do tecido, corre os dedos lentamente para cima e para baixo da minha espinha. Me faz tremer e arrepiar toda, ao mesmo tempo que retira a tensão dos meus músculos. Quando eu pendo a cabeça para a frente, para deixar mais fácil para ele, Max docemente passa os dedos desde o meu cóccix até os cabelos da nuca. A sensação é tão incrível que eu gemo.

— Bom?

— Ah, siiiiim. — Ele continua, e eu não consigo lembrar de qualquer outra vez em que um homem tenha me tocado tão desinteressadamente. Por que ele está fazendo isso? Ficando por aqui. Assegurando-se de que estou bem. Quer dizer, ele já ganhou pontos só por ter me trazido para casa. Por que tudo isso?

— Max, você normalmente mima clientes em seu tempo livre?

Ele pausa os movimentos.

— Não. Na verdade, eu evito interagir com elas fora do ambiente profissional. Caso contrário, a situação pode ficar complicada.

— Imaginei. Então por que você está aqui? Cuidando de mim?

— Porque você precisava de alguém pra garantir que você estava bem.

— Na verdade, não. Eu teria dado conta sozinha.

— É esse o seu objetivo de vida? Só dar conta? Sozinha?

— Não, eu só... Se você está tentando puxar meu saco pra eu fazer uma matéria falando bem de você, ou coisa assim, bom... — ele começa com os dedos de novo, e eu solto um gemido baixo. — Ah, caaaaaara, bom trabalho.

Ele ri, e eu fecho meus olhos e suspiro. Acho que vou ter que rever minha opinião sobre magia e abrir uma exceção para as mãos do Max. Eu deixo minha cabeça cair para a frente e flutuo em uma zona bizarra, que é parte relaxamento, parte excitação.

— Max, suas clientes nunca reclamaram de todo esse veto a sexo nos encontros? Tipo, você é um cara atraente. Como elas podem ficar satisfeitas só te beijando?

Ele retira a mão e, quando me viro para olhá-lo, vejo uma expressão divertida em seu rosto.

— Me fala — ele começa —, qual a finalidade do sexo?

— Você acha que por eu ser mulher vou dizer "intimidade" ou "a expressão física do amor"?

— Não. Me dá uma resposta honesta. Por que você faz sexo?

Eu levanto o queixo.

— Orgasmos.

— Mas isso você pode conseguir sozinha.

O.k., bom ponto.

— É melhor quando outra pessoa faz.

— Por quê?

— Eu... não sei.

Ele me manobra de forma que minhas costas fiquem contra o braço do sofá, colocando alguns travesseiros embaixo de mim para me dar suporte.

— O.k., então eu vou te dizer. Sexo é um *ritual*. É mais do que só reações físicas. — Ele puxa minhas pernas para o colo dele, e então pega minha mão e a coloca na sua, com a palma para cima. Enquanto ele fala, vai desenhando uma espiral repetidas vezes na pele sensível. — Você pode pensar no sexo como um gerador, alimentado pelo acúmulo de tensão. A descarga de energia acontece quando a tensão se rompe, provocando ondas de prazer. Sim?

Jesus, esse único dedo se movendo na minha palma está me excitando mais a cada segundo. Com a quantidade de sexo que já fiz, como pode esta ser a experiência mais erótica que já tive?

— Senhorita Tate...

— Oi? Quero dizer, hum... sim.

— Não precisamos ficar pelados pra simular algo parecido.

Ele coloca minha mão de volta no meu colo e foca na minha boca.

— Quando você beija alguém pela primeira vez, a adrenalina corre solta pelas suas veias. — Ele se inclina para a frente, apenas o suficiente para que eu me fixe em sua boca. — Viu como nossos músculos se contraíram? E quanto mais perto chegamos, mais se intensificam as sensações. — Suas pálpebras ficam pesadas enquanto ele me olha. — Esta intensa tensão sexual é prazerosa por si mesma, certo? Faz seu coração acelerar. Faz te faltar ar.

Então eu percebo o quanto minha respiração está curta. Rápida e irregular. A tensão da qual ele fala está se embrulhando sobre si mesma, criando uma bola que enche meu peito.

Quando ele coloca a mão na minha bochecha, a pele dele na minha faz a bola se expandir ainda mais.

— Enquanto meus lábios chegam cada vez mais perto — ele diz, com uma voz macia — ... a tensão fica quase insuportável. A vontade se torna *necessidade*, e a necessidade se torna *compulsão*.

Ele está tão perto agora que estamos respirando o mesmo ar, e eu quase posso sentir o campo de eletricidade nos cercando.

— E quando nossos lábios finalmente se tocarem — ele sussurra, ainda mais perto —, todo o ar vai fugir de nossos pulmões, porque será como se uma corda bamba tivesse se rompido embaixo dos nossos pés, e tudo o que podemos fazer é fechar os olhos e nos entregar.

Ele fica ali, me deixando no ápice da sensação, tonta e sem fôlego e tremendo, com mais necessidade do que eu achei que meu corpo pudesse sentir.

A voz profunda e áspera dele adiciona mais uma camada à minha reação.

— Você quer que eu te beije, senhorita Tate?

Meu Deus, sim.

E, meu Deus, não.

Não existe uma resposta fácil para essa pergunta. Beijá-lo seria maravilhoso e terrível. Seria como ter um leão de estimação e começar a contar os dias até ele me devorar.

— Não é uma pergunta difícil — ele diz —, ou você quer, ou você não quer.

— Esse é o seu jeito de me seduzir pra que eu abandone a matéria?

O nariz dele raspa no meu, e eu me arrepio e agarro a frente da camiseta dele.

— É uma explicação. Cínica, claro, mas eu já passei a esperar isso de você. Talvez eu queira te beijar. Descobrir o seu gosto.

— Então por que você não me beija?

— Porque eu prometi que não faria sem a sua permissão e, sinceramente, você está chapada demais agora pra dar um consentimento válido.

Eu encosto minha cabeça na dele, tão desesperada que o desejo em mim chega quase a ser doloroso.

— Então por que você ainda está me torturando?

Ele vira minha cabeça para o outro lado, deixando sua boca dolorosamente fora de alcance.

— Porque eu queria que você entendesse que isso que você está sentindo agora... essa *euforia*... é *nisso* que vive a essência do romance. Você já se sentiu assim com algum de seus parceiros sexuais?

— Não mesmo.

Eu nunca me senti assim com ninguém. É como se cada terminação nervosa do meu corpo estivesse sendo magneticamente atraída por ele, tão desesperada por contato que é sofrido negá-lo.

Ele faz um som de desejo com a garganta.

— Então talvez você devesse passar pra uma categoria melhor de homens. Uma que não te trate como uma máquina de refrigerante. Uma por quem você esteja genuinamente atraída, que não seja só conveniente.

Eu estou tão lerda devido à ação de hormônios e analgésicos que levo um momento para perceber que ele não está mais no sofá, e sim de pé, me olhando de cima. Eu me sinto tonta ao perceber que ainda estou com os lábios entreabertos, esperando contato.

Eu pigarreio e me recomponho. Meu coração está batendo com tanta força que eu tenho certeza de que Max consegue ouvir.

Eu olho para ele. Pela expressão em seu rosto, acho que não sou a única a me sentir torturada nesse momento. Meu foco desce para a calça dele e... *santo Deus!* A rigidez que posso ver crescendo sob o seu jeans não me ajuda em nada.

Ele segue meu olhar.

— Caso você esteja imaginando, é exatamente tão doloroso quanto parece.

— Você tem certeza que não posso te ajudar com isso?

— Eu tenho certeza que você poderia, mas isso violaria ainda mais regras do meu código de conduta pessoal. Aliás, tendo em vista que já bati meu recorde de falta de profissionalismo esta noite, vou embora. — Ele olha em volta, pelo apartamento. — Você precisa de mais alguma coisa antes de eu ir?

Penso em dizer que preciso das mãos dele dentro da minha calça, mas não acho que seja isso o que ele quis dizer.

— Talvez você possa tirar a camisa e limpar algumas coisas.

Ele vem até mim e me levanta do sofá.

— Ou que tal eu te levar pra cama e ficar até você pegar no sono?

Ele me coloca na cama e eu faço caretas ao me ajeitar, tentando ficar confortável.

— Eu tinha gostado mais da minha ideia — digo, fazendo um bico enquanto ele me cobre. — Sinceramente, Max, você é o pior criado sem camisa que eu já tive — bocejo. — Nós vamos ter uma conversa séria na sua próxima avaliação de desempenho.

Ele ri, eu fecho os olhos e começo a apagar.

— Desculpa te decepcionar, senhorita Tate. Espero te agradar mais da próxima vez que nos virmos.

O sono começa a me embrulhar em um cinza macio, e eu balbucio:

— Faça isso. Mais agrados, menos camisa. Sua mestra está exigindo.

Pego no sono rápido, mas ainda estou consciente o suficiente para sentir seus dedos delicados tirando o cabelo do meu rosto.

— Boa noite, Eden. Bons sonhos.

Assim que ouço a porta do apartamento se abrir e então fechar, eu apago.

— Entãoooo... — diz Asha na manhã seguinte, enquanto coloca ovos mexidos no meu prato. — Eu cruzei com um certo acompanhante gostosão quando estava voltando pra casa ontem. Pode compartilhar o que aconteceu?

— Não tem nada pra contar. Eu machuquei minhas costas no bar. Ele me trouxe pra casa. Fim da história.

— Ah, que mentira, Eden. Eu vi a cara dele chegando no bar ontem à noite, e vi a cara dele ao sair do nosso apartamento. Não vem querer me dizer que o que ele tem dentro da calça não ficou feliz por sua causa, porque isso é uma bela duma mentira.

Termino de comer o mais rápido que posso.

— Ash, por favor, é cedo demais pra isso. — *Além do mais, eu não posso te contar sobre o Max porque isso tornaria o que eu sinto por ele real, e eu prefiro apenas ignorar.*

— Olha, Edie, eu não quero transformar isso em uma grande coisa, mas, cá entre nós... quão grande é a coisa de que estamos falando? — Ela deixa uns doze centímetros de distância entre as mãos. — Vou continuar aumentando este espaço até você me dizer quando eu alcançar a distância *Máx*-ima.

Eu rio, e ela continua afastando as mãos. Quando ela chega no que parece ser vinte centímetros, eu ergo as sobrancelhas, e então ela bate na mesa com as duas mãos.

— Não! Sério?

Levanto e vou lavar meu prato.

— Ash, eu estou escrevendo uma matéria sobre ele, e ele só está puxando meu saco pra ter certeza que não vai ser crucificado. É isso. Não tem nada rolando. Por favor, para de tentar fazer rolar.

— Tem *algo* rolando se aquele homem sai por aí com uma barraca armada monstruosa por sua causa. Não vem me dizer que você não está desesperada pra cavalgar aquele belo exemplar do sexo masculino.

Eu a beijo na bochecha.

— Preciso ir. Te vejo à noite.

— Eden! Por favor! Faz anos que eu espero você conhecer alguém como ele e agora você vai me deixar de fora? Não é justo!

Eu ainda posso ouvir ela me xingando quando fecho a porta e começo a descer as escadas. Estou na metade do caminho até o metrô quando chega uma mensagem.

Como estão as costas?

Eu percebo que estou sorrindo e imediatamente me forço a parar. Também freio a vontade de responder imediatamente. E dane-se esta revoada de borboletas que levantou voo no meu estômago. Me sentir assim por causa de um cara não está na minha lista de tarefas do dia. Na de nenhum dia, aliás.

Talvez ele não tenha me drogado, mas com certeza não está jogando limpo. Ele sabe o quanto eu o acho atraente e está constantemente me provocando para poder ganhar a aposta. Bom, ele vai descobrir rápido que enganar uma mulher que come fantasias românticas de café da manhã vai ser mais difícil do que ele pensava.

Passo no meu fornecedor de cafeína preferido e compro um grande e gordo *espresso* triplo. Preciso de café como preciso de ar nesta manhã. Mesmo com os relaxantes musculares e o álcool, eu não dormi bem. Sonhei com Max na cama comigo, todo duro e quente, cheirando tão bem como um jardim na primavera, me tocando como se eu fosse preciosa e me fazendo sentir como se eu pudesse fazer qualquer coisa, desde que ele estivesse do meu lado. Foi a coisa mais próxima de um pesadelo que eu tive em anos.

A única coisa boa é que isso fez eu me revirar o suficiente na cama, então tenho certeza de que minhas costas não estão travadas. Embora eu sinta pontadas de dor ao me inclinar do jeito errado, no geral estou me sentindo bem melhor.

Quando chego ao trabalho, a cafeína já bateu forte, e eu praticamente atravesso as portas correndo para ver o Toby.

— Bom dia, amigo! — eu abraço suas costas enquanto ele continua digitando.

— Bom dia, amiga-que-nunca-me-abraça-exceto-quando-quer-alguma-coisa. O que posso fazer por você neste lindo dia?

Faço minha melhor cara de chocada para ele.

— Toby! Estou muito ofendida com essa sua insinuação de que nossa amizade é baseada apenas em favores.

Ele gira a cadeira, se recosta e cruza os braços.

— Ah. O.k. Então você não vai me pedir nada?

Eu desdenho.

— Não, não vou. Quero apenas o prazer da sua ensolarada companhia e a visão de seu belo rosto. — Eu dou meu sorriso mais encantador.

Ele levanta as sobrancelhas e espera.

Eu olho o frenesi de atividade à minha volta e digo:

— Entãooooo… eu só vou… você sabe, ir pro meu cubículo agora. — Eu giro sobre os calcanhares. — É. Não tem mais nada que eu queira falar com você.

Dou um passo como se fosse me afastar e ele inclina a cabeça, esperando, ainda em um silêncio de pedra.

— Entãoooo, é… — dou mais um passo. — Falo com você mais tarde, Tobes. — Ele me observa chegar na saída do cubículo dele e brincar com uma tachinha solta. — Tchaaaaau.

Eu suspiro enquanto vou para o meu cubículo e desabo na cadeira. Em segundos, a cabeça de Toby aparece por cima da divisória que compartilhamos.

— Você não está enganando ninguém, sabe? O que você quer?

Eu me inclino sobre a minha minha mesa.

— Você é o melhor, Tobes. Não sei pra quem mais eu poderia pedir essas coisas.

Ele revira os olhos e me faz um gesto de “ande logo com isso”.

— Então — digo —, eu preciso descobrir mais sobre o Max, vulgo Mr. Romance, mas o cara não é exatamente comunicativo. Preciso entrar naquele galpão que encontramos em Greenpoint, mas ele está mais fechado que as pernas da minha irmã. — Eu pego o celular e mostro a foto que tirei do teclado eletrônico quando fui lá. — Isto aqui fica na única porta acessível, logo abaixo de uma câmera que transmite as imagens para o celular de Max assim que alguém mexe lá. Existe alguma forma de desativá-lo? Ou de descobrir a senha?

Toby pega meu celular e estuda a foto.

— Parece um sistema comum de seis dígitos. — Ele me devolve o telefone. — Espera um minuto, pode ser que eu tenha algo.

Ele desaparece por alguns segundos e volta com um retângulo de aço inoxidável com um *display* ao lado. Parece ser algo de tecnologia de ponta. Ele olha em volta para ter certeza de que não tem ninguém ouvindo, então segura a coisa como se fosse o Santo Graal.

— Fique com isso. Quando estiver perto o suficiente do teclado, aperte o botão preto. Ele vai emitir um pulso eletrônico de alta densidade que deve ser forte o suficiente pra estragar a fechadura e a câmera em uma tacada só.

Eu arregalo os olhos e estico a mão para pegar o aparelho.

— Puta merda, Tobes. Sério?

Ele dá um tapa na minha mão e ri.

— Não, é claro que não. Jesus, Tate, eu não sou o James Bond. O que você acha que eu sei sobre invadir galpões?

Eu aponto para a coisa que ele está segurando.

— Então o que é isso?

— É meu carregador portátil de celular. — Ele o joga de volta na mesa e ri ao ver minha cara de decepção. — Ah, não faz bico. Você fica ridícula. Desculpa por não ser um super-herói especialista em segurança.

Eu desmonto na cadeira.

— Mas você sabe tanta coisa sobre umas merdas tão obscuras que eu achei que você poderia ter alguma ideia, pelo menos.

— Não. Não tenho noção de nada sobre esse tipo de coisa. Hackear eu consigo, agora todas as outras coisas que aparecem em filmes de espionagem? Aí não. Você não poderia simplesmente *perguntar* pro Max o que tem dentro do galpão?

— Claro, mas aí ele só diria o que ele quer que eu saiba, e eu quero saber justamente sobre as coisas que ele quer manter escondidas. Se ele precisa de tudo isso de segurança, deve ter alguma informação valiosa lá dentro, né? Eu só preciso pensar num jeito de chegar até ela.

— Você sabe que sempre te ajudo como posso. Se você puder me dar algo sólido sobre esse cara, eu posso tentar rastrear a verdadeira identidade dele, mas preciso de um ponto de partida.

— Eu sei, Tobes. Valeu. Vou ver o que consigo descobrir.

Toby volta para o computador dele, e eu prendo meu cabelo em um coque bagunçado enquanto tento raciocinar para onde ir. Preciso de dados biográficos de Max e de depoimentos de suas clientes. Assim posso começar a construir um retrato equilibrado para servir como ponto de partida para o artigo.

Meu computador emite um som e uma mensagem interna pisca na tela:

Quero as primeiras oitocentas palavras sobre Mr. Romance na minha mesa até semana que vem.

Derek

Ah, ótimo. Nesse momento, eu só conseguiria oitocentas palavras de enrolação e mentiras, e eu não acho que Derek ficaria feliz com isso.

Digito uma resposta:

Claro, chefe! Trabalhando nisso!

Eu assino com três carinhas felizes, só para irritá-lo.

Dez minutos mais tarde ainda estou vasculhando meu cérebro por uma solução quando meu telefone se acende, mostrando o nome de Max na tela.

Eu atendo:

— A não ser que você comece a ser mais aberto comigo, te darei uma péssima avaliação no Yelp, Mr. Romance.

Ouço uma risada divertida, e ele diz:

— Bom dia pra você também. Fritas acompanham a reclamação?

— É sério, Max. Eu concordei com as suas condições e você prometeu me contar tudo, mas até agora tudo o que consegui foi um monte de blá-blá-blá e uma noite com um músico inexistente. Eu preciso de mais.

— Por exemplo?

— Sua história. Uma lista de clientes. Depoimentos. Entrevistas. Sabe, o tipo de coisa que normalmente um jornalista precisa pra uma matéria. Eu tenho tantas perguntas sobre por que essas mulheres são tão dedicadas a você e sobre como elas se sentem em relação a tudo isso! Você falar por elas e eu ouvir da boca delas são duas coisas totalmente diferentes.

— Eu já te disse isso antes: minhas clientes não vão falar com uma jornalista. Além do acordo de confidencialidade que todas assinaram, falar com você mancharia a reputação delas.

— Então é melhor você pensar em algo que me ajude, porque eu tenho um prazo e preciso começar a mostrar resultados. Se eu for chutada dessa história, não tenho dúvidas de que Derek vai pôr outra pessoa no meu lugar, e você vai perder tudo que já ganhou com aquela coisa de ser bonzinho e cuidar de mim.

— Você realmente não consegue entender que eu fiz aquilo porque me importo com você, né?

— Desinteresse vindo de um homem que manipula mulheres como fonte de renda? Claro. Faz todo o sentido. Agora, sobre a minha matéria...

Ele faz uma pausa e então diz:

— Eu tenho uma ideia que pode funcionar e, coincidentemente, casa com os planos que eu tinha pro nosso segundo encontro.

— Estou ouvindo.

— Quero fazer um encontro imersivo com você, o que significa que você também terá que interpretar um personagem.

— Ah, Max, não sei, não. Eu não sou uma boa atriz. A única experiência com atuação que eu tenho foi interpretando o segundo nabo à esquerda no presépio de Natal da terceira série, e, mesmo assim, eu estava tão nervosa que quase fiz xixi nas calças.

— Não precisa ficar nervosa. Nenhuma das minhas clientes é atriz. Vai dar tudo certo. Mas se você ainda tiver essa fantasia de nabo, me avisa, posso tentar incorporá-la.

Eu rio e é uma risada real, pura, de menina. Eu jogo a cabeça para trás e tudo. Oh, Senhor. O que estou me tornando?

— Esteja livre sexta à noite — ele diz —, mandarei mais detalhes em breve.

— Vou ter que usar calça e sutiã? — pergunto. — Porque aí já estamos tratando de um outro nível de compromisso, e eu não sei se estou pronta pra ter tanta intimidade com você.

— Então, por favor, considere calça e sutiã opcionais. Eu com certeza não estarei de sutiã.

Ele faz uma pausa, e parece estar cobrindo o telefone enquanto fala com alguém ao fundo. Quando volta, ele diz:

— Desculpa, senhorita Tate, mas tenho que ir. Entrarei em contato em breve.

— O.k.

— Cuide das suas costas e tenha uma ótima semana.

— Você também. Quer dizer, a parte da boa semana. Suas costas estão bem. — *Jesus, pare de tagarelar.* — O.k., tchau.

Eu desligo com um sorriso estampando meu rosto. Eu credito meu bom humor ao fato de finalmente estar andando para a frente com essa matéria.

Sim, claro. É por isso mesmo.

Quando eu giro minha cadeira para pegar mais uma xícara de café, Derek está parado a meio metro de mim, com os braços cruzados.

— Jesus! — digo, apertando a mão contra meu coração disparado. — Sorrateiro, não, Derek? Isso não é contra as regras da empresa ou algo assim?

— Não, mas você sabe o que é contra as regras da empresa? Ficar de papo com o seu namorado no telefone, fazendo olhos de coração tão grandes que consigo ver até da minha sala.

— Mas tem uma parede bloqueando sua visão.

— E, ainda assim, aqui estou eu pra te lembrar que você não é paga pra fazer ligações pessoais.

— Eu não estava...

— Claro que não. Você só está parecendo uma adolescente bobinha porque estava falando com seu contador. Eu entendo. Agora trate de voltar à merda do trabalho.

Antes que eu possa dizer qualquer coisa, ele sai marchando para o Atendimento.

Eu juro por Deus que esse homem se torna mais desagradável a cada vez que o vejo. Se, ou quando, essa história estourar, eu vou ficar incrivelmente satisfeita de mudar para um emprego onde eu nunca mais tenha que olhar para a cara idiota dele de novo.

Olhos de coração. Pffff. Eu nem sei o que raios é isso, muito menos como fazer.

capítulo treze

Bon voyage

— Pegou seu passaporte?

— Sim.

— Uma cópia do passaporte? Os cartões de crédito?

— Sim e sim.

— E os antibióticos? Leva, vai que você pega uma infecção urinária de tanto sexo europeu louco com um cara chamado Jacques, dono de uma *baguete* monstruosa.

— Eden, relaxa.

Asha agarra meu ombro para me impedir de refazer a mala dela. Ficar parada não está me ajudando agora. Preciso me manter ocupada.

— O que está acontecendo? Você está pirando a semana toda.

— Nada. Só estou nervosa porque minha irmãzinha vai viajar milhares de quilômetros dentro de uma lata de sardinhas, só isso.

— Você sabe que eu tenho mais chance de morrer chutada por um jumento do que em um acidente de avião, né?

Olho horrorizada para ela.

— Puta merda. O quê? Há algum tipo de cartel de jumentos malvados que andam por aí chutando pessoas? De onde saiu essa informação? Existem jumentos mafiosos na França?

— Eden! — ela ri e aperta meu ombro. — Eu vou ficar bem. Tanto no avião quanto perto de jumentos aleatórios. Para de surtar.

Eu sento na cama e coloco minha cabeça entre as mãos. Sinceramente, o que também está me fazendo pirar é o Max. Nós não nos falamos desde terça. Já é sexta de manhã e nada de contato. Teoricamente, nós temos um encontro hoje, mas ele não me avisou nada. Onde, que horas, como devo me vestir. Claro, sei que calça e sutiã são opcionais, mas isso é tudo.

Pego meu telefone e ligo para a central de informações de novo, só para ter certeza de que não tem algo impedindo a ligação de ser completada.

Não. Tudo funcionando.

Então por que ele não ligou?

Se eu não fosse tão durona, e ele não vivesse completamente fora do radar, eu estaria agora stalkeando todas as suas redes sociais, numa tentativa de descobrir que merda está acontecendo.

Asha lacra o saquinho Ziploc com seus cosméticos e me olha de lado.

— Sabe, eu notei que você não viu o Max essa semana. O que aconteceu?

— Não sei. Não quero saber.

— Aham. Porque, vindo de alguém que te conhece, eu diria que parece que você sente falta dele.

Reviro os olhos diversas vezes antes de checar a hora.

— Uau, olha que horas são. Seu carro já vai chegar. Melhor fechar essa mala.

Ela me dá um olhar de quem entendeu o corte, então espreme as últimas coisas na mala lotada e me faz um sinal para que eu aperte enquanto ela fecha o zíper.

— Como você quiser, mas espero que você perceba que essa negação não é saudável. Ele gosta de você e você gosta dele. Com ou sem matéria, vocês têm questões pra resolver.

Nossos telefones vibram quase ao mesmo tempo. Ela checa o dela.

— Dez minutos.

Eu checo o meu e sinto um terrível frio na barriga quando vejo que é uma mensagem do Max.

Você tem 1 e-mail não lido

Eu clico no aplicativo tão rápido que quase derrubo o celular. E, sim, lá está. Um e-mail novo e brilhante.

Eu clico para abri-lo.

De: Maxwell Riley ‹mr@email.com›
Para: Eden Tate ‹etate@email.com›
Assunto: Orientações de conduta
Data: sexta, 12 de maio

Cara senhorita Tate,

Peço desculpas por não ter entrado em contato antes. Algo inesperado surgiu, e eu estive indisposto durante a maior parte da semana. Espero que suas costas tenham sarado e que você esteja bem.

Sobre o encontro de hoje à noite, por favor leia as orientações seguintes. Caso tenha alguma pergunta, responda esse e-mail.

Primeiro, estou confirmando que será um encontro imersivo, em que você sairá de sua própria personalidade e assumirá outra. A descrição do seu personagem, junto com a do meu, está logo abaixo. Leia-a cuidadosamente. Entenda-a. Viva-a. Para que tenhamos sucesso, você terá que realmente tentar se tornar outra pessoa por uma noite. Tenho fé que você consegue.

Personagem: Eden Crane, uma bem-sucedida jornalista nova-iorquina com sede de verdade (muito parecida com você mesma).

Personalidade: Cabeça aberta. Desarmada. Deseja intimidade e relações intensas (totalmente diferente de você. Essas características são seu Everest, senhorita Tate, abrace-as).

Lugar: Evento de caridade de gala.

Contexto: Você foi convidada para o evento por Maxwell Roberts, um rico filantropo que também gerencia um bem-sucedido negócio de acompanhantes de luxo para clientes exclusivas. (Não pense muito sobre a lógica disso tudo. É uma fantasia, afinal.) Você conheceu Maxwell hoje mais cedo, em uma entrevista para uma matéria para a revista on-line *Pulse* (soa familiar?). Quando se conheceram, vocês dois sentiram uma atração imediata, e ele então te convidou para esse evento, para poder te conhecer melhor. Você aceitou o convite, porque precisa de mais informações para o artigo, mas também porque, apesar de todo o esforço para permanecer impassível, você sente uma atração poderosa e intensa por ele (use sua imaginação se precisar).

Note: Nesse cenário, você poderá me fazer perguntas reais sobre a minha vida e o meu negócio, e eu tentarei te dar todas as respostas. Não considerarei isso uma quebra no cenário imersivo. As pessoas que você encontrar te darão informações reais. No fim da noite, os dados da sua pesquisa deverão ter aumentado consideravelmente.

As orientações preexistentes a respeito de contato físico permanecem, assim como os procedimentos para cancelar o encontro caso você se sinta desconfortável. Manterei minha promessa de não te beijar, a não ser que você me peça.

Eu recomendaria que você ligasse para o trabalho e dissesse que está doente. Preciso de você descansada e preparada para esta noite. Além disso, você precisará estar em casa à tarde, por razões que ficarão claras posteriormente. Então, senhorita Tate, tente relaxar. Tire a calça e o sutiã, se quiser. Veja um filme. Tome sorvete. Estou ansioso para vê-la mais tarde. Ou melhor, adorarei passar um tempo com seu alterego.

Tenha um excelente dia,

Calorosamente,

Max.

Quando estou terminando de ler, ouço um barulho de foto e me deparo com Asha apontando o celular para mim.

— O que você está fazendo?

— Nada. Capturando o momento. — Ela guarda o telefone. — Desce comigo?

Eu levo a mala, e ela pega seu computador e sua bolsa enorme. Em alguns minutos, estamos esperando na calçada.

— Edie? — Ao me voltar para olhá-la, ela sorri. — Espero que você saiba que só quero o melhor pra você.

Eu seguro sua mão, já sentindo um nó dolorido se formar na minha garganta.

— Claro que sei disso. E eu quero o mesmo pra você.

— Que bom, porque quero ter certeza de que você sabe o quanto te amo antes de eu fazer isso. — Ela me dá um tapa no topo da cabeça.

— Ai! Ash!

— A cavalo dado não se olha os dentes. A oportunidade não é visita longa. A sorte favorece os audazes. Quanto maior o risco, maior a recompensa.

— Você poderia me explicar por que, de repente, minha irmã virou um biscoito da sorte falante?

Ela suspira.

— Eu sei que tentar te dar um sermão não vai funcionar. Só saiba que, se eu fosse você, eu não deixaria meu orgulho idiota e meu instinto de autopreservação estragarem algo que pode ser incrível.

Abro a boca para responder, mas ela levanta a mão, me fazendo parar.

— Não. Não vem me falar que eu estou errada ou comece a arrumar desculpas. Só pense nisso.

O carro dela chega, e nós nos abraçamos enquanto o motorista coloca as coisas no porta-malas.

— Vou sentir saudades, Edie.

— Não tanto quanto eu.

Eu engulo e começo a piscar para segurar as lágrimas. Chorar não é algo que eu faça. Eu aprendi há muito tempo que dói menos guardar do que soltar. Além do que, Asha chora menos quando eu demonstro ser forte, e eu faria qualquer coisa para evitar que ela chore.

— Cuida da Nannabeth até eu voltar. Te vejo em duas semanas.

— Estarei aqui.

Ela senta no banco de trás da chique SUV, e eu fico parada na calçada, acenando até ela desaparecer no trânsito da hora do *rush*.

Quando volto para o apartamento, eu me jogo no sofá, já sentindo a ausência dela. Está tudo tão quieto que dou um pulo quando meu telefone recebe uma mensagem. É dela, e tem uma foto anexada.

Eu abro e vejo a foto que ela tirou quando eu estava lendo o e-mail do Max.

Só pra constar, eu NUNCA vi essa expressão no seu rosto antes. NUNCA. Olha pra você mesma, Edie. Você parece FELIZ. Só achei que você deveria saber. Eu te amo e já estou com saudades.

Ela está certa. Eu pareço tão feliz que mal me reconheço. O que está acontecendo comigo?

Respiro fundo até que a vontade de chorar passe. Meu Deus, eu estou agindo como um bebê agora. Acho que vou acatar o conselho de Max e dizer no trabalho que estou doente.

Só de pensar no nome dele, me sinto sorrir. Acho que nunca me comportei assim por causa de um homem, e é muito difícil fazer meu rosto parar quieto.

Por mais que a Asha me ame e ache que sabe o que é melhor para mim, há uma verdade simples que ela não compreende: aqueles que não pulam de penhascos têm cem por cento mais chances de não acabar despedaçados do que aqueles que pulam.

capítulo catorze

Quem não ama uma transformação?

Estou no meio da minha sala, cercada por flores, caixas de presentes e pessoas que não conheço. Eu me pergunto de verdade se é possível que eu tenha pegado no sono e criado esse elaborado sonho.

— Senhorita Crane? Como se sente?

Eu me olho no espelho de corpo inteiro que uma garota chamada Teresa está segurando e, sinceramente, não consigo expressar o que estou sentindo. O surrealismo começou na hora do almoço, quando um entregador bateu na minha porta segurando as rosas mais impressionantes que já vi. O cartão dizia:

Cara senhorita Crane,

Mal posso esperar para vê-la hoje à noite. Por favor, reserve uma dança para mim.

Maxwell Roberts.

Essa foi a primeira dica de que eu não tinha mesmo noção do que Max seria capaz de fazer para levar esse encontro a um outro nível.

Depois disso, recebi vários outros presentes: perfumes, sapatos e até lingerie cara. Eu nunca me achei muito puritana, mas pensar em Max escolhendo essa lingerie me fez corar.

Então, às quatro da tarde, abro a porta para uma mulher com uma sacola da Marchesa, acompanhada por Vênus, a esteticista, e por um cabeleireiro chamado Peter. Nas últimas horas, eu fui mimada acima de todas as minhas expectativas, e agora estou cuidadosamente esmaltada, depilada e absurdamente arrumada. Meu corpo está envolvido pelo vestido mais maravilhoso que eu já vi. É de um azul noturno, tomara que caia, com movimento, e eu nunca vesti algo que me fizesse sentir tão completamente feminina. As camadas de chiffon de seda abraçam meu corpo como se tivessem sido feitas sob medida, e a delicadeza é quebrada pela forma como a saia se abre em uma fenda profunda em um dos lados, revelando minha perna recentemente depilada e uma das sandálias brilhantes de salto alto que estou usando.

A melhor parte dessa transformação toda é que, embora eu nunca tenha sentido necessidade de ter cabelo, maquiagem e roupas de marca impecáveis para me valorizar, eu não posso negar que estou me sentindo uma deusa vinda diretamente do céu neste momento. Me sinto maravilhosa.

— Senhorita Crane?

Paro de me encarar de boca aberta e me volto para Teresa.

— Desculpa. O quê?

Ela sorri, paciente.

— Como você se sente?

Eu corro as mãos pelo tecido luxuoso.

— Teresa, quanto este vestido vale?

O sorriso dela vacila.

— Hum... eu não estou autorizada a contar.

— Por favor — eu imploro. — Eu não vou falar pra ele que você me contou.

Ela olha para Vênus e Peter, depois volta a olhar para mim.

— Vamos apenas dizer que, com o dinheiro para comprar esse vestido, você poderia comprar um carro.

— Um ótimo carro. — Peter complementa.

Engulo em seco e paro de alisar o tecido. Droga. Melhor eu não derrubar nada nisto. Tenho certeza de que Max vai precisar devolvê-lo para qualquer que seja a boutique chique de onde ele tenha pegado emprestado.

Escuto uma batida na porta e dou um grunhido, porque acho que não aguento mais surpresas. Vênus corre para abrir e se depara com um homem elegante à espera.

— Sou o Daryl. Senhorita Crane, sua limusine está pronta.

Uma limusine? Meu Deus. O meio de transporte mais glamuroso em que já andei até agora foi um Toyota Prius.

Teresa me entrega uma bolsa *clutch* adornada com brilhos.

— Divirta-se, senhorita Crane.

Como num sonho, eu sigo Daryl para fora do meu apartamento, enquanto Teresa, Peter e Vênus me desejam uma boa noite.

Ao descer até o carro, tudo o que ouço no meu cérebro é um grito silencioso ecoando enquanto me preparo para pular de um penhasco.

O incrível prédio no número 583 da Park Avenue é um desses lugares sobre os quais ouvi ao longo dos anos, mas nunca fui rica ou bem relacionada o suficiente para frequentar. Embora eu já tenha ouvido histórias sobre as festas extravagantes no glamuroso salão de baile, estar aqui é todo um outro nível de *Ai, meu Deus*.

O salão inteiro, com seu pé-direito imenso, está coberto por um tecido branco vaporoso. Um enorme lustre de cristal flutua quinze metros acima de tudo, projetando uma infinidade de pequenos arco-íris no chão. O público é um mar de homens em smokings elegantes e mulheres glamurosas de todas as idades, e eu nunca me senti mais como um peixe fora d'água em toda a minha vida.

Eu respiro fundo e aperto minha bolsa chique como se ela fosse uma bolinha antiestresse enquanto olho em volta.

Então é assim que a outra metade da cidade vive, hein? Bom saber.

O salão de baile é enorme e, apesar de eu estimar umas quinhentas pessoas se movimentando por ali, elas acabam sendo engolidas pelo espaço gigantesco. Um slide passa na tela anunciando que esta é a *Gala beneficente anual da Fundação Valentine*. Eu já ouvi falar dessa fundação. Ela trabalha para que mulheres de baixa renda tenham acesso à capacitação profissional e a um emprego. Pelo que ouvi, é uma causa fantástica, e estou achando ótimo que pareça ser patrocinada pela maior concentração de pessoas atraentes que já vi.

Embaraçada, passo as mãos pelos meus cabelos, grata por ter sido arrumada por um profissional. Eu posso sentir que não pertenço a essa gente de sangue azul, mas pelo menos estou vestida como se pertencesse.

Uma elegante equipe de garçons se move por entre os grupos de pessoas, servindo canapés chiques e microscópicos e taças borbulhantes de champanhe.

Quando um garçom passa por mim, eu agarro uma taça. Deus sabe que preciso acalmar meus nervos se quero ter alguma chance de sustentar esta farsa. Termino o champanhe em três goles e deixo minha taça em uma mesa próxima.

— Senhorita Crane? — Me viro e vejo uma mulher mais velha se aproximando, absurdamente glamurosa em um tubinho prateado que combina com seu cabelo. — Estou tão feliz por você ter conseguido vir. Eu sou Vivan Roberts, uma das patronas da Fundação Valentine. Muito prazer em conhecê-la.

Ela me dá um sorriso caloroso e estende sua mão e, embora pareça errado maculá-la com minha pele de plebeia, eu o faço mesmo assim, para ser educada.

— Você é tão linda. — digo, logo percebendo que estou sendo ridícula. — Quer dizer, é ótimo te conhecer também.

Ela solta a minha mão para pegar mais champanhe de um garçom que está passando, então passa uma taça para mim.

— Eu ouvi muito sobre você. Não acho que Maxwell já tenha falado tanto sobre uma mulher antes, mas parece que ele não consegue parar de falar sobre você.

— Isso é tão gentil da sua parte. Notei que você e Maxwell têm o mesmo sobrenome. Vocês são parentes?

Ela balança a cabeça.

— Tecnicamente não, mas sinto como se ele fosse meu filho. Soube que você está escrevendo uma matéria sobre ele.

— Sim. Ele com certeza é um assunto fascinante.

Ela fica com uma expressão sonhadora.

— Ele é. E é um dos melhores homens que conheço.

O.k., minha senhora, não exagere.

Me pergunto vagamente se isso faz parte do script ou se ela está improvisando.

— O Maxwell já chegou? — pergunto, procurando-o na multidão. Não é que eu esteja ansiosa para vê-lo, nem nada. Só estou curiosa. Afinal, eu preciso agradecer por todos os presentes.

Um minúsculo movimento das sobrancelhas de Vivian me diz que ela pensa que eu gosto dele. Bom, acho que não desgosto dele, então ela está meio certa.

— Ele está conversando com alguns dos membros do comitê, mas deve terminar daqui a pouco. Ele pediu que eu te levasse até a galeria para você esperar.

— Ah, o.k.

— Siga-me.

Ela me conduz até a lateral do salão, onde uma ampla escadaria leva até um balcão em forma de ferradura. Eu agradeço não só por haver menos pessoas aqui em cima, mas também por conseguir ter uma vista fantástica de lá de baixo. Ela me guia até a balaustrada, perto de um grupo de mulheres conversando.

— Você se importaria de esperar aqui por alguns minutos? — Vivian pergunta. — Vou avisar o Maxwell que você chegou.

— Ótimo. Obrigada.

Eu olho rapidamente para as mulheres ao meu lado. Deus do céu, todas parecem concorrentes do Miss America. Vestidos maravilhosos, cabelos lindos. Rostos tão suaves e livres de rugas que eu aposto que devem ter passado por algum tipo de intervenção estética.

Um conjunto perfeito de princesas.

Estou a ponto de ir embora quando uma das mulheres louras chama minha atenção.

Puta merda!

É Marla Massey. A Marla Massey que inspirou toda esta investigação. Eu examino as mulheres que estão com ela. Seriam outras delas também clientes de Max?

Estou tão concentrada em tentar identificá-las que dou um pulo quando uma voz animada atrás de mim diz:

— Ah, meu Deus, Eden! Oooooi! — Ao me virar, vejo Joanna sorrindo para mim. Ela está usando um vestido rosa pálido com um decote profundo. Bonito, se você tem peitos para isso, acho.

— É tão bom te ver! — ela diz, enquanto analisa minha aparência. O queixo dela cai. — Meu Deus, mulher, você está incríííível. O que aconteceu? A Asha te ajudou?

Me sinto levemente insultada por ela achar que eu não seria capaz de me arrumar sozinha. Nós só nos vimos umas duas vezes. Como ela ousa já saber da minha total falta de estilo?

Joanna lê minha expressão e ri.

— Desculpa, eu só quis dizer que não estou acostumada a te ver tão bonita. Se não fosse a cor do seu cabelo, eu jamais teria te reconhecido.

Eu sorrio.

— Você faz maravilhas pelo ego de uma garota, Joanna. Alguém já te disse isso?

— Na verdade, não.

— Hum. Esta é minha cara de surpresa.

Ela ri e empurra meu braço.

— Você é engraçada. — Depois de me dar mais uma examinada, ela pergunta: — O que você está fazendo aqui, aliás? Não achei que este fosse seu tipo de evento.

— Fui convidada por um amigo. — Não sei até que ponto isso é verdade, mas tudo bem. — E você? Este não é bem o tipo de lugar onde eu esperaria encontrar uma assistente de editora.

Joanna aponta para o grupo logo atrás de mim.

— A morena de vestido vermelho é minha prima, Alice.

Eu franzo a testa, tentando me lembrar de onde a conheço.

— Eu conheço a sua prima? Ela parece familiar.

— Ah, você provavelmente a viu no jornal. Ela se casou uns meses atrás com o filho de um magnata do petróleo. Cristo alguma coisa.

A ficha cai.

— Cristo *Callas?* Puta merda, Joanna, sua prima é Alice Kennedy?

Ela dá de ombros.

— É.

Claro que Joanna é tão bem-relacionada. Alice não apenas é a filha de um senador, como também tem um irmão autor de best-sellers. E sim, eles são parentes *daqueles* Kennedys.

Faço um gesto para Joanna chegar mais perto e então sussurro:

— Joanna, você sabia que estou investigando toda aquela coisa de Mr. Romance?

— Sim! Tão legal!

— E você sabe se alguma dessas mulheres usa os serviços dele?

Ela faz que sim.

— Todas elas, menos a Alice. Não é bem a praia dela, mas ela gosta de ouvir as histórias.

Meu Deus, eu acabei de encontrar a nave mãe das clientes.

Eu tiro o telefone da bolsa e puxo Joanna de lado.

— Ei, vamos tirar umas selfies! — Eu nunca tirei uma selfie na vida, mas acho que não deve ser difícil enquadrar as mulheres atrás de nós.

Quando termino, abro o aplicativo de notas.

— Você poderia anotar o nome das amigas da sua prima pra mim?

Joanna olha para o celular com uma expressão desconfiada.

— Você vai escrever coisas ruins sobre elas? Porque a Alice me mataria se isso acontecesse.

— Eu vou tentar manter a identidade delas em segredo. Eu só preciso saber quem elas são pra continuar com a pesquisa.

— Tudo bem. Acho. — Ela digita no celular e, quando vejo a lista, os nomes despertam minha memória de um jeito que os rostos não conseguiram fazer. Uma é a filha de um proeminente juiz da Suprema Corte. Outra é uma atriz que fez algum sucesso na Broadway. Tem até uma editora conhecida de revistas, cuja publicação é especializada em matérias do tipo *15 MANEIRAS DE SABER SE UM HOMEM ESTÁ TE TRAINDO*.

Não sei se todas elas são casadas ou estão em um relacionamento, mas uau. É um escândalo nível platina. Se o Derek soubesse, ele já teria tatuado LUCRO no pau dele.

Eu tenho certeza de que elas não representam todas as clientes do Max, mas já são suficiente para me dar uma ideia do tipo de mulher que usa os serviços dele. De repente, eu me sinto inferior ao me comparar com elas. Elas são tão glamurosas e bem-sucedidas e eu... Bom.. eu olho para mim mesma... uma garota do Brooklyn disfarçada de princesa da Park Avenue.

— Eden? — Eu levanto os olhos e vejo Joanna me encarando. — Você está bem?

— Só estava pensando. — Dou um sorriso. — Me faz um favor? Me apresenta pra sua prima e para as amigas dela?

Joanna se inclina para a frente e sussurra:

— Ai, meu Deus. O que você vai fazer?

— Tentar me infiltrar. Descobrir mais informações sobre o Mr. Romance. Vamos torcer pra que todas aquelas horas que passei interpretando um nabo tenham servido para me dar alguma experiência. — Eu ligo o gravador e guardo o celular na bolsa de novo.

Joanna abre um sorriso.

— Isso é tão legal! Nunca fiz parte de uma missão secreta antes! Vamos!

Eu expiro devagar enquanto andamos em direção ao grupo. Marla Massey está falando, e as mulheres em volta ouvem, interessadas.

— Outro dia meu filho me perguntou como eu e o pai dele fazíamos as pazes depois de brigar tanto, e eu disse que era simples: nós achamos um meio-termo. Ou seja, eu termino mentindo e dizendo a Walter que eu estava errada, e ele concorda comigo. — Todas riem. A reação é tão sincronizada que é como se elas compartilhassem um único cérebro.

Joanna nos posiciona ao lado da sua prima.

— Boa noite, meninas. Alice, quero te apresentar uma amiga, a Eden.

Eu estendo a mão.

— Eden Crane. Prazer em conhecê-la.

Quando Alice aperta minha mão, eu posso sentir as outras mulheres me estudando, examinando meu vestido e meus acessórios.

Parecem analisar se somos da mesma espécie. Eu devo ter passado no teste, porque Marla Massey é a primeira a sorrir.

— Crane, você disse? Você é parente do Samuel, por acaso?

Deus, queria eu. Samuel Crane é o herdeiro de um dos maiores impérios de mídia do país. Se eu fosse parente dele, não precisaria passar por tudo isso para ter um trabalho decente.

Eu dou meu sorriso mais sincero.

— Na verdade, sim. Sam é meu primo de segundo grau. Com a fortuna da família dele, não tenho ideia de por que ele escolheu trabalhar, mas, bom, ele sempre foi estranho.

Elas riem, e eu tento esconder o nojo que sinto de mim mesma neste momento. *Tudo pela história*, eu repito mentalmente. Eu seguro minha bolsa um pouco mais para o alto, para garantir que a conversa será gravada decentemente.

— Na verdade, estou contente de tê-la conhecido esta noite, sra. Massey — digo.

— Ah, por favor. Pode me chamar de Marla.

Eu ajo como se isso fosse uma honra.

— Obrigada! Eu acredito que temos um amigo em comum.

Marla levanta as sobrancelhas.

— Ah, é?

— Sim, um maravilhoso garanhão que conheci recentemente nos estábulos Mason Richards.

Por um breve momento, ela congela, e eu penso se cometi um erro.

Mas Marla logo dá um sorriso entendido ao grupo e diz:

— No momento em que te vi, sabia que você tinha bom gosto.

Há risadas esparsas, e eu respiro aliviada. O.k., agora vamos ver o que consigo descobrir sobre esse garanhão ao passar um tempo com suas fêmeas.

capítulo quinze

Informações privilegiadas

— Acho que, pra mim, é como receber injeções de vitamina B — diz Candice, uma mulher bem-conservada de quarenta anos, cuja família é dona de uma cadeia de hotéis de luxo. — Ver Max regularmente me mantém saudável, feliz e jovial. É como se, depois de um encontro com ele, eu tivesse expulsado um monte de energia negativa e me sentisse totalmente renovada.

— É o mesmo pra todas vocês? — pergunto.

Elas concordam com a cabeça, e um garçom enche nossas taças.

Candice inclina a cabeça, me estudando.

— Não é assim com você?

Eu fico tensa enquanto todas esperam minha resposta.

— Hum... bom, não exatamente. — Agora todas elas parecem preocupadas.

— Fale conosco, Eden. — Marla diz. — Nós ajudaremos, se pudermos. As "quatro amigas do romance viajante" estão aqui pra você.

Eu dou um gole no champanhe. *Ótimo. Agora não tenho escolha a não ser contar.*

— Bom, eu nunca fui uma pessoa romântica, então tenho algumas questões com sentimentos mais ternos e... não sei. Acho que só tenho dificuldade em confiar em um cara que é pago pra fazer mulheres se sentirem bem. Tipo, como posso levar os elogios dele a sério, por exemplo?

Há um murmúrio de compreensão.

— Te machucaram. — Marla diz. — Não conseguir confiar é um sintoma disso. Mas o Max não diz coisas que não sente. Se ele te diz que você é bonita, é porque ele realmente acha que é. Mas, sim, ele é o tipo de homem que vê beleza em quase todos os lugares.

— E você não acha isso estranho?

Candice toca meu braço.

— Eu era como você. Mas a única maneira de se beneficiar completamente de um encontro é se render à fantasia. Todas nós já nos machucamos. Todas nós temos cicatrizes em alguns lugares. Mas o romance nos permite esquecer disso por um momento e acreditar que contos de fadas podem ser reais. — Todas as outras concordam com a cabeça. — Nós vivemos em um mundo de homens falhos. Não há vergonha nenhuma em se deixar acreditar em um perfeito por um tempinho.

— Seus maridos ou namorados sabem sobre o Max?

Muitas delas fazem que sim, incluindo Marla.

— Eu contei pro meu marido sobre ele. Deus sabe que eu já aguentei "secretárias" dele o bastante. O mínimo que ele pode fazer é apoiar minha terapia emocional.

— E alguma de vocês se apaixonou de verdade por Max? — pergunto. — Quero dizer, pode ser difícil se livrar das emoções que ele desperta em um encontro, não? — Embora eu saiba que ele está me enganando, não posso negar que ele me afeta em todos os lugares certos. — A euforia do romance não vira um vício?

Algumas riem, e então Candice diz:

— Claro, é um sentimento incrível ser o centro do universo de um homem como o Max, e ele com certeza é ótimo em saber exatamente até onde ir, mas nenhuma de nós se deixa enganar achando que é tudo de verdade. Nós que tivemos dinheiro a vida toda estamos acostumadas com homens fingindo que estão apaixonados pra ganhar o bilhete premiado. Acontece o tempo todo. O Max nos proporciona a adrenalina desse tipo de atenção, mas sem nenhum compromisso.

— Ou pagamentos de pensão — Marla diz, com um riso.

Estou prestes a fazer outra pergunta quando Vivian aparece ao lado de Marla e sorri para mim.

— Senhoras, lamento interromper a reunião da sociedade de apreciadoras de garanhões, mas preciso roubar a senhorita Crane.

Várias sobrancelhas perfeitamente arqueadas se erguem, incluindo a de Marla.

— Por acaso você está em um encontro hoje, Eden? — Curiosamente, ela parece animada por mim.

— Hum, na verdade, sim.

— Eu estava mesmo imaginando quem ele traria pra este evento. Ele ajudou na organização, você sabe.

Na verdade, eu não sabia.

Ela se debruça sobre mim.

— Divirta-se. Tente não pensar tanto. Você é uma rainha. Deixe Max te tratar como uma, pra variar. Deus sabe que todas nós já fomos tratadas como mobília decorativa por tempo suficiente.

Essa frase me atinge, mas eu sorrio para elas e desejo boa noite. Devo admitir que as subestimei. Achei que elas fossem um bando de ricas esnobes, mas elas parecem determinadas a apoiar umas às outras, e Max é o que as mantêm unidas.

Enquanto saio, digo a Joanna que falo com ela de novo mais tarde, e então sigo Vivian pelas escadas.

— Conseguiu o que queria, senhorita Crane?

Desligo o gravador dentro da bolsa.

— Você sabia que aquelas mulheres estariam lá quando me levou àquele lugar, não? — Ela sorri, mas não responde. — E, pelo seu comentário sobre garanhões, eu presumo que você saiba tudo sobre Max e suas atividades extracurriculares.

Ela para e se vira para mim.

— Quem você acha que arrumou as clientes pra ele, pra começar?

Dentro da minha cabeça, meu queixo cai.

— Você... é a empresária dele? — Eu nunca sequer considerei a possibilidade de Max ter um cafetão. Ou uma cafetina, no caso.

Ela ri.

— Não. Max é capaz de se gerenciar sozinho. Eu apenas sugeri que havia um mercado para os talentos dele e o apresentei a algumas das minhas amigas. Ele fez o resto.

— E como você descobriu os talentos dele?

Ela olha para a minha bolsa.

— Você quer gravar isso?

— Tudo bem?

— Eu não teria perguntado se tivesse problema.

Depois que ligo o gravador de novo, ela diz:

— Há alguns anos atrás, eu estava no fundo do poço. Não vou te dar todos os detalhes, mas o resumo é que meu marido, depois de trinta anos de casamento, disse que nunca tinha realmente me amado e então me trocou por uma mulher com metade da minha idade.

— Meu Deus, sinto muito.

— Não sinta. Foi a melhor coisa que me aconteceu, mas na época eu ainda não conseguia ver assim. Tudo o que parecia estável na minha vida tinha sido destruído. Então, uma noite eu estava afundando as mágoas em um bar no centro, onde o Max trabalhava. Não sei como ele soube que eu estava mal, mas ele soube. E passou o resto da noite tentando fazer eu me sentir melhor.

— Ele conseguiu?

Ela ri suavemente.

— Surpreendentemente, sim. Eu nunca fui vulnerável aos encantos de jovens bonitos, mas ele não era só bonito. Ele também era diabolicamente inteligente e uma das almas mais doces que já conheci. Naquela noite, em apenas algumas horas, ele me fez entender que meu marido era um imbecil por ter me trocado e que eu estava melhor sem ele.

— Como Max fez isso?

Ela estreita um pouco os olhos.

— Eu ainda não sei. Mas ele fez. Nas semanas seguintes, sempre que eu me sentia mal, eu ia até o bar para vê-lo. Ele era minha injeção humana de autoestima. Naquelas noites, eu dei boas gorjetas a ele. Ele resistia, claro, mas eu insistia que ele aceitasse. Então, eu passei a recomendar aquele bar às minhas amigas que estavam passando por períodos difíceis. Max rapidamente ficou muito popular.

— E como ele foi de Max, o barman amigável, a Mr. Romance?

Ela hesita e então diz:

— Quando nos tornamos amigos, ele admitiu que tinha alguns problemas pessoais. Ele não estava muito bem, emocional ou financeiramente, e eu percebi que ele precisava de uma mudança. O conceito de Mr. Romance pareceu uma boa forma de monetizar suas habilidades. Por sorte, ele aceitou.

— Que tipo de problemas ele tinha? — Esta é a primeira vez que ouço algo que indique que Max não é o modelo de revista perfeito que ele sempre parece ser. Fico intrigada ao saber que ele pode ter um passado conturbado.

— Essa história não é minha. Além do que, eu estou tagarelando há tempo demais. Se não acabarmos com isso logo, ele vai vir procurar por você, e o personagem desta noite não gosta de ficar esperando. — Ela aponta para as escadas. — Desça. Ele está lá embaixo. Max provavelmente vai me matar por dizer isso, mas ele passou a semana toda ansioso para te ver.

Desligo o gravador e fecho minha bolsa.

— Por que você está me ajudando? Se eu acabar publicando essa matéria, vou estragar tudo o que você o ajudou a construir.

Ela toca meu braço.

— Eu não te conheço, Eden, mas, pelo que pude notar, você é uma pessoa decente. Eu acredito que, quando você tiver toda a informação que precisa, tomará a decisão certa.

Com isso, ela dá um tapinha no meu braço e vai para o outro lado do balcão.

Eu respiro fundo enquanto tento absorver tudo o que descobri esta noite. Max não estava brincando quando disse que me daria acesso total. Eu fui da desnutrição a um banquete de informações, e agora preciso de um tempo para digeri-lo.

Eu aliso meu vestido e desço as escadas. Faço uma curva e minha respiração falha assim que vejo Max. Ele está a alguns metros do pé da escada, falando com uma bela mulher de preto. Eu agarro o corrimão quando a força da aparição dele me atinge com tudo.

Deus do céu. Estou encrencada.

É impossível negar que Max é um homem atraente vestindo qualquer coisa, mas hoje, no smoking impecável, com o cabelo arrumado, ele exala ondas de sexo puro e concentrado. Não tenho palavras para descrever o quão ferrada eu estou.

Respiro fundo para tentar me acalmar. Previsivelmente, não funciona. Não ajuda em nada que, sempre que sou atingida por uma onda de atração desconcertante por Max, ela é acompanhada por uma quantidade equivalente de pânico. Talvez as mulheres lá em cima estejam certas: eu preciso me render ao sentimento em vez de lutar contra ele. Será que assim eu ficarei menos debilitada perto do Max? É possível abraçar a atração sem envolver minhas emoções reprimidas?

Decido aceitar o exercício de interpretação e penso no que Eden Crane faria.

Continuo com minha técnica de respiração enquanto observo Max interagir com sua amiga. Ela é de fato deslumbrante. Eu não gosto do que sinto quando ela ri e coloca a mão no peito dele. E desgosto ainda mais quando ela sussurra em sua orelha. Quando Max sorri e toca o ombro dela, meu maxilar dói por travar os dentes com muita força.

Tenho certeza de que ela é uma cliente, mas vê-lo tão afetuoso com outra mulher é... irritante.

Depois da conversa sussurrada, ela o beija na bochecha, e eu tento ignorar a tensão enquanto termino de descer a escada, indo na direção dele.

Quando estou quase no último degrau, ele se vira e me vê e... ah... Senhor... a expressão no rosto dele. É como se o universo estivesse se expandindo dentro do seu peito. O olhar dele me toma inteira enquanto ando e, embora eu tente parecer desinteressada, sentir meu coração socando minhas costelas torna isso bem difícil.

Ao parar na frente dele, ele balança minimamente a cabeça, e então engole com dificuldade. Depois de me encarar por alguns segundos, ele diz em voz baixa:

— Senhorita Crane, você está... deslumbrante.

O.k., então, sim. Ele está interpretando um personagem, e eu também. Serei outra pessoa. Alguém aberto à forma como ele está me olhando. Talvez até alguém que saiba ser graciosa.

Eu tento sorrir.

— Você é muito gentil, sr. Roberts.

— Na verdade, não sou. — Ele pega minha mão e a leva até a boca, pousando um beijo quente e demorado sobre a minha pele. Eu sinto seus lábios em todos os lugares do meu corpo ao mesmo tempo, como se o dorso da minha mão fosse um condutor para todas as minhas outras células.

Ele abaixa minha mão, mas não a solta.

— Se eu tivesse um vocabulário melhor, poderia descrever quão maravilhosa você está. Infelizmente, "deslumbrante" é o melhor que consigo fazer.

Eu desvio o olhar. Aceitar seus elogios é mais difícil do que eu pensava, especialmente porque estou tentando minimizar meu sarcasmo.

— É isso o que costuma acontecer quando você chama uma mulher pra sair? — pergunto, fazendo piada da minha tensão. — Você a veste como uma deusa e então faz sua calcinha cair com essa voz sexy?

— Sim, essa é a ideia geral. Pelo menos, eu espero que a parte sobre a sua calcinha cair seja real. — Ele olha para o meu corpo. — Você está usando a lingerie que te dei? — Tensa, faço um sim com a cabeça. — Ótimo, então a imagem mental que tenho agora é exata.

Olho para ele e percebo imediatamente que isso não foi uma boa ideia. Homens já tiraram minha roupa com os olhos antes, mas não é isso o que ele está fazendo. Pelo que posso notar, na cabeça de Max, ele está arrancando minhas roupas com os dentes.

Eu me remexo sob seu olhar examinador. Isso está ficando íntimo demais, e não estou nem um pouco equipada para lidar com ele nesse nível. Eu transfiro meu peso de um pé para o outro, cada vez mais desconfortável.

— O que você está fazendo? — ele pergunta enquanto olho para todos os lugares, menos para ele.

— Não sei. Isso é estranho demais pra mim.

— Não, não é. Pare de se remexer e relaxe. — Há uma aresta na sua voz que eu não tinha notado antes. Áspera e mandona. Convincentemente crua.

— Relaxar não faz parte da minha natureza. — Eu fecho os olhos e giro o pescoço. Então eu expiro, abro os olhos e o vejo olhando para mim, preocupado. — Desculpa. Estou tentando.

— Estou vendo.

— Sabe, conheci umas mulheres interessantes lá em cima. Elas me deram um conselho valioso.

Ele parece receoso.

— Qual?

— "Pare de lutar e se renda". Eu só não sei se sou o tipo de pessoa que consegue fazer isso.

— Então deixa eu te ajudar. — Ele se aproxima e segura o meu queixo. — Esta noite você vai fazer o que eu disser. Você responderá minhas perguntas com sinceridade, aceitará todos os meus elogios e não vai fugir de mim ou de como eu te faço sentir. Está claro?

— Eu...

— Não discuta comigo, Eden. Está... claro? — Ele parece o deus do trovão, pronto para me fulminar com um raio se eu desafiá-lo.

— Sim. Claro.

Suas pálpebras ficam pesadas enquanto ele continua a me encarar.

— Bom. — Ele se afasta e olha para o meu pescoço. — Antes de continuarmos, tem mais um presente que eu esqueci de mandar. — Ele tira uma bolsinha de veludo preto do bolso e a vira de cabeça para baixo, na palma de sua mão. Dentro dela está um colar deslumbrante, brilhante na meia-luz. Eu assumo que as pedras sejam cristais, porque se fossem diamantes ele teria que contratar um guarda-costas para me seguir a noite toda, garantindo que eu não o perca.

Max coloca a bolsinha em uma mesa próxima.

— Quando usá-lo, pense em mim.

Ele levanta o colar para abrir o fecho e, mesmo que seja uma bijuteria, ainda é o presente mais extravagante que já ganhei.

— Max, eu não posso aceitar isso. É...

— ... não negociável. Vire-se, por favor.

Quando o faço, ele passa os braços pela minha frente, coloca o colar em meu pescoço e se aproxima para fechá-lo. Eu fico sem fôlego quando ele toca suavemente meus ombros.

— De todas as mulheres que conheço, Eden, você é a que merece estar coberta de diamantes.

Eu me viro para ele.

— São diamantes?

— Você acha que eu te daria vidro de presente?

Eu toco as pedras em torno do meu pescoço.

— Não, eu só... — Não tenho ideia do que está acontecendo agora. Isso faz parte do cenário? São diamantes de verdade ou só estamos fingindo?

— Eden? — quando olho para ele, vejo que sua expressão se suavizou. — Não lute.

Eu me afasto. Estou com calor e me sinto vulnerável demais.

— Preciso de uma bebida.

Ele dá um passo para a frente e segura meu rosto entre as mãos.

— Não. Chega de álcool por hoje. — Ele olha nos meus olhos. — Você vai estar completamente sóbria quando me pedir pra te beijar mais tarde, porque de jeito nenhum eu vou deixar você pôr a culpa do que vai acontecer entre a gente no álcool.

Não consigo tirar os olhos dele.

— Eu não estou aqui pra te beijar. Eu estou aqui pela matéria.

— Na verdade, você está aqui pra entender meus métodos e minhas clientes. Beijar faz parte dos dois. — Ele olha para os meus lábios. — E eu vou aproveitar cada segundo enquanto explico detalhadamente pra você.

A tensão entre nós está chegando a um nível desconfortável quando eu ouço um telefone vibrar. Com uma expressão de desculpas, ele coloca a mão no bolso e puxa o celular. Ao olhar para a tela, seu rosto se parece com o céu antes de um tornado.

— Desculpe, senhorita Crane, preciso atender.

Ele marcha para a lateral do salão e desaparece por um corredor. Eu olho em volta, me sentindo definitivamente sozinha. Sei que ele saiu para ter privacidade, mas fico curiosa para saber quem no mundo poderia lhe despertar aquela expressão assassina.

Eu casualmente vou até o corredor e espio pela curva. Nada dele.

Há várias portas abertas adiante, e quando me afasto do salão o suficiente para conseguir ouvir algo além do som da banda, consigo escutar Max. Ele não está gritando, mas sua voz está definitivamente elevada e raivosa.

— Não me importa onde você vai ou o que você faz, desde que fique longe de mim. Não quero mais saber de você. — Há uma pausa, e então uma risada amarga. — Você acha que me assusta? Não me assusta. Você é patético. Se por acaso algum dia eu estiver no mesmo lugar que você, é melhor você contratar um guarda-costas, porque você não vai sair inteiro, babaca.

Por um segundo há silêncio, então eu ouço um "merda!" em tom frustrado, seguido pelo som de algo se quebrando.

Vou até lá e espio pela porta. Está cheio de mesas grandes cobertas com toalhas brancas. Uma das mesas está virada de lado, com as cadeiras espatifadas ao redor. Max está parado com o celular na mão, os ombros contraídos e a cabeça caída. A outra mão está com o punho cerrado. Eu quase posso sentir a raiva dele de onde estou.

Eu pensava que Max tinha uma compostura totalmente sólida, mas houve a coisa com Brick, e agora isso? Minha já aguçada curiosidade está fora de controle.

Com quem ele estava falando? E por que essa pessoa o fez perder a calma?

Saber que ele tem toda essa raiva dentro dele é perturbador. É por isso que ele sempre parece tão calculadamente calmo? Para manter essa parte dele sob controle? Além disso, depois daquele comentário sobre violência que ele fez outra noite no bar, é irônico ouvi-lo ameaçar alguém tão veementemente.

Quero muito ir até ele e perguntar o que aconteceu… tentar ajudar de alguma forma. Mas como faço isso?

Após alguns segundos, eu decido que é melhor me retirar e deixá-lo sozinho para se recompor. Eu não sei se já senti tanta raiva quanto ele está sentindo agora, mas posso imaginar que eu não ia querer testemunhas nessa hora.

Me afasto da porta o mais silenciosamente que posso, mas não devo ter sido cuidadosa o suficiente, porque antes que eu dê dois passos, ele estala:

— Senhorita Crane!

Eu congelo, pensando que talvez ele seja como um tiranossauro rex, que não vai me atacar se eu ficar parada. O que não parece ser o caso, já que ele diz:

— Eu sei que você está aí, venha aqui.

Como uma garota que foi pega se esgueirando ao voltar para casa só na manhã seguinte ao baile de formatura, eu entro na sala.

Seu olhar praticamente me fuzila.

— Feche a porta.

Devagar, eu me viro e fecho a porta atrás de mim. Há coisas demais correndo pelo meu corpo nesse momento para que eu possa tentar entender algo. Este personagem, Maxwell, é como o Max normal elevado à última potência, e isso é demais para mim.

— Você normalmente escuta conversas privadas? — ele pergunta, com sua voz baixa, mas intensa.

— Não.

— Mas você achou que era aceitável escutar a minha?

Eu quero fazer papel de submissa, mas há tantas questões girando na minha cabeça agora que é difícil impedi-las de sair pela minha boca:

— Você pareceu chateado. Eu quis descobrir por quê.

Ele vem até mim, segura meu rosto entre as mãos e passa o polegar pelos meus lábios.

— Não vale a pena falar disso. Lamento que tenhamos sido interrompidos. Tudo o que eu queria esta noite era me divertir com você.

O calor que se espalha das mãos dele para o meu rosto aumenta cada vez mais, e eu me esforço para não fechar os olhos.

— Você começou isso pensando que eu era um golpista, senhorita Crane. Essa ainda é sua opinião?

— Suas clientes não acham que você seja.

— Minhas clientes mal me conhecem.

— Você está dizendo que é uma pessoa ruim?

Ele encosta a testa na minha.

— Estou dizendo que todo mundo é o monstro de alguém. E eu não sou exceção.

Mais uma vez, uma revoada de perguntas levanta voo no meu cérebro, mas, antes que eu possa articular alguma delas, ele levanta a mesa que derrubou.

— Volte para a festa, senhorita Crane. Eu me encontrarei com você em breve.

Quero ficar com ele, mas entendo que ele precise de espaço para se acalmar. Seus ombros largos voltam a se contrair, como se Max estivesse carregando o peso do mundo sobre eles, então eu fecho a porta e sigo pelo corredor, de volta para o salão de baile.

Está claro que, por mais que eu pense conhecer Max, ele ainda é um estranho para mim. Pelo bem da verdade, terei que preencher essas lacunas sobre sua vida pessoal em um futuro próximo, do jeito que for necessário.

— Você acha que somos criaturas estranhas?

Eu me viro e vejo Vivian ao meu lado, enquanto observo as interações sociais pelo salão.

— Como?

— Você está com uma expressão de incredulidade. É a decoração? A música? As pessoas?

Sacudo a cabeça e sorrio.

— Desculpa. Eu não notei o que meu rosto estava fazendo. É só que é bizarro pra mim estar entre os belos e ricos. Desde que eu era uma garotinha, eu me treinei pra fugir das fantasias de princesa.

Ela acena para um casal que passa.

— E com razão. Nós deveríamos encorajar as meninas a largar os contos de fadas. Eles criam expectativas irreais e nos fazem pensar que os homens podem completar nossas vidas, quando frequentemente eles apenas as destroem.

— Uau. É bom encontrar uma alma semelhante. Não existem muitas de nós por aí.

— Senhorita Crane, quando você já viveu tanto quanto eu, você sabe como o mundo funciona. Agora, não me entenda mal. Eu normalmente amo os homens, e meu namorado atual é um dos melhores que já conheci. Mas você só precisa dar uma olhada em volta deste salão para ver um dos sintomas do que está errado com o mundo. — Ela aponta para Marla Massey, que está em um grupo com seu marido.

— O Senador Massey se apresenta como um homem que acredita em bons valores cristãos. Ele é ex-pastor e representante do povo, mas isso não o impede de tratar a mulher como um objeto que ele comprou, não como uma parceira de vida. E eu nem comecei a falar dos inúmeros casos que ele teve ao longo dos anos.

Ela aponta para o grupo de mulheres com quem eu estava conversando mais cedo, agora reunidas perto de um grupo de homens, presumivelmente seus maridos.

— Neste mundo, senhorita Crane, as pessoas não se casam necessariamente por amor. Muitas dessas mulheres são tratadas como posses. Seus maridos podem até lhes dar sexo, mas o que elas realmente querem é alguém que as *veja*. As valorize. As *ame*. É isso que o Maxwell faz.

Eu penso nisso por um momento. Nunca achei que fosse possível sentir pena de mulheres que compram sapatos mais caros que o meu aluguel, mas depois de conhecê-las esta noite, descobri que é possível, sim. Eu me pergunto se conseguiria viver assim: rica, mas infeliz.

Vivian se vira para mim.

— Expor a sujeira da elite seria ótimo para a sua matéria, não?

Eu me sinto pequena sob o olhar dela.

— Claro. É notícia.

— Sim, porque escândalo é o tipo mais rentável de notícia atualmente. Todos nós adoramos ver a queda dos ricos e poderosos. Faz com que a gente se sinta melhor com nossas vidas patéticas. Mas, por mais que eu queira ver Walter Massey ser derrubado, porque ele é um porco machista insuportável, a Marla cairia com ele. E aquela mulher já tem problemas o suficiente. Todas as clientes do Max têm. Eu não conheço uma delas que mereça ser humilhada publicamente. — Ela aponta para o público. — Todas essas mulheres estão aqui hoje pra apoiar uma instituição que empodera outras mulheres. Programas de profissionalização, acolhimento de vítimas de violência doméstica, bolsas de estudo e abrigos especiais para mulheres e crianças sem teto. Talvez você pudesse focar no *trabalho* delas, não no que fazem no tempo livre.

Pelas palavras de Vivian, sinto que estou levando um sermão, mas seu rosto e o tom da sua voz permanecem gentis.

— Meu editor quer nomes.

— Claro que ele quer. Mas eu acho que você é esperta o bastante para escrever a história que quiser e ainda deixá-la vendável.

Eu observo enquanto Marla e o marido vão para a pista de dança. Sabendo o que sei, posso notar como o sorriso feliz dela parece vazio.

— Max te contou que temos uma aposta? — pergunto. — Se eu me apaixonar por ele, tenho que desistir da matéria.

— E como está indo isso?

— Agora? Não tenho ideia.

— Você gosta dele.

— Acho que sim.

— Não foi uma pergunta. E ele gosta de você.

Eu rio.

— Vamos ser sinceras, ele gosta de muitas mulheres.

— Não vou entrar nesse mérito, mas ele nunca, *nunca* mesmo, olhou para uma mulher como ele olha pra você. — Ela foca em algo acima do meu ombro e então sorri antes de se virar para mim. — Agora, se você me dá licença, preciso dar atenção aos outros convidados.

Enquanto ela se afasta, Max aparece ao meu lado.

— Eu deveria estar nervoso por você ter conversado com a Vivian?

— Me diga você.

Ele não me olha. Em vez disso, observa o palco. Ele está tentando parecer calmo, mas ainda posso sentir sua raiva. Está na contração de seus ombros e punhos.

— Sinto muito pelo que aconteceu mais cedo — ele diz. — Eu não estava esperando aquela ligação e acabei perdendo o controle.

— Bom eufemismo — digo, tentando aliviar o clima.

Ele olha para baixo, evitando meus olhos, como se tivesse exposto uma parte de si mesmo que preferia manter escondida.

— Eu não queria te deixar sozinha.

— Você está bem agora?

Ele faz que sim, mas ainda parece que ele gostaria de poder atirar outra mesa pelo salão.

— Posso fazer algo? — eu pergunto, me aproximando. — Pegar uma bebida? Um Valium? Talvez uma massagem nas costas?

Os cantos da boca dele se levantam, mas não chegam a formar um sorriso de verdade. Com os olhos ainda baixos, ele pega minha mão.

— Talvez eu cobre a massagem mais tarde. Por enquanto, só dance comigo.

Eu aperto a mão dele, concordando silenciosamente, e então ele me leva para a pista de dança. A banda está tocando uma música suave dos anos quarenta e, embora mais de uma dúzia de casais esteja na pista, quando ele me puxa para os seus braços, o salão desaparece, e tudo o que consigo notar é ele.

Ao nos aproximarmos, algo muda no ar entre nós. A música se torna mais suave. Minha visão fica borrada. Há um túnel de energia entre nós dois, e esta é a experiência mais excitante e aterrorizante da minha vida.

Max encosta o rosto contra minha têmpora, e posso sentir o calor de sua pele. Ele respira fundo e, quando eu acaricio o cabelo em sua nuca, ele faz um barulho que é algo entre um gemido e um sussurro.

— Isso é bom.

Confortá-lo é terno de uma forma estranha, mas, bom, esse é um resumo perfeito de meus sentimentos em relação a Max.

— É irônico — ele diz, enquanto deslizamos no ritmo da música. — Tantas mulheres me veem como um modelo de homem perfeito, mas elas não poderiam estar mais longe da verdade. Se ao menos elas soubessem...

Essa afirmação me surpreende. Eu sei que ele é bom demais para ser verdade, só não sei por quê. Ouvi-lo admitir isso, porém, confirma algo que eu sempre pensei.

— De que verdade você está falando?

Ele me puxa mais para perto.

— Podemos apenas dançar? Eu gostaria de ter um pouco mais de tempo antes de você começar a me ver como um merda.

Eu não sei o que responder, então o aperto contra mim um pouco mais e continuo dançando.

Quando a música termina, os músculos dele estão mais relaxados, mas ele não se afasta de mim. Ele só fica ali, me abraçando e respirando fundo.

— Você já sentiu alguma alegria verdadeira, Eden?

Eu penso por alguns segundos. Eu passei tanto tempo anestesiando minha dor que a alegria meio que se perdeu no processo.

— Acho que não. Ou, pelo menos, eu não me lembro.

— Eu também não. Encontrei formas de simular alegria ao longo dos anos, mas isso é como alugar um carro chique por um dia e fazer de conta que você é milionário. É enganar a si mesmo, e esse é o engano mais triste e patético de todos. — Ele corre a mão pela minha espinha até que sua palma esteja pressionando o espaço entre minhas escápulas. — Mas estar aqui, te abraçando... isto parece ser de verdade.

A próxima música começa e nós deslizamos mais uma vez. Eu gostaria de poder desligar meu cérebro quando estou com ele, mas não consigo. A essa altura, desconfiar de homens sedutores faz parte de quem eu sou, e não tenho ideia de como me treinar para fazer o contrário.

— Você gostou dos meus presentes? — ele pergunta suavemente.

— Pra ser sincera, eu normalmente não curto toda essa coisa de corações e flores — digo —, mas devo admitir, você ter feito tudo isso... ter tido tanto trabalho... — respiro — me fez sentir que eu não sou qualquer uma, pela primeira vez na vida. Eu me senti... especial.

Ele se afasta e me olha como se eu tivesse dito a coisa mais óbvia desde a invenção da linguagem.

— Isso é porque você *é* especial. Mas às vezes é bom ter alguém pra te lembrar disso.

Eu olho para ele.

— E é isso o que você faz, não? Fazer essas mulheres se lembrarem do valor delas?

Ele sorri.

— Meu Deus, ela finalmente entendeu.

Faço uma careta e aperto o ombro dele com meus dedos.

— Sim, eu sou rápida. Isso não quer dizer que eu não continue tendo um milhão de perguntas.

— Eu não esperaria menos de você, senhorita Crane. — Ele franze as sobrancelhas. — Quer saber? Vamos parar com a interpretação. Eu só quero dançar com você. Sem personagens. Só nós dois. Tudo bem?

Tento me livrar dos meus modos espinhosos para descobrir se consigo libertar minha alegria.

— Tudo bem.

Por alguns minutos, relaxo e gosto de ser uma garota normal dançando com um homem bonito, mas o momento é quebrado quando meu estômago ronca tão alto que Max olha para baixo e ri.

— Jesus, você guarda algum tipo de animal selvagem aí?

Eu ponho as mãos sobre a barriga.

— Uau, então é esse o barulho que meu corpo faz quando eu esqueço de comer. Nunca aconteceu antes.

Max coloca a mão dele sobre a minha.

— Quer sair daqui? Eu sei onde podemos comer a melhor pizza de Nova York.

— Nossa, sim. Por favor.

Ele pega minha mão e me leva em direção à saída.

— Ótimo. E, como eu me superei com os diamantes, você paga.

capítulo dezesseis
Pizza e epifanias

Eu rio enquanto Max tenta se manter o mais distante possível de mim, nós dois carregando caixas de pizza no elevador.

— Max, qual é.

— Não. Mantenha essa nojeira de pizza de fruta longe de mim. É uma abominação, e ela vai assustar meu *pepperoni* puro sangue.

— É só um pouco de abacaxi, pelo amor de Deus. Não é o "pizza-pocalipse".

Ele me olha como se eu tivesse insultado a mãe dele.

— É antinatural colocar frutas na pizza, e aqueles que o fazem são considerados monstros.

Ele olha para os números se acendendo no painel enquanto subimos.

— E eu que estava realmente começando a acreditar que podíamos ter algo, senhorita Tate. Uma conexão verdadeira. Mas agora que você revelou sua real natureza, mal posso olhar pra você.

— Max...

Ele levanta a mão.

— Não. Não fale comigo. Eu não sei mais quem você é.

Eu reprimo um sorriso enquanto ele faz uma careta de nojo. Nós nunca estivemos tão à vontade um com o outro, e tenho que admitir que gosto disso. O mau humor dele desapareceu completamente, e eu me pergunto se ter terminado o encontro "oficial" tem a ver com isso. Agora que ele não está interpretando um papel, Max é uma mistura de

Kieran, Caleb e Maxwell, e eu penso se não é este o segredo para ele ser tão convincente: todos os papéis são só nuances diferentes dele mesmo.

— Max, eu posso...

— Pare de falar. Aliás, nem olhe pra mim. — Ele faz um gesto com a cabeça. — Vire-se e encare a parede. Vamos.

Eu reviro os olhos, mas faço o que ele manda. Posso ouvir o sorriso na voz dele quando ele diz:

— Boa menina. Agora pense no que você fez.

Eu rio, surpresa ao constatar que, quando ele está à vontade, é só um cara normal. Por essa noite decido que vou tentar banir minha tendência a desconfiar dele. Eu ainda preciso de respostas para as minhas perguntas, mas talvez eu possa consegui-las enquanto aproveito a companhia e a pizza.

Espio por cima do meu ombro e o pego me encarando. Mais especificamente, encarando a minha bunda.

Eu pigarreio e ele desvia o olhar.

— Então — digo, me sentindo muito bem comigo mesma —, estamos indo para a cobertura do Maxwell?

Ele faz que sim.

— Cada personagem tem um apartamento diferente. O do Maxwell é meio... impressionante.

— Você é dono de todos esses apartamentos?

Ele faz um barulho de desdém.

— Se eu tivesse tantos imóveis, eu me aposentaria como um homem rico. A maioria eu reservo pelo Air BnB.

Agora sou eu que desdenho.

— Aham, claro.

Ele dá de ombros.

— Não me importo se você não acredita em mim. Você é uma amante nojenta de pizzas com fruta. Você mal pode ser considerada humana.

Ainda estou dando risadinhas quando a porta do elevador se abre e revela o apartamento mais incrível que eu já vi.

— Meu... Deus... do céu. — de boca aberta, eu entro na cobertura imensa. É luxuosa e aconchegante, e tem uma parede inteira de vidro, que mostra a vista de tirar o fôlego. Inclui até mesmo o Empire State Building, bem no meio.

— Que tipo de maluco anuncia um lugar desses no Air BnB?

— Alguém que não passa muito tempo aqui e quer compartilhar a vista. — Eu mal noto quando ele pega minha caixa de pizza e vai para a cozinha. — Agora traga sua bunda até aqui e venha comer. Eu consigo ouvir seu estômago roncando, e está ficando cada vez mais alto.

Eu piro na vista por mais uns trinta segundos antes de me virar e ver Max se movendo pela brilhante cozinha toda branca. Ele coloca um prato e um guardanapo ao lado da minha caixa de pizza, então se senta no lado oposto da imensa ilha de granito.

— Você fique bem aí com a sua monstruosidade — ele diz, abrindo a caixa. — E se você me disser que precisa de talheres pra comer sua pizza, está tudo acabado. Pode se retirar da minha presença. — Ele enfia um imenso pedaço de pizza na boca enquanto eu ando até minha caixa e levanto a tampa.

O cheiro é delicioso, mas de jeito nenhum eu posso comer pizza usando o vestido mais lindo do planeta. Eu o estragaria em segundos.

Olho para Max, que está engolindo sua fatia numa velocidade impressionante.

— Você não teria um robe ou algo assim? Eu não conseguiria mais viver comigo mesma se eu derrubasse gordura de pizza neste vestido.

Ele coloca o pedaço no prato e limpa as mãos com o guardanapo.

— Nenhum robe, mas acho que tenho algo que pode funcionar. Vem cá.

Eu o sigo até o banheiro. A bolsa de couro que ele usou como Caleb está em cima da cama, e algumas roupas estão escapando pela abertura. Depois de jogar o celular e o cartão de acesso na mesa de cabeceira, ele remexe a sacola e puxa uma calça preta de moletom e uma camiseta cinza do Led Zeppelin, estendo-as para mim.

— Isso deve servir. Estão limpas, caso você esteja se perguntando.

A camiseta é a mesma que ele estava usando como Kieran quando "nos esbarramos" no bar. Parece que fiz muito progresso desde então, porque já não quero socar a cara dele por causa dessa armação.

— Obrigada — digo, colocando as roupas na cama e puxando meu cabelo por cima do ombro. — Você abre meu zíper, por favor?

— Ah... claro.

Ele para atrás de mim e eu congelo enquanto ele desce meu zíper lentamente. Quando chega ao fim, eu ouço ele expirar, mas não me viro. Presumo que ele esteja tendo uma visão privilegiada da lingerie cara que comprou para mim. Se quero ter alguma chance de resistir à atração que sinto por ele, preciso evitar seu rosto neste momento.

— Obrigada, volto pra lá em um minuto.

Sinto uma tensão no ar por alguns segundos, mas logo depois o calor atrás de mim desaparece e a porta se fecha com um clique baixo. Eu respiro fundo, tiro o vestido e o estendo com cuidado na cama. Então tiro os sapatos e visto a camiseta macia.

Ah, Senhor. Ela tem o cheiro dele. Bom, o cheiro do Kieran, na verdade. Capim-limão. Minha memória olfativa faz algumas partes de mim pulsarem de forma desconfortável. A camiseta é tão grande que chega até o meio das minhas coxas, e meu corpo registra que o tamanho de Max não é nada mal.

Eu visto a calça, mas as pernas ficam tão compridas que cobrem meus pés. Sem dizer que ela passa reto dos meus quadris inexistentes.

Eu a pego do chão e dobro perfeitamente. Depois coloco em cima da cama e respiro fundo.

O.k., eu só vou comer uma pizza com ele. Pressionar para conseguir informações sobre o seu passado. Conseguir minha história. Fácil.

Volto para a cozinha e descubro que Max já devorou metade da sua pizza. Quando olha para mim, ele congela, a boca cheia de comida, os olhos arregalados.

Vou até minha ponta do banco e ataco a maior fatia da caixa. Ele não estava errado sobre ser a melhor pizza de Nova York. Mesmo com as minhas frutas impuras maculando o sabor, é uma delícia.

— Ah, tão boa! — eu gemo enquanto tento preencher o buraco negro dentro de mim. Claro que só parte dessa fome é por comida.

Ao finalmente levantar minha cara da pizza, vejo que Max ainda está congelado, me observando. Quando ele nota que eu estou olhando para ele, ele volta a mastigar e engole, os olhos faiscando com algo que parece muito ser irritação.

— Cadê a calça?

— Quê? — minha fala sai abafada pelo pedaço imenso de pizza enfiado na minha boca.

— A calça que eu te dei. Você decidiu não usá-la?

Eu dou de ombros.

— Ela ficou grande demais. A camiseta cobre as partes importantes.

— O.k. — ele diz —, sem problemas.

Ele passa o guardanapo na boca e o coloca de volta sobre o balcão. Então tira o paletó e o joga em um banquinho próximo, depois solta as abotoaduras de prata e as coloca ao lado da caixa de pizza. Com os olhos em mim, ele tira a gravata e, devagar, começa a abrir os botões de madre-pérola preta da sua camisa.

De repente, a temperatura no apartamento dispara.

É difícil engolir a comida enquanto o vejo fazer isso.

— Hum, o que está acontecendo?

— Estou tirando a minha camisa.

— Por quê?

— Porque aparentemente a gente chegou na parte da noite em que ficamos seminus pra torturar um ao outro.

Ele tira a camisa e a joga no banquinho junto com o paletó, e tenho que admitir que fico de boca aberta. Ele me olha com frieza enquanto volta a comer, como se pudesse perceber que estou sendo engolida pela onda de desejo mais intensa e destrutiva que já atingiu uma fêmea humana.

Meu Moisés Gostosão.

Eu já havia visto seu torso nu de relance, mas nunca a coisa inteira. E agora aqui está ele, vestindo apenas a sua bem-cortada calça social e uma expressão irritada. Não consigo pensar em um bom motivo para não ter lambido esse corpo ainda. Estou tão excitada que minha cabeça poderia estar pegando fogo e eu nem notaria.

O corpo dele é divino. Peito duro, belos braços, barriga definida e aqueles músculos incríveis na lateral das costelas, onde você apenas sabe que se formam pequenas cachoeiras quando ele toma banho.

Posso sentir minha boca aberta, mas não tenho foco o suficiente para reverter a situação.

Jesus.

Quem diria que comer pizza fazia tantos músculos incharem e flexionarem? É hipnotizante.

Ele nota minha expressão e sorri, sem parar de mastigar.

— Já terminou de comer, senhorita Tate? Ou está com fome de outra coisa agora? — Eu não consigo entender como o rosto dele pode continuar impassível e ainda dizer tanta coisa.

Só porque não quero deixar minha atração ditar meus passos, desvio o olhar e volto a focar na pizza, o que não ajuda a diminuir minha vontade de comer o resto do meu pedaço direto da barriga dele.

Nós mastigamos em silêncio por um tempo, ambos roubando olhares quando achamos que o outro não está vendo. Mesmo com essa cobertura sendo o apartamento mais espaçoso em que já estive, a tensão faz com que ele pareça minúsculo.

Como as coisas ficaram assim? Eu nunca quis transar com um homem tanto quanto quero transar com Max. Quero tanto que chego a me sentir mal. Meu estômago está se retorcendo, minha pele está quente, meu coração está acelerado como se eu tivesse corrido alguns quilômetros e meu cérebro está confuso com o tumulto de hormônios. A pior parte é que, apesar de todo o protesto anterior, estou seriamente considerando pedir a ele que me beije… e não só na boca.

Eu imagino qual deve ser o gosto dele enquanto olho para os músculos grossos do seu pescoço. Ele é gentil? Ou bruto? Talvez um pouco dos dois? Passo minha atenção para seus ombros deliciosamente redondos; a curva farta dos bíceps; as suaves curvas dos antebraços. Por quanto tempo eu poderia beijá-lo antes que meu corpo gritasse por mais? Alguns minutos? A julgar pelo meu estado, alguns segundos, talvez menos. Eu olho para seu peito largo e sua barriga chapada e então fico hipnotizada pelas entradas no seu quadril, bem onde a calça começa. Isso me faz perceber que a região do zíper está se mexendo. Será que ele está tão excitado quanto eu? E, se ele estiver, como isso pode ser algo além de um desastre para nós dois e nosso suposto profissionalismo?

— Ei — ele se inclina para a frente até seu rosto estar na minha linha de visão. — Olhos aqui em cima, mocinha.

Quando ele se endireita, eu termino minha última fatia de pizza e limpo meu rosto e minhas mãos.

— Tem álcool? — pergunto. Eu preciso desesperadamente de algo que atenue minhas emoções. Ficar deste lado do balcão está cada vez mais difícil.

— Não. Mas tenho refrigerante. — Ele vai até a geladeira e tira duas garrafas de Coca. — Por que você está tão determinada a se automedicar quando estou por perto? Ou essa é só a forma como você lida com a vida? — Quando ele pega dois copos em um armário alto, fico maravilhada com como suas costas se flexionam e com a circunferência firme de sua bunda na calça justa. — Você engole cafeína pra te estimular durante o dia e compensa com álcool à noite. Ajuda a amortecer sua necessidade ardente de se conectar com alguém em um nível além do físico?

Eu rio, ele pega gelo no freezer e enche os copos.

— E eu que pensava que só minha avó e minha irmã gostavam de encher o saco sobre a minha vida amorosa.

Depois de servir o refrigerante, ele se aproxima e me passa um copo.

— Você sabe que as pessoas só enchem o seu saco porque se importam, né? — ele diz, e eu fico olhando as bolhas subirem para a superfície, estourando em seguida.

— Não sei qual o problema de eu não querer um relacionamento. É uma loucura como a sociedade vê as pessoas que são solteiras por opção. Se eu tivesse me casado com um babaca e já fosse divorciada, ninguém diria nada. Mas uma mulher de vinte e cinco anos que nunca teve um compromisso é uma lendária aberração.

Ele se encosta na ilha e cruza os braços.

— Então você está me dizendo que está feliz e determinada a seguir sozinha na vida?

— Eu me dei bem até agora. Não preciso de outra pessoa pra me completar.

— Não precisar de alguém e não se *permitir* precisar de alguém são duas coisas diferentes. Eu não sei se você sabe a diferença.

— Então por que você não me ensina? Eu sei que você quer.

Ele se inclina para a frente.

— Uma coisa se chama independência. Outra é negação. Humanos precisam de amor e afeto. Somos animais de matilha. Não fomos feitos pra ficar sozinhos.

— Eu gosto de ficar sozinha. Tem uma certa paz na solidão.

— Concordo. Mas tem certeza que você não está confundindo curtir um tempo sozinha com solidão? Todos os animais precisam de contato físico pra se sentir amados. É por isso que você faz sexo com estranhos? Pra fingir que sua necessidade de afeto está sendo satisfeita?

Olho para ele e tento pensar. Não estou acostumada a ser questionada dessa forma. Explicar meus pensamentos e opiniões mais íntimos não é algo que eu ache divertido ou fácil. Eu gosto de como as coisas estão na minha vida. Ou pelo menos como estavam antes de ele aparecer.

— Você já percebeu que sempre dá uma de terapeuta pra cima de mim?

— Você já percebeu que sempre evita minhas perguntas quando eu faço isso?

— Não sei por que você fica virando o jogo e tentando fazer essa entrevista ser sobre mim.

Ele dá de ombros.

— Eu só te acho fascinante, só isso. É como se você pensasse que a solidão é uma defesa lógica contra o amor, mas não é. Se o cupido fosse real e precisasse literalmente te acertar com uma flecha pra fazer você se apaixonar, então, claro, sua ideia de se trancar em uma torre sem portas poderia funcionar. Mas o amor é como uma doença latente. — Ele apoia o copo no balcão e se aproxima. Quando pressiona a mão fria contra o meu coração, eu inspiro, tensa. — Já está dentro de você, Eden. Só esperando pela pessoa certa pra ativá-lo.

Eu me forço a respirar regularmente, evitando ceder e desviar o olhar. Então levanto a cabeça e faço minha melhor expressão de indiferença.

— Talvez eu apenas seja naturalmente imune.

O jeito que ele me olha tem algo de pena, como se ele fosse um médico me dando um prognóstico fatal.

— Ninguém é imune. Mas eu acredito que você seja teimosa o suficiente pra ignorar os sintomas enquanto for possível. Um dia você vai descobrir que a negação pode causar muito mais danos do que entregar o coração a outra pessoa.

Bem quando eu não consigo mais evitar beijá-lo ou me afastar, ele toma a decisão por mim. Max pega o copo e vai para a sala, onde passa a analisar a ampla coleção de vinis organizada nas estantes.

Sem olhar para mim, ele diz:

— Mas, ei, o que eu sei, certo? Eu sou só um cara que largou a faculdade e sai com mulheres pra pagar as contas.

Eu respiro fundo para me desintoxicar, então me sento no macio sofá de couro enquanto ele pega e examina alguns álbuns, antes de colocá-los de volta no lugar.

— Você largou a faculdade? — pergunto. — Essa informação é nova. Se importa de desenvolver?

Ele estuda a capa de um disco, virando-o para ler a parte de trás.

— Não tem muito o que desenvolver. Eu estava na faculdade quando minha vida virou um inferno, e eu tive que sair pra poder lidar com tudo. Fim da história. — Ele apoia a bebida em um móvel, para poder tirar o disco da capa.

— *Fim* da história? Isso parece o começo, pra mim. Pelo menos me conta o que você estava estudando.

Ele abre a vitrola, coloca o disco na bandeja e, mesmo que ele não esteja olhando para mim quando baixa a agulha, posso sentir a tensão em seu rosto.

— Música.

Um jazz sofisticado sai das caras caixas de som e ele se senta ao meu lado, deixando a cabeça cair até estar encostada na parte de trás do sofá. Ele então abre as pernas até que sua coxa esteja tocando a minha.

— Eu realmente gostava. Talvez algum dia eu volte.

— Então é por isso que o Caleb é um personagem tão convincente? Ele é muito parecido com você de verdade?

— Acho que sim. É o que eu mais gosto de interpretar.

— Qual escola de música você frequentou?

Ele suspira.

— Se eu te contar isso, você vai atrás dos meus dados. Então... não.

— Max, por favor. — eu coloco meu copo na mesinha de centro e me ajoelho no sofá para poder encará-lo. — Confissão total. É isso o que você me prometeu. Você sabe o que essas palavras significam?

Ele vira a cabeça para olhar para mim e, pela primeira vez desde que o conheci, ele parece cansado. Como se o fardo de ser tantas pessoas além dele mesmo pesasse em seus ombros.

— Você quer parar de transformar todo momento comigo em algo sobre essa maldita matéria? Por favor, só senta e relaxa.

Quando eu volto a me sentar, ele coloca um braço em volta de mim e me puxa até que eu esteja aconchegada ao lado dele, minha cabeça em seu ombro.

— Vamos apenas *estar aqui* esta noite. Em outra hora, eu prometo que vou me preocupar em expor meus segredos mais profundos pra você. Prometo.

Eu me apoio nele, colocando a mão em seu peito e, meu Deus... parte de mim realmente quer aproveitar a intimidade casual desta posição, mas não sei como.

— Só escute a música — ele diz, em um tom carregado de fadiga. — Respira. Relaxa. Pare de se convencer a sair de coisas em que você deveria estar entrando.

Tento relaxar. Eu realmente tento. Fecho os olhos e me encosto nele, e ele escorrega um pouco, então nós dois ficamos mais confortáveis. A batida forte do coração dele na minha orelha é estranhamente hipnótica.

— Viu? — ele diz, em voz baixa. — Seria tão ruim ter algo assim na sua vida? Alguém como eu?

Respiro regularmente, ignorando as correntes de energia que passam do corpo dele para o meu.

— Você está sentindo isso? — ele sussurra.

Eu aperto os olhos.

— Não.

Ele ri.

— Você é a pior mentirosa que eu já conheci.

A música nos rodeia, leve e elegante. Max passa os dedos suavemente pelo meu cotovelo, subindo para o meu ombro, e a sensação é mais que incrível. Eu acomodo minha mão no peito dele e o imito, usando a ponta dos meus dedos para percorrer o caminho até sua clavícula, então desço até o cós de sua calça. A pele dele se contrai num arrepio, e ele faz um barulho profundo com o peito enquanto empurra a cabeça contra o sofá.

— Nossa, sim. Isso é muito bom.

Eu adoro a sensação da pele dele, e aparentemente ele me deu permissão para continuar, então eu continuo. Passo minha mão pelo seu ombro e desço pelo bíceps, apertando levemente antes de continuar descendo para o antebraço, onde sinto músculos fortes sob a pele macia.

— Se está tentando me enlouquecer, senhorita Tate, você está conseguindo.

Olho para baixo e vejo algo inchando na calça dele.

— Você está sendo pouco profissional comigo de novo, sr. Riley? Porque isso está virando um hábito.

Ele dá uma risada sem graça.

— Quando estamos juntos, eu não tenho controle sobre meu corpo. Já desisti de tentar.

— Mantenho minha oferta de te ajudar a cuidar desses desejos.

— Não me tente. Estou tentando ser zen a respeito do que quero fazer com você, mas você não facilita.

O desejo em sua voz me faz perder o controle e, me movendo devagar, eu me levanto e engatinho para o colo dele. Seus olhos se abrem imediatamente quando meus joelhos se colocam ao lado de seus quadris.

— O que você está fazendo?

— Ficando confortável. É essa a ideia, não? Relaxarmos juntos? — Seguindo as ordens do meu corpo e nada mais, eu me abaixo até que a pulsação insistente em mim encoste na parte mais dura dele, e nós dois gememos no segundo em que o contato acontece.

— Merda... Eden. — Ele fecha os olhos de novo. — Isto é uma má ideia.

— Então me diga que não quer. — Eu escorrego para cima, ainda me apertando contra ele. Fecho meus olhos e gemo, deslizando para baixo de novo, mais uma vez um prazer agudo correndo por mim.

Ele expira por entre os dentes enquanto coloca as mãos nos meus quadris.

— Ah, como eu quero. Se eu e você fôssemos pessoas diferentes, eu já teria cedido às centenas de desejos que tenho por você. Mas eu suspeito que você esteja fazendo isso pelas razões erradas.

— Quando algo é tão bom assim — digo, me apertando para baixo —, como pode ser errado?

Eu agarro seus ombros nus enquanto circulo minha pélvis sobre ele. Cada vez que toco no ponto que o faz gemer, tento repetir o movimento.

Deus. *Isso*.

É exatamente o que preciso dele. O antídoto para toda essa pressão que ele causa em mim. A esfregação, os gemidos e os engasgos de prazer. Não aquela outra coisa que não pode ser resolvida com a mão, ou o pau, ou a língua bem treinada dele.

Esta é a minha solução e, se eu conseguir alcançá-la sem precisar tirar minha roupa ou envolver meu coração, ótimo. Neste momento, eu aceito o alívio que vier.

Eu me levanto e abaixo várias vezes, cavalgando a longa saliência dele por cima do tecido que a cobre. Enquanto isso, eu enfio minhas mãos nos seus cabelos e finjo que ele é só mais um dos muitos homens que já tive embaixo de mim.

— Eden... Jesus.

Agarro o cabelo dele, tentando bloquear qualquer coisa que me impeça de acender esta pólvora. Eu sou o combustível e o corpo dele é a faísca e, se eu fizer tudo do jeito certo, um fogo purificador irá consertar meu corpo ridículo e acabar com o campo gravitacional dele.

Max geme embaixo de mim e aperta as mãos nos meus quadris. Quando eu abro meus olhos e vejo sua expressão torturada, ele emite um grunhido de frustração e se levanta, me fazendo gritar ao me levar com ele. Nós dois ofegantes, ele me coloca de pé e se afasta.

— Eden, eu não sou assim. E não é como *a gente* deveria ser. — Ele expira e massageia a nuca. — Eu sei o que você está tentando fazer e... não. Você não pode transformar algo belo, mas complicado, em algo simples e feio só porque quer.

— Max, eu...

— Não, só me escuta por um minuto. Tem uma diferença entre fazer amor e fazer sexo. E também tem uma diferença entre fazer sexo e foder. — Ele anda até a janela, como se não confiasse em si mesmo perto de mim. — Sexo são partes do corpo criando fricção pra alcançar uma descarga física de energia. *Foder* é mais intenso. É desespero. Não é que você *queira* fazer sexo, é que você *precisa*. E você precisa com aquela pessoa em particular, naquele determinado momento.

Ele anda pela sala, sem me olhar.

— E tem fazer amor. Quando você precisa ser parte daquela pessoa, quando gozar ou não é irrelevante. Você sente tanto prazer só de estar dentro dela que nada mais importa.

— Eu entendo, mas...

Ele para de andar e me encara.

— Não, você não entende. Você está apavorada, porque, dessas três possibilidades, sexo é a que você *menos* quer de mim.

Jogo as mãos para cima.

— Minha vagina discorda.

— É que você está acostumada a escutar somente ela e nada mais, enquanto seu coração se endurece. — Ele endireita os ombros, me desafiando. — Só pare de brigar com o óbvio por cinco segundos e admita que você tem sentimentos por mim.

Eu rio.

— Ah, isso te faria ganhar a noite, não faria? Provar seu domínio sobre mim. O grande Mr. Romance e sua capacidade infalível de moldar as mulheres como se fossem *pretzels* emocionais.

— Isso não é sobre a nossa aposta.

— Claro que é. Tudo o que você faz comigo é pensando em se proteger.

Nós nos fuzilamos com o olhar, mas não vou recuar. De jeito nenhum eu vou deixar ele ganhar tão fácil. Já é ruim o bastante que eu seja um livro aberto para ele e que meu corpo pareça feito para o dele. De jeito nenhum eu vou admitir que ele me tem nas mãos.

— Se você quer que eu admita algo — digo —, então aqui vai: eu não quero cavalgar em meio a um pôr do sol de contos de fadas com você, Max. Essa não sou eu. Eu quero foder com você e conseguir minha matéria, de preferência nessa ordem, e é isso.

Ele trava o maxilar antes de passar a mão pelos cabelos, frustrado.

— Pelo amor de Deus, Eden!

— Então finalmente paramos com "senhorita Tate"?

Ele faz uma cara de desprezo.

— Você acha que ainda posso *fingir* ser profissional com você? Você é tão forte, de tantas formas diferentes, mas agora parece só uma garotinha assustada. Por que é tão difícil lidar com o fato de que você *gosta* de mim?

— Meu Deus, seu ego...

Eu paro assim que ele começa a vir na minha direção, os olhos queimando.

— Então nega. Vai em frente. Mas é melhor olhar nos meus olhos quando o fizer.

Ele se abaixa para que a cabeça dele fique na altura da minha, e todos os comentários sagazes que eu já tinha preparado para atirar nele desaparecem em um instante.

— Max... eu... — Não consigo lidar com a forma como ele está me olhando, como se estivesse doido para acabar com qualquer meia verdade.

— O.k., sim — admito —, eu estou atraída por você, mas isso não significa que eu tenha sentimentos além de desejo.

— Não? Tudo bem então, se você tem certeza que tudo o que sente por mim é físico… vamos lá. — Ele começa a abrir o cinto.

— O quê?

— Tira a calcinha e vem cá. — Ele vai até a cozinha e bate no balcão de mármore. — A gente pode começar aqui e depois passar pro sofá. Talvez contra a janela. Seria bem sexy: você tendo aquela vista enquanto eu te como por trás. Um belo show para os turistas no terraço do Empire State.

— Max…

Ele nota que não me movi.

— Vamos, Eden. Se é só sexo, então me diz o que você quer, em que posição, quantos orgasmos… eu faço tudo. De graça.

— Então toda aquela merda sobre não transar com as clientes…

— É *cem por cento* verdade. Você não é minha cliente. Você nunca foi. E, mesmo que fosse, eu quebraria qualquer regra já estabelecida por mim só pra estar dentro de você. Eu *nunca* quis uma mulher tanto quanto quero você, então se você quer se enganar e dizer que são só hormônios… *ótimo*. Eu vou te ajudar a me tirar do seu sistema, uma metida de cada vez. Mas é isso. Depois que conseguirmos o que queremos um do outro, acabou.

Ele está tão nervoso que está ofegante, e a minha respiração não está muito melhor. Só de pensar em nunca mais vê-lo, começo a passar mal.

— Por favor, Max — eu digo, tentando sorrir —, isso é loucura. — Eu tento fazer piada, mas ele está sério por nós dois.

Ele anda até mim, a intensidade do seu olhar me perfurando.

— Você acabou de olhar nos meus olhos e me dizer que sexo é tudo o que você quer de mim, Eden, então vamos transar. Me foda até que todos esses desejos inconvenientes desapareçam, e aí eu saio da sua vida pra sempre. Você nunca mais vai ter que me aguentar.

— Eu… eu ainda preciso te ver para a matéria.

— Você pode me mandar as questões por e-mail. Eu te respondo por e-mail. Tudo estritamente profissional. É isso o que você quer?

Ele está perto demais agora. Como não consigo mais olhar nos olhos dele, eu assisto às suas mãos se abrindo e fechando.

— Max, eu não… eu não sei o que quero.

Ele expira e, quando fala de novo, é de um jeito mais suave.

— Sim, você sabe. Você só é teimosa demais pra dizer. Você me quer, e não só por uma noite. Você me quer na sua vida. Você me quer de formas que nunca quis outro homem, e isso te deixa *apavorada* pra caralho. Você me quer *exatamente* da mesma forma que eu te quero.

— Não.

— Sim.

Quando eu olho para ele, vejo uma decepção tão crua que meu estômago se contrai de culpa.

— Se você não está pronta pra aceitar isso, não posso fazer nada. Eu não posso te forçar a arriscar comigo. — Ele engole em seco e sacode a cabeça. — Vai se vestir. Vou te levar pra casa.

Olho para ele por um momento, me sentindo mais perdida, confusa e... *pequena* do que pensei que fosse possível. Ele está me pedindo para abrir uma porta que esteve fechada durante toda a minha vida adulta, mas eu não apenas não tenho a chave, como nem sei onde procurá-la.

Eu me viro e vou para o quarto. Quando estou perto da porta, ele diz:

— Sabe por que você evita conexões verdadeiras, Eden?

Eu me viro para ele. Ele está com as mãos nos bolsos, olhando na minha direção, mas não diretamente para mim.

— Por quê?

— Porque é mais fácil pra você pensar que estar sozinha é uma escolha do que admitir que você pode ser impossível de amar. — Ele me olha nos olhos. — Mas deixa eu te dizer uma coisa, você não é. Nem um pouco. O homem que te fez pensar assim, seja ele quem for, não poderia estar mais errado.

Sustento o olhar dele e tento abafar a tempestade de emoções que está me tomando de uma maneira estranha e dolorosa. Quando ele desiste de esperar que eu mude de ideia e desvia o olhar, eu entro no quarto e fecho a porta suavemente.

Colocar o vestido sem ajuda é difícil. Sinceramente, eu preferia me enrolar nesta cama imensa e dormir por uma semana, pelo menos para esquecer tudo o que acaba de acontecer. Em vez disso, eu fecho o zíper o melhor que posso, mordendo a língua todas as vezes em que penso em chamar Max para me ajudar.

Acabo de calçar os sapatos quando ouço algo vibrando. Eu me viro e vejo o celular de Max sobre a mesinha de cabeceira, a tela brilhando no quarto escuro.

Sem conseguir resistir, eu vou até lá e checo a tela. Há uma mensagem de alguém chamado Dyson.

> Ei, cara. Eu e o Rosco estaremos no galpão às 7 da manhã pra pegar os móveis. Devemos chegar no mercado às 8. Te vejo amanhã.

O galpão? Nossa, eu quase esqueci que ele tinha combinado com Nannabeth de vender uns móveis na barraca dela amanhã. E eles vão buscá-los no galpão? Intrigante.

Olho para a porta, mas ela ainda está seguramente fechada. Eu não deveria estar pensando em aparecer lá amanhã e ver o que posso descobrir, certo? Eu deveria esperar até ele estar pronto para me contar o que vem escondendo. A julgar por hoje à noite, porém, o dia em que ele vai confiar em mim pode não chegar nunca.

Pego minha bolsa e respiro fundo antes de abrir a porta e sair. Quando chego à sala, Max está sentado na escrivaninha completamente vestido, encarando a tela do computador. Assim que me vê, ele fecha o notebook e se levanta, o rosto impassível.

— Pronta?

— Você não precisa me levar pra casa.

— Sim, preciso. Isto era um encontro. O mínimo que posso fazer é te acompanhar até o seu apartamento.

Após a descida de elevador mais desconfortável da história, nós vamos para a rua e ele faz sinal para um táxi. Ficamos em silêncio ao passarmos por Manhattan e cruzarmos a ponte do Brooklyn. Parece errado eu estar de um lado do táxi e ele estar do outro.

Eu espio a mão dele, espalmada no assento, ao lado da coxa, enquanto ele olha pela janela. Tenho a nítida impressão de que, se eu só alcançasse sua mão e entrelaçasse meus dedos nos dele, toda esta tensão sumiria, mas talvez a frieza entre nós seja algo bom. Uma das primeiras coisas que aprendi como estudante de jornalismo foi a tomar cuidado para não me aproximar demais das fontes, e agora eu sei o porquê. Eu cheguei tão perto do Max que perdi toda a objetividade, e isso é inaceitável. Devo apenas reportar a história, não fazer parte dela.

Balanço a cabeça ao me lembrar do tanto que estraguei as coisas, então volto a olhar pela janela. Não há mais o risco de eu ficar muito próxima do Max, já que, neste momento, a distância entre nós parece aumentar a cada minuto.

O percurso todo acontece sem que qualquer um dos dois diga coisa alguma, e só quando estamos parados na minha porta é que fazemos contato visual.

Max me dá um sorriso tenso antes de levar minha mão até sua boca e beijá-la.

— Obrigado por sua companhia esta noite, senhorita Tate. Foi um prazer.

Me incomoda que ele tenha voltado a me chamar de senhorita Tate. Parece errado agora. Frio.

Pego minhas chaves e tento parecer feliz.

— Obrigada, sr. Riley. Apesar de tudo, eu... eu me diverti muito.

Max sorri, mas eu sinto que ele é outra pessoa agora. Está fazendo o papel de alguém que eu não decepcionei e feri.

Ele pega minhas chaves e se inclina para abrir a porta, mas, antes de fazê-lo, ele para.

— Eden... o homem que te machucou. Foi seu pai?

Ele não olha para mim, o que é bom. Talvez eu possa tentar ser sincera se não trocarmos olhares.

— Por que você acha isso?

— Eu olhei seu questionário mais uma vez. Quando eu te pedi pra escrever um parágrafo sobre seus pais, você falou bastante sobre a sua mãe, mas nem mencionou seu pai. Se foi ele, isso explica por que você desconfia tanto dos homens.

Ele destranca a porta e me entrega as chaves.

— Muitas mulheres se machucam em seus relacionamentos, mas as feridas mais profundas são as deixadas por nossos pais. — ele diz isso de um jeito gentil, como se tivesse medo da minha reação.

Ele nem imagina quantas vezes eu já pratiquei parecer indiferente às ações do meu pai.

Ele pigarreia.

— O que ele fez com você?

Não sei se ele está esperando um relato chocante de abuso sexual, mas não foi nada disso que aconteceu. Existem dezenas de maneiras horríveis de arruinar uma criança. Meu pai usou a mais simples.

— Ele me ignorou. Sempre olhou pra mim como se eu não estivesse lá.

Eu nunca admiti isso para alguém. Contar ao Max não é agradável, mas parece certo.

— Eu sempre achei que pais deveriam amar os filhos — digo, encarando os botões da camisa dele. — Como se fosse uma exigência, um pré-requisito ou algo assim. Mas sempre que eu tentava abraçar meu pai, ou fazê-lo brincar comigo, ele me tratava como uma mera inconveniência. Como se eu o irritasse pelo simples fato de existir. — Mesmo agora, depois de todo o tempo que já passou, essas memórias têm um poder surpreendente de me machucar. — Minha mãe dizia "papai só está cansado", ou "papai não gosta de brincar", mas eu sabia que não era isso. Crianças sempre sabem.

Ouço um barulho e, quando olho para o rosto de Max, ele parece tão furioso quanto mais cedo, ao falar no telefone.

— Me conte tudo — ele diz, a voz mais doce do que a expressão.

Eu dou de ombros.

— Com a Asha ele era uma pessoa completamente diferente. Ela era o anjo dele, e eu era só... a outra.

— Você tem alguma ideia de por que ele era assim?

Eu olho para a janela no fim do corredor.

— Uma vez, quando meus pais estavam brigando, eu ouvi meu nome. Minha mãe estava dizendo que ele não podia me tratar como se eu fosse nada, enquanto tratava a Asha como se ela fosse tudo... que isso não era justo. Ele respondeu que eu era a corrente que mamãe tinha usado pra mantê-lo preso a ela, então como ela poderia esperar que ele me amasse?

— Sua mãe ficou grávida antes de eles se casarem?

Eu faço que sim.

— Quando eu descobri isso, muita coisa fez sentido. Eu não era a filha dele. Era só um peso em suas costas, contribuindo pra ele se afogar na própria vida.

Ele se aproxima e entrelaça os dedos nos meus.

— Eden... eu sinto muito.

Eu lhe dou um sorriso fraco.

— Não sinta. Não foi sua culpa.

— Ainda assim, eu sinto muito que isso tenha acontecido com você.

Eu baixo os olhos para a minha bolsa e brinco com um bordado de pérolas.

— Mesmo depois que ele nos deixou sem nada, mamãe nunca parou de acreditar que ele só precisava de um tempo pra "se encontrar" ou coisa assim. Às vezes, quando ele estava precisando de dinheiro, ele voltava por alguns dias. Trazia flores e chocolates e dizia pra minha mãe que a amava, e ela o aceitava de volta toda vez.

Olho para Max e dou um sorriso amargo.

— Ele era um mentiroso de merda. Por que ela aceitava isso?

Ele concorda com a cabeça, como quem entende bem demais.

— Algumas vezes, as pessoas se agarram ao que já conhecem, mesmo que tudo o que conheçam seja sofrimento.

— O que eu nunca vou entender é: mesmo a mamãe se matando de trabalhar pra sustentar sozinha duas crianças, ela nunca nos deixou falar nada de ruim sobre ele. — Eu balanço a cabeça. — Eu jurei nunca ser como ela. Em muitos aspectos, ela era uma mulher forte, mas, quando se tratava do meu pai, ela era fraca. Ele a *tornava* fraca. Isso não vai acontecer comigo.

Vejo compreensão em seus olhos, e a postura dele desmonta, como se ele tivesse descoberto que a colina que pensava estar escalando comigo é na verdade uma montanha enorme.

— Talvez seja por isso que você me assusta — digo. — De muitas formas, você me faz lembrar dele. Ele era bonito como você. Tinha olhos verdes como você. Tinha esse jeito de derreter as mulheres com um olhar como você.

Ele segura meu rosto entre as mãos e me força a olhá-lo nos olhos.

— Tem uma diferença importante entre mim e ele.

— Que é?

— Eu não tenho ideia de como ele pôde te tratar como se você fosse invisível. Quando estou com você, você é tudo o que consigo ver.

Ele me encara por um segundo, então se aproxima e pressiona os lábios contra a minha testa.

— Você deveria descansar. Eu te ligo amanhã.

Ele dá um passo para trás, mas eu agarro sua mão para impedi-lo. Quando ele se vira, perplexo, eu dou um passo à frente e fico na ponta pés, apertando meus lábios contra os dele. Pelo segundo mais longo da história da humanidade, nós congelamos, nossos lábios conduzindo energia suficiente para detonar uma supernova. Eu me movo primeiro, liberando os lábios dele, mas logo me aproximo de novo. Eu me aperto contra o calor dele, provando seu lábio superior e depois o inferior. Ele não se move, e ainda está rígido quando eu me afasto para ver seu rosto.

— Max?

Ele me encara, o maxilar tenso.

— Eu te prometi que não te beijaria em um encontro.

Agarro a frente da camisa dele.

— Pelo amor de Deus, Max… eu te dou permissão pra me beijar.

Ao dizer essas palavras, é como se eu acabasse de libertar um leão de uma jaula. Ele agarra meu rosto com as duas mãos e me pressiona contra a parede, seus lábios tomando os meus. Eu gemo e abro minha boca para ele, pensando em como nunca senti esse tipo de fome que me consome enquanto o gosto dele invade todos os meus sentidos. Quando sua língua desliza na minha, me desperta mais sensações do que consigo lidar. Derrubo minha bolsa e me agarro a ele, a todas as áreas que consigo alcançar: os braços, os ombros, a curva da bunda, o peito, a nuca. Todas as partes dele me causam sensações incríveis, me fazendo desejar mais.

Ao deslizar meus dedos pelos cabelos dele, puxando, ele emite um som animalesco, então agarra minha bunda com as duas mãos e me aperta mais forte contra ele.

— Meu Deus, Max... — Ele está duro como uma pedra, e saber que eu o deixei assim só me faz beijá-lo mais apaixonadamente.

Ele geme contra minha língua, suas mãos me colocando exatamente onde ele me quer. O gosto inacreditável dele me deixa louca, e eu grunho com o tsunami de desejo que me invade. Por mais louca que seja minha atração por Max, nada poderia me preparar para este sentimento completamente insaciável. Não importa o quanto eu tente, parece que nunca chego perto o suficiente e, quanto mais tento, mais tonta fico.

Nunca me senti assim com outro homem... nada nem remotamente perto disso. Não estou preparada para lidar com esta situação. O desejo é cru e incansável. E Max parece sentir o mesmo, porque ele geme enquanto me aperta contra a parede, então me puxa, me empurrando contra o lado oposto e me acertando ruidosamente contra o papel de parede antiquado.

Eu sabia que beijá-lo seria algo sem volta, mas nem mesmo meu medo é forte o bastante para estragar este momento. Pela primeira vez na minha vida, eu me sinto acordada e sonhando ao mesmo tempo.

Por longos e densos minutos, nós nos beijamos como se tivéssemos medo de parar. Como se o mundo pudesse explodir em um apocalipse de fogo ao nosso redor e nenhum de nós dois notaria.

De fato, nenhum de nós nota quando a sra. Levine, do apartamento da frente, sai para ver o que está causando tanta comoção. É só quando ela tosse com força que enfim nos afastamos, ambos surpresos com nossa espectadora idosa.

— Eden — a sra. Levine me cumprimenta com um aceno tenso de cabeça. Ela dá uma boa olhada em Max, enquanto ele se arruma e alisa o cabelo com as mãos. — Homem agarrado à Eden.

Eu me encosto na parede e tento me acalmar. Max dá um passo à frente, ainda parecendo ter sido atacado por um animal selvagem, apesar de seu esforço para se ajeitar. A gravata dele está frouxa, a camisa, para fora da calça e o cabelo, enlouquecido.

Ainda assim, ele sorri para a sra. Levine como se nada tivesse acontecido e até estende a mão para ela.

— Maxwell Riley, senhora. Prazer em conhecê-la.

A sra. Levine o olha irritada por dois segundos, então dá um sorriso sem dentes. Cara, eu odeio quando ela não usa dentadura.

Ela pega a mão dele e ele aperta com suavidade. Minha vizinha se inclina para conseguir me ver por trás do corpo de Max.

— Ah, Eden, ele é uma graça.

Eu aliso meu vestido e dou um sorriso frouxo. Ele é uma graça, mas, no mundo emocionalmente danificado de Eden Tate, isso não faz todos os problemas de confiança arrumarem as malas e partir. Na verdade, os torna piores.

— Desculpe por ter incomodado, sra. Levine — eu digo, dando um aceno. — Não vai acontecer de novo. Tenha uma boa noite.

Ela dá mais uma boa olhada em Max antes de dar um risinho e voltar para dentro de seu apartamento.

Max se vira para mim, parecendo tão chocado quanto eu. Nesta noite, nós fomos de romance a briga a nos agarrarmos como dois loucos em um corredor público. Tudo isso, somado ao fato de eu ter confessado acontecimentos da minha infância patética, torna as coisas estranhas de novo bem rápido.

Quando eu abro a porta do meu apartamento e me viro para ele, ele dá um passo à frente, hesitante.

— Eden... eu...

— Eu preciso entrar. Boa noite, Max. — Eu não consigo lidar com mais revoluções emocionais esta noite, mesmo que a ideia de não beijá-lo de novo seja fisicamente dolorosa.

Por um momento, parece que ele vai dizer alguma coisa, mas então ele enfia as mãos nos bolsos e concorda com a cabeça.

— Boa noite, Eden.

Eu fecho a porta e me encosto na madeira fria até não ouvir mais os passos dele.

Que merda eu estou fazendo?

Rosto perfeito, corpo perfeito, boca perfeita e um coração perfeito e compreensivo. Eu nunca pensei que alguém tão perfeito quanto Max pudesse existir neste mundo, e é por isso que meu estômago foi parar nos meus sapatos. Porque, se existe uma verdade superior a todas as outras é: se algo parece bom demais para ser real, normalmente é.

No entanto, mesmo que eu pudesse cogitar deixá-lo entrar na minha vida, pelo que sei, o homem apaixonado do passado misterioso com quem passei a noite pode ser só mais um personagem de seu arsenal romântico. Até que eu saiba mais sobre quem ele era antes de virar o acompanhante mais famoso de Nova York, o julgamento está suspenso, e de jeito nenhum eu vou me permitir me envolver mais. Especialmente considerando o temperamento volátil dele nesta noite.

Espanto os pensamentos paranóicos girando na minha mente, tiro o disfarce de mulher glamurosa que usei nas últimas horas e me arrumo para dormir. Quando acerto meu despertador para as seis da manhã, juro a mim mesma que não estou fazendo isso para xeretar o galpão onde podem estar escondidos todos os segredos de Max.

capítulo dezessete
Segredos de família

Espio por trás da caçamba para ver se algum caminhão já estacionou na frente do galpão. Ainda não. Parece que quem quer que seja esse Dyson, sua noção de sete da manhã é pouco precisa. Já são 7h18 e ainda nem sinal dele.

Estou dividida sobre esta missão para espionar Max, principalmente ao levar em conta tudo o que aconteceu entre nós na noite passada, mas eu não posso mais deixar minhas emoções atrapalharem meu trabalho. Não importa o quão encantador e magnético ele seja, eu ainda tenho um trabalho a fazer e, com o Derek fungando no meu pescoço para receber aquele rascunho na segunda, eu não tenho tempo para deixar o Max me enrolar sobre o seu passado. Se ele tem esqueletos no armário, tudo bem, mas eu prefiro saber disso agora do que ser surpreendida depois.

— Algum caminhão? — Toby pergunta atrás de mim.

— Ainda não.

Ele dá um suspiro alto.

— Você me acorda de madrugada, me anima com esse papo de espiões e agora tudo o que fazemos é só ficar aqui sentados, esperando.

Eu me viro para ele, que está apoiado no muro atrás da caçamba, bebendo seu *latte* feito com leite de soja e mastigando uma barra de granola de sete dólares que comprou no caminho. Quando eu liguei para ele às 6h30 para saber se ele podia me ajudar, ele adorou a ideia, mas eu não achei que fosse se vestir com seu melhor uniforme de guerrilha. Claro que, para Toby, isso quer dizer calça skinny cor cáqui, uma camiseta preta larga, um gorro preto e um cardigã com estampa camuflada. Sim, eu disse cardigã com estampa camuflada.

— Eu já comentei o que você está vestindo? — pergunto. — Porque, de verdade... tenho muito a dizer sobre o assunto.

Ele olha para si mesmo, depois para mim.

— O quê? Você disse que íamos "fazer" um crime, então eu vesti a roupa mais criminosa que eu tinha.

— Toby, em primeiro lugar, você não *faz* um crime, você *comete* um, e a única pessoa a cometer qualquer coisa esta manhã serei eu. Você é apenas a distração. E, em segundo lugar, pode ter certeza que nunca na história do mundo um criminoso pensou consigo mesmo: hummmm, sabe o que essa infração pede? Um bom cardigã camuflado. Onde você comprou essa coisa, aliás?

— Eu tenho faz anos. Ao mesmo tempo que me faz parecer durão, é confortável, então pode parar de me encher o saco.

— Parece que você fugiu de um lar pra idosos hipsters que gostam de observar pássaros.

Ele sacode seu enorme relógio com pulseira de couro na frente do rosto.

— *Xô*! *Xô*! Acabei de desviar toda a sua energia negativa.

— Quantos cardigãs você tem, aliás?

Ele dá de ombros e bebe mais um gole de café.

— A quantidade normal. Trinta. Quarenta.

Eu reviro os olhos e volto a vigiar o galpão. Quando vejo um caminhão entrando no beco, cutuco Toby.

— É hora do show, Rambo de soja.

Ele vem até a beira e olha para fora, sua cabeça acima da minha. O caminhão dá uma ré até a porta ao lado dos murais e dois caras saem dele. Eu reconheço um deles como meu antigo parceiro de sinuca, "Pat", o gigante irlandês. Imagino que ele seja o tal Dyson.

Hum. Ator e carregador de móveis. Um homem de muitos talentos.

— Sabe — Toby diz —, se você queria alguém pra distrair esses caras bombados, você deveria ter trazido sua irmã. Eu sei que ela está na França, mas, por mais que eu seja bonito, não acho que esses caras vão se importar muito comigo.

— Claro que vão. Sabe aquele personagem idiota que você interpreta no trabalho?

— Hertzog, o "Turista Alemão Particularmente Idiota"? Ah, *ja*.

Dou a ele um mapa de Manhattan que comprei em uma banca de jornais no caminho.

— Fique à vontade pra torná-lo extraestúpido hoje.

— *Ja, ja, ja*! — ele pega o mapa. — *Wunderbar*!

Depois que o amigo dele abre a parte de trás do caminhão, Dyson vai direto até o teclado e digita um número. Ele é claramente alguém muito próximo do Max. A porta faz um ruído quando destranca, e ele a empurra com força antes de entrar. Em um minuto, a porta deslizante se abre e ele chama o outro cara, que eu suponho ser Rosco. Eles saem de novo um tempo depois, carregando uma grande mesa de jantar que parece ser cara.

— E hoje, em *Guerra dos Carregadores* — Toby sussurra com um sotaque britânico: — Danny e Brett tentam o ouro com uma mesa de carvalho de oito lugares. Eles a colocam no caminhão, agora vamos ver o que vão fazer... Ah, sim, eles vão voltar para buscar as cadeiras. Muito bem, estão em forma, os garotos de Nova York. Se continuarem assim, poderemos vê-los na final.

Seguro a risada e cutuco Toby. Se eu for presa por invasão de propriedade privada, pelo menos estarei rindo no registro da polícia.

— Pronto? — pergunto.

— Eu nasci pronto, *fräulein*. Você quer que eu fique por aqui até você sair?

— Nah. Assim que eu terminar, preciso ir ajudar Nannabeth na feira. Obrigada, Tobes. Você salvou minha vida.

— É, bom, o que posso dizer? Sou altruísta mesmo. Mas, se você quiser me pagar com umas fotos suas usando a roupa de escrava da Princesa Leia, eu aceito. Te vejo na semana que vem.

Dou um tapinha no braço dele enquanto ele sai.

Quando Toby chega ao caminhão, os outros dois homens estão ocupados carregando cadeiras estofadas. Ele então balança o mapa e diz alto:

— Com licença! Vocês poder ajudar eu? Essa sistema de metrrrrô é muita confusa, *ja*? Onde acho o Time Squarrre? Ser perto daqui?

Os caras colocam as cadeiras no chão e riem.

— Amigo, você virou umas doze esquinas erradas. Nem está mais em Manhattan. Você precisa voltar pro metrô.

— Vocês me mostrarrr onde irrrr?

Por alguns minutos, eles tentam dar instruções verbais, mas, quando "Hertzog" não entende nada, eles descem do caminhão para apontar tudo no mapa. "Hertzog" os afasta da entrada do galpão enquanto tenta entender as instruções e, assim que eles estão a uma distância segura, é minha hora. Correndo o mais silenciosamente que posso, eu passo pela porta deslizante. Uma vontade de entrar rolando me toma, mas eu não tenho tempo para isso.

Assim que entro no galpão, fico impressionada com o tamanho dele. A maior parte é apenas um espaço vazio, que daria um rinque de patins genial. Noto que à minha esquerda há algumas luzes iluminando uma pilha de móveis e caixas. O final do espaço está bloqueado por uma cerca de arame, como se fosse uma jaula de segurança. Eu vejo uma coleção de mobília de escritório antiga, incluindo estantes sendo usadas como depósito.

Corro rapidamente até lá e, ao perceber que a porta da jaula está destrancada, eu entro e me escondo atrás do que parece ser uma grande arara de roupas, coberta com um pano de limpeza. Toby deve ter ido embora, porque agora posso ouvir Dyson e Rosco claramente, enquanto eles voltam para buscar mais móveis.

— Melhor corrermos — Dyson diz. — O Max vai ficar puto se deixarmos a senhorinha esperando estas coisas. — Nenhum sinal de sotaque irlandês. Na verdade, ele parece ser do Queens.

— Por onde ele anda, aliás? — Rosco pergunta. — Ele perdeu a noite do pôquer por duas semanas seguidas.

— Ele está pirando por causa de uma repórter que anda farejando a vida dele por aí. Acho que ele está tentando se livrar dela ou algo assim.

Respiro fundo.

Essas palavras ferem principalmente as partes de mim que estão começando a confiar em Max. As partes que querem acreditar que o que ele sente por mim não tem nada a ver com armação. É claro que, em contrapartida, meu lado amargo, que está tentando evitar se apaixonar por ele desde o início, se sente vingado por essa prova de que minha desconfiança tem fundamento.

— Vamos — Rosco diz. — Pegue as mesinhas primeiro e voltamos pra pegar o aparador.

— O que é um aparador?

— A coisa grande com gavetas.

— Então só diga "a coisa grande com gavetas". Você é o quê? O rei da Inglaterra, por acaso?

Eu me sento de pernas cruzadas no chão enquanto eles terminam de carregar o caminhão, tentando me convencer de que ter a confirmação de que Max estava me enganando não dói.

Viu? É exatamente por isso que eu não me abro. Os homens mentem. Eles te elogiam e flertam, te beijam e te deixam estúpida sempre que querem, *mentem* para que você sinta coisas. E eles te quebram, do mesmo jeito que meu pai quebrou minha mãe. Eu não deveria estar surpresa com o fato de Max não ser diferente dos outros, mas estou. Surpresa e decepcionada como jamais estive na vida.

Fecho os olhos e reprimo a dor. Ela só alimenta minha determinação em descobrir o que ele quer tanto esconder.

Finalmente eles terminam de carregar tudo, e o galpão mergulha na escuridão quando eles apagam as luzes e fecham a porta. Assim que o barulho do caminhão desaparece, pego meu celular e ligo a lanterna.

— O.k., Max. Vamos ver o que é tudo isso.

A primeira coisa que faço é achar o interruptor e acender as luzes, para poder fazer um breve inventário do que está por baixo dos lençóis de proteção contra poeira. Apesar de Dyson e Rosco terem levado um caminhão cheio de móveis, ainda sobrou bastante coisa e, pelo que posso notar, Max tem uma coleção extravagante deles. Eu me pergunto por que ele quer vender justamente com a minha vó, quando ele provavelmente ganharia muito mais com um antiquarista. Ele disse que herdou tudo isso, mas de quem?

Junto dos móveis, estão algumas caixas de papelão. Eu abro a mais próxima de mim e reviro seu conteúdo. Há vários troféus com o nome Max Roberts gravado: baseball, futebol e até um de música. Parece, então, que o cara com quem passei a noite ontem era o Max de verdade, afinal. Eu não sei como me sinto em relação a isso, ainda mais porque nunca me senti tão íntima de alguém antes. Embaixo dos troféus, está um certificado de excelência musical com o nome de Max Riley Roberts.

Então Riley é seu nome do meio.

No fundo da caixa, encontro algumas fotografias amassadas de Max no Ensino Médio. É estranho, mas o menino das fotos parece muito diferente do Max que conheço. O Max adulto é um pouco convencido demais para o meu gosto, mas o jovem Max parece apenas arrogante. E mais do que só um pouco agressivo. Na maioria das fotos, o sorriso dele parece ser de desdém.

Passo para outra caixa. Ela contém arquivos e cópias de notícias sobre algo chamado Financeira Fulcrum. Conforme leio aleatoriamente os artigos desbotados, uma das manchetes chama minha atenção. *Carl Roberts é acusado de fraude durante o colapso da Financeira Fulcrum.*

Eu passo o olho pela matéria. A foto de um belo homem de meia-idade me diz que Carl é o pai de Max. Nenhum dos outros artigos esclarece o que aconteceu com ele, então faço uma busca rápida no celular.

— Ah, merda.

Parece que o papai querido foi julgado por fraude e corrupção e condenado a oito anos de cadeia. A data indica que isso foi há três anos, e eu imagino que tenha sido por aí que Max largou a faculdade.

Espalho os artigos pelo chão e tiro uma foto. Eles podem ser úteis para construir o contexto.

Olhando a hora no celular, percebo que tenho que correr, ou sentirei a ira de Nannabeth — sem mencionar o risco de ser pega. Coloco rapidamente as caixas de volta onde estavam e passo para a área cercada. Quando levanto os panos pendurados sobre a arara, descubro que ela está repleta de fantasias. Max não estava brincando quando disse que tinha um chapéu de caubói e esporas. E, sim, ele também tem um uniforme branco de marinheiro, parecido com o que Richard Gere usou tão bem em *A força do destino*. Imagino que seja uma fantasia popular.

Ele também tem trajes de bombeiro, motoqueiro, soldado e vários outros. Me pergunto se ele já usou todos, então sinto uma onda poderosa de ciúmes ao pensar nele atuando com outras mulheres.

Droga.

Por que eu não consigo simplesmente resistir a sentir algo por ele? Gostar de alguém que nunca terei não é um sentimento que eu já quis experimentar.

Na lateral da sala, há um pequeno conjunto de gavetas de mogno sobre uma mesa. Quando espio a de cima, engasgo. É rasa e coberta com veludo preto, e contém uma incrível coleção de joias. Pela aparência, são de verdade.

— Uau.

Deve ser daqui que ele tirou o colar que me deu ontem à noite.

De repente, uma possibilidade horrível me ocorre. Max seria capaz de usar a confiança dessas mulheres ricas para roubar as joias delas? Uma gorjeta involuntária por seus serviços? É esse seu grande segredo?

Meu Deus, não. Ele não faria isso.

O pensamento me deixa enjoada. Eu sei que estou especulando, mas não consigo descartar a possibilidade. O pai dele era um ladrão, um criminoso. Talvez Max esteja seguindo seus passos.

Estou tão focada em repassar minhas memórias em busca de deslizes de caráter do Max que dou um pulo quando ouço:

— Elas eram da minha mãe.

Eu me viro e me deparo com Max parado ali, distante alguns metros, as mãos nos bolsos da jaqueta de couro. Sua expressão é de desapontamento profundo. Ele parece se sentir como eu, enjoado.

— Eu não sou ladrão, Eden.

Há uma emoção tão crua na voz dele que eu me surpreendo.

— Eu não pensei que você...

— Pensou, sim. A essa altura, eu já sei como sua mente funciona.

Sinto meu rosto corar de vergonha.

— Há várias peças lindas aqui. Sua mãe tinha bom gosto. Um gosto caro também.

— Meu pai comprou pra ela.

Eu faço que sim.

— Ah, então ele era o Mr. Romance pai?

O rosto dele se contrai e ele dá uma risada curta e amarga.

— Não. Nem um pouco. — Os ombros dele caem. — O que você está fazendo aqui?

Fecho a gaveta e coloco meu celular no bolso.

— Eu só estou tentando descobrir a verdade, Max.

— Eu tinha toda a intenção de te contar a verdade.

— Quando? — Ele me encara sem piscar. — Eu sei que eu não deveria estar aqui, mas você é o rei da saída pela tangente. Passamos todo esse tempo juntos e eu ainda não sei praticamente nada sobre você, sobre o você *real*. Você se surpreende por eu achar difícil confiar em você? Sim, nos aproximamos, mas você é um excelente ator. E não vamos esquecer que você disse que me faria sentir algo por você só pra matar minha história. Então a noite divertida no apartamento do Maxwell e o beijo... Pelo que sei, isso é só parte do seu grande plano pra se proteger.

— Meu grande plano foi por água abaixo no minuto em que percebi que era eu quem estava tendo sentimentos.

— Isso é o que você diz, mas, segundo os Gêmeos Anabolizantes que carregaram seus móveis mais cedo, você está pirando por causa de uma repórter que anda farejando por aí, e está dando duro pra se livrar de mim.

Um músculo em seu maxilar pulsa enquanto ele me encara.

— E você achou bem fácil acreditar nisso, não foi?

— Eu sinceramente não sei mais no que acreditar. Meu cérebro dói e, pela primeira vez desde que eu tinha onze anos de idade, meu coração também. E nada disso é gostoso. — Eu esfrego meu rosto, me sentindo cansada e completamente confusa. — Tudo o que eu queria era uma matéria. Só isso. Não queria nada do que quer que seja isso que está acontecendo entre a gente.

— Você acha que eu tinha a intenção de me sentir assim? Porque, caso você ainda não saiba, você é um saco. Você complica a minha vida do jeito mais intoxicante possível, e tudo que eu costumava querer foi pro espaço por causa da minha maldita *necessidade* de você.

Cada vez que ele diz algo assim, trinca minha armadura um pouco mais. No entanto, se eu acreditar nele, tenho tudo a perder, enquanto ele tem tudo a ganhar. Admitir que o quero significa admitir que ele ganhou e, no momento em que eu suspender minha matéria, ele estará livre para dizer: "Ah, foi mal, esquece. Todos aqueles sentimentos incômodos convenientemente desapareceram. Te vejo por aí!".

Max espera eu dizer alguma coisa e, quando eu não digo nada, ele vai até a mesa ao meu lado e tira um porta-retrato da gaveta superior.

— O.k., tudo bem. Parece que vamos fazer ter que fazer isto. — Ele me entrega a foto. — Essa é a minha família de merda. — Eu estudo o rosto dele olhando para mim. — Pelo menos *era*. Eu não tenho mais uma família.

A foto foi tirada em um jardim, com pessoas que devem ser os pais dele, rindo e abraçando os filhos, dois garotos altos. Eu reconheço Max, mas não o outro rapaz bonito.

— Esse é meu irmão mais velho, Spencer. Ele morreu de overdose quando eu tinha dezessete anos. — Max aponta para o pai. — Esse merda é meu pai, atualmente de férias em uma confortável prisão para crimes financeiros, após ter roubado a poupança de centenas de pessoas. E essa... — ele engole em seco e passa o dedo pelo belo rosto da mulher. — Essa... é minha mãe. — Ele a encara com uma expressão sombria. — Ela se matou três semanas depois que meu pai foi preso, o que foi seis meses depois do Spencer morrer.

Ele abre a parte de trás da moldura e retira a foto.

— Aqui — ele diz. — Você vai precisar escanear isto para a matéria. Spencer teve uma overdose de heroína, caso seu editor pergunte. E minha mãe se matou com soníferos. Meu pai tem uma audiência pra tentar a condicional em alguns meses, mas eu realmente espero que ele não consiga. Ele não merece ficar livre depois de tudo o que fez. Ele morreu pra mim. — Max empurra a foto na minha mão. — Toma.

Você está certa, eu estava te enrolando. Eu prometi uma confissão total, então aqui está.

— Max...

Ele anda até um arquivo e puxa a gaveta com violência.

— Eu tenho mais fotos do Spencer em algum lugar. Tenho até algumas tiradas em uma festa em que ele parece estar completamente drogado, o que provavelmente estava mesmo. E tem uma boa da mamãe em um evento de caridade algumas semanas antes de ela morrer. — Ele passa o olho por uma caixa de fotos no fundo da gaveta. — Tem até algumas da minha formatura do Ensino Médio. Tenho certeza que você vai rir delas.

Quando eu vou até ele e coloco minha mão no meio das suas costas, ele congela.

— Desculpa — digo —, eu não deveria ter vindo aqui. Eu deveria ter esperado até que você estivesse pronto e eu...

É o máximo que consigo dizer antes de ele se virar, me empurrar contra o arquivo e me beijar. A surpresa me deixa paralisada por um segundo, mas, assim que meu corpo registra o calor dos seus lábios nos meus, eu gemo e abro minha boca para ele.

Jesus, este gosto. A minha fome insaciável dispara assim que ele me beija o mais profundamente que pode. Ele grunhe aliviado quando eu o beijo de volta, e as coisas vão de quentes a incendiárias quando ele me pega no colo e eu enrolo minhas pernas na sua cintura. Ele pressiona minhas costas contra o arquivo enquanto se esfrega em mim. O metal faz um barulho alto quando ele apoia a mão no topo para ter mais equilíbrio. Senti-lo duro como pedra, mesmo por baixo de nossos jeans, leva meu corpo a um nível de excitação que nunca senti antes. Eu me remexo e o puxo mais para perto, tentando conseguir algum alívio para a pulsação incessante entre as minhas pernas.

— Meu Deus... Max.

Ancoro minhas mãos em seu cabelo, e ele beija meu pescoço, mordendo e sugando, a respiração quente e instável. Eu quero ficar nua com ele. Rasgar as roupas que nos separam e pressionar minha carne febril em sua pele quente e firme. Ontem ele falou sobre a diferença entre transar e foder, e neste momento eu não tenho dúvida alguma de que preciso que Max Riley me foda, furiosamente e sem pudores.

Com mãos brutas e desesperadas, eu empurro a jaqueta dele para fora de seus ombros, e ele me coloca de volta no chão para poder tirá-la. Minha jaqueta é a próxima peça a ser removida, voando para a mesa enquanto eu pressiono Max contra a cerca de arame e toco sua ereção.

Ele joga a cabeça para trás e fecha os olhos.

— Merda, Eden.

— Eu preciso disso — digo, apreciando seu volume duro. — Por favor.

Fico de joelhos e começo a soltar o cinto dele, mas, antes que eu consiga, mãos fortes se fecham sobre as minhas.

— Espera.

Eu olho para ele, confusa.

— Você não pode me dizer que não quer.

— Não estou dizendo. Não tem nada que eu queira mais agora do que te comer até que nenhum de nós dois consiga ver direito... mas não posso.

— Claro que pode — digo enquanto o acaricio por cima do jeans grosso. As pálpebras dele ficam pesadas, e seus dedos se enroscam na cadeia da grade. — Você tira sua roupa, eu tiro a minha. E aí nós fazemos o que quisermos um com o outro, finalmente aliviando o inferno em que nossos corpos estão vivendo. Não precisa ser complicado.

Ele me coloca de pé gentilmente.

— Quer a gente goste ou não, *é* complicado. E eu tenho que te dizer: vai piorar. — Ele pega minha jaqueta e a devolve para mim. — Quando transarmos, Eden, eu quero que seja o começo de algo especial. Não uma rapidinha desesperada em um galpão empoeirado. Até porque, depois que tiver ouvido minha história inteira, você pode decidir que isso é mais do que quer de mim.

Ele puxa a cadeira de detrás da escrivaninha e aponta para ela.

— Sente-se, por favor.

Ele pega outra cadeira que está próxima à parede e se senta do outro lado da mesa, me encarando. Essa disposição de lugares faz com que eu me sinta conduzindo uma entrevista de emprego. De certa forma, acho que estou. Com a maioria dos homens, eu me interesso apenas pelo corpo. Assim que a onda de tesão passa, passa também meu desejo de tê-los perto de mim. Com Max, não. Eu o quero por perto o tempo todo, me tocando ou não, por isso eu espero vagamente que o que ele tem para me contar seja tão imperdoável a ponto de eu nunca mais querer olhar na cara dele.

Max se inclina para a frente, antebraços sobre as coxas, mãos entrelaçadas. A expressão dele é tão grave que fico realmente preocupada.

— Eu não falei da minha família até agora porque eu estava... envergonhado. Eu não estava pronto pra te mostrar a pessoa que eu costumava ser. Mas... nada do que vou dizer agora muda o que sinto por você. Eu preciso que você saiba disso.

— Jesus, Max, você está me assustando de verdade. Você matou alguém ou coisa assim?

Eu espero que ele ria, porque chutei algo absurdo na expectativa de aliviar o clima, mas ele não o faz.

— O que você diria se eu tivesse matado?

Procuro por algum sinal de que ele esteja brincando e engulo em seco ao não encontrar nenhum. Quando ele nota o horror no meu rosto, desvia os olhos.

— A primeira coisa que você precisa saber é que, desde que eu me lembro, meu pai sempre torturou minha mãe.

Isso faz minha pele gelar.

— Ele era violento?

— Não com os punhos, mas ele a golpeava com palavras todo santo dia. A atormentava. A diminuía. Praticava uma guerra psicológica sempre que podia. Desde então, eu descobri que ele é um narcisista maligno, o que deve te dar uma ideia do quão ruim ele era. E a confissão mais vergonhosa que eu poderia fazer pra mulher que eu gosto é que... — ele respira — ... houve um tempo em que eu quis ser exatamente como ele.

Fico chocada. Esse homem — que é cavalheiro e educado, que puxa cadeiras e segura portas com tanta deferência e cuidado —, *ele* admirava o pai abusivo?

— Max, eu acho bem difícil de acreditar nisso.

A expressão dele fica ainda mais séria.

— Mas pode acreditar. Antes de tudo ir pro inferno, as pessoas achavam que éramos uma ótima família. Rica, amorosa, bem-sucedida. Era tudo mentira. — Ele foca em um ponto na parede atrás de mim, o que deixa claro que admitir tudo isso é mais fácil quando ele não está olhando nos meus olhos.

— Meu pai tratava minha mãe como se ela fosse um cidadão de segunda classe e fazia Spencer e eu pensarmos que éramos deuses. Nós fomos doutrinados a acreditar que os homens comandavam o mundo e as mulheres obedeciam, então nem questionávamos a forma como ele tratava nossa mãe. Era natural. Quando enfim crescemos o suficiente pra perceber que nem todas as mulheres eram tratadas assim, era tarde demais.

Ele sacode a cabeça, com raiva de si mesmo.

— Pra nós, o trabalho da nossa mãe era nos manter alimentados e deixar a casa organizada, além de estar sempre bonita e ser simpática com os amigos ricos da alta sociedade de papai. O mundo dela deveria girar em torno da gente, e era assim que gostávamos. Especialmente meu pai. A masculinidade tóxica em seu melhor.

Ele olha para a caixa de jóias, a vergonha estampada em suas feições.

— Na minha cabeça não há nenhuma dúvida de que nós somos o motivo pelo qual ela se matou. O sangue dela está em nossas mãos. Principalmente nas minhas. — Ele aperta as mãos como tanta força que as articulações estalam.

Não sei como ele reagiria se eu o tocasse agora, então eu só tento tornar minha voz o mais reconfortante possível.

— Max... eu não sei por que sua mãe fez o que fez, mas você não pode assumir a responsabilidade por...

— Ela me pediu ajuda. — Ele tensiona o maxilar — Ela tentou falar comigo sobre o que estava sentindo e eu... eu a ignorei. Eu não tinha tempo. Eu tinha coisas mais importantes a fazer. — Ele fica quieto. — Ela tentou me dizer que estava lutando contra a depressão e eu a ignorei.

Eu não sei o que dizer. Como posso consolá-lo em relação a isso? É algo que ele vai ter que carregar pelo resto da vida.

— Eu sinto muito.

Ele encara um ponto no chão.

— Quando me lembro de como tratei minhas namoradas no Ensino Médio, até as poucas garotas com quem saí na faculdade, fico horrorizado. Tenho nojo de ter sido moldado à imagem do meu pai. — Ele olha para mim, um mundo de arrependimento em seus olhos. — Eu sei que você não confia em mim... que você pode nunca confiar em mim... mas eu estou realmente tentando balancear o karma e compensar o que fiz. Eu dou às minhas clientes o homem que elas precisam, seja ele quem for. Não pude fazer isso pela minha mãe, mas eu com certeza posso fazer por elas.

É difícil para mim imaginar Max tratando mulheres como posse, mas talvez a raiva que vi nele ontem à noite, o lado duro e dominador de Maxwell, tenha sido um vislumbre de como isso seria.

— A ligação ontem à noite...

— Era meu pai. Ele fica falando sobre todas as coisas que vamos poder fazer juntos quando ele sair. Eu só quero espancá-lo pelo que ele fez com a minha mãe. No entanto, por mais satisfatório que isso possa ser, não a traria de volta. E não mudaria quem ele é. Não importa quantas pessoas meu pai ainda destrua, ele sempre vai pensar que é o sol e que todo o restante do sistema solar deve girar em torno dele. — Max balança a cabeça. — Mas eu não me importo mais, não tenho pai.

Bom, aí está algo que nós dois temos em comum.

— Talvez seu pai e meu pai devessem se juntar e ir jogar boliche. Formar um vórtex de idiotice.

Ele tenta sorrir, mas não tem muito sucesso.

— Vivian disse que você precisou se tornar o Mr. Romance por causa de problemas financeiros.

Ele faz que sim.

— Papai jogava. Compulsivamente. Quando ele foi pego, nossa casa foi hipotecada e o negócio da família começou a morrer, então ele vendeu quase todos os nossos bens. Depois, gastou mais pilhas de dinheiro com o julgamento, e eu tive que sair da faculdade porque não podia pagar a mensalidade.

Ele faz um gesto apontando o lugar em volta.

— Mamãe me deixou este galpão no nome do irmão dela, mas ninguém quis comprar. Mesmo após vender nossa casa e a casa nos Hamptons, eu ainda fiquei com uma montanha de dívidas. Quase tudo o que ganho hoje em dia vai pra pagá-las. Outra parte vai para a fundação Valentine, pra ajudar mulheres como a minha mãe, e de alguns em alguns meses eu vendo o que sobrou das nossas coisas, pra conseguir dinheiro. Eu ainda não comecei a vender as joias por respeito à mamãe, mas um dia vou ter que vendê-las.

— O colar que você me deu...

— Era o favorito dela. Pelo menos eu acho que era. Nunca perguntei. Era o que ela mais usava.

Eu me inclino para a frente e coloco minha mão sobre a dele.

— Meu Deus, Max. Eu sinto muito mesmo.

Ele brinca com os meus dedos.

— Ontem à noite, quando você estava falando sobre como seu pai fazia você se sentir, me soou muito familiar. Eu me perguntei quantas vezes meu pai também olhou para a minha mãe como se ela não estivesse lá. Tenho certeza que eu e Spencer também fazíamos isso o tempo todo. Nós a ferimos da mesma forma que seu pai te feriu, então... é. Acho que você está certa em ter medo de mim.

Ele se levanta e volta a pegar fotos, colocando-as sobre a mesa.

— Então, aqui está uma história suculenta pra você. Filho torturado tenta compensar os erros do pai ao ajudar mulheres parecidas com sua mãe a se sentir amadas. Seu editor vai se mijar de felicidade com as possibilidades de manchete.

— Max, eu não preciso escrever isso. Você definitivamente me fez mudar de ideia sobre sua motivação e, segundo nosso acordo...

— Dane-se o acordo. Escreva a matéria, Eden. Eu vou me preparar para a repercussão. — A expressão dele endurece. — Eu fugi disso tudo por tempo o suficiente. Hora de encarar e seguir em frente. Todos nós temos momentos na vida em que temos que decidir se preferimos ficar confortáveis em nossa bolha de ignorância ou se queremos melhorar. Estou determinado a ser melhor. Um homem melhor do que fui educado pra ser. Só o tempo poderá dizer se conseguirei.

Eu quero abraçá-lo e dizer a ele que, às vezes, pessoas boas fazem coisas ruins... e é tão claro que ele já conseguiu. Mas depois de tudo isso, ele se fechou e, ao tentar tocá-lo, ele se afasta de mim.

— Eu preciso ir — ele diz. — Não quero desagradar a Nannabeth por ter me atrasado pra vender meus próprios móveis. — Ele coloca a caixa de fotos sobre a mesa e olha para as fotografias por alguns instantes. — Fique o tempo que quiser. Pegue o que precisar. Me ligue se tiver perguntas. — O olhar que ele me lança é o de um homem derrotado. — Só prometa que não vai me poupar de nada. Se tem algo que eu não mereço, é misericórdia.

Então ele vai embora. Quando a porta se fecha atrás dele, eu me sinto tão vazia quanto o espaço à minha volta.

Depois do que acaba de acontecer, não tenho vontade de voltar à pesquisa. Contudo, tenho a impressão de que é importante para o Max que eu escreva esta história, então prometo a mim mesma que o farei da forma mais sensível possível. Depois de enfiar fotos e documentos na minha bolsa, eu apago as luzes e saio.

Agora que sei como ele costumava ser, meus sentimentos são ainda mais conflitantes. Ele admitiu ter sido exatamente o tipo de homem que me causou inúmeras cicatrizes. E, mesmo assim, isso não tornou nem um pouco mais fácil ignorar a necessidade desesperada que tenho de estar com ele. Talvez eu seja mais parecida com a minha mãe do que eu gostaria. Ou talvez Max seja menos como meu pai do que acredita ser.

Estou subindo as escadas do metrô, no caminho para o mercado, quando meu telefone toca. Eu sorrio para a tela antes de atender.

— Estou chegando, Nannabeth. Desculpa pelo atraso.

— Neta querida, está tudo bem. O dia em que você aparecer na hora é o dia em que cairei pra trás e morrerei de choque. — Ela ri, o que me faz sorrir. A risada de Nannabeth é travessa e contagiosa, capaz de tornar até a mais trágica situação suportável. — Eu só queria te dizer que Sean, o advogado, acabou de chegar, e ele está ainda mais bonito e solteiro que o habitual.

— Nan...

— Espera, só me escuta antes de dizer que eu estou me metendo nos seus assuntos. Não estou. É um conselho para a vida. Você acha que alguém como ele aparece todo dia? Porque eu estou aqui pra te dizer: não aparece. Ele é limpo, tem estilo, um cheiro fantástico, é educado com velhas senhoras — só me pare quando eu te convencer —, tem um ótimo corpo, os olhos dele são incríveis, ele tem um excelente senso de humor, ele é…

— Um impostor. — Deus, eu odeio desapontar Nan, mas aí vamos nós. — Ele não é Sean, é Max, um dos acompanhantes mais bem pagos de Nova York.

Um silêncio paira por alguns segundos, então ela suspira:

— Ah, Eden. Você e seu senso de humor bizarro.

— Nan, é sério. Eu estou escrevendo uma matéria sobre ele. Eu venho pesquisando a vida dele há semanas, e ele acabou de me contar que o pai era um narcisista cruel que o educou pra ser um porco machista. Ele diz que mudou e que está tentando compensar todo o mal que causou, então…

— Mas ele parece tão… amável. Você está me dizendo que ele era um babaca total e que agora faz sexo por dinheiro?

— Não. É uma longa história. De qualquer forma, eu preciso reavaliar como me sinto em relação a ele depois de ter recebido essas informações novas.

— Ele já te maltratou? Seu radar pra babacas é muito bom, querida. Deus sabe que você já dormiu com muito deles. O que seu instinto diz?

Eu olho para os dois lados antes de atravessar uma rua movimentada.

— Eu não sei, Nan. Eu acho que ele tem se esforçado muito pra se tornar um bom homem, mas parte de mim ainda não confia nele.

— Será que é a parte que tem um medo patológico de compromisso?

Eu reviro os olhos enquanto entro na fila de um café perto do metrô.

— Acho que é possível.

— Eu não estou te dizendo o que fazer, querida, mas você parece ter uma conexão verdadeira com ele. Talvez você devesse dar uma chance de ele provar que tipo de homem é.

— Isso realmente parece com você me dizendo o que fazer.

Ela faz uma pausa.

— Edie, eu só quero ter certeza que você não vai estragar as coisas com ele só porque é muito teimosa. Não quero que você cometa os mesmos erros que eu.

— Erros com homens?

— Sim, erros com homens. Você nunca se perguntou por que eu nunca me casei de novo?

— Eu... bom, eu...

— Deixa eu adivinhar. Você acha que eu amava tanto seu avô que não conseguiria suportar substituí-lo? Ah, Edie. — Eu ouço um suspiro baixo. — Seu avô era um bom homem, e eu o amei do meu jeito, mas sua morte não acabou comigo. Eu só nunca senti necessidade de substituí-lo. O coração é uma coisa engraçada. Se ele passa muito tempo do mesmo tamanho, acaba preso naquela forma.

Finalmente chega minha vez de ser atendida, e eu, com um sinal, peço um *latte* grande. Nan deve estar subindo pelas paredes por cafeína, e esse é o café favorito dela.

— Então você namorou nestes últimos anos?

— Mais do que você pode imaginar. Mas eu disse tantas vezes a mim mesma que eu não preciso de ninguém que comecei a acreditar. Parece alguém que você conhece?

— Nan... — Eu pago meu pedido no caixa antes de ir para o lado para esperar que fique pronto. Estou me sentindo sensível demais para ter essa conversa nesta manhã, especialmente depois do que acabou de acontecer.

— Querida, deixa só eu dizer mais uma coisa e aí vou calar a boca. Ficar sozinha tempo demais não é saudável. A solidão é como um quarto grande e vazio dentro de você, que ecoa o som da vida que você não está vivendo. Então você o acaba preenchendo com coisas: trabalho, amigos, bichos de estimação e, com o tempo, fica suportável, e então confortável. Depois de muitos anos, é tão seguro que se torna o novo normal. Mas a pior parte é que esse quarto fica tão cheio de falsos confortos que não cabe mais ninguém. E você merece mais que isso. Você merece o mundo, e esse Max...

Eu me encosto na parede e fecho os olhos.

— Nan, por favor, não me diga que ele pode me dar o mundo. Meu coração feminista não aguentaria.

— Eu ia dizer que ele pode *ser* o seu mundo, e você poderia ser o dele. Se você permitir.

É só isso o que preciso fazer? Deixar que ele seja meu mundo? Ela poderia me pedir também para pegar a lua e atirá-la de estilingue de volta para as estrelas.

— Eu vou pensar nisso, Nan, o.k.? — o barista chama meu nome, eu pego o café e saio para a rua.

— É só o que estou pedindo, bolinho. Eu quero te ver feliz. Quando eu tinha sua idade, eu era... — ela para abruptamente e faz um barulho que nunca a ouvi fazer antes.

— Nan? Você está bem?

— Sim — ela diz, mas sua voz falha. — Eu só estou... um pouco tonta. Não comi quase nada ainda. Nem bebi meu café.

— Eu estou levando seu café agora mesmo. Se você tiver muita sorte, eu também levo um daqueles brownies de chocolate duplo que você gosta tanto, mas você tem que me prometer parar com todas essas conversas relacionadas a homens.

— Parece... bom. Eu...

Ela fica quieta, e eu ouço um baque e gritos nervosos.

— Nan? — Meu coração vai parar na garganta. — Nan? Você está aí?

Eu ouço passos corridos e desordenados, e então a voz de Max se destaca do restante do barulho. Há algo errado no tom dele. Duro demais, em pânico demais.

— Nannabeth! Nannabeth, acorda. Ei, vamos lá. Acorda pra mim. — Há uma pausa. — Merda. Ela está sangrando. Alguém chama uma ambulância! Agora!

Ouço o som de algo arranhando e ele entra na linha.

— Eden?

— Max, que merda está acontecendo?

— Nannabeth desmaiou. Acho que ela bateu a cabeça na calçada.

— Ela está bem? — O meio segundo que ele demora para responder é longo demais. — Max!

— Eu não sei. Ela tem pulso, mas está fraco. A ambulância está vindo.

Sem ouvir mais nada, eu derrubo o café no chão e começo a correr.

capítulo dezoito

Sobrevivendo à tempestade

Quando chego à barraca dela, Nannabeth já foi levada, então eu pego o primeiro táxi que encontro e vou para o hospital local. Quando corro para dentro do pronto-socorro, estou com tanto medo e tão preocupada que mal consigo respirar. Tenho certeza de que a recepcionista está acostumada com pessoas surtadas e aflitas exigindo respostas, mas, ainda assim, algo no meu rosto a faz levantar as mãos antes mesmo de eu abrir a boca.

— Senhora, só se acalm...

— Elizabeth Shannon. Onde ela está?

— Ela está com os médicos, então se você só...

— O que aconteceu? Qual o estado dela? Ela está consciente? Ela está... — A palavra sequer consegue passar pela minha garganta. Eu não posso considerar viver em um mundo em que Nannabeth não exista. Só não posso. Ela precisa estar bem.

— Você é parente?

Eu faço que sim, meu coração batendo tão forte que dói.

— Sou neta dela.

Ao dizer isso, percebo que preciso ligar para Asha e contar o que está acontecendo. Ela provavelmente vai querer voltar.

Espera, não. Ela vai chorar e, se ela chorar, eu vou chorar, e eu não posso fazer isso agora. Eu preciso ser forte.

— Senhorita?

Levanto o olhar e vejo a recepcionista segurando uma prancheta.

— Se você puder preencher esses formulários e nos fornecer os dados de Elizabeth, te darei notícias o mais rápido que puder.

— Nannabeth — digo secamente.

— Como?

— Ela não gosta de ser chamada de Elizabeth. Ela diz que esse é o nome de uma rainha, e ela mal serve para dama. O nome dela é Nannabeth.

A expressão da recepcionista se suaviza.

— Claro. Sente-se e eu vou tentar descobrir o quadro de Nannabeth.

Caminho até as cadeiras de plástico da sala de espera e me sento, minha respiração instável enquanto escrevo as respostas. Eu não sei os dados do convênio médico dela. Na verdade, nem sei se ela tem convênio. Até onde sei, ela nunca esteve em um hospital antes de hoje. Por toda a minha vida, ela sempre foi a pessoa mais saudável que conheço.

Eu pauso assim que chego à pergunta sobre o parente mais próximo. É uma frase tão estranha. Acho que deveria ter um subtítulo dizendo: *para quem devemos ligar se essa pessoa morrer?*

Minhas mãos ficam pegajosas, e eu as seco no meu jeans antes de tentar escrever meu nome. Estou tremendo tanto que minha letra mal fica legível. Quando termino, levo a prancheta de volta ao balcão da recepção. Há uma funcionária diferente agora, e ela a pega sem nem olhar para mim.

Eu me sento de volta no plástico desconfortável da cadeira e fecho os olhos. A sala está girando, e a última coisa de que preciso agora é desmaiar, então respiro fundo e me inclino para a frente, para que minha cabeça fique mais baixa que meu coração.

Digo a mim mesma que ela vai ficar bem, que ela é uma das pessoas mais fortes que conheço. No funeral da mamãe, Nannabeth era a única que não estava aos prantos. Asha tinha nove anos na época, e eu, onze. Nós nos demos as mãos e choramos sem parar, enquanto Nannabeth disse algumas palavras para a pequena plateia que estava lá, que previsivelmente não incluía meu pai.

Algumas semanas depois, quando perguntei à Nannabeth como ela conseguiu controlar suas lágrimas, ela me disse: “Querida, eu sou uma pessoa que chora por tudo, então aprendi a não chorar por nada". Eu implorei para ela me ensinar, mas ela disse que não, porque endurecer o coração não é algo que crianças deveriam aprender.

Mas eu o fiz mesmo assim. Eu nunca mais queria sentir algo tão profundamente quanto havia sentido naquele dia. Dali em diante, toda vez que me sentia muito assustada, ou com muita raiva, ou triste, eu fazia um exercício para conseguir manter tudo dentro de mim. Eu imaginava que estava no deque de um navio no meio de uma tempestade horrível. Eu me via mergulhando no oceano e nadando pelo fundo do mar. Ainda que eu pudesse ver o caos acima, todos os sons eram abafados pela água. Era quieto ali embaixo e, enquanto eu conseguisse prender a respiração, eu podia ver o barco ser destruído a uma distância segura, sem estar em perigo.

Neste momento, estou tentando exatamente ver esse barco, mas não consigo. Tudo o que vejo é a tempestade.

— Eden?

Levanto os olhos e vejo Max, usando uma roupa azul de médico e um jaleco branco. Ele tem até mesmo um estetoscópio em volta do pescoço. Minha confusão deve estar estampada no meu rosto, porque ele dá de ombros como se não fosse grande coisa.

— Eles não me deixaram entrar, porque não sou parente, então improvisei. Eu já interpretei um médico algumas vezes, então sei como fingir.

Por algum motivo isso me faz rir, mas é um riso muito estridente e histérico, o que faz Max me olhar preocupado. E aí logo me sinto mal, porque Nan pode estar morrendo lá dentro, e eu estou aqui, rindo com o meu... bom... o que quer que Max seja.

— Eles não me dizem nada. — reclamo. — O que está acontecendo?

Ele se agacha na minha frente e pega minhas mãos, mas eu as puxo para longe dele. Ele não pode me tocar agora. Ninguém pode.

Max franze as sobrancelhas e diz:

— Eles acham que ela desmaiou por hipoglicemia. Quando ela caiu... eu não consegui alcançá-la rápido o suficiente. — Ele me olha como se o que está prestes a dizer fosse me fazer perder o controle.

— A cabeça dela bateu com força na calçada. O cérebro dela está tão inchado que... — Culpa define a expressão dele. — Eden, ela está em coma. Quando saí, ela estava sendo levada pra fazer uma ressonância e uma tomografia.

Ela está em coma.

Tento processar essa informação e não consigo. Minha Nan é pura dinamite. Uma força da natureza de setenta e cinco anos. Ela não pode estar em coma. É impossível.

— Ela desmaiou por hipoglicemia?

— Eles acham que foi isso, sim.

Ela não tomou o café com três colheres de açúcar. Eu não levei café da manhã para ela. Se eu estivesse com ela em vez de espionando o galpão de Max, nada disso teria acontecido. Nós estaríamos agora na barraca dela, vendendo coisas de segunda mão para hipsters por preços ridiculamente inflacionados.

A culpa se retorce dentro de mim, adicionando mais uma camada à minha ansiedade crescente.

— Eden?

Quando abro os olhos, Max me olha como se estivesse com medo de que eu vá me despedaçar em um grande furacão emocional. Ele não entende o quanto já estou treinada para este tipo de situação. Meu pai que não me amava. Minha mãe que morreu. Nan que...

Eu fecho os olhos e me forço a ver o barco na tempestade. Então me torno a garota no deque e suspiro aliviada quando mergulho nas águas escuras e revoltas do mar.

Assim que reabro os olhos, posso respirar de novo.

— Quando vou poder vê-la?

Max parece surpreso com minha calma repentina.

— Não sei. Eu sinto muito. Você quer alguma coisa? Um café? Algo pra comer? — Eu sacudo a cabeça. — Você ligou para a Asha? Quer que eu faça isso? — Sacudo a cabeça de novo. — Mas você ligou pra ela?

As perguntas incessantes estão me irritando.

— Vai estragar a viagem dela.

— Você conhece sua irmã melhor do que eu, mas se eu fosse ela... — a voz dele é baixa, mas eu sinto o julgamento nela, alto e claro.

Eu não o quero aqui, para me julgar e me deixar mais fraca. Eu prefiro lidar com isso sozinha. É com o que estou acostumada.

— Está tudo bem, Max. Obrigada por vir. — Tento ser calorosa e dispensá-lo ao mesmo tempo, mas acho que só consigo a segunda coisa. Pelo menos alcanço o efeito desejado, porque ele se afasta.

— Sim, claro. — ele diz. — Vou sair do caminho. Desculpa não ter podido ajudar mais.

Ele empurra as portas que levam à área de emergência, e uma bola se forma no meu estômago quando o vejo partir.

Eu não preciso dele. Eu repito para mim mesma, várias vezes. Embaixo desse barco só cabe uma pessoa, e essa pessoa sou eu.

Eu não preciso dele.

Três horas mais tarde, me levam para um quarto da UTI para ver Nan pela primeira vez. Tensiono o maxilar quando a vejo em uma cama imensa, tubos saindo da sua boca, nariz e braços, cercada de máquinas. Nannabeth sempre foi meu modelo de supermulher. Se eu não fizesse nada na minha vida, mas fosse como ela, morreria uma mulher feliz. No entanto, vendo-a agora, tão pálida e pequena e... frágil, meu único desejo é poder estar nessa cama no lugar dela.

— Ela está estável, por enquanto — o médico diz em voz baixa. — E conseguimos aliviar a pressão no cérebro, então agora só precisamos ter paciência.

— Por quanto tempo ela vai ficar em coma?

— Eu não sei. Cada um leva seu tempo. Mesmo se ela acordar, pode ter sequelas em decorrência de um possível dano cerebral. Problemas de fala, perda de memória, paralisia parcial. Não sabemos com certeza ainda.

— *Quando* ela acordar.

— Como?

— Você disse *se* ela acordar. Mas quis dizer *quando,* certo?

Ele me dá um sorriso encorajador.

— Claro. Pelo que você me disse, ela é uma mulher forte. Se alguém pode passar por isso, é ela. — Ele aperta meu braço e então me deixa ali, encarando Nan e me sentindo mais inútil a cada segundo.

Uma enfermeira observa os sinais vitais nas máquinas e faz anotações. Ela olha para mim e faz um gesto para que eu me aproxime.

— Você pode ficar — diz ela, indicando uma cadeira perto da janela. — Ajuda se você falar com ela.

Vou como uma sonâmbula até a cadeira e afundo nela.

— Do que eu falo?

— De qualquer coisa. Conte sobre o seu dia. Os médicos acreditam que conversar com pacientes em coma pode ajudá-los a acordar.

Ela termina o que estava fazendo e me dá um sorriso antes de sair. Agora somos só eu, Nan e os barulhos das máquinas ao nosso redor.

O.k., vou só falar, como se ela não estivesse aí semimorta.

— Ei, Nan. — minha voz está tensa. Eu tento engolir, mas não tenho saliva, então minha língua parece ter três vezes o tamanho da minha boca. — Como você está?

Nunca pensei que fosse sentir falta da tagarelice incessante de Nan, mas neste momento eu daria tudo para ouvi-la dizer uma palavra.

Eu começo de novo, tentando manter um tom leve.

— Sabe, nunca achei que tubos e máquinas fizessem seu estilo, mas tenho que admitir que ficaram ótimos em você. Não gosto muito da camisola antiquada, mas, fora isso, você está muito hospital-chique.

Na minha cabeça, ela concorda comigo, e isso me faz sorrir. Mas é um daqueles sorrisos que você sabe ser frágil, como uma máscara, e que está a um suspiro de se desmanchar.

— Então, escuta... Eu não acho que disse isso o suficiente, mas... Eu te amo. — Eu acaricio a mão dela. — Você faz do mundo um lugar melhor, então só... fique... o.k.? Fique comigo.

Minha garganta aperta, mas me recuso a chorar.

— A enfermeira disse que falar com você pode ajudar, e é exatamente isso que vou fazer. Vou falar até perder a voz. Aí vai — eu respiro fundo. — Eu encontrei um site pra criadores de abelhas outro dia, chamado “Ser abelha ou não ser abelha”, e é uma graça, mas não deu tempo de te contar sobre ele. — Pego meu celular e abro o navegador. — Mas agora temos bastante tempo, então só relaxa que eu te conto o que eles falam — eu pigarreio. — Ser abelha ou não ser abelha, eis a questão...

Quando abro os olhos, vejo um grande enfermeiro ruivo medindo os sinais vitais de Nan. Eu pisco e dou uma tossida para tirar a secura da minha garganta, depois digo:

— Bom dia.

Ele sorri.

— Oi.

Olho para mim mesma, toda torcida nesta cadeira desconfortável. Estou enrolada em um cobertor, o que é estranho, porque não fui dormir com um.

O enfermeiro checa o soro e murmura um “já volto” antes de sair do quarto.

— Bom dia, Nan — digo, enquanto me espreguiço e faço uma careta quando minhas costas estalam. — Você viu aquele enfermeiro flertando comigo? Que sem-vergonha. Mas até que ele é bonitinho. Talvez eu troque o Max por ele. Tipo, ele não deve ter tanto dinheiro, mas pensa aquele cabelo vermelho combinado com o meu? Poderíamos criar uma supercriança ruiva. Você consegue imaginar? Ela seria implacável. Claro, ela provavelmente se alimentaria da alma dos inimigos e entraria em combustão no sol forte, mas ainda assim. Super-ruiva!

O enfermeiro volta e me entrega uma bolsa de couro. A bolsa de Max. Eu olho confusa para ela.

— Seu irmão deixou isso pra você.

— Meu...*irmão*. Certo.

Ele vai até Nan e troca a bolsa de soro.

— Ele é gato. E bonzinho. Eu quase derreti quando ele trouxe um cobertor e te cobriu. Não há muitos homens como ele por aí. Ele é solteiro?

Bom, lá se vai minha ideia de superbebê.

Então as engrenagens do meu cérebro começam a funcionar, e eu balanço a cabeça para ver se entendo o que ele acabou de dizer.

— Espera, então o Max me deu este cobertor?

— Sim. E também sentou e conversou com a sua vó enquanto você estava dormindo. — Ele termina com o soro e anota algo. — O que eu não faria pra ter um irmão como ele...

Eu me inclino e abro a bolsa. No topo de uma pilha de roupas minhas, está um bilhete escrito à mão.

Oi, Eden.

Espero que você esteja bem.

Pensei que você fosse gostar de ter uma muda de roupa e alguns itens de higiene pessoal, já que você vai ficar com a sua Nan. Espero que você não se importe de eu ter enganado o zelador do seu prédio para entrar no seu apartamento. Caso ele diga algo, o agente do FBI pede desculpas por ter achado que você possuía material para fabricação de bombas, sendo, portanto, uma ameaça à segurança nacional. Se ele te causar problemas, me avise. O agente Richards sempre pode fazer outra visita para esclarecer as coisas.

Espero que Nannabeth esteja melhor hoje.

Por favor, me avise se precisar de alguma coisa. Estou a uma ligação de distância.

Beijos,

Max

— Você está bem?

Levanto os olhos e vejo o enfermeiro me encarando.

— Ahm... sim, estou bem.

Ele me dá um sorriso compreensivo.

— Saudades do seu irmão, né?

Eu faço que sim e guardo o bilhete.

— Sim. Infelizmente.

Durante três dias o hospital se torna minha casa. Eu me acostumo a tomar banho no banheiro público, a comer comida da cafeteria e a dormir na cama de armar que arranjaram para mim. Eu falo com Nan o dia todo, sobre qualquer coisa que me passe pela cabeça. Até invento histórias sobre homens incríveis com quem vou namorar e ter filhos, porque, sendo sincera, se alguma coisa pode chamá-la de volta do grande além, é a perspectiva de eu finalmente abandonar minha vida imunda de moça solteira.

Toby tem cuidado das coisas para mim no trabalho, mas, mesmo assim, eu sabia que não poderia evitar Derek para sempre. Quando meu telefone se acende com o número dele na tarde do terceiro dia, eu suspiro e atendo:

— Oi, Derek.

— Eden, oi. — A voz dele está estranha. Suave. Não irritada. E ele usou meu primeiro nome.

Ai, Deus, ele vai me demitir?

— Olha — digo, me endireitando na cadeira —, eu sei que meu primeiro meu rascunho era pra ontem, mas tem muita coisa acontecendo agora, então se você puder...

— Eden, tudo bem. Não estou ligando pra brigar com você.

— Você não está? — Agora estou mais confusa que preocupada.

— Toby usou todas as desculpas possíveis pra tentar explicar onde você esteve nos últimos dias, mas ele finalmente desembuchou sobre a sua avó. Eu só quis ligar pra te mandar pensamentos positivos. Perdi minha avó dois anos atrás, então eu entendo o que você está passando. Realmente espero que ela saia dessa.

Essa era a última coisa que eu esperava dele. Desmonto de volta na cadeira.

— Obrigada, Derek. Isso significa muito pra mim.

— Isso não quer dizer que eu esteja te liberando da matéria, veja bem. Significa que você terá um prazo extra. Em que pé você está na pesquisa?

— Eu tenho todo o necessário. Só preciso escrever. Mas, pra ser sincera, agora eu não consigo pensar em mais nada além de ficar com a minha vó.

Eu ouço um barulho de papéis ao fundo.

— Eu entendo. Estou indo para a Europa amanhã, por conta de algumas reuniões com possíveis investidores para a *Pulse*, então você tem até eu voltar.

— Você vai ficar fora por quanto tempo?

— Duas semanas. Consegue fazer?

— Acho que sim.

— Ótimo. — Há uma pausa, e ele pigarreia. — O.k., é estranho falar tanto com você sem gritar, então vou desligar.

Eu rio.

— Obrigada por ligar, Derek. Eu agradeço.

— Sim, claro. Se cuida. E, assim que puder encarar, comece a escrever.

— Eu vou.

Nós desligamos e eu suspiro. Nunca achei que chegaria o dia em que Derek agiria como uma pessoa normal, com sentimentos, mas acho que é nos momentos de crise que as pessoas nos surpreendem.

Olho para Nan e pego a mão dela.

— Viu, Nan? Todo mundo está do seu lado, até o babaca do meu chefe. Isso tem que servir pra alguma coisa, né?

Eu acaricio a pele dela e bocejo vendo o sol beijar o topo dos prédios do lado de fora da janela. Estou tentando ser otimista, mas é difícil. Dizer a mim mesma que ela vai ficar bem é uma coisa, acreditar nisso é outra.

— A Ash ligou hoje. Ela estava tão animada que eu não tive coragem de contar sobre você. Eu sei que você aprovaria minha decisão, porque nós duas odiaríamos que ela abrisse mão dessa oportunidade e pegasse o primeiro voo pra casa. Além do mais, o que ela poderia fazer? O cargo de chefe de seguradora de mão e tagarela oficial já está ocupado. Ela não teria o que fazer aqui. — Eu acaricio sua pele quase transparente e acompanho suas finas veias azuis com meu dedo. — É claro que, se você acordar, eu posso ligar pra ela e dizer que você sofreu um acidente, mas que já está bem, o que funcionaria pra todo mundo. Então, só... acorda, o.k.? — Eu olho para ela, desejando que ela se mova. — Não precisa ser nada grande. Só abra os olhos. Ou aperte minha mão. Você poderia apertar minha mão, isso seria bom.

Paro de falar, porque sinto aquela dor na garganta que indica que vou perder o controle. Eu pressiono minha testa contra o pulso de Nan. Nessa posição, posso sentir seus batimentos, e eu tenho que acreditar que, enquanto seu coração bater, há uma chance de ela sair dessa.

Quando ouço passos entrando no quarto, eu imagino que seja só mais um membro do batalhão de enfermeiros que checam Nan a cada meia hora. Dou um pulo quando uma mão quente toca meu ombro.

— Eden, vamos lá. Você precisa descansar. Deixa eu te levar pra casa.

Eu não deveria me surpreender por ele estar aqui. A semana toda, meu "irmão" veio me trazer mimos. Ele é popular entre as enfermeiras. Claro que é. Todas as mulheres se apaixonam pelo Mr. Romance, querendo ou não.

Quando eu levanto a cabeça, ele acaricia minhas costas.

— Ei, você.

— Oi. — Eu estou tão cansada que minha voz mal sai.

— Uau — ele diz, tirando o cabelo do meu rosto. — Não achei que fosse possível, mas... você está um lixo. Um lixo muito bonito, mas ainda assim...

Solto uma risada grossa.

— Awwwn. Você é realmente o homem mais fofo que eu conheço.

Sem esperar pela minha permissão, ele pega meu telefone e minha bolsa e me puxa para ficar de pé.

— Vamos. Você está exausta.

— Max, eu não posso sair daqui.

— Você pode e você vai. As enfermeiras me disseram que vão ligar no segundo em que algo mudar. Então hoje você vai comer, tomar um banho e dormir numa cama gostosa e quente. E eu não aceito não como resposta.

— Mas ela precisa que alguém fale com ela.

Ele me encara e diz:

— Já cuidei disso. Nosso maravilhoso *primo* Dyson vai passar esta noite aqui e ler pra ela.

Dyson, também conhecido como Pat, entra carregando uma coleção de livros.

— Oi, prima Eden. — Ele aperta meu braço. — Sinto muito pela Nan. Mas não se preocupe, fiz um curso de narração de audiolivros. Eu cuido disso. Hoje, vamos começar com *Orgulho e preconceito*. Eu faço um sr. Darcy de arrebentar.

Max espera pela minha reação. Eu suspiro e concordo.

— O.k., mas eu volto de manhã cedo.

Max me guia pelo corredor até a saída, o braço em torno da minha cintura. É tão reconfortante que eu já sinto estar dormindo, embalada em um sonho quente, alto e bonitão.

Quando chegamos ao elevador, eu me viro para ele.

— Você pode me levar para a casa da Nan em vez da minha?

— Claro. Por quê?

— Tem algumas coisas que eu preciso fazer.

capítulo dezenove

Força frágil

Max anda pelo apartamento de Nan parecendo moderno e fora de lugar em meio a toda a tralha vintage dela.

— Você era uma criança bonitinha — ele diz, ao segurar uma velha foto de família.

Eu pego algumas coisas de Nan e coloco em uma mala pequena.

— Bom, sim. Me diga algo que eu não saiba. — Eu pego a foto de noivado dela com vovô, o relógio que esteve ao lado da cama dela por cinquenta anos e o travesseiro que ela bordou com o nobre retrato de Moby Duck.

Falando em Moby, ele tem sido alimentado pelos vizinhos desde o acidente, mas acho que o coitadinho sente falta de Nan, porque assim que entrei no apartamento ele começou a me seguir por todos os cantos. Quando pego um pouco do hidratante de lavanda preferido de Nan no armário do banheiro, ele sobe na tampa fechada do vaso sanitário e grasna para mim.

— Está tudo bem, Moby. Ela vai voltar logo. — Ele grasna de novo e, quando olho para ele, percebo que nunca tinha visto um pato triste até este momento. — Ah, cara. Vem cá, está tudo bem. — Eu passo um pouco do creme cheiroso nas mãos e o pego no colo. Ele se acomoda em mim e no perfume familiar e eu faço carinho nas suas penas. — Ela vai ficar bem, Moby. Eu prometo.

Ouço um barulho e me viro, dando de cara com Max nos observando, grande demais para o espaço pequeno.

— Tudo bem?

— Acho que ele está sofrendo. Ele não está acostumado a ficar tanto tempo sem ela.

Max anda até mim e faz carinho no pato.

— Eu posso vir aqui e ahm… ser babá do pato… enquanto você estiver no hospital, se isso ajudar. Eu sou bom com cachorros e gatos, um pato não deve ser muito diferente, né?

A bolota emocional na minha garganta dobra de tamanho. Não estou nem um pouco preparada para lidar com este homem e todos os seus cuidados agora.

— Vou levá-lo para o terraço. — Eu me espremo ao passar por Max e vou em direção à porta. — O laguinho dele fica lá e ele gosta de nadar.

— Se importa de eu ir junto?

— Se você quiser. Mas você é grande demais pro laguinho. E, além disso, Moby não gosta de dividir.

Aperto Moby contra o peito enquanto guio Max pelas escadas do fundo, que levam ao terraço. Moby grasna assim que vê seu laguinho, que na verdade é só uma piscininha inflável enfeitada por Nan com pedrinhas de fibra de vidro e algumas plantas, para parecer mais orgânico. Assim que coloco Moby na água, ele abre as asas e mergulha. Quando ele está acomodado e feliz, eu pego a mangueira que Nan ligou a um tanque que recolhe água da chuva e rego suas ervas e vegetais.

Max não diz nada, mas eu sei que ele está impressionado com o jardim de Nan. Ele se inclina sobre um dos canteiros e puxa algumas pequenas ervas daninhas.

— Sua avó é incrível, não é?

Eu faço que sim, levando a mangueira até a piscina para aumentar o nível da água.

— Sim. Ela é.

— Você claramente puxou a ela. — Ele se aproxima e para atrás de mim. Nós dois ficamos vendo Moby nadar em círculos. — Como você está?

— Eu estou bem.

— Você não precisa estar, sabe. A maioria das pessoas estaria achando difícil essa situação. Não há vergonha alguma nisso.

— Eu não estou com vergonha.

— O.k., então me obedeça por um segundo.

Ele tira a mangueira da minha mão e a coloca na piscina, então, com suavidade, me puxa para os seus braços, pressionando sua cabeça contra o meu pescoço.

A sensação é incrível, mas eu instintivamente me contraio. Fazer qualquer outra coisa neste instante me faria desmontar como cinzas e sair voando com o vento.

— O que você está fazendo?

— Te ajudando. — O hálito quente dele na minha pele me arrepia. — Abraços longos aliviam o estresse e baixam os níveis de cortisol. Só relaxa, Eden. Se solta. Você vai se sentir melhor, eu prometo.

Quero dizer que ter ele apertado forte contra mim é a melhor coisa que já senti na minha vida até agora, mas as palavras ficam presas no nó crescente na minha garganta. Todas as coisas boas que sinto ficam dentro de mim, grudadas no meu medo como insetos em papel pega-mosca. As únicas palavras que consigo dizer agora são as espinhosas.

— Max, eu não consigo fazer isso.

— Mesmo? Porque você parece estar indo muito bem. — Ele aperta os braços. — Um pouco mais de entusiasmo ao retribuir meu abraço ajudaria, mas ainda assim... uma boa nota sete.

Eu me solto dos braços dele e vou para a beira do telhado. O sol está se pondo e tudo está banhado em uma luz dourada. Em momentos assim, é fácil esquecer a grande merda devastadora que a vida pode ser.

— Eu quis dizer que não consigo fazer *isto*. Eu e você.

Eu estou de costas para ele, mas o ouço se aproximar e parar do meu lado.

— Eu não estou pedindo nada, Eden.

— Sim, está. Você quer estar aqui pra mim. Me apoiar. Cuidar de mim.

— E isso é ruim?

Eu me viro para ele.

— Eu sempre tomei conta de mim mesma. Eu não preciso que você segure a minha mão.

— Eu sei disso. Eu só não acho que você deveria estar sozinha agora.

— Não estou sozinha. Eu tenho Moby. Na verdade, acho que vou ficar aqui por um tempo, pra ter certeza de que ele está bem.

Ele chega mais perto e coloca as mãos nos meus ombros.

— E quem vai ter certeza de que *você* está bem?

Eu me sinto tão pequena perto dele. Seria tão fácil me perder em seu tamanho, calor, cheiro ... E é exatamente por isso que não posso.

Baixo os olhos para o peito dele.

— Max, você tem que parar de me tratar como se eu fosse uma bomba prestes a explodir. Eu estou bem.

— Não, não está. Você acha que eu não posso ver através dessa sua armadura de mulher durona?

— E isso vindo do Grande Fingidor.

Isso o machuca.

— Sim, eu finjo, mas a diferença é que eu sei o que estou fazendo. Você não. Você está tão acostumada a ser forte o tempo todo que não consegue ver que, às vezes, admitir que você precisa de alguém é a opção mais corajosa.

Quando eu não digo nada, ele assente com a cabeça, depois dá uma olhada em Moby.

— O.k., então... se você se sentir sozinha e precisar de um amigo, eu estarei no loft da fábrica de lápis.

Ele se vira e vai em direção à escada. Assim que a porta se fecha atrás dele, a última fresta de luz do sol desaparece no horizonte.

capítulo vinte

Um pouso macio

Eu nunca estive tão exausta, tanto física quanto emocionalmente, mas, andando pelo apartamento de Nan, não consigo relaxar. Acabo jantando feijão em lata e, quando Moby ocupa seu lado na cama, cobrindo a cabeça com a asa para dormir, eu começo uma faxina. Eu esfrego o banheiro até o cheiro de água sanitária me deixar tonta. Espano todas as superfícies da sala de estar. Eu até limpo o chão de todos os cômodos. Ainda assim, continuo cheia de uma ansiedade e de uma inquietação que nunca senti antes.

Talvez ficar aqui tenha sido uma má ideia. Sempre que me viro, vejo um fantasma de Nan na sua versão bela e vibrante, seguida rapidamente por uma memória dela no hospital, frágil e inconsciente, pequena demais perto da multidão de máquinas em torno dela.

Eu preciso sair daqui.

Checo se as tigelas de água e comida de Moby estão cheias, então tranco o apartamento e apenas caminho sem destino. O ar fresco da noite ajuda um pouco, e as ruas cheias do Brooklyn acalmam minha crescente necessidade de contato humano. Quanto mais eu ando, porém, mais noto que todo mundo parece ter para onde ir, exceto eu. E alguém com quem estar. Passo por casais de mãos dadas, casais em bancos de praça, casais se olhando apaixonadamente sobre mesas de restaurantes e cafés. Acho que nunca tinha notado como o mundo todo parece acontecer em pares e, quanto mais eu percebo isso, mais agitada fico.

Não é à toa que pessoas solteiras se tornam amargas. É como se o universo conspirasse para nos fazer sentir defeituosos. Cada casal feliz que passa é um tapa na cara, enquanto o mundo parecer gritar: "Viu? Olha só a alegria que você está perdendo. Você acha que está contente, mas não está. Aqueles ali se lambendo perto do metrô, eles são os contentes de verdade. Eles têm um ao outro. Você só está sozinha e solitária e tentando se convencer de que gosta de ser assim".

Eu viro uma esquina e avisto um bar.

— Ah, sim.

Nada como um destilado forte para atenuar vontades estúpidas. Eu entro e peço uma dose tripla de uísque, sem gelo. O barman me olha estranho, mas atende meu pedido. Assim que ele me entrega a bebida, engulo tudo em três doloridos goles, o que é uma vitória, considerando que odeio uísque.

— Obrigada — digo, com a garganta queimando.

O gosto era horrível, mas pelo menos teve o efeito desejado: me distrair de pensamentos mais profundos. Eu deixo um dinheiro no balcão e saio.

Ao rumar para o leste, digo a mim mesma que estou andando sem direção, mas sei que não estou. Tento ficar feliz na minha solidão, mas não consigo. Eu penso em ligar para Asha e compartilhar o fardo de Nannabeth e como estou me sentindo, mas também não ligo.

Em vez disso, avisto o prédio familiar à distância e começo a andar mais rápido. Quando subo os degraus e paro em frente à enorme porta de metal, estou ofegante.

Com as mais diversas emoções se alvoroçando dentro de mim, respiro algumas vezes e bato na porta. Posso ouvir música clássica tocando e sinto um cheiro delicioso de algo cozinhando.

Ouço passos, e então a porta se abre e revela Max, devastadoramente sem camisa e descalço, usando apenas jeans. Por um momento, ele parece surpreso ao me ver, depois, aliviado.

— Oi.

— Oi.

Ele espera que eu fale algo e, quando não digo nada, ele diz:

— Entre.

Eu faço que sim e ele se afasta para eu passar. Depois de fechar a porta, ele para na minha frente. A distância entre nós arde. O silêncio também.

— Eden?

Eu olho para os meus pés. É mais fácil do que olhá-lo no rosto.

— Talvez você esteja certo. Talvez eu esteja solitária.

Ele fica em silêncio, e eu posso senti-lo me encarando. Vejo seus pés aparecendo sob a barra do jeans. São bonitos, como ele. Grandes e atraentes. Quando eles se aproximam, eu sinto o calor do corpo inteiro de Max a apenas centímetros de mim.

— Admitir é o primeiro passo — ele diz, sua voz suave. — E?

— E... e eu acho que hoje à noite eu não quero ficar sozinha. Eu quero ficar com alguém.

Ele está tão perto que sua bochecha encosta levemente na minha têmpora, mas ele ainda não me toca. Sua respiração quente na minha orelha me provoca um arrepio quando ele fala:

— Não faça isso. Não me procure e finja que é só porque você precisa de alguém. O mundo está cheio de alguéns. Você veio aqui porque precisa de *mim*.

Ele coloca a mão na minha cintura, e eu deixo.

— Diga, Eden. Eu prometo que isso não te torna fraca.

— Sim, me torna. Toda vez que estou com você, eu fico fraca. Estou ficando mais fraca a cada segundo.

Ele pega minha mão e a aperta contra o peito.

— Não há vergonha alguma em precisar de mim. Eu também preciso de você.

Balanço a cabeça.

— Eu não sei fazer isso.

— Nem eu, mas vamos descobrir juntos. Só deixa eu te ajudar.

Chega um ponto em que manter tudo dentro de mim fica difícil demais. A dor de segurar todas as coisas que não quero sentir se torna opressiva e, por mais que eu deteste chorar, por mais que eu tente impedir as lágrimas, elas forçam seu caminho para fora dos meus olhos, escorrendo pelas minhas bochechas. Eu penso que tensionar meu maxilar vai fazê-las parar, mas não faz. Eu acho que afundar meus dedos no peito de Max vai ajudar, mas não ajuda. Meu medo é grande demais para o meu corpo, e ele se espreme para fora de mim, para o ar livre, onde floresce e se multiplica em soluços gigantes e pesados.

— Eu posso p-perdê-la, Max.

— Você não vai. Ela é forte.

— Ela é velha. Eu vou perdê-la e então... a única pessoa que sobrará no planeta será Asha... mas ela vai embora um dia também. Casar e ser feliz... e aí eu vou ficar realmente sozinha.

— Isso não vai acontecer. Não enquanto eu estiver aqui. Vem cá.

Ele me puxa para os braços dele e eu me permito ser confortada e fraca e vulnerável. É tão estranho para mim que nem mesmo reconheço os barulhos sofridos que estou fazendo. Eu não choro assim desde o funeral da mamãe, e é tão doloroso agora quanto foi naquela época.

Eu odeio isso, eu odeio isso, eu odeio isso.

Isto é o que amar faz com você: te apresenta esse universo de dor em expansão. Porque ninguém fica para sempre. Todos vão embora no fim.

— Eu não consigo imaginar um mundo... sem a Nan. Eu não sei quem eu sou... sem ela.

Max me aperta e acaricia minhas costas. Quando ele me encoraja a colocar tudo para fora, eu coloco. Eu me agarro a ele como se ele fosse meu salva-vidas. Ele sussurra para mim que tudo vai ficar bem. Ele me diz que sou incrível e linda. Por algum motivo, isso me faz chorar ainda mais. Eu sei que estou deixando o peito dele molhado com as minhas lágrimas, mas ele não parece ligar, então eu também não ligo.

Não sei quanto tempo ficamos ali, mas é tempo o bastante para que, quando já não tenho mais lágrimas, eu me sinta exausta, a ponto de praticamente adormecer nos braços dele.

Sem dizer uma palavra, ele me pega no colo e me leva para o quarto, onde me coloca na cama, em cima de um edredom branco e macio, e me cobre com um cobertor. Então ele se deita ao meu lado e enxuga minhas lágrimas até que eu feche os olhos e apague.

***

Na manhã seguinte, acordo enrolada em volta de um homem seminu e inconsciente. O braço dele está embaixo do meu pescoço, e eu estou acomodada na sua lateral, minha cabeça no seu peito, minha mão na sua barriga. Olho para baixo e vejo minha perna nua trançada na dele. Eu me lembro vagamente de tirar minha calça durante a noite para ficar mais confortável, e Max parece ter feito o mesmo, porque ele está usando apenas uma boxer preta.

Fecho os olhos e respiro fundo algumas vezes.

Preciso de um minuto para entender como fui parar no loft dele e por que estou na sua cama, mas então tudo volta em detalhes lancinantes. Ah, sim. Eu joguei meu colapso mental e emocional para cima dele. Enquanto eu me derramava no seu peito, ele deve ter se dado os parabéns por estar a fim de uma mulher louca.

Lentamente me solto dos braços dele e me movo para o outro lado da cama. Por mais vergonhoso que tenha sido meu choro horrível, não posso negar que me sinto melhor hoje. A ansiedade que estava cozinhando dentro de mim desde o acidente se tornou apenas um ruído de fundo, em vez do ruído ensurdecedor de antes. Claro que agora tenho um novo tipo de ansiedade crescendo, o tipo que vem com meus cada vez maiores sentimentos por Max. Até vê-lo dormir me inspira um nível desconfortável de afeto.

Eu estudo o rosto dele, relaxado enquanto sonha. Ele realmente é lindo, e isso não tem nada a ver com seu maxilar esculpido ou seu rosto perfeito. É porque ele tem um dos maiores corações que já encontrei. Ele diz que costumava ser uma pessoa horrível, e talvez até fosse, mas eu não vejo nada disso agora. Tudo o que ele fez por mim desde o acidente de Nan é uma prova. Jamais um homem quis cuidar de mim assim antes. E, mesmo que eu goste de acreditar que não preciso dele, talvez eu precise. E talvez eu possa aprender a aceitar isso.

Droga. Por que ele tinha que complicar tudo sendo tão incrível?

Aperto meus olhos e deito de costas, e uma epifania toma conta de mim, fazendo o quarto girar.

Às vezes, quando a consciência vem, é sorrateira e silenciosamente, como um gato que circula o corpo da pessoa antes de se deitar no peito dela, reconfortante e quentinho. Em outras vezes, ela vem como um elefante caindo do céu e procurando um lugar macio para pousar.

Neste momento, o elefante está sentado bem em cima do meu coração, e ele se chama *Estou Apaixonada Por Este Homem*.

Eu cubro meu rosto com o braço e suspiro.

Merda.

Eu não estava mentindo na noite passada quando disse para o Max que eu não sei fazer isso. Um relacionamento real e adulto é algo no qual tenho zero experiência, e eu tenho certeza que, se existem cem formas de estragar isso, eu vou descobrir cada uma delas e mais algumas que ninguém conhece ainda. Além disso, *evitar* estragar tudo é algo para o que não tenho tempo. Não enquanto Nan estiver doente, então se Max acha que eu vou largar tudo só para me tornar a namoradinha perfeita, ele pode...

Dou um pulo, surpresa, quando uma mão quente toma a minha. Eu abro os olhos e vejo Max deitado de lado, me observando, e meu coração dispara.

— Desculpa — ele diz, com uma expressão divertida. —, não quis te assustar.

— Talvez não, mas seu sorriso me diz que você gostou, não é mesmo?

Ele dá de ombros distraidamente.

— O barulho que você fez foi bonitinho. Pareceu um camundongo recebendo tratamento de choque.

Ele olha para nossas mãos e entrelaça seus dedos nos meus.

— Como você está se sentindo esta manhã?

Coloco minha outra mão sobre a dele e me permito aproveitar o roçar suave da nossa pele. Eu nunca pensei duas vezes antes de colocar minha mão dentro das calças de um homem, mas acariciar os dedos de Max? Pode ser um gesto cotidiano para muita gente, mas para mim é todo um novo mundo de contato íntimo.

— Estou um pouco melhor — digo. — Graças a você. Desculpa por ter desmoronado. Eu normalmente não faço isso.

— Não precisa ficar constrangida.

— Mesmo? — Eu coloco meu cabelo atrás da orelha. — Eu fui totalmente um desastre emocional ambulante. Não consigo pensar em nada mais constrangedor que isso.

— Eu consigo. — Ele apoia a cabeça na mão e, contra a minha vontade, eu reparo no seu bíceps.

— Gostaria de compartilhar?

— Bom, teve uma hora em que você acordou e me olhou como se eu fosse um assassino prestes a te matar com um machado. Então você me reconheceu e... hum, bom... você se acomodou colocando a mão *lá*.

— Sério?

— Aham. No início eu achei que você estivesse dando em cima de mim semiconscientemente, mas não. Você só colocou a mão lá e voltou a dormir.

— E você tirou minha mão?

— Não. É que deixar a mão nesse lugar em particular parecia te acalmar, e garanto que foi só por isso que eu não fiz nada pra te impedir.

— Uau. Altruísta.

Ele dá de ombros.

— Eh, eu faço o que posso.

— Eu não lembro de nada disso.

Ele baixa os olhos para minhas pernas nuas, depois volta a olhar meu rosto.

— Tudo bem. Eu me lembro bem o bastante por nós dois.

Sei que ele está pensando em me tocar, porque não dá para disfarçar o tesão usando essa cueca, mas, mesmo que eu o queira mais do que é provavelmente saudável, como eu poderia pensar em sexo quando Nan se encontra naquele estado?

— Eu preciso ir.

— Não, você precisa descansar. Você ainda parece exausta.

— Eu já queria estar de volta ao hospital a essa hora.

— Dyson já está lá. Sinceramente, Eden, a melhor forma de ajudar sua avó neste momento é tirando um tempo pra você mesma. A gente pode ligar pra ver como ela está, mas você precisa de um dia de folga.

Ele pega o telefone de cima da mesinha e logo em seguida chega uma mensagem. Ele checa a tela e a vira para mim. É de Dyson.

Nenhuma mudança no estado da Nan, apesar do meu melhor trabalho como Darcy. Mas não se preocupe, vou começar Dickens nesta manhã. Meu Nicholas Nickelby com certeza vai dar em algo. Diga a Eden pra relaxar e descansar. Eu cuido disso.

Eu sorrio. Mal conheço Dyson e mesmo assim ele está abrindo mão do tempo dele para me ajudar.

— Você está pagando alguma coisa pra ele? — pergunto.

Max balança a cabeça e coloca o telefone sobre a mesinha de novo.

— Não. Quando ele ouviu a história, quis ajudar. Acho que ele percebeu o quanto eu estava preocupado com você. E como a Nan é importante pra você... — Ele vira as costas para mim. — então, aí está. Passe o dia na cama. Eu trarei o que você quiser. Comida, bebida, suporte emocional... — Ele me olha nos olhos. — alívio físico... é só falar.

Nós ficamos em silêncio enquanto o ar se enche de tensão. Boa parte dela é sexual, mas há também uma estranheza por não sabermos o que fazer. Não posso mais negar que preciso dele. A noite passada deixou isso claro. Mas algumas horas de intimidade emocional não são o suficiente para fazer minhas dificuldades desaparecerem. Só me pressionam a tentar ser diferente, mas eu não sei como.

— Então — diz ele, pigarreando em seguida. — Você... hum... nunca tocou no assunto da conversa que tivemos no galpão. Sobre a minha família.

Eu pego a mão dele de novo.

— Precisamos falar disso?

— Bom, eu joguei a confissão de que fui criado para ser um chauvinista misógino e você não fez qualquer comentário. Não sou idiota de achar que você não tem uma opinião sobre isso. Na verdade, eu tenho certeza que as suas opiniões têm opiniões.

Eu me apoio no meu cotovelo e o encaro.

— Max…

É difícil achar as palavras certas. Eu começo devagar, para não dizer a coisa errada.

— Eu não sei quem você era, mas gosto de quem você é agora, e isso é o bastante pra mim. — Estou tão desacostumada a ser emocionalmente expressiva que minha voz está falhando. — E eu sei que várias mulheres já te disseram isso, mas eu… — eu olho nos olhos dele —, eu nunca disse algo assim pra um homem, então, pra mim, é importante. Você é… *incrível*. E o que você faz é incrível. Se você enxerga seu trabalho como um tipo de penitência, você com certeza já pagou os crimes do passado.

Ele solta o ar ruidosamente pelo nariz, como se estivesse prendendo a respiração desde que me confessou seus pecados mais vergonhosos. Sinceramente, com o que sei sobre a família dele, eu estou surpresa por ele não ter virado um babaca de marca maior e declarado guerra ao mundo, mas acho que existem grandes eventos que nos definem. Há uma escolha entre sucumbir à escuridão ou lutar para chegar à luz, e Max acabou optando pela última.

Ele me encara.

— Estou feliz por você não ter pedido uma restrição judicial, mas… pra onde vamos daqui?

Eu engulo meu medo e começo a tentar ser sincera.

— Eu nunca tive um relacionamento saudável com um homem. Ou qualquer relacionamento com um homem, na verdade — eu falo rápido, pensando que talvez soe menos patético assim. Não funciona. — Eu nem sei como começar a tentar ficar com você.

Ele se aproxima e nossos narizes quase se encostam.

— Eu já tive muitos relacionamentos perfeitos, mas nenhum deles foi real. Isso tudo vai ser um grande aprendizado pra mim também.

Engolindo meu pânico crescente, eu passo meus dedos da têmpora até o queixo dele. Ser tão afetuosa com alguém é algo novo para mim, e eu fico nervosa porque não sei se estou fazendo direito.

— Eu tenho problemas de confiança. Sou impaciente e julgo rápido. E, nunca admiti isso antes, mas eu nunca encho as fôrmas de gelo quando estão vazias. Deixo pra Asha, todas as vezes.

Ele escorrega a mão do meu ombro até a parte de trás do meu joelho, passando pela minha bunda e puxando minha perna para cima do seu quadril, para escorregar sua coxa por entre minhas pernas. Ele continua a me olhar nos olhos enquanto se balança um pouco, pressionando o volume que ele agora tem na cueca contra o ponto em que eu mais estou ardendo.

— Eu me odeio tanto — ele diz, a voz ficando ofegante —, que eu deveria procurar terapia. E, quando eu dividia o banheiro com meu irmão, eu deixava só um restinho de papel higiênico, pra ele ter que trocar o rolo.

Giro meus quadris e pressiono sua coxa, agarrando suas costas para me apoiar melhor.

— Então — digo —, nós dois concordamos que somos pessoas horríveis e que nos apaixonarmos é provavelmente uma péssima ideia.

— Com certeza. — Ele sobe em cima de mim, ficando inteiro entre minhas pernas, e eu abro minhas coxas. — Uma das piores ideias da história. — Ele se esfrega em mim, sua dureza deliciosa contra minha maciez. — Mas eu não ligo. Mesmo que isso tudo acabe em catástrofe, você é a melhor ideia ruim que eu eu já tive.

Eu o puxo mais para perto. Nossos narizes estão se tocando agora.

— Última chance de mudar de ideia.

Ele procura meus olhos.

— Não vai acontecer. Nunca.

Por um momento, nós dois paramos e nos olhamos, toda uma outra conversa acontecendo no silêncio. Basicamente um papo em que um médico imaginário sacode a cabeça com pena e diz: "Lamento. Eles foram longe demais. Não há nada que eu possa fazer".

Seguro a respiração enquanto Max se inclina e me beija suavemente. Não quero me mexer para não estragar o momento. Os lábios dele são tão quentes e macios que eu poderia viver neste instante para sempre e ser uma mulher feliz. Ele suga um pouco minha boca antes de se afastar, então inclina a cabeça e me beija de novo com um pouco mais de pressão, meu lábio superior preso entre os dele. Embora seu corpo esteja tenso e duro, ele demonstra uma contenção imensa nessa pressão suave, nesse sugar de lábios, na forma como ele move a boca sobre a minha. A necessidade de nos descobrirmos pela primeira vez, em vez de apenas cedermos ao que os hormônios estão exigindo, é o que impede que nossas roupas saiam de cena o mais rápido possível.

Os beijos ficam mais intensos aos poucos e, quando nossas línguas se tocam, nós dois fazemos barulhos que confirmam a doce e lenta tortura de seguir sem pressa. Eu paro de tentar pensar e só sinto, deixando meus músculos derreterem no colchão enquanto Max se ajeita para que seus braços me segurem com mais firmeza.

Uma vez ele me disse que você pode viver e morrer durante o tempo de um bom beijo, e é disso que ele estava falando. É como se eu conhecesse a boca dele desde sempre, mas ainda não a tivesse experimentado. Como se todas as nossas partes estivessem só matando tempo até agora, vendo pessoas entrar e sair de nossas vidas até encontrarmos um ao outro.

Quanto mais lentos e profundos os beijos, mais difícil se torna respirar. Meu sangue corre mais rápido, meus membros tremem, e eu me sinto caindo em câmera lenta, mas ganhando velocidade a cada segundo. A língua dele se torna mais insistente. Ele me agarra com mais força. Eu passo de acariciar para agarrar. Puxar. Cruzando as fronteiras entre o civilizado e o animal.

— Max?

— Hmmm. — Ele beija em volta das minhas palavras.

— Uma vez você me disse que um beijo era mais efetivo quando não levava a sexo.

— Sim. — As mãos dele estão nos meus quadris agora, apertando e soltando, sua pélvis pressionando a minha.

— Este beijo está mais do que espetacular, mas eu só queria ter certeza de que você está planejando fazer sexo comigo, certo?

Ele empurra a mão por baixo da minha camiseta, a escorrega pelas minhas costelas e então pela curva do meu peito.

— Não. Nada de sexo esta manhã. — Ele me olha enquanto sua mão enorme se fecha em volta do meu peito, a ponta áspera do seu dedão provocando meu mamilo. — Eu vou te foder agora. E, mais tarde, quando não for meu corpo mandando, nós praticaremos diversas formas de amor. Mas definitivamente nada de sexo simples e chato. Não com você. Nunca.

Ele me beija novamente e, desta vez, começa a se esfregar em mim no ritmo dos movimentos da sua língua. Eu gemo e elevo meu corpo para encontrar o dele e, em segundos, meu desejo por ele, antes delicado e vaporoso, se tranforma em cru e brutal. Nós dois então finalmente deixamos os animais excitados que vinham se alimentando de nossa paixão reprimida durante as últimas semanas saírem de suas jaulas.

Ele coloca todo o seu peso sobre mim e, quando eu aperto a bunda dele com as duas mãos, ele grunhe contra minha boca e coloca sua mão entre nós, usando seus dedos fortes de pianista para me fazer arquear ainda mais. A onda de sensações é tão rápida e poderosa que o quarto gira ao meu redor. Murmúrios baixos e longos gemidos enchem o ar ao exploramos o corpo um do outro, descobrindo todos os lugares com os quais vínhamos sonhando.

Enquanto ele se esfrega em mim, seus músculos endurecem sob minhas mãos, e eu posso senti-lo duro sob a cueca, deslizando sobre o meu corpo. Max é um cara grande e o peso dele torna difícil respirar, mas eu adoro a sensação. Ele circula a pélvis e eu enrolo minhas pernas em volta dos quadris dele para trazê-lo ainda mais para perto.

Ele está tão duro que cada vez que passa pelo meu clitóris eu engasgo e imploro por mais.

— Eden. — Há um mundo de desejo na voz dele quando ele tira minha camiseta e começa a se dedicar ao meu sutiã. — Ponha suas mãos em mim. Agora.

Coloco uma mão entre nós e a deslizo para dentro da cueca dele. Max congela no momento em que eu o toco e fecho meus dedos em volta do seu pau.

— Assim?

Ele se sustenta fora da cama enquanto eu o acaricio e me delicio ao senti-lo, a expressão no rosto dele gritando um prazer tão extremo que é quase doloroso de ver.

— Exatamente assim. — Ele aperta os olhos e solta um suspiro sibilante. — Este é o primeiro aviso de que preciso entrar em você rápido, ou vou ficar louco.

— Funciona pra mim.

Ele emite um som obscuro antes de arrancar minha calcinha. E então, quando eu estou totalmente nua e mais exposta do que jamais estive com outro homem, ele se ajoelha sobre mim e olha para baixo, tão maravilhado que sinto um aperto no coração.

— Você é… Meu Deus, Eden. Eu não tenho palavras. E fantasio com isso faz tempo.

Sem me dar tempo de responder, ele abre meus joelhos e afunda sua cabeça entre minhas pernas. E aí não há como eu continuar lúcida, porque a boca dele está em mim, e tudo que posso fazer é jogar minha cabeça para trás e gemer enquanto ele me proprociona um prazer que nunca conheci.

Alguns homens tratam o sexo oral na mulher como uma obrigação. Eles fazem se for necessário, mas nunca é a primeira opção em sua caixa de ferramentas sexuais. Mas a forma como Max está movendo sua boca em mim? É como se ele estivesse morto de fome e eu fosse sua primeira refeição decente em anos. Cada vez que acho impossível ele fazer mais prazer subir pela minha espinha, ele o faz.

Eu jogo os braços para trás e agarro a cabeceira de metal da cama enquanto olho para o teto. Quando até isso se torna demais, eu fecho meus olhos e ele aperta as mãos em volta do meu quadril, me puxando com mais força na direção do rosto dele.

Ah, santo e doce Hércules.

Eu não posso. Não consigo aguentar mais. Acho que começo a implorar, mas, o que quer que eu diga, sai embaralhado.

Meu balbucio parece estimulá-lo e, quando ele geme contra mim, os primeiros sinais do meu orgasmo giram e se enrolam, baixos e profundos. Aperto os olhos e sinto a pulsação ficar mais rápida, ganhando força.

— Jesus… Max.

Estou voando tão perto do limite que seria fácil me despedaçar na boca dele, mas eu não quero isso. Esta é a primeira vez que estou transando com alguém que amo. Quero que ele seja parte de mim quando me fizer gozar pela primeira vez.

— Max... — Quando o tom de súplica na minha voz não o faz parar, eu deslizo meus dedos pelos seus cabelos e puxo sua cabeça para cima até que ele me olhe. — Eu preciso de você dentro de mim. Por favor.

Ele sobe de volta na cama e eu o empurro deitado de costas, para poder tirar sua cueca. Depois que a jogo no chão, eu o vejo pela primeira vez e, Deus do céu... ele é lindo. Eu toco a pele sedosa, acompanhando sua forma grande e grossa. Ele faz barulhos estrangulados com a garganta, mas não me interrompe.

Isso não é algo que eu normalmente faça. Eu mal olho para os homens com quem transo, porque eles são só meios para alcançar um fim. Não me importo com a aparência deles ou se são ou não enormes como um cavalo. Mas com Max, tudo importa, porque cada parte dele me excita. Sim, seu pau é incrível, mas o coração e a mente dele também. Quem ele é me importa mais do que sua aparência, e é por isso que ele é o homem mais sexy que já conheci. O corpo incrível é só um bônus.

Eu quero provar cada doce centímetro dele. Quero descobrir quais partes o farão gemer e quais o farão xingar quando eu chupá-las. Eu quero provar seu peitoral e seu abdômen e afundar meus dentes nos músculos firmes dos seus braços.

Neste momento, estou saboreando sua forma dura dentro da minha boca, seu gosto no fundo da minha língua, os sons doces e torturados que Max faz quando o engulo o mais fundo que posso, várias vezes seguidas.

— Caralho... Eden. — Eu complemento com a minha mão, trabalhando em conjunto com a minha boca. Ele agarra meu cabelo e me força a desacelerar. — Espera. Por favor... só... merda. Sobe aqui.

Com um grunhido baixo, ele me puxa até que eu me espalhe em cima dele, me beijando profundamente antes de alcançar uma camisinha no criado-mudo. Eu a pego da mão dele e ele acaricia minhas coxas enquanto a desenrolo rapidamente.

Quando termino, eu desço minha mão para nos alinharmos.

Ele segura meus quadris enquanto me pressiono contra ele, esperando que eu esteja pronta. Ele me deixa no comando, apesar de eu perceber que ele está louco para assumir o controle.

— Isto é novo pra mim — ele diz, apertando meus peitos com as mãos. — Tudo o que eu fiz com você nos últimos dias foi novo. Eu nunca me senti assim antes.

— Nem eu.

Flutuo acima dele por alguns segundos, então me dou conta de que daqui não há volta. Uma vez que dermos esse último passo, eu estarei estragada para todos os outros homens. Ele sabe disso também, e me olha de baixo com uma adoração crua.

— Eu não vou te machucar, Eden. Eu prometo. Eu quero isso mais do que você pode imaginar.

Mesmo que eu tivesse alguma dúvida, agora já não restaria mais nenhuma. Eu observo o rosto dele enquanto afundo devagar, deliciosamente, centímetro a centímetro. A pressão dele me preenchendo é tão deliciosa que me deixa de boca aberta. O queixo dele também cai, mas seus olhos continuam fixos nos meus. E então, assim que eu chego aos seus quadris e o envolvo completamente, um olhar de espanto imenso nasce no rosto dele. Eu não tenho ideia da minha expressão, porque não consigo entender o que estou sentindo: alívio, tesão, gratidão, maravilhamento. Tudo isso gira dentro de mim conforme eu subo e afundo de novo.

Deus. Sim.

É uma sensação que eu nem sabia que existia. O prazer é amplificado e fortalecido por algo mais profundo. Algo que preenche a minha alma, além do meu corpo.

Max empurra a cabeça contra o travesseiro e segura meus quadris enquanto o cavalgo. Nunca vi um homem mais glorioso na minha vida. Eu acelero, seguindo o ritmo da minha pulsação, e, quando a respiração de Max se intensifica, o rosto dele muda. De repente, ele me olha com uma fome crua e, como um raio, me vira de barriga para cima e assume o controle.

— Você é incrível — ele diz, metendo fundo e com força, exatamente como eu preciso agora. — Meu Deus, Eden... como você pode ser tão gostosa?

Ele me beija, e gememos um na boca do outro conforme ele aumenta o ritmo. Quando sinto algo crescendo em mim, mais e mais a cada metida, eu coloco a mão entre nós e faço círculos com os dedos no meu clitóris. Max me olha, uma emoção sem filtros no seu rosto.

— Eu te amo — ele diz, agarrando minha nuca antes de acelerar. — Eu te amei desde o início. Não pude evitar. Tudo teria sido bem mais fácil se você não tivesse feito eu me apaixonar por você.

Eu giro os dedos mais rápido, sem conseguir respirar quando as primeiras faíscas de orgasmo começam a chegar.

— Max... — É quase ínaudível. Eu estou sem ar. Tudo está se contraindo cada vez mais, e ele me olha como se eu fosse uma supernova explodindo bem diante dele.

— Sim, Eden... caralho, sim...

E eu gozo, tentando manter meus olhos abertos porque este é o primeiro orgasmo com o homem que amo, mas não consigo. Ondas percorrem meu corpo, e tudo o que consigo fazer é gemer o nome do Max enquanto ele continua metendo, prologando a sensação o máximo que pode.

Então, com um grito torturado, ele se enrola em mim e me aperta. Cada músculo de seu corpo fica rígido, e meu nome sai da boca dele várias vezes. Ele se aperta inteiro contra mim, duas, três vezes, cada uma com um som de prazer debilitante. E aí ele cai sobre mim, braços e pernas grossos se enroscando nos meus, derretendo de relaxamento, e nós dois afundamos no colchão.

Enquanto ficamos ali, ofegantes e parecendo criaturas sem ossos, nossos peitos um contra o outro, corações batendo num ritmo estacado e acelerado, eu não sei onde ele termina e eu começo. E, contra todas as expectativas — e apesar de ter passado minha vida toda com medo desse sentimento —, eu acho que estou bem com isso.

capítulo vinte e um
Brilhando

Eu precisei do coração partido de uma mãe, de um pai babaca e de mais de uma década de anestesia metódica para construir uma fortaleza em torno do meu coração. Max precisou de um dia para demoli-la.

Durante muitos anos, eu pensei que o amor me enfraqueceria, me tornaria sem forma e fraca em um mundo espinhoso e implacável. Mas, depois de realmente deixar o Max entrar e admitir o que sinto por ele, parece que o contrário aconteceu. Estar com ele faz com que eu me sinta como uma super-heroína. Cada toque gentil e olhar apaixonado, cada vez que ele sorri para mim como se não pudesse acreditar que sou de verdade, cada xingamento sussurrado quando eu lhe dou prazer, me enche de tanta adrenalina que eu poderia parar um trem.

Parte de mim se sente idiota por ter tido medo desse sentimento durante tanto tempo, mas ainda sinto um espinho de ceticismo me espetando, sussurrando que eu embarquei estupidamente no Expresso do Amor, mesmo sabendo muito bem qual o destino final. Nesses momentos, meu cérebro se torna agressivo e barulhento, como um bêbado se preparando para uma tremenda briga de bar com meu coração. Na utopia que tenho vivido nos braços de Max, o bêbado desmaia antes de causar qualquer dano real. Mas, sinceramente, eu me pergunto quem ganharia de fato, se Max não estivesse aqui, constantemente me lembrando que está no ringue com o meu coração.

Talvez seja esse medo que me faz ser egoísta e decidir passar o dia todo com ele. Entre ligações para o hospital para checar como está Nan, ele cozinha para mim, toma banho comigo e me mantém quentinha e segura. E, mais que tudo isso, ele passa a maior parte do tempo enroscado em mim, me mostrando várias vezes o quanto me ama e precisa de mim.

Aparentemente, nós temos muita frustração sexual para trabalhar ainda, porque, quando eu penso que não podemos transar mais uma vez, ele me olha de um jeito, ou me beija, ou anda por aí seminu, então as cinzas do nosso desejo se tornam chama de novo. Sim, eu estou ficando dolorida, mas o desconforto não é nada comparado ao que sinto quando ele está se mexendo dentro de mim. Me conectar tão profundamente com ele é uma euforia tão grande que um pouco de irritação não é o bastante para amornar minha paixão.

E agora eu estou deitada na cama, olhando para ele enquanto o sol da manhã começa a aparecer por cima dos prédios de Manhattan. Ele está deitado de barriga para baixo, com os braços enrolados em um cobertor, o lençol mal cobrindo a curva da sua bunda. Eu corro gentilmente meus dedos pelos músculos das costas dele e afasto uma mecha de cabelo da sua testa. E aí faço algo que nunca pensei que faria com um homem: eu suspiro. Por mais ingênuo e romântico que isso possa parecer, é a única reação que me parece apropriada agora. Esse homem lindo é meu. Quão bizarro é isso?

Meu primeiro instinto é ligar para Asha e descarregar minhas emoções épicas, mas agora ela provavelmente está com a língua enfiada na boca de algum belo francês, então essa não é uma opção. Contudo, ainda preciso de um escape, e sei que existe uma maneira segura de expurgar todos esses pensamentos e ainda dar um jeito na minha situação profissional.

Eu me inclino e dou um beijo suave na cabeça de Max antes de sair da cama, vestir uma de suas camisetas gigantes, ir para a sala e sentar em sua escrivaninha. Há um iMac enorme bem no meio dela, e quando eu aperto um botão, a tela acende.

Abro um documento em branco e começo a digitar. As coisas que aprendi com Max precisam ser ensinadas a outras pessoas e, neste momento, escrevê-las me parece a melhor forma de passar isso para a frente. Como com qualquer texto, as melhores coisas vêm direto do coração, e é isso o que acontece enquanto encho páginas detalhando minha experiência com o Mr. Romance. Não é a história que eu planejei escrever e não é o que Derek está esperando, mas é a verdade, e me sinto bem em poder falar de algo tão puro em um mundo que parece viver de piadas maldosas e críticas. Eu escrevo sobre meus preconceitos a respeito dos motivos de Max e sobre como eu estava errada; eu escrevo sobre as clientes dele e sobre como eu as julguei mal; mas, acima de tudo, eu escrevo sobre Max, sobre como ele deixou para trás quem foi educado para ser e se transformou no homem que tantas pessoas precisavam que ele fosse.

Ao terminar meu último parágrafo, o sol já está totalmente visível no horizonte. Quando ouço Max bocejando no quarto, salvo rapidamente o documento e desligo o monitor. Eu ainda preciso conversar sobre o que pretendo fazer com isso antes que ele leia, para que ele não entenda errado.

Quando volto para o quarto, Max está se espreguiçando, e eu não posso deixar de notar que o lençol mal cobre sua épica ereção matinal.

— Bom dia — ele diz, sua voz abafada pelo sono. Eu me enfio embaixo dos lençóis e me enrolo ao seu lado.

— Bom dia. — Dou uma olhada no volume sob o lençol. — Sério? Ele nunca fica cansado?

Ele puxa o lençol para cima um pouco, mas o contorno continua claríssimo.

— Não quando está perto de você, pelo visto. Acredita em mim, eu não tinha ideia que ele tinha essa energia até você aparecer.

Eu me apoio no meu cotovelo e olho para ele.

— Bom, não vá se animando. Eu preciso ir ficar com a Nan e, se você chegar perto de mim com essa coisa, nós dois sabemos que ficarei aqui por horas.

Ele me puxa para um beijo e então se afasta para examinar meu rosto.

— Só me prometa que, se sair daqui hoje, você não vai surtar enquanto estiver fora e mudar de ideia sobre a gente.

— Eu posso prometer que vou tentar — eu digo e o beijo suavemente, realmente esperando que não existam surtos no meu futuro, já que agora sou membro oficial da Seita do Amor. Nesse momento eu poderia escrever volumes de poesia sobre a ternura dos olhos dele, a curva sensual dos seus lábios e a perfeição masculina do seu corpo. Eu estou tão cheia de amor por ele que a Eden de um mês atrás pensaria estar em uma realidade paralela. Ela reviraria tanto os olhos que talvez até conseguisse ver o próprio cérebro.

Quanto ao Max, ele só respira profundamente e me encara, sereno e inocente. Como sempre, ele consegue ler meus pensamentos, e com certeza deve estar se parabenizando por ter transformado a cética durona em uma tonta apaixonada.

— Você odeia o que está sentindo por mim, não odeia? — ele pergunta, com um sorriso se espalhando pelo rosto.

— Meu Deus, demais! Nunca esteve no meu plano de vida me sentir assim.

— Nem no meu. — Ele contorna meu rosto com os dedos. — Você sacudiu meu mundo inteiro, Eden Tate. Estou acostumado a estar no controle. A ser aquele por quem as pessoas se apaixonam. Não deveria ser eu a me apaixonar.

— Ainda assim, você deve estar se sentindo muito bem por eu ter caído direitinho na sua isca.

Ele observa a própria mão enquanto a desliza do meu pescoço ao meu peito.

— Eu não usei nenhuma isca com você, mas fui muito além do que normalmente vou nos encontros. Tudo sempre foi mais real com você.

— Porque você estava tentando acabar com a minha matéria?

Ele franze as sobrancelhas.

— Em parte. Eu precisava que você entendesse o que eu faço e por que eu faço, pra que você parasse de pensar que eu sou um babaca. Mais do que isso, eu queria que você me visse. Me *conhecesse*. Você acha que consigo escrever uma música pra qualquer uma? Só pra você e só como Caleb.

Corro meus dedos pelos seus cabelos e, quando arranho de leve minhas unhas em seu couro cabeludo, ele murmura em aprovação.

— Você não poderia só ser você mesmo?

O sorriso dele some.

— Não, porque eu passei tantos anos tentando mudar o homem que eu costumava ser, que já não sabia mais quem eu era. — Ele se senta, e agora é ele que olha para baixo para me ver. — E, mesmo assim, não importava qual fosse meu personagem, eu sempre me sentia uma pessoa melhor quando estava com você. Por tanto tempo eu me senti um ninguém... você fez eu me sentir um alguém de novo. Alguém que não precisa se esconder atrás de personalidades falsas pra ser um bom homem.

Ele se inclina e me beija e, depois de muitos minutos de um amasso lento e apaixonado, as coisas esquentam bem mais do que deveriam para quem está com pressa como eu.

Eu o afasto, rindo quando ele grunhe desapontado.

— Eden, por favor. Eu estou sofrendo aqui.

— Eu também. Então guarda esse troço gigante dentro das calças até de noite, que até lá acho que a Regina já vai ter se recuperado o suficiente pra deixá-lo entrar de novo.

Ele deita de barriga para cima e se cobre com um travesseiro.

— Droga, estar tão a fim de você é uma tortura.

Eu sorrio e saio da cama.

— Uma verdade. — Eu entro no banheiro e ligo o chuveiro. — Então, quer jantar hoje à noite? Se sim, eu precisaria voltar pro hospital depois. Estou morrendo de culpa por ter gozado mil vezes em vez de ficar com Nan, mas ainda assim... — Olho para ele pela fresta da porta enquanto espero a água esquentar. — Nós podemos passar algumas horas juntos.

É ridículo que, depois de todo o sexo que fizemos, eu ainda fique nervosa ao chamá-lo para jantar. Meu coração está disparado como se eu estivesse convidando o capitão do time de futebol para a formatura.

Ele se senta e me olha por alguns segundos. O breve silêncio que se segue parece infinito. Meu cérebro pensa em dezenas de motivos para ele hesitar, e nenhum deles é bom. Então prendo a respiração e espero ele responder.

— Eden, eu adoraria, mas hoje... eu vou trabalhar.

— Ah, trabalhar tipo...

— Eu tenho um encontro.

Meu estômago vira chumbo.

— Certo. Mas eu achei que você não estivesse atendendo clientes enquanto nós estamos... bom... o que quer que esteja acontecendo.

— Eu não estava, mas eu tenho contas vencidas. Além disso, algumas clientes estão passando por períodos difíceis e realmente precisam do meu apoio.

Quero dizer que tenho certeza de que nenhuma delas tem uma avó em coma, mas isso seria mesquinho, sem falar injusto. Ele não trabalha há semanas por minha causa. Eu não posso tirar o ganha-pão dele, mesmo que me doa pensar em outras mulheres recebendo seu carinho.

— É claro. Sem problema algum.

— Podemos nos ver amanhã à noite. Eu te levo pra jantar.

Eu sorrio.

— Sim, claro. Parece ótimo.

— Eden...

Eu sei que ele vai pedir desculpas, e eu não quero mesmo que ele faça isso.

— Max, por favor, não se preocupa. Está tudo bem. Você tem contas a pagar. Eu entendo completamente.

Tiro a roupa e entro no banho. A água está quente demais, mas isso é bom neste momento. Eu a deixo correr pela minha pele enquanto tento aliviar a tensão nos meus músculos.

Sendo realista, eu estava preparada para isso. Sempre pensei que um relacionamento contivesse algum grau de decepção e concessão. O trabalho de Max é importante para ele, e com razão, mas isso não torna mais fácil aceitar que, se eu mergulhar fundo em tudo isso com ele, vou possivelmente ser uma jornalista desempregada, cujo namorado atende uma boa parte da bela elite de Nova York. Preciso encontrar uma forma de ficar bem com isso.

Quando me viro para molhar meu cabelo, dou um pulo ao ver uma sombra do outro lado da cortina. Ao puxá-la, vejo Max ali, com uma expressão perturbada no rosto.

— Encontros são só trabalho — ele diz. — Eles não mudam o que sinto por você. — Ele chega mais perto. — Além disso, com tudo saindo no artigo, não sei mais quanto tempo isso vai durar, e eu preciso do dinheiro. Eu sou alguém sem faculdade e com uma dívida imensa. Nunca vou conseguir ganhar tanto dinheiro fazendo outra coisa.

— Eu sei. E eu não quero que você pare. Você é ótimo no que faz e essas mulheres precisam de você.

— Mas te incomoda, não?

Eu desligo a água. Quando ele me estende uma toalha, eu saio de debaixo do chuveiro e a enrolo em volta de mim.

— Max, se imaginar você saindo e beijando outras mulheres não me deixasse louca de ciúmes, você deveria se preocupar com a profundidade dos meus sentimentos. — Eu me estico para lhe dar um beijo. — Escuta, eu sabia com o que você trabalhava e me apaixonei por você mesmo assim. Eu vou achar uma forma de lidar com isso, o.k.?

Ele me encara sem piscar por uns três segundos, então me pergunto se cometi algum pecado que eu não sabia existir no universo dos relacionamentos.

— Max? Você está bem?

Ele engole e assente, e eu vejo os músculos do seu maxilar trabalhando.

— Sim, você só… — Ele parece estar lutando para manter a compostura. — Você disse que me ama pela primeira vez, e eu achei que estivesse preparado pra isso, mas pelo jeito não estou não.

Ele me puxa para os seus braços e enfia o rosto no meu pescoço.

— Fala de novo.

Eu rio, apertando-o mais forte.

— Eu te amo, Max Riley. Eu te amo de um jeito estúpido, doente e revoltante. Isso te faz feliz?

Consigo sentir o sorriso dele contra minha pele.

— Mais do que você pode imaginar. — Ele se afasta e me olha. — Só pra constar, eu também te amo revoltantemente, então acho que vamos mesmo fazer isso.

Eu sorrio.

— Acho que sim.

Nós estávamos tão protegidos dentro da bolha de prazer na qual vivemos durante as últimas horas que não pensamos no que aconteceria quando saíssemos do apartamento. No entanto, agora que colocamos nossos sentimentos para fora, maiores do que nós mesmos e assustadores demais, precisamos achar um jeito de fazer isso funcionar na vida real.

— E você tem certeza que vai ficar bem comigo voltando a trabalhar?

Ele estuda meu rosto esperando uma reação, e eu me forço a manter meu sorriso sincero.

— Com certeza. Agora, sai daqui antes que eu faça coisas com você que me farão precisar de outro banho.

Ele me dá um beijo rápido e um aperto na bunda, mas, assim que ele vai para o quarto, eu sinto um peso no estômago que me diz que esse relacionamento novo e brilhante que estamos construindo está sob um terreno instável.

Quando termino de secar meu cabelo e visto o roupão de Max, descubro, pelo aroma no ar, que ele já começou a preparar o café da manhã. Assim que chego à cozinha, me deparo com um prato de comida em cima do balcão. Está tão apetitoso que parece ter vindo de um restaurante. Max está andando só de jeans, fazendo café preto em sua máquina de *espresso* vintage. Eu tiro um momento para olhá-lo com admiração.

Ele me pega olhando.

— O quê?

— Só estou me perguntando se você é ruim em alguma coisa.

— Claro. Em coisas demais pra te contar.

Eu me sento em um dos bancos de metal em frente ao balcão de inox.

— Fala algumas, só pra eu saber que você não está mentindo.

— Tá bom. Contabilidade. Sou terrível nisso e me entedia até a morte.

Eu levo uma garfada de ovos à boca. Previsivelmente, estão deliciosos.

— Bem-vindo ao clube. E...?

— Boliche. Eu sou o rei da canaleta.

— É, é. Isso não é nada. Algo importante?

Ele me traz um capuccino perfeito e o coloca na minha frente, passando um braço pela minha cintura e me puxando na sua direção.

— Sim. Ficar longe da mulher que me deixa mais duro que aço. Eu sou terrível nisso. — Ele se inclina e toma posse dos meus lábios. Mesmo com pressão mínima e nenhuma língua, a onda de desejo que corre por mim é tão forte que conseguiria lançar um satélite do tamanho de uma cidade ao espaço.

Eu toco o rosto dele e nós dois ficamos assim, lábios unidos, respiração rápida.

Quando nos separamos, eu olho para ele.

— Eu preciso terminar de me arrumar, seu homem malvado.

— Ainda não. — Ele me beija de novo, mais profundamente desta vez, e definitivamente com língua. Se a intenção dele era me fazer esquecer o que eu ia dizer ou fazer, ele é vitorioso. Quando ele se afasta, sua respiração está tão atrapalhada quanto a minha. Ele aperta meus peitos por cima do tecido macio, então grunhe de frustração e dá um passo para trás.

— Coma seu café da manhã. Talvez se sua boca estiver ocupada, eu consiga esquecer todas as coisas que quero fazer com ela.

Como rapidamente enquanto ele arruma a cozinha, e fico admirando suas costas maravilhosas. Max está quieto e parece perdido em pensamentos, então nem percebe quando vou terminar de me arrumar.

Ao finalmente sair do quarto, completamente vestida para enfrentar o dia, fico chocada ao encontrar Max sentado em frente ao computador. Seus antebraços estão apoiados na escrivaninha, e ele está inclinado para a frente, seu rosto iluminado pela tela enorme.

Ele olha para trás quando ouve eu me aproximar. A expressão dele tem um pouco de culpa, mas também algo a mais que não consigo definir.

— Você escreveu isso hoje de manhã?

Eu faço que sim.

— Não conseguia dormir. Pensamentos demais.

— É isso o que você pensa de mim?

É impossível interpretar o tom dele, então resolvo aceitar o que vier e ser honesta.

— Sim.

Ele aponta para o parágrafo final e o lê em voz alta.

— "Tudo parece ordinário até você se sentir amado, então tudo se transforma. De repente, é algo lindo. Incrível. *Inestimável*. Todo mundo merece se sentir inestimável pelo menos uma vez na vida. Apesar de seu passado conturbado, Max Riley criou um negócio em que faz mulheres se sentirem assim. A prosperidade do *Mr. Romance* pode nos dizer algo sobre o estado da nossa sociedade obcecada pela imagem. Talvez, se existissem mais pessoas como o sr. Riley espalhando a alma do romance por aí, o mundo fosse um lugar melhor".

Ele fica quieto e se vira para mim.

— Eden... esse artigo é... — ele sacode a cabeça. — Eu não mereço tanto.

— Sim, você merece. Eu não teria escrito se não merecesse.

Ele se reclina na cadeira.

— Quando vai ser publicado?

Eu me aproximo, nervosa por ele estar tão tenso.

— Não vai. Eu decidi dizer ao Derek que está tudo cancelado.

Espero ver alívio em seu rosto, mas ele parece dividido.

— Esse texto é... brilhante, Eden. Sério. Eu nem sonhava que você pudesse escrever algo tão bonito sobre mim. Filosófico, até. Esse artigo pode fazer sua carreira decolar.

— Sim, mas às custas da sua, e eu não estou disposta a fazer isso. Eu me sinto melhor depois de ter escrito tudo, mas, Max, você sabe tão bem quanto eu que, se isso for publicado, seu negócio acaba.

Ele pega minha mão e eu fico entre as pernas dele, enquanto ele olha para os nossos dedos.

— No começo, essa decisão era tão simples... Era eu ou você. Uma luta por sobrevivência, mas agora...

Acaricio o cabelo dele.

— Eu sei o que você quer dizer.

Ele se inclina na cadeira e nos encaramos. Não há uma resposta fácil. Não importa o que façamos, alguém sairá arruinado. Meu lado teimoso e egoísta não quer que seja eu, mas, só de pensar em machucá-lo, já fico enjoada. É a isso que o amor me reduziu? A alguém que desiste dos seus sonhos para proteger o homem que ama?

Talvez o Derek fique com pena de mim e não me demita. Ou talvez eu esteja errada sobre o trabalho do Max nos destruir.

Não acho que alguma dessas possibilidades seja provável, mas tenho que ao menos tentar.

— É disso que se tratam relacionamentos, certo? — digo, me sentando no colo dele. — Sacrificar o que você quer pela pessoa que você ama?

Eu me inclino e fecho o documento. Max então coloca a mão dele sobre a minha.

— Eu queria que existisse outro jeito.

Suspiro.

— Em um mundo perfeito, nós dois conseguiríamos o que queremos, mas, como sei que isso não é possível... — Eu sorrio para ele antes de enviar o documento para mim mesma por e-mail. — Eu prometo que isso é só pra mim. Eu só quero ter uma cópia para que, sempre que eu me sentir uma fraude sem talento, eu possa me lembrar que uma vez escrevi algo decente e profundo.

Quando um som anuncia que o e-mail foi enviado, eu deleto o documento, e então, para tornar tudo ainda mais doloroso, eu esvazio a lixeira.

— Derek está na Europa, vai ficar lá por duas semanas. Assim que ele voltar, vou dizer a ele que a matéria está cancelada. Se eu implorar bastante, ele talvez me deixe voltar a fazer memes.

Max me olha com pena, e eu passo os dedos por suas sobrancelhas franzidas.

— Eu não quero que isso acabe com a gente.

— Eu odeio que você precise fazer isso — ele diz. — *Obrigado* nem começa a expressar o quanto eu estou grato. Você vai ficar bem?

— Claro. Você esqueceu que agora eu tenho um namorado maravilhoso pra me dar apoio emocional? — Eu tremo um pouco. — Uau, é estranho dizer isso.

Ouço um barulho em seu peito e Max me aperta mais forte contra ele.

— Talvez você precise dizer de novo, só pra se acostumar.

— Hummm… Meu namorado maravilhoso parece gostar de quando eu chamo ele assim.

— Sim, ele gosta pra caralho.

Ele me puxa para um beijo e isso é exatamente o que preciso antes de sair da nossa bolha de amor e enfrentar o mundo real. Talvez tudo fique bem com ele ao meu lado. Se alguém pode me fazer acreditar nisso, esse alguém é o Max.

capítulo vinte e dois
A dura realidade

— **Bom, essas são todas as notícias** de hoje, Nan — digo, fechando o jornal. — Caras grandes jogaram contra caras grandes em esportes envolvendo bolas. Como eu sei que isso te entedia, vou resumir dizendo que alguém perdeu, alguém ganhou e várias pessoas ficaram felizes ou tristes por causa disso.

Termino de dobrar o jornal e o coloco no chão. Não há espaço no criado-mudo dela desde que a tiraram da UTI e a transferiram para um quarto, há alguns dias atrás. Se algum dia eu duvidei de que outras pessoas amam Nan tanto quanto eu e Ash, a multidão de vasos cobrindo cada canto vazio do quarto prova que eu estava errada.

Há até um buquê de rosas do Derek. Quando elas chegaram, me lembraram do quanto eu não estou ansiosa para dizer a ele que vou arquivar o artigo. Depois de ele ter sido gentil me dando mais tempo, parece até uma traição.

Pego meu celular e olho para a mensagem que ele me mandou mais cedo:

> Ei, Tate. Espero que sua avó esteja bem. Ansioso para ver seu artigo TERMINADO quando eu chegar. Não me decepcione. Eu espero grandes coisas de você. Nós precisamos disso.

Eu sei que a *Pulse* tem passado por dificuldades financeiras e que meu artigo geraria uma renda muito necessária, então pensar nas más notícias que tenho para dar me faz suar frio.

Ainda assim, isso precisa ser feito. Que escolha eu tenho?

Deixo meu celular de lado e engulo minha culpa enquanto espalho creme nos braços de Nan.

— Em outras notícias da semana, Asha ligou ontem pra me dizer que conheceu um cara na França. Ela vai usar um tempo das férias dela pra ficar por lá com ele antes de voltar pra casa, então, ufa.

Mesmo que Nan permaneça completamente imóvel, eu posso sentir seu julgamento pairando no ar.

— Nan, você não ouviu como ela estava feliz. Se eu estragasse a euforia dela com notícias trágicas sobre você, seria como esmagar uma borboleta com uma raquete de tênis. Além disso, ela ficou tão feliz de ouvir sobre Max e eu que gritou "Eu sabia!" pelo menos umas cinco vezes. Eu simplesmente não queria que ela mudasse de humor e começasse a gritar comigo. Ela vai ter tempo suficiente pra isso quando voltar.

Quando eu termino e passo o excesso de creme nos meus próprios braços, meu telefone vibra com uma mensagem de Max.

A caminho. Até daqui a pouco.

Meu corpo inteiro se acende com antecipação. Como passei os últimos dois dias ao lado de Nan e Max trabalhou durante a noite, passamos pouquíssimo tempo juntos, então estou implorando por uma boa e dura dose de sr. Riley. Nós vamos jantar hoje e, se Deus existe, ficar sem roupa. Sendo sincera, a comida não é a estrela da noite. Eu passaria até fome para ter Max entre as minhas pernas por mais tempo.

Dou uma checada rápida na minha aparência no espelho do banheiro, então pego a escova de cabelos de Nan para arrumá-la para a nossa visita. Ela adora tranças hippies e, assim que eu arrumo seu cabelo de um jeito complexo, ela se parece mais consigo mesma.

— Então — digo, puxando seu cabelo de lado e o desembaraçando. — Estou oficialmente namorando com o Max faz dois dias, mas...

— Eu divido seu cabelo em três e começo a trançar. — Nós já temos um obstáculo enorme. Você pode imaginar namorar um homem que trabalha derretendo calcinhas? Porque eu não vou mentir pra você, é difícil. Eu sei que eu deveria conseguir separar fantasia de realidade, mas, quando a fantasia envolve ele dar uns amassos com outras mulheres regularmente, é difícil. Eu só espero que fique mais fácil de lidar com o tempo, porque senão... — Droga, eu não quero pensar no "senão". Dói demais.

Enrolo a trança no topo da cabeça dela, prendendo com alguns grampos, então coloco algumas de suas fivelas de margarida preferidas.

— Pronto — digo, me afastando para analisar meu trabalho. — Você é a adolescente idosa mais bonita deste lugar. — Eu me inclino e beijo a testa dela. — É claro que você diria que um homem tão incrível como Max vale qualquer quantidade de angústia, não é? — eu digo, me sentando e tomando a mão dela. — E você provavelmente estaria certa.

Ouço um barulho e, ao olhar para cima, vejo Max na porta, me observando com um sorriso contemplativo.

— Sobre o que Nan estaria certa?

Meu peito se acende com arrepios, e me pergunto se isso é normal.

— Sobre tudo. Como sempre.

Eu me levanto e seco minhas mãos suadas no meu jeans.

— Olha, Nan. O Max está aqui. — Só dizer o nome dele faz borboletas levantarem voo no meu estômago.

Ele sorri.

— É com satisfação que anuncio que Moby e eu assistimos a algumas horas de *Animal Planet* hoje. Sabe, ele adora ver como os animais comuns vivem.

Max tem visitado Moby todas as manhãs para que ele não fique deprimido, e Moby gosta dele como um pato gosta de... bom, você sabe.

Ele olha para mim e sacode a cabeça.

— Eu não estou dizendo que você parece ter ficado mais bonita desde a última vez que te vi, mas... — ele inspira profundamente e então solta tudo de uma vez. — Deus, senti saudades.

— Foram quarenta e oito horas.

— E isso são quarenta e oito horas a mais que o necessário. — Ele se aproxima e me puxa para um abraço, e eu já não me contraio mais. Eu retribuo seu abraço com força, deixando Max absorver um pouco da minha tensão.

Ele se afasta para me olhar.

— Seria falta de respeito te beijar na frente da sua avó?

— Não. Na verdade, o choque de me ver sendo carinhosa com um homem talvez até faça ela acordar. Vai fundo.

Ele me beija e em apenas segundos estamos profundamente entregues à boca um do outro. Senhor, isso é estranho. Sentir tudo isso. Me permitir gostar disso. Ter um coração tão cheio que parece grande demais para o meu corpo.

Nós nos afastamos assim que uma enfermeira negra com unicórnios no uniforme entra para dar uma olhada em Nan. O nome dela é Shirley, e ela é a minha favorita.

— Não liguem pra mim — ela diz. — Eu nunca acreditei mesmo na história de que vocês eram irmãos.

Max limpa meu gloss da sua boca e esconde um sorriso. Ele pega outra cadeira e nós nos sentamos ao lado da cama de Nan.

— Então — ele diz enquanto Shirley anota coisas e coloca um medidor de pressão em Nan. — Eu sei que a gente tinha planos pra hoje, mas vou ter que trabalhar.

— Mais um encontro? — pergunto, incapaz de esconder minha decepção. — É o quarto esta semana.

Shirley termina de anotar os sinais vitais de Nan e nos lança um olhar.

— Jesus. Eu vou sair daqui. Vocês dois parecem ter algumas coisas pra resolver.

Não posso dizer que ela está errada.

Quando ela sai, Max pega minhas mãos.

— Desculpa. Esses encontros são os que cancelei enquanto estava tentando te conquistar. Eu estou tão decepcionado quanto você. — Ele enrosca os dedos nos meus. — As próximas semanas serão infernais, mas depois... eu farei todo o possível pra passarmos mais tempo juntos. Prometo.

Eu me sinto levemente ofendida por saber que um pato vê meu homem mais que eu.

— Eu poderia ir ao loft de manhã. Um despertador especial.

Ele baixa os olhos quando pouso minha mão na sua coxa, e eu quase consigo ouvir o sangue correndo nele.

— Eu adoraria, mas não vai dar. Chego tarde hoje e começo cedo amanhã. Talvez sexta?

Eu me afasto dele. Mesmo com todo o seu talento para a atuação, agora está tão vísivel quanto a ereção na calça dele que ele está escondendo algo. Meu cérebro me diz para abrir logo o jogo e tentar chegar à verdade, mas meu coração sussurra que a verdade é provavelmente a última coisa que eu quero ouvir. Algo está acontecendo com o Max e, se ele está mantendo em segredo, é porque deve ser algo que vai me machucar.

— O.k. — respondo, fazendo o meu melhor para agir como se a ansiedade não estivesse transformando meu estômago em ácido. — Vou esperar você me ligar. Me avisa quando as coisas se acalmarem.

Ele se levanta e me puxa para ficar de pé, então segura meu rosto com as duas mãos e me beija tão profundamente que eu quase acredito que tudo vai ficar bem.

— Eu te amo — ele diz, me beijando de novo. — Prometo, as coisas ficarão menos loucas em breve. Te vejo em alguns dias.

Ele me abraça por alguns segundos e, com esforço, se afasta, indo em direção à porta.

Quando ele sai, eu suspiro e me sento de novo.

— Eu acho que você teve uma ótima ideia, Nan. Patos são bem menos estressantes que homens.

Quando entro no apartamento de Nannabeth, eu estranho o silêncio. Normalmente, assim que Moby ouve qualquer barulho de chave, ele vem correndo para ver quem é, mas não vejo pato nenhum.

— Max? Moby? — eu entro na sala e vejo a bolsa de couro de Max, mas o apartamento está vazio. Pensando que eles devem estar no terraço, vou para as escadas.

Já se passaram dois dias desde que Max foi ao hospital, e eu dei uma fugida na esperança de fazer uma surpresa e convencê-lo a almoçar comigo antes que ele desapareça em mais um encontro. É uma loucura que, agora que sou sua namorada oficial, eu o veja menos do que quando ele era só um personagem de uma matéria. Desde quando isso é justo?

Nós nos falamos pelo telefone, claro, mas isso não torna ficar longe mais fácil. Eu só preciso vê-lo por alguns minutos para aquietar minha paranoia natural, que não para de sussurrar que ele ainda pode estar me enrolando. Agora que concordei em cancelar a matéria, parece que ele está voltando a trabalhar normalmente, me mantendo interessada apenas o suficiente para não causar problemas. Eu não acredito de verdade nisso, mas meu lado irracional e desconfiado, sim. Quando olho nos olhos dele, essa parte de mim cala a boca por um tempo. Estar em seus braços também não é ruim.

Ao chegar no terraço, eu me xingo mentalmente por ter deixado meu celular no apartamento, já que a visão que tenho precisa ser registrada para as futuras gerações. Max está ao lado do laguinho, usando apenas shorts e tênis de corrida, fazendo flexões com Moby sentado na sua bunda. Cada vez que ele desce e sobe de novo, o pato grasna, como se fosse um personal trainer com penas.

Eu fico onde estou e apenas observo, segurando a risada. Há algo em quão gostoso Max é, o que, misturado a quão adorável Moby é, faz meu coração, assim como as partes baixas do meu corpo, enlouquecer.

Aprecio meu tempo olhando Max em toda a sua glória suada e musculosa, enquanto ele faz mais flexões do que me dou ao trabalho de contar. Senhor, esses músculos. Eu nunca havia pensado em quantos lugares para transar existem no terraço de Nannabeth, mas com certeza estou pensando em todos agora. Hoje Max está coberto de tatuagens, e me pergunto para qual fantasia elas são. Mas então logo paro de me perguntar, porque todas as possibilidades são sexy demais para imaginar, e eu não quero pensar nele jogando toda essa sensualidade para cima de outra pessoa.

Quando Max termina, ele se levanta devagar, para que Moby possa pular para o chão.

— Muito bem — ele diz, apontando para a piscina. — Três voltas ao redor dela e então você pode nadar. — Moby levanta o rosto e grasna para ele. — Ei, não cometa o crime se não vai pagar a pena, cara. Talvez agora você pense duas vezes antes de derrubar uma caixa inteira de aveia no chão da cozinha. Vamos. Pode ir mexendo essa bundinha emplumada. — Max começa a correr devagar, e Moby vai desengonçado atrás dele, grasnando com raiva. — Reclamar não ajuda em nada. Vamos. Acelera.

Eu sorrio enquanto eles correm e, quando terminam, eu saio das sombras. Moby pula no laguinho, espalhando água.

Max se assusta um pouco quando eu me aproximo, claramente não esperando companhia.

— Ah, oi. — O choque dele se derrete em um sorriso e ele corre para me encontrar. — Eu não esperava te ver aqui. — Ele se inclina e me dá um beijo suave, mas, quando tento algo a mais, ele se afasta. — Confia em mim, você não quer fazer isso. Estou nojento.

Eu chego mais perto e coloco minhas mãos no peito dele.

— Não me importo. Me beija.

O desejo brilha nos olhos dele. Max pega minha cabeça e a inclina de lado antes de me beijar, lenta e intensamente. Ele não se barbeia há alguns dias, e a aspereza do seu rosto é sexy pra caramba. Ele me inclina para o outro lado e geme contra os meus lábios. Assim que se afasta, ele olha para si mesmo e suspira.

— Viu o que você fez comigo? Um beijo e já estou duro. Nenhuma outra mulher já me causou isso antes.

Olho para baixo e vejo a forma saliente se esticando na frente do shorts.

— Sabe, seria realmente uma pena desperdiçar isso. Eu posso cuidar dele, se você quiser.

Eu o apalpo e Max geme de novo.

— Você não sabe o quanto eu gostaria, mas preciso tomar banho e me vestir. Eu tenho um encontro no centro em quarenta minutos, então já estou meio atrasado. Você pode ficar aqui com o Moby um pouco?

— Sim, claro. Eu desço pra te dar tchau antes de você sair. — Eu escondo minha decepção e tento não fazer bico enquanto ele corre até a escada e desaparece.

Bom, planos cancelados. Pelo menos ganhei um beijo.

Vou até o laguinho e me agacho perto da borda para retirar algumas folhas da água. Quando olho para Moby, ele olha para a escada e grasna.

— É, cara. Ele abandonou a gente. — Ele grasna de novo. — Bom, ele tem um trabalho importante, que ajuda as pessoas a se sentirem bem com elas mesmas. Eu não deveria ter ciúmes, né? — Moby nada até mim e se esfrega na minha mão. Eu entendo a dica e acaricio a cabeça dele. — Você está com ciúmes também? Graças a Deus. É bom saber que não estou sozinha.

Ele nada por mais alguns minutos, mas continua olhando para a escada.

— O.k., certo. Vamos descer pra vê-lo, vamos lá.

Moby salta para fora do laguinho e se sacode. Eu o pego no colo e o carrego escada abaixo.

Quando voltamos para o apartamento, Max está de banho tomado e cheirando a algo cítrico e comestível. Eu ligo a TV e coloco Moby em seu lugar favorito do sofá, então observo Max se arrumar. Ele está usando uma gasta calça jeans preta e botas pretas também, e eu noto seus músculos se contraírem sobre as tatuagens enquanto ele passa uma espécie de gel no cabelo, para deixá-lo caótico e bagunçado.

— Caleb hoje? — pergunto, embora eu deteste a ideia. Ninguém deveria se derreter por causa daquele músico sexy, exceto eu.

— Hum... não. — Ele termina o cabelo e tira uma camiseta preta da mala. — É algo um pouco mais bruto hoje.

Depois que pega a camiseta, ele revira a mala de novo e tira de lá uma jaqueta de couro com *Sons of Diablo*, ou "filhos do diabo", bordado nas costas.

— Um motoqueiro?

Ele assente e diz:

— Aham.

Max coloca suas roupas sujas e produtos de higiene de volta na mala.

— E... como esse cenário funciona?

Ele franze as sobrancelhas enquanto fecha a mala.

— Ah, você sabe. Cara durão que só precisa do amor de uma boa mulher pra domá-lo. — Ele se senta na poltrona preferida de Nan e amarra as botas.

— Essa cliente já conhece esse cenário?

— Não.

— É uma cliente antiga ou uma nova? Ela vai interpretar um papel também?

Ele levanta os olhos para mim e então os baixa de novo para as botas.

— Eden, eu não acho que conversar sobre o meu trabalho seja útil. Eu sei que é difícil pra você.

— Talvez se eu soubesse mais sobre o que está acontecendo, fosse mais fácil.

Ele se levanta e olha para mim.

— E talvez não. Se você estivesse fazendo isso com outros caras, eu sei muito bem que não iria querer saber de nada. — Ele vai até a cozinha e volta com uma tigela cheia de comida para Moby, deixando-a ao lado do pato. — Não coma tudo de uma vez, o.k.? Tem que durar até a sra. Schott vir te ver amanhã de manhã.

— Max... — Ele se vira para mim e eu pego a mão dele, tentando esconder como meu estômago está revirado de ansiedade. — Eu posso te garantir que nada do que você me disser vai ser pior do que o que estou imaginando. Você esqueceu que eu tive encontros com você? Eu sei como eles são sensuais.

Ele levanta minha mão e beija o dorso dela.

— Bom, pra começar, meus encontros normais não são nem de longe tão sensuais quanto os que eu tive com você. Nossa química é fora da curva. O de hoje não é grande coisa. Minha cliente vai interpretar a namorada de Dyson, um babaca abusivo. Dyson descobriu que eu gosto dela, então nós brigamos e eu sou romântico com a cliente pelo resto da noite.

— Uhum. — Eu me esgueiro para o lado dele. — Beleza... me deixa provar um pouco desse bad boy sexy. — Eu corro meus dedos pelos músculos fortes do pescoço dele.

— Eden... — ele tensiona o maxilar. — Eu realmente não acho que isso seja uma boa ideia.

— Por favor? Eu posso te ajudar a entrar no personagem. — Não sei o que é que estou fazendo, mas eu me sinto de fora da vida dele, como se eu estivesse só olhando pela janela, e odeio isso.

Ele examina meu rosto por alguns segundos. Acho que Max deve ter entendido como estou me sentindo, porque logo em seguida ele me agarra com força pelos ombros e me empurra contra a parede.

— É isso o que você quer? Me ver perder o controle porque não consigo ficar longe de você? É por isso que veio aqui?

A mudança de personalidade é tão repentina que me pega de surpresa, mas, quando eu percebo que ele só está entrando no personagem, tento acompanhar.

— Eu vim aqui pra ficar com você — digo, empurrando o peito dele. — Eu não tenho seu autocontrole. Não posso simplesmente ignorar como me sinto.

A expressão dele se torna dura e incrédula.

— Você acha que eu consigo *ignorar* como me sinto? Você está de brincadeira? — Ele avalia meu rosto, a raiva desaparecendo enquanto ele me olha. — Me mata não estar com você todo dia... o que eu sinto está estampado na minha cara. É por isso que você não pode vir aqui. Porque todas as pessoas que me veem por aí sabem que estou loucamente apaixonado por você.

Ele segura meu rosto com as duas mãos e me beija, com força e carência. Eu retribuo da mesma forma. Nosso beijo é bruto e acompanhado de barulhos desesperados, porque nós dois sabemos que não poderemos ter a satisfação que queremos agora. A cliente dele está esperando e, diferente de mim, ela pagou pelo prazer da companhia dele.

— Eu não tenho mais tempo — ele diz, me beijando de novo.

— Eu sei. — Ele se afasta e encosta a testa na minha. Estamos os dois ofegantes quando nos olhamos uma última vez.

— Só pra saber — digo, ainda recuperando o fôlego. — Você beija suas clientes assim? — Isso escapa da minha boca antes que eu consiga impedir.

Droga, Eden. Sua idiota.

Previsivelmente, Max fica tenso, e parece que um balde de água fria foi jogado sobre nós dois.

Ele dá um passo para trás e ajusta sua ereção, depois coloca as mãos nos quadris e suspira.

— Eden...

— Desculpa. Não responda. Eu não quero saber.

Ele se vira e pega a mala.

— Eu tenho que ir. Te ligo mais tarde, o.k.?

Eu me encosto na parede, me sentindo tola e mesquinha.

— Claro. Mais tarde.

— Tchau, Moby. — Max abre a porta e se vira para me olhar. — Só pra você saber, eu não beijo *ninguém* do jeito que te beijo. Nunca beijei e nunca vou beijar. E, no futuro, acho que seria melhor nós não falarmos sobre o meu trabalho.

Eu faço que sim e ele fecha a porta com gentileza.

Cubro meu rosto com as mãos e grunho de frustração. *Bom, isso podia ter sido melhor.*

Vou até o sofá e desabo ao lado de Moby, então noto que ele está me observando com olhos apertados.

— Não me julga. Eu sei, tá bom? — Ele continua a me encarar. — Moby, você não tem ideia de como é. Este é meu primeiro relacionamento e, na maioria do tempo, eu não sei lidar com o quanto o amo. Mas a ironia é que, quando estamos juntos, eu não consigo imaginar minha vida sem ele. E, quando estamos separados, parte de mim acha que é melhor assim pra nós dois. E eu não sei se é só a forma como relacionamentos funcionam ou se eu estou ficando louca.

Moby faz um barulho suave e vem se sentar no meu colo. Eu acaricio suas penas e tento relaxar.

— Ele sabe o quanto detesto ter que dividi-lo, Mobão. É por isso que ele não quer conversar sobre isso. Mas é assim que a nossa vida vai ser? Eu guardando a raiva e ele tentando varrer tudo pra debaixo do tapete? — Moby se acomoda no meu braço, e eu não posso acreditar que estou tão desorientada a ponto de pedir conselhos a um pato.

Eu quase sinto falta dos dias em que eu não dava a mínima para Max Riley. Eram tempos mais simples.

Termino o último parágrafo de *Grandes esperanças* e fecho o livro.

— Viu, Nan? É por isso que eu sempre sou legal com mendigos. Nunca se sabe, às vezes um deles pode reconstruir a vida e se tornar um rico muito grato que quer te dar toneladas de dinheiro.

Deixo o livro no chão, em cima da pilha crescente de obras lidas, e bocejo. Eu dormi aqui nas últimas noites. Pensei que, se não posso ficar com Max, vou ficar com Nan. Eu só gostaria que, quando contasse a ela como minha vida está dando errado em áreas que eu nem sei como proceder, ela me respondesse. Talvez assim eu não me sentisse tão perdida.

— Nan — digo e tiro um pouco de cabelo do seu rosto. — Eu não digo isso há alguns dias, mas... você poderia acordar? Eu sinto sua falta. — Minha garganta aperta e meus olhos se enchem de água. — Meu Deus, como eu sinto sua falta. Juro, se você acordasse agora, poderia me dar várias broncas por causa da minha vida amorosa. Na verdade, eu adoraria que você se metesse neste exato momento. — Eu enxugo uma lágrima solitária. — Eu estou com um cara incrível, mas eu tenho essa sensação horrível de que vou perdê-lo e não sei por quê.

Pego a mão dela e, por um breve segundo, eu penso sentir seus dedos apertarem os meus. No entanto, quando eu prendo a respiração para ver se acontece de novo, percebo que devo apenas estar delirando.

Me sentindo frustrada e sensível demais, eu seco meu rosto e agarro o braço dela.

— Por favor, acorda. Por favor. — Eu fecho os olhos para frear as lágrimas. — Eu tentei viver sem você e descobri que é péssimo. Volta pra mim. Por favor.

Eu rezo em silêncio por um tempo e acho que devo ter cochilado em algum momento, porque sonho com Nan me dizendo o quanto Max é maravilhoso. Quando eu acordo, me agarro aos últimos vestígios desse sonho. Eu sinto tanta falta da voz dela que até ouvi-la em minha imaginação me faz sorrir.

— De verdade, Eden. Provavelmente é só coisa da sua cabeça. Você claramente o ama. Por que está tentando sabotar as coisas antes de sequer tentar?

Meu Deus, isso é tão realista que é assustador.

Abro meus olhos e vejo Nan me encarando, seus olhos azuis e brilhantes.

— Ah, então você está acordada? E eu aqui pensando que você estava fingindo dormir só pra evitar o assunto.

Eu me sento tão rápido que minha cabeça roda.

— Nan?

Ela olha para o próprio braço.

— Ah, graças a Deus. Você estava apoiada aí há tanto tempo que ele dormiu.

Chocada, eu a olho por uns três segundos, imóvel, até que a realidade me atropela como um caminhão. Eu então toco o botão para chamar a enfermeira, ao mesmo tempo em que grito o mais alto que posso.

Nan se encolhe.

— Por favor, Eden, fala baixo! Você vai acordar até os mortos com esse uivo.

Shirley entra correndo no quarto e, quando vê Nan consciente, o queixo dela cai, desacreditada.

— Você está vendo o mesmo que eu? — sussurro, apavorada com a possibilidade de ainda estar dormindo.

— Ah, sim, querida. — Shirley diz. — Ela definitivamente está acordada. — Outra enfermeira entra e Shirley a manda ligar imediatamente para o médico.

Nan olha de uma para a outra, como se estivéssemos loucas.

— É claro que eu estou acordada e, no mais, estou morta de fome. O que uma garota precisa fazer pra conseguir um sanduíche por aqui?

Uma risada alta e histérica borbulha para fora de mim, e então começo a chorar como um bebê enquanto me jogo sobre o peito de Nannabeth, abraçando-a o mais forte que posso sem machucá-la.

— Ah, querida — ela diz, me dando tapinhas nas costas — Está tudo bem. Eu só estava brincando sobre o sanduíche. Mas de verdade, eu mataria por um café. E por uma explicação pra esta camisola horrorosa. Eu pareço uma velha.

Uma hora mais tarde, Nan passou por um raio X completo e por outros exames, e a seriedade do que aconteceu finalmente a atinge quando o médico anuncia que seu braço esquerdo está parcialmente paralisado.

— É perfeitamente normal algo assim acontecer depois de uma lesão na cabeça — ele diz —, mas eu não posso garantir que seja reversível.

Nan faz um gesto de desdém com sua mão boa.

— Eu vou ficar bem. Você acha que vou deixar isso me parar? Por favor.

Eu rio, porque, se alguém pode reverter um dano cérebral de nada, é a minha Nan.

— Agora — ela volta a se pronunciar. — Quando posso sair daqui? E não me diga daqui a alguns dias, jovenzinho, porque não vou aceitar. Eu tenho um pato me esperando.

Ele dá uma olhada na minha direção.

— Hum... é normal que pacientes na situação dela fiquem desorientados. Eu não me preocuparia com pequenas alucinações.

— Ah, não estou preocupada — eu digo. — E isso não é uma alucinação. Ela realmente tem um pato de estimação.

Com um sorriso travesso, Nan se dirige ao médico:

— Agora, sobre aquela alta...

Enquanto Nan briga com ele para poder ir embora, me sinto no sétimo céu. Ela voltou. Obrigada, Deus!

Pego o celular para ligar para o Max, mas então lembro que ele está em um encontro, e eu realmente não quero dar essa notícia para a caixa postal. É estranho que não poder compartilhar minha felicidade com ele tire um pouco do brilho dela. Como se nada fosse verdade até eu contar para ele.

— Eden? — Olho para o lado e vejo Nan me encarando. Aparentemente, ela expulsou o médico do quarto. — Tudo bem, querida?

— Meu Deus, Nan, eu que devia te perguntar isso. Você que estava em coma.

Ela sorri.

— Estou bem. Só de mau humor, porque querem me deixar aqui até o fim da semana. Pobre Moby, deve estar morrendo de preocupação, mesmo com Max indo visitá-lo.

Eu vou até ela.

— Como você sabe disso?

— Ah, eu ouvi um monte de coisas nas últimas duas semanas. — Ela aponta a cadeira ao lado da cama. — Eu não acredito que você esperou eu ficar inconsciente pra arranjar um namorado de verdade. Sério, Eden. Você me deixou de fora de todos os detalhes picantes. Então, caso eu tenha perdido algo, quero que você me conte a história inteira, desde o início e sem esquecer nada. Quero saber tudo sobre seu belo Max Riley.

capítulo vinte e três
Delícia matinal

É culpa de Nan que eu esteja a caminho do apartamento de Max, às sete da manhã, usando apenas uma lingerie sexy sob um casaco *trench coat*. Ela me questionou por horas sobre o Max e sobre o que aconteceu entre nós e, quando eu mencionei que o trabalho dele era um problema, ela me disse que eu precisava ser proativa. Na noite passada, ela basicamente me expulsou do quarto e me disse que, se eu estava preocupada em perder a conexão com meu homem, eu deveria aparecer de surpresa esta manhã e "bater na cabeça dele". Eu não acho que ela quis dizer "bater" como em "bater punheta", mas, vindo da Nan, eu nunca sei. Ela pode ser bem suja quando quer.

Enquanto subo as escadas para o apartamento dele, fico surpresa ao ouvir vozes. Pelo que ele me contou sobre seu horário de trabalho, eu esperava que ele estivesse apagado depois de uma noite longa com várias clientes, mas parece que ele está tomando café com Dyson.

Droga. Estou usando meias 7/8 e sapatos de salto sob um casaco muito curto. Não acho que vai ser difícil para o Dyson entender o que vim fazer aqui. Eu me pergunto o quanto Max vai ficar constrangido por seu amigo testemunhar esse meu gesto descarado.

Bom, acho que vamos descobrir.

Quando bato na porta, tudo fica em silêncio por um momento. Então ouço passos pesados e Max a abre. Ele está usando uma regata branca sob uma camisa xadrez, jeans desbotados e botinas.

Gente, esse é um estilo que realmente fica bem nele.

Os olhos de Max se arregalam quando me veem, mas não sei se de um jeito bom.

— Ei. Oi.

— Ei. — Ele dá uma boa olhada na minha roupa e então seu queixo cai. — Jesus, eu ainda estou dormindo? Porque eu juro que outra noite mesmo eu tive um sonho que começava exatamente assim.

Posso ver Dyson se movendo ao fundo e, por mais que Max pareça estar com tesão, ele também aparenta estar nervoso.

— Hum... eu só pensei... — Meu Deus, eu me sinto ridícula. — Eu quis vir e te contar as boas-novas pessoalmente. A Nan acordou.

— Caralho, Eden! Que notícia fantástica! — Ele me puxa para os seus braços e me levanta. — Ela está bem?

Eu me agarro a ele enquanto minhas pernas balançam no ar.

— Ela está ótima. Uma certa paralisia no braço esquerdo, mas isso já está melhorando.

Ele me põe no chão, mas mantém os braços em volta de mim.

— Nem consigo dizer o quanto estou feliz. Vou passar lá de tarde, depois que acabarmos de trabalhar.

Ele olha por cima do ombro, depois para mim.

— Você quer entrar? Eu estava saindo pra ir trabalhar, mas...

— Desculpa. É melhor eu ir embora.

Quando eu me viro, ele segura meu pulso e me puxa para ele.

— Eu tenho alguns minutos. Entre.

Ele pega minha mão e me leva para dentro, onde Dyson está, também vestido à caráter e segurando algo que parece uma coleção de plantas arquitetônicas. Dois capacetes de construção estão sobre o balcão da cozinha.

Dyson acena para mim e dá uma boa olhada na minha roupa antes de se fazer de desentendido.

— Oi, Eden. Bom te ver. Não pude deixar de ouvir... Que bom que sua avó acordou.

Eu sorrio para ele.

— Ela disse que amou seu sr. Darcy. Muito obrigada por isso.

Ele faz um gesto de "não foi nada" com a mão.

— Só estou feliz de ouvir que ela está bem.

Eu olho para Max e em seguida para Dyson.

— Fantasia de pedreiro?

Dyson faz que sim.

— Pois é. Cliente rica agendou uma interpretação longa. Muitas horas. Vários figurantes. Bem intenso.

Ele dá uma olhada para Max, pega um dos capacetes e vai em direção à porta.

— Enfim, melhor eu ir. Os caras estão esperando.

Ele corre e fecha a porta atrás de si. Há um silêncio enquanto Max me encara.

— Então, essa roupa...

— Eu me sinto estúpida.

— Não devia, porque, uau... Eu quase tive um ataque do coração quando abri a porta. Dyson é meu amigo e tal, mas ficar de pau duro na frente dele não é algo que me deixe confortável. — Ele se aproxima e agarra meu cinto. — Posso?

O jeito que ele está me olhando faz minha boca secar, e eu só consigo fazer que sim.

Ele solta o cinto e, quando o casaco se abre e revela a menor lingerie que eu consegui encontrar, acho que a boca dele também seca.

— Meu... *Deus*.

Devagar, ele empurra o casaco dos meus ombros, derrubando-o no chão com um barulho suave. Ele passa os dedos pelos meus seios, seus olhos mais famintos a cada segundo. A necessidade estampada no olhar dele me deixa feliz. Me dá esperanças de que, se ele algum dia precisar escolher entre mim e seu trabalho, eu possa ter uma chance de sair vitoriosa.

Ele me empurra para trás até o metal frio da porta estar pressionando minha bunda, então me prende em seus braços.

— Você parece... deliciosa. Mas eu realmente preciso ir.

— Precisa? — Eu ponho a mão para trás e abro o fecho do meu sutiã. Max engole em seco enquanto eu o deslizo para baixo, seu olhar perfurando minha pele.

Me escolha, Max. Por favor. Não o seu trabalho.

— Eden... — Ele aperta meu peito direito, passando o polegar pelo mamilo. Eu me arrepio e coloco minha mão sobre a dele, forçando-o a me apertar com mais força. — Se eu pudesse, eu faria amor com você o dia todo. Você sabe disso, não sabe?

— Então fique. — *Me escolha.* — Por favor, fique. — Eu o puxo pelo cós da calça e abro seu cinto, então começo a tirar seu jeans. — Mesmo que só mais um pouco.

Ele me encara, e eu não sei se ele entende o que quero dizer, mas de repente Max fica mais sério.

— Eu estou me esforçando muito pra que a gente possa passar mais tempo juntos. Espero que você saiba disso.

— Eu sei. Eu só... Eu não sei se consigo continuar desse jeito. Sinto como se todo mundo te visse mais do que eu.

— Eden... — ele beija minha bochecha, depois meu pescoço. — Eu não quero que isso seja assim.

— Mas está sendo. E eu achei que conseguiria lidar com isso, mas talvez eu não consiga.

Ele se afasta e me olha nos olhos.

— Não desista de mim. Eu sei que está difícil agora, mas eu só preciso de um tempo.

Tiro sua camisa xadrez e corro minhas mãos pelos músculos firmes do seu braço.

— Pra fazer o quê?

— Eu ainda estou pensando. — Ele se inclina para beijar meu peito, provocando meu mamilo o suficiente para eu me espremer contra ele, desesperada por mais. — Só acredite que eu te amo e que eu moveria céus e terras pra te fazer feliz.

Enquanto ele suga meu mamilo, eu agarro a cabeça dele e ancoro minha mão nos seus cabelos para impedir que minhas pernas falhem.

— Sabe o que me faria a mulher mais feliz do mundo agora? — Eu deslizo minha mão para dentro da sua cueca e ele geme assim que fecho meus dedos em volta do seu pau, já duro como pedra. — Você dentro de mim.

— Merda... Eden...

— Por favor, Max. Eu preciso de você.

Posso ver o momento em que a determinação dele se dissolve. Seus olhos se tornam ferozes, como se ter que me decepcionar o tempo todo fosse demais para ele.

Ele me empurra contra a porta e me beija com força.

— Como eu vou resistir? O dia inteiro eu penso em estar dentro de você, mesmo quando estou com as clientes. É ridículo.

Então ele está arrancando sua regata e tirando minha calcinha, e assim que seus jeans e sua cueca saem de cena, ele puxa minhas pernas para cima dos seus quadris e mete bem fundo em mim.

Assim que ele me preenche, nós dois engasgamos, nossas vozes ecoando pelo apartamento vazio.

— Deus... — Ele congela, saindo devagar antes de voltar a entrar. — Sempre que estou dentro de você, nunca mais quero sair.

— Então fique.

Quando ele começa a meter de novo, nossa conversa acaba, porque os únicos sons que conseguimos emitir são gemidos longos e grunhidos de desejo. Mas eu não tenho certeza se o desespero que nos move é algo bom. Parece que nós dois estamos nos agarrando ao presente, para evitar pensar no nosso futuro incerto.

capítulo vinte e quatro

Sobrevivência do mais gostoso

Mais uma semana se passa e eu continuo tentando ignorar minha preocupação crescente com Max e com minha incapacidade de lidar com o trabalho dele. Sinto como se houvesse uma contagem regressiva acontecendo nos bastidores da minha vida. Só não tenho ideia do que vai acontecer quando chegar ao zero. Será o fim para Max e eu? Fim de jogo?

Eu suspiro e arranco ervas daninhas dos canteiros de Nan. Meu humor não melhora nada quando penso que estou virando uma das mulheres de quem sempre desdenhei. Aquelas que ficam loucas e obcecadas por um homem, sem saber o que fariam se o perdessem. Aquelas patéticas e doentes de amor.

Perto de mim, Nan se ajoelha ao lado do laguinho de Moby, examinando o pato.

— Eu acho que ele está mancando.

— Nan, ele está nadando. Ele não pode mancar quando nada.

— Ele não só pode como está. Acho que ele deve ter distendido algum músculo ao voar por aí quando Max veio ontem. Eu juro que ele está obcecado por aquele homem. Ele fica animado demais toda vez que o vê. Talvez precise de um raio X.

Balanço a cabeça e volto a arrancar ervas daninhas. É bom ver que a experiência de quase morte de Nan não mudou nada nela. Ela já está em casa há uma semana, e as coisas estão quase normais. Seu braço esquerdo ainda está fraco, mas pelo menos ela consegue movimentá-lo.

Embora Max ainda esteja trabalhando noite e dia, ele passou por aqui algumas vezes. Eu sei que ele vem me ver, mas ele passa a maior parte do tempo conversando com Nan e jogando seu charme nela. Ele ainda me lança olhares que me fazem desejar um tempo sozinha e nua com ele, mas eu estou tentando não pressioná-lo em relação a isso, porque, sinceramente, ele parece exausto. Não me surpreende que ele nunca tenha tido um relacionamento bem-sucedido. O homem é um *workaholic*. Essa é só mais uma coisa que não me parece boa para o nosso futuro.

Ele me pediu para lhe dar tempo e confiar nele, e eu juro que estou tentando fazer isso, mesmo que confiança e paciência sejam duas virtudes com as quais não fui agraciada.

— Nada de Max hoje de novo? — Nan pergunta enquanto joga pão na água para Moby.

— Nada. Aparentemente ele prefere passar o tempo com diversas outras mulheres. — Ciúmes, por outro lado, eu tenho de sobra.

— Ah, querida, você sabe que isso não é verdade. Ele é *freelancer*, precisa aceitar os trabalhos que aparecem.

— Eu sei, Nan. Eu só não consigo evitar sentir... que somos pessoas certas que se conheceram no momento errado. As probabilidades estão contra nós.

— Ele te ama. Eu sei disso.

— Talvez. Mas às vezes isso não é o suficiente. — Eu sempre jurei que não compraria a mentira do "cara perfeito" e toda aquela baboseira de "o amor supera tudo", e agora que fiz exatamente isso, dói demais descobrir que eu estava certa ao ser cética durante todos aqueles anos.

Limpo as mãos e vou até Nan.

— De qualquer jeito, estou tentando não pensar nos meus problemas com Max. Eu preciso me preparar pra minha reunião com o Derek. Pretendo implorar pra ter meu antigo trabalho de volta, então espero que ele esteja de bom humor. Se ele não estiver, Asha e eu podemos ter que nos mudar pra cá quando formos despejadas.

Nan me puxa para um abraço.

— Estou triste que você não possa publicar aquele lindo artigo sobre o Max, querida, mas você realmente quer esse emprego? Você o odeia.

— Sim, mas eu tenho certeza que odiaria ainda mais ficar desempregada. — Eu dou um beijo no rosto dela. — Mas, de verdade, você vai ficar bem aqui sozinha?

Ela se afasta e faz uma cara de desdém.

— O que eu te disse sobre me tratar como uma velha? Não aceito, Eden. Um comazinho e você começa a me tratar como se eu fosse de porcelana. Eu vou ficar *bem*. Além disso, sua irmã volta hoje, e eu prometi a ela que passaríamos a tarde fazendo bonecas de vodu com a sua cara e enfiando alfinetes nelas.

— Ela não vai me perdoar tão cedo por eu não ter contado do seu acidente, vai?

Ouço um barulho atrás de mim e uma voz familiar diz:

— Não, ela realmente não vai.

Eu me viro e então Nan e eu damos gritinhos de alegria quando vemos Asha parada ali, ainda mais radiante do que antes de viajar.

— Ah, meu Deus! — digo, enquanto ela corre para nós e nos envolve em seus braços. — Ash, eu senti tanto a sua falta.

Ela me aperta e nós três nos agarramos em um abraço triplo. Eu nem me importo de estar chorando. Minha irmã está em casa e ela não poderia ter chegado em hora melhor.

Asha se afasta, lágrimas penduradas nos seus cílios.

— Eu cheguei cedo, então vim direto pra cá. — Ela se vira para Nan e a examina com cuidado. — Você está bem?

Nan revira os olhos.

— Não comece você também. É por isso que eu decidi nunca ficar doente. As pessoas começam a te tratar como uma inválida.

Abraço as duas de novo, feliz que pelo menos essa parte da minha vida continue de pé.

— Eu quero saber tudo da França, Ash, mas agora eu preciso me arrumar para a reunião com o Derek.

Ash segura minha mão.

— Eu sinto muito pelo artigo, Edie. Eu sei o quanto você queria essa promoção.

Dou de ombros.

— *C'est la vie*, certo?

Ela me abraça de novo.

— Pelo menos agora você tem um homem incrível pra te consolar.

— É — digo, reprimindo minhas emoções. — Pelo menos eu tenho isso.

Ash se oferece para ajudar a me arrumar e então se vira para Nan.

— Você vai ficar bem aqui sozinha, velhinha?

Nan olha para ela, cética.

— Saiam daqui antes que eu esqueça por que amo tanto vocês duas.

Nós rimos enquanto descemos as escadas. Assim que Asha termina de me arrumar, eu pareço uma modelo francesa. Ela me enfiou em um vestido envelope com estampa floral que é o mais bonito que já vi. De acordo com ela, se eu estiver parecendo uma flor delicada, Derek talvez tenha menos vontade de gritar comigo e me jogar na rua. Só posso rezar para que ela esteja certa.

— Edie, não importa o que aconteça, saiba que eu não poderia estar mais orgulhosa de você. — Ela me abraça de novo. — Mas também saiba que eu ainda vou te torturar por meses, como vingança por você não ter me dito nada sobre a Nan.

Eu rio e a aperto.

— Eu não esperaria outra coisa de você. Te vejo mais tarde.

Enquanto me dirijo ao metrô, respiro fundo para acalmar meus nervos. Queria poder falar com Max. Eu sei que ele está trabalhando, mas preciso do apoio dele agora.

Como se eu tivesse usado o poder da mente, meu celular se acende com uma ligação dele, uma onda de alívio correndo por mim quando atendo.

— Oi. Achei que só fosse falar com você mais tarde.

— Eu dei uma fugida. — Mesmo pelo telefone, a voz dele me conforta. — Como você está?

— Como se eu pudesse ganhar o Campeonato Mundial de Vômito. — Eu só preciso lembrar que estou fazendo isso por ele. Talvez isso impeça meu estômago de transbordar ácido.

Max faz um barulho encorajador.

— Só quero que você saiba que eu nunca vou esquecer que você esteve disposta a abrir mão do seu sonho por mim. Um dia, em breve, vou te compensar por isso.

— Com sexo?

Ele ri.

— Entre outras coisas. — A voz dele se suaviza. — Você é uma mulher incrível, Eden Tate. Eu espero que você saiba disso.

Olho para os dois lados e então atravesso a rua.

— Eu não acho que o Derek concordaria com essa afirmação.

— Nunca se sabe. Ele pode te surpreender.

— Claro. E eu posso ganhar um rabo do dia pra noite.

— É errado eu pensar que ainda te pegaria, mesmo com um rabo?

— Nem um pouco. Garotas mutantes também precisam de amor.

Ele ri e eu paro na entrada do metrô, respirando fundo.

— O.k. Preciso ir encontrar meu fim. Me liga mais tarde?

Há um segundo de silêncio antes de ele dizer:

— Com certeza. Te amo.

Respiro fundo mais uma vez ao descer as escadas.

— Eu também te amo.

Meia hora mais tarde, quando eu chego na redação, suspeito que minha sentença já tenha sido pregada na parede. Assim que eu passo pela porta, todas as cabeças se viram em minha direção.

Merda. Não é um bom sinal.

Apesar de seus defeitos, Derek é bom em ler pessoas. Ele provavelmente conseguiu prever o que eu ia fazer e já deve ter contado para todo mundo que fui demitida. A suspeita me incomoda mais do que eu gostaria.

Enquanto eu murmuro um "oi" para todo mundo, Toby coloca a cabeça por cima do seu cubículo, mas, antes que eu possa dar oi, ele some de vista.

Vou até lá e o encontro debruçado em sua cadeira.

— O que você está fazendo?

Ele olha em volta e se endireita, fingindo ainda não ter me visto.

— Ah, Eden! Oi. Como você está? — Ele se levanta e me dá um abraço esquisito. — Que bom te ver. Que bom ouvir sobre Nan. E a Asha volta hoje? Fantástico. Como está tudo? Bem?

— Toby — eu o faço fechar a boca —, o que está acontecendo?

— Acontecendo? Nada. Por quê? Está tudo bem. Por que não estaria?

— Você está tagarelando. Você só faz isso quando está bêbado ou nervoso, e, como ainda não é nem hora do almoço, eu espero que você não esteja bêbado.

Ele pisca algumas vezes e então olha na direção da sala de Derek.

— Eu não posso dizer nada. Você tem que falar com o Derek.

— Ele vai me processar ou algo assim? Eu nem falei com ele sobre a matéria ainda.

— Você tem que falar com ele. — Toby parece uma galinha nervosa, olhando para todos os lados, menos para mim.

— Quer comer algo depois? Me ajudar a afogar as mágoas? Eu pago.

— É, talvez. Tenho muito trabalho. Vamos ver.

Agora eu sei que algo definitivamente está errado. Eu nunca vi Toby dispensar um almoço grátis.

— Tobes, só prometa que, se eu for despedida, ainda seremos amigos. Só porque não vou mais trabalhar aqui, não significa que não podemos sair juntos, certo?

Isso o faz focar o olhar em mim, me dando um sorriso reconfortante.

— Como se você pudesse ficar livre de mim assim tão fácil. Eu sempre vou estar aqui pra você.

— Tate! — Eu me viro e vejo Derek parado na porta da sala dele. — Vamos. Eu não tenho o dia todo.

Faço sim com a cabeça e me viro para Toby.

— O.k., te vejo mais tarde, certo?

Ele me dá um tapinha no ombro.

— Com certeza. Boa sorte.

Estou um pouco sentida por Toby não demonstrar um incômodo maior. Ele não entende o que está em jogo aqui? Eu estou prestes a implorar a um homem que tem o temperamento de um

Rottweiler rabugento para que ele me deixar voltar e requentar memes, um trabalho que eu desprezo e no qual sou terrível. E, se eu falhar, o que provavelmente vai acontecer, Toby vai perder sua companheira de cubículo para sempre. Como ele pode estar bem com isso?

Quando eu entro no escritório de Derek, tudo parece ficar em câmera lenta, e eu juro que ouço tambores rufarem. Se Derek estiver se sentindo generoso, talvez até me dê um último cigarro. Apesar de tudo, se este for mesmo meu último dia aqui, vou sentir falta deste lugar. Eu realmente gosto das pessoas, sem falar do pagamento caindo na minha conta todo mês.

Ao me aproximar da porta, eu endireito meus ombros. Passei a manhã toda tentando me preparar para a reação de Derek após eu dizer a ele o que preciso. Talvez eu devesse ter vindo com uma capa de chuva, só para caso ele exploda de raiva. Ouvi dizer que é um saco tirar manchas de cérebro de tecidos como a seda.

Depois de fechar a porta atrás de mim, sento na cadeira em frente à mesa dele e, pela primeira vez, ele não está digitando algo em seu tablet. Ele está calmo, com os dedos apoiados na boca, e me encara com seus olhos cinzentos e frios. Eu cruzo as pernas e pigarreio, prestes a despejar tudo quando Derek diz:

— Bonito vestido.

Procuro o sarcasmo no tom dele, mas não encontro.

— Hum… obrigada. Bonito… hum… corte de cabelo. — E não estou mentindo. Pela primeira vez, não parece que ele passou o dia todo tentando arrancar os cabelos.

— Fiquei sabendo que a sua avó está se recuperando.

— Hum, sim. Obrigada. Ela adorou as flores que você mandou. — Eu pigarreio mais uma vez. — Então, Derek…

Ele se recosta na cadeira e cruza os braços, um pequeno sorriso levantando os cantos da sua boca.

— Você é sorrateira, Tate. Tenho que admitir isso. Você enche o meu saco pra eu te dar esse trabalho, daí você reclama porque quer proteger as fontes, e então me diz que vai escrever um escândalo revelador que fará a elite de Nova York se esconder embaixo de uma pedra.

Como se nada disso fosse o bastante, depois de eu ainda te dar um prazo extra... Bom, você não me entrega nada disso.

O.k., então ele já sabe. Eu me pergunto se foi Toby quem contou e se é por isso que ele estava tão estranho quando cheguei.

— Desculpa, Derek. De verdade. Eu sei que não te entreguei o que prometi.

— Não, não entregou. Caramba, mulher, você me entregou algo melhor, e eu queria que você estivesse aqui pra acompanhar a reação do público quando o texto fosse publicado. Sinceramente, eu acho que vai bater recordes, Tate. Minha bunda está formigando só de pensar nisso.

Eu reviro as palavras dele no meu cérebro, esperando que elas talvez se arranjem de um jeito que façam sentido, mas não adianta.

— Desculpa, quê?

Ele levanta um dedo e olha para o relógio.

— Seja paciente. A matéria foi publicada há alguns minutos, então a qualquer momento agora... — Ele parece segurar a respiração por cinco segundos inteiros, e então, como se tivessem sido programados, todos os telefones da redação começam a tocar ao mesmo tempo, incluindo o dele.

Ele sorri, e é algo tão estranho no rosto dele que parece errado.

— Eu sabia.

Derek digita alguma coisa no computador e em seguida o vira para mim. Bem no meio da página de matérias da *Pulse*, me encarando, está a minha história. E, embaixo dela, um contador mostrando o número de cliques, bem como os acessos do site.

— Jesus. É melhor do que eu esperava. Olha isso! — Derek abre sua caixa de e-mails. — Estamos recebendo pedidos de outros sites que querem publicar sua matéria. Este aqui é do *New York Times*. Que loucura.

Ele continua a digitar coisas e a balbuciar animadamente enquanto eu fico ali, chocada, minha pressão sanguínea aumentando a cada segundo. Isso não pode estar acontecendo. Como isso pode estar acontecendo?

Na minha bolsa, meu telefone começa a vibrar, mas eu ignoro.

— Derek, como você conseguiu essa história?

Ele mantém os olhos na tela e solta uma risada curta.

— Ah, você realmente quer que eu me humilhe e admita que você estava certa ao me convencer a te dar uma segunda chance? O.k. A história foi ideia sua. Veja, quando você me mandou ela pronta por e-mail hoje de manhã, eu não achei que pudesse ser tão boa. Desculpa por ter duvidado de você. Pronto. Feliz agora? Porque eu só peço desculpas duas vezes por ano, e você já gastou sua cota.

Pessoas começam a bater na porta da sala dele e a entrar, trazendo mensagens de outros veículos de mídia que querem detalhes sobre o Mr. Romance, para que possam fazer suas próprias matérias, mas eu mal consigo ouvir. Tudo em que consigo pensar é que alguém mandou a história para o Derek, e agora, daqui a poucos minutos, Max ficará sem trabalho.

Droga.

— Derek, isso veio do *meu* e-mail?

Não importa quantas vezes eu negue que tenha sido culpa minha, Max nunca vai acreditar em mim, e eu não posso culpá-lo. Depois de todos aqueles nobres sentimentos e eu desistindo do meu sonho por ele, vai parecer que mudei de ideia e o traí.

Eu me levanto e saio do escritório de Derek entorpecida. Ele está tão ocupado que nem nota. As pessoas me parabenizam quando eu passo, mas parece vazio. Sinto vontade de vomitar.

Quando chego perto de Toby, uma lâmpada se acende na minha cabeça.

Cutuco o peito dele.

— Que merda é essa, Toby? Você hackeou o meu e-mail? *Você* mandou o artigo pro Derek?

Toby fica em pé e levanta os braços.

— O.k., só um segundo antes de me assassinar. Sim, eu não queria que você fosse despedida, então mandar a matéria era o melhor jeito de evitar isso.

— Eu não acredito nisso! Você estragou tudo! O negócio do Max... a confiança dele em mim.

— Espera, para. Eu sou apenas o gênio da tecnologia aqui, não o estrategista. — Ele estende o celular dele para mim. — Tem alguém com quem você precisa falar.

Pego o telefone, meu rosto queimando de raiva e vergonha.

— Quem é?

— Eden.

Eu aperto os olhos.

— Max, eu não tenho ideia do que está acontecendo. Eu sinto muito. Eu nunca quis que isso acontecesse. Juro que vim aqui com a intenção de cancelar a matéria. Você tem que acreditar...

— Eden, para. Eu sei que não foi você.

— Você sabe?

— Sim. Porque fui eu. — Eu me viro para Toby, que agora exibe um sorriso de orelha a orelha. — Eu não poderia deixar você arruinar sua carreira por mim e, de verdade, a matéria é tão boa que o mundo precisa lê-la. Eu estou tão orgulhoso de você que não tenho palavras.

— Mas... o seu negócio...

— Temos muita coisa pra conversar. Você pode vir até o galpão?

— Agora?

— Bom, assim que o Derek conseguir tirar a cabeça da bunda por tempo o suficiente pra te dar uma promoção e um belo aumento.

Eu me sento na cadeira de Toby. Não confio nas minhas pernas para continuar me mantendo em pé. Agora eu sei como Alice deve ter se sentido naquele dia em que caiu na toca do coelho.

— Max, o que está acontecendo?

— Tudo vai ficar claro em breve. Vou te mandar uma mensagem com o código da porta do galpão. Entre direto quando chegar. Te espero.

Então ele desliga, e eu sinto como se todo o ar tivesse abandonado meus pulmões. Fico apenas sentada, olhando para o nada, enquanto um ciclone de pessoas ocupadas gira ao meu redor. Quando eu pensava que finalmente tinha tudo sob controle, isso acontece. Estou tão confusa que não sei se rio ou choro.

***

Já é de tarde quando chego no beco atrás do galpão do Max, e eu só espero que, aconteça o que acontecer, as notícias sejam boas. Ainda não posso acreditar que ele tenha destruído a carreira dele para salvar a minha, e eu não tenho ideia do que isso significa para nós. Ter me tornado Editora de Matérias da *Pulse* e recebido um aumento considerável não quer dizer nada se eu não puder ter Max na minha vida.

Assim que chego às escadas, noto que o mural mudou. Em vez de um homem escondido nas sombras, agora há um casal se beijando, que se parece muito comigo e com Max. A frase na porta também mudou. Costumava ser *Deixai, ó vós que entrais, toda a esperança*. Agora é: *Amor é tudo o que você precisa*.

Sinto um frio na barriga ao puxar a porta e entrar.

Quando ela se fecha atrás de mim, sou engolida pela escuridão. Há um brilho fraco do sinal que indica a saída, em cima da porta, mas, fora isso, tudo o que vejo é um denso breu.

— Max? — minha voz ecoa, mas não tanto quanto eu esperava, considerando o quanto este espaço é grande e vazio. Eu pego meu celular para usar a lanterna, mas logo lembro que ele ficou sem bateria uns trinta e-mails atrás, então o jogo de volta na bolsa e dou um passo adiante, hesitante.

— Max? Você está aqui?

— Eden. — A voz dele se enrola em volta de mim, profunda e ressonante. — Como você está se sentindo?

— Confusa. — Eu aperto os olhos quando penso ter visto algo brilhando alguns metros à frente, mas não há luz o suficiente para que eu possa distinguir o que é. — O que estou fazendo aqui? O que aconteceu hoje? Você pediu ao Toby pra hackear meu e-maill e enviar o artigo pro Derek? Sabendo o que causaria a você? Isso é… — Eu fecho minhas mãos em torno da minha garganta apertada. — Nós terminamos? É isso?

Há um silêncio e então ele diz:

— Me diga você. Eu demorei muito?

— Demorou muito pra quê?

— Pra provar que você é a pessoa mais importante do mundo pra mim.

Ouço um clique, e um caminho de luz ilumina o chão, indo de mim até Max, que está a uns dez metros distante. Ele está elegantemente vestido em um terno cinza, mas sua expressão parece perturbada.

— Eu sei que você odiava me imaginar com outras mulheres e... Eu deveria ter te contado mais cedo o que estava planejando, mas não queria te dar esperanças antes de ter certeza que eu conseguiria. Assinei os últimos contratos algumas horas atrás.

— Max... eu ainda não entendo o que está acontecendo.

— Você vai entender. Mas, primeiro, eu preciso saber... Você me ama?

Dou um passo à frente, odiando a distância entre nós como se ela fosse uma coisa viva.

— Como você pode não saber que eu te amo mais do que pensei ser possível amar alguém? É triste e patético e errado o quanto eu te amo, e, na maior parte dos dias, eu fico tão desesperada pra te ver e te tocar que quero dar um soco na minha cara.

Ele tenta não sorrir.

— Essa é a coisa mais bonita que alguém já me disse. E, acredita em mim, o sentimento é completamente mútuo. Mas me amar não deveria custar nada e, se você não tivesse publicado aquela matéria, você teria sacrificado sua carreira por mim, e eu não poderia viver com isso.

— Então você decidiu sacrificar a sua? Eu achei que tivéssemos resolvido isso. Você precisa do dinheiro. Sua dívida...

Ele se aproxima devagar.

— Eden, no segundo em que me apaixonei por você, eu soube que minha carreira tinha acabado. Por mais que eu tenha tentado continuar, eu já não conseguia mais. Não do mesmo jeito. Eu não queria tocar ninguém além de você, muito menos beijar alguém além de você. Eu estava fazendo um desserviço às minhas clientes, porque, enquanto eu estava com elas, ficava contando as horas pra poder estar com você, e isso não é justo com elas, com você, ou comigo.

Ele para a alguns centímetros de mim, e eu me forço a não tocá-lo até conseguir entender em que pé estamos. As palavras dele fizeram meu coração se expandir dentro do meu peito a ponto de doer, mas ainda estou confusa.

— Então... você está me dizendo que vai se aposentar?

— De certa forma. Na natureza, você evolui ou morre. Eu decidi evoluir.

Ele aperta algo e eu ouço um barulhinho. Então, todas as luzes se acendem de uma vez, me cegando por um momento, e eu protejo os olhos com as mãos. Quando baixo meu braço, vejo que o enorme galpão foi transformado em um escritório descolado. Na parede atrás da recepção, está pendurado um logo em aço inox.

— "Central do Romance"?

Max dá um passo à frente e pega minha mão.

— No seu artigo, você diz que todo mundo merece se sentir inestimável pelo menos uma vez na vida, e eu não poderia concordar mais. Sozinho, eu não conseguia atender mais que uma dúzia de clientes, mas, se eu ensinar minhas habilidades a outros... posso formar um exército de Mr. Romance. E de Miss Romance. Acho que muitos caras por aí gostariam de um pouco de terapia para a autoestima também.

— Espera... você virou uma franquia?

Ele sorri.

— De certa forma. Estou transformando o trabalho de um homem só em uma corporação. Levando romance sob medida para as massas.

O alívio que sinto é tão grande que lágrimas surgem nos meus olhos.

— Eu passei semanas achando que estávamos indo em direção a um apocalipse horroroso, em que você teria que escolher entre mim e sua carreira, e eu não tinha nem chance de ganhar.

Ele me olha como se eu fosse louca.

— Eden, se algum dia eu precisar escolher entre você e qualquer outra coisa do planeta, eu vou escolher você... sempre. — Ele se aproxima, tomando minha mão e, de repente, me sinto idiota por algum dia ter duvidado dele. — Todas as outras coisas na minha vida são opcionais, *exceto* você. Você é essencial.

Olho para nossas mãos entrelaçadas.

— Agora você só quer me fazer chorar.

Ele me puxa para o seus braços e me abraça demoradamente. Depois que eu me recomponho, ele pergunta:

— Você quer um tour?

— Pensei que você nunca perguntaria.

Ele me leva até o escritório, decorado com uma mistura eclética de móveis de segunda mão, e eu tenho certeza de que não sou moderna o suficiente para estar aqui. Os tijolos originais foram aproveitados, e os espaços, separados por altas paredes de vidro.

— Como você fez tudo isso tão rápido?

— Com muita ajuda. Lembra da Vivian, da Fundação Valentine?

— Claro.

— Ela é diretora de uma construtora milionária e me emprestou toda a equipe dela. Vem dar uma olhada.

Ele me mostra tudo e, além de várias salas amplas, há uma cozinha central, uma sala de ginástica espaçosa e, no fundo, embaixo das enormes janelas, uma sala de reuniões gigante, equipada com uma longa mesa de madeira, em cujo final há algo sob um pano preto. O resto da mesa está coberto com fotos de rosto de um monte de homens e mulheres, de todas as idades e etnias, e, julgando pelas biografias, de diversas sexualidades também.

Max aponta para eles.

— É a primeira leva de candidatos para a Central do Romance. Todos são atores com experiência. Todos são boas pessoas. Os treinamentos começam na semana que vem. Dyson vai assumir todas as minhas clientes antigas. E, com todas essas pessoas disponíveis pra encontros, nós poderemos cobrar menos e continuar financeiramente bem.

Ele aperta um botão no controle que está segurando e uma grande tela se acende, exibindo um site elegante.

— Toby fez o site e, sorrateiramente, colocou o link no final do seu artigo. Nós já tivemos trezentos contatos desde que foi publicado.

Eu me pego de boca aberta. O que ele fez é impressionante.

— Onde você arranjou dinheiro pra tudo isso?

Ele puxa o pano preto. Embaixo dele está uma maquete do galpão, transformado em um complexo de apartamentos modernos, com a Central do Romance orgulhosamente localizada no térreo.

— Apresento o mais recente empreendimento de Nova York. Vivian e eu somos sócios agora. Ela ficou com cinquenta por cento do galpão e vai cuidar de todos os custos da construção, além de dividir comigo boa parte dos lucros. A construção toda vai levar mais ou menos um ano, e em parte desse tempo teremos que realocar o escritório, mas ainda assim é um ótimo negócio. Quando todos os apartamentos estiverem vendidos, devo conseguir pagar as dívidas da minha família e ainda ter alguma reserva.

Ele me encara, esperando pela minha reação, e é nítido o quanto está nervoso. Só não sei por qual motivo, porque ele com certeza sabe que eu já o achava brilhante antes mesmo de tudo isso. Agora, estou convencida de que ele é um gênio de verdade.

Caminho até ele e coloco meus braços em volta do seu pescoço.

— Max, isso é... inacreditável.

Ele passa os braços pela minha cintura e me puxa para mais perto.

— Então você aprova?

Eu fico na ponta dos pés e lhe dou um beijo suave, mais do que grata por ele ter arranjado um jeito de nós dois conseguirmos o que queríamos.

Quando eu me afasto, ele está arfando.

— O.k., vou entender isso como um sim — ele diz, deslizando a mão pelo meu pescoço e me beijando de novo, mais intensamente agora. É tão excitante que parece ser nossa primeira vez de novo, o que de certa forma é. Estes somos nós, sem nada a esconder. Sem segredos, sem planos, sem personagens. Só nós e a necessidade incansável de ficarmos juntos.

— Estamos sozinhos? — pergunto enquanto tiro o paletó dele.

Ele solta a gravata e a joga no chão.

— Totalmente sozinhos.

— De propósito?

— Talvez. Esta é uma bela mesa. Seria uma pena não batizá-la para celebrar esse novo capítulo das nossas vidas.

— Concordo totalmente.

Nós dois gememos quando ele me beija com força e me coloca sentada na ponta da mesa. Então ele segura meu rosto e beija meu pescoço, e eu me inclino para trás, puxando-o comigo.

— Então — digo, minha voz tensa enquanto meu corpo explode em múltiplas sensações. — Seu título oficial vai ser qual? Senhor Chefe? Paizão do Romance?

— Eu não me importo, mas fique à vontade pra me chamar de senhor quando quiser. — Ele encontra o fecho do meu vestido envelope e o solta. — O mais importante é que, de agora em diante, a única mulher com quem vou sair é você. — Ele abre o vestido e faz um barulho animalesco ao olhar para meu corpo. — Caralho, você é linda demais pra ser verdade. — Ele beija meu pescoço, mordiscando e sugando.

— Mais uma pergunta muito importante — digo, quase incapaz de respirar enquanto ele beija meus peitos e desce para a minha barriga. — Você vai ter acesso total aos trajes?

Ele para e me olha.

— Você tem algo específico em mente?

Eu dou de ombros.

— Bom, podemos começar com aquele uniforme de marinheiro e depois ir explorando a coleção.

— Eu sabia que devia ter usado esse em um dos nossos encontros.

Eu o endireito e começo a abrir os botões da sua camisa. Ele me observa com uma energia malcontida, como uma pantera esperando para dar o bote.

— Só por curiosidade — ele diz —, qual dos personagens foi o seu favor...

— Kieran. — Eu abro a camisa dele e corro meus dedos pelo seu peito largo, então desço para a trilha do seu abdome. Meu Deus, ele é incrível.

— Um segundo. — ele agarra minha mão, me interrompendo. — Você não quer pensar nisso por mais do que meio segundo?

— O.k. — Eu pauso e finjo pensar. — Kieran.

Ele me lança um olhar bravo, excitante pra caramba.

— Você deveria dizer que me acha mais sexy quando estou sendo *eu mesmo*. Pelo amor de Deus, Eden.

— Ah. Bom, claro. Mas o sotaque, Max. Aquele maldito *sotaque* irresistível.

O rosto dele se fecha e ele avança sobre mim, até que estou escorregando minha bunda pela mesa. Então ele sobe, engatinhando atrás de mim com uma expressão que grita todas as coisas que ele pretende fazer. Eu tenho certeza de que uns tapas estão envolvidos.

— Ah, é? Gosta do sotaque, gosta? — ele pergunta, com seu forjado sotaque irlandês.

— Ah, sim. Continua falando.

Ele se ajoelha entre minhas pernas e solta o cinto. Meu olhar desce para o ponto em que sua longa ereção está esticando o tecido das calças.

— Ah, vou continuar falando, sim. *Top o' the mornin'* pra você, senhorita Tate. Agora tira a porra da sua calcinha.

Há uma onda de movimentos rápidos ao tirarmos as roupas do caminho e, quando estamos apenas pele contra pele, nós dois gememos de alívio e ele se enfia em mim.

Ele me olha maravilhado, segurando minha cabeça enquanto seus quadris se conectam aos meus. Ele me preenche tão completamente que eu não quero que ele se mexa.

— Max... eu te amo.

Ele encosta a testa na minha.

— Eu também te amo. — A voz dele é suave. — Deus, Eden, como eu te amo.

Quando ele começa a meter, devagar e profundamente, tudo o que está fora dos braços dele para de existir para mim. Por muitos anos, eu achei que conhecia o prazer. Achei que eu podia ser definida pelos encontros vazios e sem alma que eu costumava ter depois de anestesiar minhas expectativas com álcool. Mas *isto*, um homem que me olha como se eu fosse o motivo pelo qual o sol nasce, é uma boa lembrança de que eu não sabia de nada antes. Estou mais do que feliz por ter Max para me ensinar, enquanto ele desliza para dentro de mim, repetidas vezes, me provando que sem dúvida o prazer com ele é de uma ordem completamente diferente do que com outros homens.

Como testemunho desse prazer, o galpão ecoa xingamentos abafados e gemidos estrangulados ao proporcionarmos o melhor batismo possível para a mesa de reuniões. Duas vezes.

Na verdade, batizamos diversas áreas do escritório nas horas seguintes. A Central do Romance definitivamente merece seu nome.

Quando nossos corpos estão pesados e satisfeitos, ficamos enrolados em um tapete no enorme sofá de couro de Max. Ele se inclina e me beija, e eu acho que este é o beijo mais doce e mais apaixonado que já experimentei. Este beijo me diz o quanto ele está feliz. O quanto ele está grato. E eu então retribuo, fazendo meu melhor para dizer a ele que me sinto exatamente da mesma forma.

— Você ainda acha que finais felizes são só um mito? — ele pergunta, correndo os dedos pelo meu braço.

Eu acaricio seu lindo rosto, mais contente do que nunca.

— Eu posso não acreditar em finais felizes, mas começos felizes são uma outra história.

Ele sorri e, assim que nos arrumamos em uma posição mais confortável, eu me aninho no peito dele e fecho meus olhos.

Apesar de tê-lo provocado dizendo que acho Kieran o mais atraente, a verdade é que eu me apaixonei por todos os seus personagens, porque cada um deles é uma versão diferente de Max. Cada um era sexy e doce e inteligente pra caramba. Cada um me fascinou e me excitou. Mas o Max de verdade, o homem que ele é todos os dias, quando ninguém além de mim está olhando, é que é meu amor verdadeiro. Ele pegou uma cética desconfiada e a transformou em alguém que acredita totalmente nos poderes curadores do amor. Ele abriu meus olhos para a realidade de que um toque bondoso e um olhar amoroso são mais capazes de fazer as pessoas se sentir especiais do que todo o dinheiro do mundo. E, mesmo que ele nunca mais chegue perto de uma fantasia na vida, eu sempre vou pensar em Max como um super-herói e um rockstar, juntos no mesmo homem.

Mas talvez sua conquista mais impressionante tenha sido me ajudar a finalmente entender que o romance é incrível — e qualquer um que tente te dizer o contrário está apenas enganando a si mesmo.

A melhor coisa que você pode aprender
é amar
e ser amado de volta
Nat King Cole

Agradecimentos

Sempre que termino um livro tenho um estranho sentimento de perda, e isso foi especialmente real desta vez. Eu já tinha a história de Max e Eden se revirando no meu cérebro há um tempo e, durante os quatro meses que passei escrevendo, eu vivi e respirei a vida deles em quase todas as horas do meu dia, especialmente no banho. (É uma coisa de escritor. Não me pergunte por que, mas todos nós fazemos isso.)

Então, agora que coloquei um "Fim" na história dos dois, eu me sinto dizendo adeus a amigos próximos. Amigos com quem não poderei conviver do mesmo jeito nunca mais. Toda a tristeza que sinto, porém, encontra alívio ao saber que só estou me despedindo deles para poder entregá-los a vocês, e eu tenho certeza de que vocês cuidarão bem, muito bem, dos dois.

Eu não poderia ter completado essa jornada sem algumas pessoas realmente espetaculares na minha vida.

Primeiro, minha agente, Christina, que sempre me apoia incrivelmente e me empresta seu brilhantismo quando preciso. Nunca vou me esquecer da vez em que sua nota editorial foi apenas um grito em caixa alta seguido por diversos pontos de exclamação. Isso sempre vai me fazer sorrir. Eu sou muito grata a você e a toda a equipe da Jane Rotrosen Agency, que sempre me apoiou.

À rocha que é meu marido, que mantém tudo funcionando quando eu estou atrasada com um prazo ou simplesmente pirando. Jason, eu não poderia fazer nada disso sem você. Obrigada por escutar meu *brainstorming* frenético, por ler as mesmas cenas milhares de vezes, por me convencer de que não estão um lixo e por me dizer constantemente o quanto você está orgulhoso, mesmo quando estou rabugenta e estressada e definitivamente não mereço. Você é a melhor pessoa que já conheci. Se nossos filhos se tornarem metade do homem que você é, eu serei a mãe mais orgulhosa do mundo.

À minha editora incrível: Caryn-Catty-Wan, você me completa. Sempre posso contar com você, tanto para segurar minha mão quanto para chutar minha bunda, além de deixar notas hilárias sobre todos os grupos de apoio aos quais eu deveria me juntar por abusar da pobre gramática. Obrigada por ser o yin do meu yang.

À minha melhor amiga, Andrea, que sempre lê o primeiro rascunho de tudo o que escrevo e fica tão empolgada e me apoia tanto que me dá energia para chegar ao segundo, terceiro e quarto rascunhos. Você é meu sol, querida, e a irmã que escolhi para mim. Eu te amo.

À minha deusa do RP, a maravilhosa Nina Bocci. Mulher, você é uma estrela do rock. Obrigada por empurrar eu e meus livros para as pessoas. Trabalhar com você é sempre um prazer, e não só porque você é ótima. Você também é linda. E durona.

À Regina Wamba, que trouxe o Max à vida com esta linda capa da edição original. Você é uma artista de verdade, mulher adorável. Obrigada por seu talento.

Às minhas revisoras maravilhosas: Celine e Anne, vocês salvam minha vida quando não aguento mais olhar para minhas próprias palavras para corrigir os erros inevitáveis. Muito obrigada por seu tempo e olhos de águia.

A todas as minhas lindas do nosso grupo do Facebook, o *Romeo's Dressing Room* — * acena * —: Olá, queridas! Muito obrigada por compartilhar da minha loucura e iluminar minha vida. Eu adoro todas vocês.

A todos os leitores e blogueiros incrivelmente incentivadores, que fazem de tudo para promover os autores que amam. Vocês são a pedra fundadora de tudo isso. Sem vocês, escritores seriam apenas pessoas loucas inventando cenas no chuveiro e escrevendo livros que ninguém nunca leria.

Finalmente, quero dizer algo a todos os românticos por aí. A vocês que passam a vida sonhando e vivendo através de livros; a vocês que encontram beleza no mundano e mágica no dia a dia: a vocês, eu digo obrigada. Obrigada por sua paixão e imaginação e, mais que tudo, obrigada por seu amor. Vocês são mais preciosos do que jamais saberão, e o mundo é um lugar melhor porque vocês existem.

Muito amor para todos,

Beijos,

Leisa

Este livro, composto na fonte Fairfield,
foi impresso em papel polen soft 70 g/m² na Edigráfica.
Rio de Janeiro, Brasil, outubro de 2020.